chili verlag

Ingo-Maria Langen

KAMMER DER TRÄNEN

Vatikanthriller

chiliverlag

Im chiliverlag erschienen (Auswahl):
Lichtläufer, Gerwine Ogbuagu, Historischer Roman
Fassadenflucht – Politische Dichtung der Gegenwart II
Herzschlaf, Gedichte und Kurzprosa über Trauer, Trost und Hoffnung
Stimmwirbel, Gedichte, Michel Ackermann
Machen! Silben, Sätze, Sensationen, Marc Mandel
Gatti – Katz'n, 21 krasse Katz'nstories
Kodex Rosebud, Hans-Jörg Kühne, Roman
Kiss Me Cyprus Hell, Miriam Sonntag, Jugendroman
Abschreibungen, Satirisches und Lyrisches von Stefan Krückmann
Provozia, Ronald Zieger, Roman
Schwellenbrand, Helena Ende, Roman
wir wölfe – Gedichte, Eine poetische Hommage an unsere Tierwelt
Verstummung, Tier- und Naturschutzkrimis
Pappalappa Mirzapan, Gedichte für besondere Kinder
Tanze mit Raketenschuhen – Dance with Rocket Shoes, Alex Dreppec
ERROR SIX in India, Herbert Schoppmann, Roman

1. Auflage März 2017

franchili / 46
Gestaltung, Layout, Endlektorat, Korrektorat: chiliverlag

Detaillierte bibliographische Daten sind unter http://dnb.ddb.de bei der Deutschen Nationalbibliographie abrufbar.

Printed in Germany
ISBN 978-3-943292-48-0 www.chiliverlag.de

Religion fräst ihre Macht
aus dem Stein der Angst.

INHALT

PROLOG

Prolog

Wahrlich, wahrlich, ich sage euch: Ich bin die Tür der Schafe. Alle, die vor mir gekommen sind, die sind Diebe und Räuber; aber die Schafe haben ihnen nicht gehorcht. Ich bin die Tür. So jemand durch mich eingeht, der wird selig werden und wird ein- und ausgehen und Weide finden.

Vater, vergib mir, denn ich habe gesündigt!

„Komm herein, ich habe dich erwartet. Setz dich bitte." Der Priester hatte sich dicht hinter ihn gestellt. „Du hast einen großen Fehler gemacht, weißt du das?"

Ja, Vater.

„Und du weißt auch, dass du diese Schuld, die damit verbunden ist, tilgen musst, indem du büßt."

Ein leichtes Kopfnicken. Dann das vertraute Klicken des Schlüssels, erschreckende Stille im Haus. Innerlich schrie es in ihm: Ich habe gesündigt und muss es wieder tun, um mich zu befreien, von meiner Angst zu befreien, den inneren Schrei verstummen zu lassen!

Die Angst packte ihn auch jetzt. Nur spärlich dämmerte das Licht der dicht befahrenen Arlington Memorial herunter zum Vorsprung des Brückensockels, auf dem er kauerte, die Steine waren rutschig in der feuchten Abendluft, der kalte Sog des Potomac unter ihm.

Bitte, Vater, kann ich nicht anders büßen? Wenigstens dieses Mal?

Der Priester hatte dem Jungen zärtlich über das Gesicht gestrichen und seine Hand massierend in sein dichtes Haar wandern lassen. „Es gab für uns schon viele Fehler zu berichtigen, nicht wahr? Immer wieder hat uns die Liebe dabei geleitet und wir waren beide überwältigt von der Befriedigung über die Lösung der Fehler, deiner Fehler. Ist es nicht so?"

Wieder ein scheues Kopfnicken.

„Aber heute ist das nicht so einfach. Deine Verfehlung wiegt sehr schwer. Es ist nicht vorauszusagen, ob du je Läuterung erfahren wirst."

Das Rauschen und Donnern des Verkehrs glich einem wütenden Unwetter über ihm, bereit, ihn fortzureißen in eine unbekannte Welt. Eine ferne Welt ohne Angst und Schmerz. Wird es eine Reinigung von meiner Schuld geben, Vater?

Fauliger Atem war von hinten in seine Nase gezogen. „Wie konntest du mir das nur antun? Dich einem anderen Beichtvater zuzuwenden? Nach alldem, was wir geteilt haben? Wie stehe ich jetzt da, hier vor allen meinen Brüdern? Sie werden darüber sprechen, und diese Blicke, die werden wir aushalten müssen! Du verstehst was ich meine?"

Feiner Regen setzte ein. Es wurde schwieriger, sich auf den kalten, klammen Steinen zu halten. Doch er spürte die Kälte kaum. Seine Gedanken brannten. Ein lange aufgestauter Ekel durchfuhr ihn, Speichel vermischte sich mit dem Blut seiner geschundenen Hände.

Knochige Finger hatten seinen Hals umfasst und sich zu seiner Brust vorgearbeitet. Seine Abscheu war überwältigend gewesen.

„Warum bist du so steif und unnahbar? Fühlst du dich bei jemand anderem besser?", hatte ihn der Priester gefragt und für den Moment von ihm abgelassen. Er war neben ihn getreten, der Türschlüssel sichtbar an seiner Soutane hängend.

Ich kann nicht mehr, Vater! Ich kann nicht mehr.

„Erinnere dich nur an die von uns so intensiv gefeierte

Lebendigkeit der Verse Salomos: Seine Wangen sind wie Balsambeete, da Balsamkräuter wachsen. Seine Lippen sind wie Rosen, die von fließender Myrrhe triefen. Seine Finger sind wie goldene Ringe, voller Türkise. Sein Leib ist wie reines Elfenbein. Mit Saphiren geschmückt. Seine Beine sind wie Marmorsäulen, gegründet auf goldenen Füßen. Seine Gestalt ist wie der Libanon, auserwählt wie Zedern."

Der feste Griff der hageren Finger um die Hand des Jungen, die geöffnete Soutane, der Pfortengeruch vermischt mit altem Schweiß. Eine abstoßende Melange wie bei denen, die im Dunkel leben. Hatten früher noch frische Walddüfte seine natürliche Hemmschwelle gesenkt, so strömte den Jungen seit längerem die Widernatürlichkeit von verrottendem Fleisch und faulen Eiern an. Er fühlte, wie seine Verachtung und sein Hass die ehemalige Zuneigung verdrängten und seine Seele sich erbrach.

„Um Himmels Willen, was ist denn mit dir los?"

Was ist mit mir los, Vater? Ein heller Schrei entwich seiner Kehle, verschluckt vom Dröhnen des Verkehrs.

Kapitel 1

AddioPizzo

In Sachen Hotels wagte Ornella Scarlatti keine Überraschungen. Ruhe und Diskretion, Service und Komfort mussten eine vollkommene Symbiose eingehen. Hier in Lecce erfüllte einzig das Hilton Garden Inn ihre Erwartungen, sie entschied sich für eine Suite mit französischem Bett und Dachterrasse mit Blick über Lecce. Palmen spiegelten sich im Pool. Ein Gefühl von Ferne stieg in ihr auf. Fern von hier, fern vom Leben, aufgehoben in einer fernen Seele? Das gab ihr einen Stich ins Herz. Lecce verband sie auch mit einem Menschen aus ihrer Vergangenheit. Sie wehrte den Gedanken ab. Ihr Weg war ein anderer.

Das Ping der Letterbox rief sie zur Arbeit. Zana, der Stahlriese Italiens, Ziel ihrer Recherche. Großkonzerne waren oft genug der Spielplatz der Mafia. Ein anonymer Hinweis brachte sie auf die Spur. Bis zur Recherche kostete es noch einen Kampf mit der Redaktion. Als freie Journalistin, die nicht dem Redaktionsteam angehörte, gelang es nur mühsam, eigene Themen zu setzen. Die festangestellten Kollegen drängten sie gerne ab, gaben sich in der Redaktionskonferenz gegenseitig Schützenhilfe. Aber dieses Mal hatte sie sich durchgesetzt. Mit ihren Nachforschungen sollte sie die Todesfälle mehrerer Arbeiter unter die Lupe nehmen, die nicht von der Gerichtsmedizin untersucht worden waren. Angehörige, die keine Wellen machten. Geräuschloses Gras, das sich binnen kürzester Zeit zum Rasenplatz entwickelte. Und das in einem Land, in dem die Gewerkschaften schnell mit Generalstreik drohten, um ihr politisches Mandat zu demonstrieren. Wenn nun hier bei ureigenen Interessen ihrer Mitglieder nichts Auffälliges geschah, dann musste das Misstrauen schüren. Und Misstrauen lag Ornella ja sozusagen im Blut. Der Name Scarlatti genoss in Kollegenkreisen einen guten Ruf. Ihr Vater, sechs Mal in Folge mit dem Premiolino ausgezeichnet, gehörte zum ‚gruppo investigativo', der im Nachkriegsitalien Maßstäbe des Journalismus gesetzt hatte. Selbst Jahre nach seinem Tod galt er als Ausnahmeerscheinung, da er als akkreditierter Vatikanjournalist zugleich aus der Trutzburg der Informationsverschwiegenheit berichtet hatte. Seiner Arbeit verdankte Italien den ersten Skandal um die Vatikanbank, Erzbischof Marcinkus und den Zusammenbruch des Banco Ambrosiano: Roberto Calvi, von der Mafia ermordet, erhängt unter der ‚Blackfriars-Bridge', der ‚Brücke der Schwarzen Mönche', seine Taschen beziehungsreich gefüllt mit Ziegelsteinen. Die Mafia trug so schwer daran, ihr hart erarbeitetes Kapital nie mehr wiederzusehen, dass sie den Mord an Calvi in eine Metapher als Drohung an alle Beteiligte goss.

Data-Mining. Informationen waren das Gold der Branche. Wollte man Glanz dazu, mussten die Infos poliert – oder validiert werden. Viele erlagen der gefährlichen Verführung, ließen sich vom Datenstrom mitreißen oder vom News-Flash blenden. Man konnte ebenso einem Betrüger aufsitzen und sich lächerlich machen als auch der verdeckten Gefahr zum Opfer fallen. So wie es einigen Kollegen im Zusammenhang mit den Morden an Falcone und Borselino gegangen war. Falcone, mitsamt Ehefrau, Fahrer und drei Leibwächtern regelrecht weggebombt, nur der Fahrer hatte schwer verletzt überlebt. Ähnliches bei Borselino, hier starben sechs Menschen durch einen Sprengstoffanschlag, beides innerhalb von nur zwei Monaten. Welche Gefahr repräsentierten die beiden Richter? Sie leiteten die Maxiprozesse mit 400 Angeklagten, strebten eine hohe Verurteilungsquote an, die Mafia schien mit dem Rücken zur Wand. Mit allen Mitteln suchte sie nach Verteidigung – und Rache.

Ornella erinnerte sich an die Mahnungen ihres Vaters, nicht den Überblick zu verlieren, Recherchen abzusichern, Beweise und Argumente zu dekonstruieren. Damals verabschiedete sich das politische System Italiens, die Parteien zerbrachen, was kommen würde, war ungewiss. Insbesondere die Auflösung der Democrazia Cristiana konnte alte Seilschaften in der Politik beseitigen. Stand Andreotti noch für stille und stabile Beziehungen, war nun alles offen. Silvio Berlusconi? Früh Kontakte zu Finanzgrößen wie Roberto Calvi oder Michele Sindona, noch nicht so weit.

Das Kontinuum bildete das geschäftspolitische Interesse: Calvi und Sindona verwickelt in den Finanzskandal um den Banco Ambrosiano, der Vatikan um Marcinkus mittendrin, und Lucio Gelli, der Vorsitzende der geheimen Loge Propaganda Due, als politischer Tiefflieger zwischen CIA und Vatikan. Eine List der Mafia hatte die Kollegen damals im rechten Milieu recherchieren lassen. Zwei von ihnen wurden später aus dem Meer gefischt.

Die Gedanken schachteten ihre Erinnerung weiter aus: Woher waren die 500 Kilo TNT für den Anschlag auf Falcone gekommen? Wie kamen sie in die Kanalisation nahe der Autobahn, wer hatte geholfen? Es war eine Sache, einen gedungenen Profi damit zu beauftragen, ein Ziel zu liquidieren. Doch hier? Allein die Logistik brachte erheblichen Aufwand mit sich. Also mussten Helfer gefunden werden und die waren eingeweiht. Die Kollegen forschten weiter und fanden nach zwanzig Jahren, im November 2012, den Fischer Cosimo d'Aurelio, der geholfen hatte, aus Weltkriegsbomben, die er selbst aus dem Meer fischte, das TNT zu extrahieren und gebrauchsfähig zu machen. Ein Fischer!

Inzwischen war vieles anders. Nachdem Johannes Paul II. als Erster das Wort Mafia in den Mund genommen und ihre ‚Kultur des Todes' verurteilt hatte, kamen andere hinzu, und sogar die Schulen leisteten Aufklärungsarbeit. Die Mafia konnte nicht ein ganzes Volk beherrschen! Oder vielleicht doch? Die jüngsten Entwicklungen machten dennoch Hoffnung: Immer mehr Geschäftsleute schlossen sich der von Studenten ins Leben gerufenen Bewegung „AddioPizzo" an – Tschüss, Schutzgeld. Schneidet dem Kraken die

Arme ab. Dann verhungert er, auch wenn er noch ein paar von euch frisst. Er verhungert! Glauben versetzt Berge – heißt es.

Die E-Mail in der Letterbox kam von Carlo Storti, dem lokalen Kopf der Bewegung ‚AddioPizzo' in Apulien. Facebook-Kontakt, Treffen bei Liberinat in der Corte dei Cicala.

Am nächsten Morgen nahm Ornella die Adresse in Augenschein. Ein Buchladen. Regalwände aus Kirsch- oder Walnussholz, die bis zur Decke reichten, und der Duft vom Papier abertausender Bände umgaben sie. Carlo Storti stand in einem Durchgang, der an einen mittelalterlichen Kirchenbogen erinnerte. Mit einem Lächeln begrüßte er sie. Waren die Studenten heute alle in seinem Alter? Ornella schätze ihn auf Mitte Dreißig.

„Signora Scarlatti, nehme ich an? Darf ich Sie nach hinten durch bitten!"

Er führte sie in ein kleines Büro ohne Fenster, mehr ein Verschlag, als dass man darin richtig hätte arbeiten können. Überall Stapel von Büchern, zum Teil noch in Folie, Etiketten der Grossisten klebten daran.

„Entschuldigen Sie, der Laden gehört meinem Bruder Franco, er macht alles alleine. Ich helfe nur hin und wieder mal aus. Aber hier sind wir vor Blicken Dritter sicher."

„Warum diese Vorsicht?"

Er zog eine abschätzige Grimasse.

„Sehen Sie, Signora, es gibt hier ein Netz von Interessenten. Lokale Politik, Industrieverband, Stahlwerkbetreiber, Umweltbehörde, Regionalrat, Sie verstehen?"

In seinem Tonfall lag eine unangenehm vertraute Überheblichkeit. Ornella hatte nicht zum ersten Mal in ihrer noch jungen, aber beachtlichen Karriere das Gefühl, nicht ganz ernst genommen zu werden. Doch ausgerechnet von einem Schaumschläger wie diesem Carlo Storti würde sie sich nicht für dumm verkaufen lassen. Kühl blickte sie ihn an.

„Nein, tut mir leid, aber ich verstehe nicht. Mein Interesse galt der Schattenseite, den lokalen Dunkelmännern, der Mafia eben, dazu hatten wir uns im Vorfeld ausgetauscht." Eigentlich wollte sie Vorsicht walten lassen, aber ihre eigene Arroganz brach immer wieder unvermittelt durch; das konnte sie noch in Gefahr bringen, je nachdem, an wen sie geriet. Es liegt an dieser Enge, dachte Ornella. Groteske Situation, eingepfercht in diesem Bücherlager mit einem Wildfremden.

„Ich mache uns einen Caffè, was für einen wollen Sie?", lenkte Storti ab. Sie ließ ihren Blick unverwandt auf ihrem Gesprächspartner ruhen. Das schien ihn nervös zu machen. Womit hatte sie hier zu rechnen? Ein Totalausfall? Ärger keimte in ihr auf, Ärger, wieder von vorne beginnen zu müssen.

„Signor Storti, wenn ich es recht in Erfahrung gebracht habe, dann sind Studenten die Gründer der Bewegung ‚AddioPizzo'."

„Ja, ja", beeilte er sich, sie zu unterbrechen, „ziehen Sie bitte keine falschen Schlüsse. Ich arbeite als freier Medienreferent und bin relativ breit vernetzt. Seitens der Bewegung hatte man meinen Bruder angesprochen, ob er jemanden für die Öffentlichkeitsarbeit kenne, Seriosität nach außen kann viel an Glaubwürdigkeit einbringen, insbesondere bei unseren Themen. Da ich derzeit wie so viele andere nicht gerade unter Vollbeschäftigung leide, habe ich zugesagt."

„Dann kommen wir jetzt doch bitte zur Sache! Mein Auftrag lautet, einen Artikel zur aktuellen Entwicklung in Sachen Mafia ...", begann Ornella, doch wieder unterbrach er sie.

„Sacra Corona Unita, so nennt man hier unsere Mafia pugliese."

Was für ein gesalbter Schwätzer! Diesmal wahrte sie die Contenance.

„Danke für Ihre Ergänzung, die Namen sind das eine, die Entwicklungen das andere. Erzählen Sie mir etwas zur

Struktur der Bewegung, welche Unterstützung Sie haben und was Sie erwarten."

„Unsere Arbeit ist nicht ungefährlich, Signora. Wo soll Ihr Artikel erscheinen?"

Glaubte er, sie schriebe für ‚Chi', die Klatschpresse von Mondadori?

„Ich arbeite unter anderem für die ‚Voce biancha'."

Sein Mund verzog sich zu einem schnippischen Lächeln. Erst jetzt bemerkte sie, dass er sich immer dann mit der Zunge mehrfach über die Lippen fuhr, wenn sich seine Aufmerksamkeit steigerte.

„Das alte D'Annunzio-Blättchen? Sitzt die Redaktion am Ende noch im Vittoriale degli Italiani, da oben am Gardasee? Ich dachte, die wären mit Benito alle ausgestorben?"

„Für einen sogenannten Medienreferenten sind Sie erstaunlich uninformiert, Signor Storti. Das Blatt hieß damals schlicht ‚La Voce', eine Gründung kontra D'Annunzio und Co, gegen inhaltsleere l'art pour l'art, und mit den Faschisten verband die gar nichts. Als Sie noch kein Wort denken konnten, beschäftigte die ‚Voce' schon die ‚Questione meridionale', also unser Südproblem in Italien. Inzwischen ist sie in Besitz einer Private-Equity-Gesellschaft. Aber eigentlich bin ich nicht hier, um Ihnen Nachhilfe in Sachen Presselandschaft zu geben."

Storti überging diesen Seitenhieb mit einem Lächeln.

„Unsere Bewegung stammt aus Sizilien, wussten Sie das, Signora? Alles begann damit, dass eines Morgens, wer weiß von wem, in Palermo an Laternen, Telefonzellen und Plakatwänden Aufkleber verteilt worden waren, auf denen stand: ‚Un intero popolo che paga il pizzo è un popolo senza dignità'."

Das ließ Ornella aufhorchen, es schienen doch noch brauchbare Fakten aufzutauchen.

„Was dann passierte, wäre ohne das Internet nicht möglich gewesen: Die Blogs im Netz waren voll davon, immer mehr Leute sprachen darüber, binnen Stunden und Tagen kannte man den Sinnspruch in ganz Italien. Alle waren sich einig: Wenn ich bei meinem Fleischer, meinem Friseur zahle, der an die Mafia zahlt, zahle ich indirekt mit! Also hat die Bewegung das Pferd vom Schwanz her aufgezäumt: Ändere dein Konsumverhalten, kaufe nur in Geschäften mit dem AddioPizzo-Aufkleber – dazu muss man wissen: Hunderttausende Kleinbetriebe sind das Rückgrat der italienischen Wirtschaft, nicht die wenigen Großen, die uns ohnehin über den Tisch ziehen und obendrein noch mit den Gewerkschaften kungeln. Die Kleinen, Betriebe mit ein, zwei oder zehn Leuten ‚in regola', also mit Steuern und Sozialabgaben, richtige Bürger eines ‚unrichtigen' Staates. Italien eben." Dabei hob er leicht verzweifelt die Brauen, eine kommentierende Mimik, die von langfristiger Ratlosigkeit kündete. Denn die Mafia und Italien, das war eine durchaus eigene Geschichte. Und der wirklich einzige Exportschlager, den dieses Land in siebzig Jahren seit Kriegsende zustande gebracht hatte. Abzulesen auch an den Gewerkschaftsstrukturen in den USA. Ein zweifelhafter Erfolg.

Ornella zeigte keine Regung. Ihre Professionalität zwang Storti den taktischen Stempel auf, so frei zu reden, dass er letztlich mehr preisgab, als er wollte. Er fuhr ungerührt fort.

„Nun also Apulien, die hier herrschende Sacra Corona Unita, der Name bezeugt es bereits, ‚Heilige Vereinigte Krone'. Hier ist eine Gruppe am Werk, die sich zu höherem berufen fühlt. Sie wurde als Nuova Camorra Organizzata zu Beginn der Achtzigerjahre aufgebaut, ist also ein neapolitanisches Pflänzchen. 1983 gründete dann Giuseppe Rogoli die SCU im Gefängnis von Lecce. Heute hat sie etwa fünfzig unabhängige Clans, über tausend Mitglieder. Sie ist streng hierarchisch gegliedert, mit viel Fußvolk."

„Scusa, aber das ist nicht viel mehr, als man aus den Zeitungen weiß", entgegnete sie genervt.

„Sie wollen sich das wirklich antun, Signora?"

Eisern sah sie ihn an. Ihre Geduld schwand.

„Signor Storti! Was hat das bitte alles mit Zana zu tun?"

Er zögerte. Nervös bewegte sich sein geschlossener Mund. Die Lippen wälzten sich nach außen, um anschließend nach innen zurückgedrückt zu werden.

„Hat es Ihnen jetzt die so eloquente Sprache verschlagen?“, stichelte Ornella.

„Nein, Signora, sicherlich nicht. Meine Informanten sprechen immer wieder davon, dass jemand von der Gewerkschaft maßgeblich die Fäden zieht, selbst aber unerkannt bleibt.“

Ornella kochte. Für sowas gab es heute E-Mail. Was dachte sich dieser aufgeblasene Fatzke? Sie musste noch das Schneidende ihres Vaters kultivieren. Der hätte ihn in Scheiben zerlegt.

Sie stand auf und rückte ihr Kleid zurecht, ein enges, figurbetontes Etuikleid mit rundem Ausschnitt, darüber eine dicht anliegende Perlenkette, Perlenohrringe, sonst kein Schmuck. Sie liebte es, die Strenge ihres Äußeren zu betonen. Ihre Frisur bildete dazu den Abschluss, das lange Haar steckte in einer einfachen Welle großzügig nach hinten zu einer Art Dutt zusammen. Ornella war bedacht darauf, in ihrer Erscheinung eine Art Schärfe auszudrücken, die Abstand gebot. Storti hatte spürbar darauf reagiert. Sein nervöses Lippenbefeuchten deutete sie als innere Unsicherheit ihr gegenüber.

Gerade wollte sie den Laden verlassen, als ein zweiter Mann hinzukam, ein wenig älter als Storti. Das musste sein Bruder Franco sein, Ornella fiel die Ähnlichkeit trotz der grauen Schläfen sofort auf.

„Oh, so charmanter Besuch?“, begrüßte er sie.

„Darf ich vorstellen – mein Bruder Franco“, fiel Carlo nervös ein, „Signora Scarlatti von der Voce. Sie wollte gerade gehen.“

„Ah, Sie sind sicher wegen der Uhrenbriefe hier? Das ging aber schnell.“

„Uhrenbriefe ...?“ Ornella wurde hellhörig.

„Sehen Sie nur.“ Franco hielt ihr ein kurzes Papier hin.

„Das hier lag heute in der Post."

Sie las: 12, 11, 10 ...

„Sie entschuldigen mich", sagte Carlo und verschwand zur Tür hinaus.

„Was denken Sie?", fragte Franco.

„Eine Warnung?", antwortete sie unsicher.

„Si, Signora! Es ist eine Warnung. Wollte man früher sein Pizzo nicht zahlen, kam Besuch und hinterließ eine Aufforderung: das Lokal zu Bruch, das Auto ausgebrannt, die Wohnung abgefackelt, die Familie bedroht, der Hund vergiftet, so etwas halt. Seit geraumer Zeit gibt es aber auch die sogenannten Uhrenbriefe, da stehen dann Zahlen und die beziehen sich auf eine Reihe von Tagen. Die verbleiben noch, um entweder den Forderungen nachzukommen oder eben seine Dinge zu erledigen."

Na also, das klang in Ornellas Ohren schon eher nach einer Story. „Wissen Sie noch von anderen Leuten, die auch solche Briefe erhalten haben?"

Franco rückte Ornella etwas näher und fuhr in konspirativem Tonfall fort: „Einer meiner treuesten Kunden sogar! Eines Tages kam er damit zu mir in den Laden und zeigte ihn mir, wir sind dann nach hinten gegangen. Der Kerl war völlig durch den Wind. Er hatte aber auch einen großen Auftritt in der Region gewagt."

Ornella sah ihn fragend an. „Einen großen Auftritt? Was meinen Sie?"

Franco Storti überlegte einen Moment. „Er ist ein Öko-Pazifist der hartnäckigen Sorte. Bei allen Ökothemen fand man ihn in vorderer Front. Vom Borkenkäfer bis zur Masttierhaltung. Eines Tages gründete er dann diese Umweltschutzorganisation. Lega ambienterra. Damit zog er gegen alles und jedes zu Felde, was auch nur im Ansatz den Anschein machte, schädlich zu sein. Eine Weile ging das gut."

„Und dann?"

„Dann häuften sich Zwischenfälle. Kollegen wurden bedroht, ihre Briefkästen angesteckt und so. Doch er machte weiter. Je mehr diese Unannehmlichkeiten zunahmen, desto mehr interessierte er sich für Zana. Bald kamen die Fälle heraus, die vielleicht auch Sie interessieren. Da hat er voll zugeschlagen und beim Verwaltungsgericht eine Klage auf Stilllegung eingereicht. Um dem Nachdruck zu verleihen, versuchte er außerdem, die betroffenen Familien mit ins Boot zu holen. Die wollten aber nicht. Dann spricht er mit Signora Rossi – und sticht ins Wespennest. Zwar hat sie gerade ihren Mann verloren, doch der Sohn ist Gewerkschaftsboss im Werk. Also droht sie ihm mit ihrem Sohn. Die Gewerkschaften haben hier überall die Finger drin. Und die Jungs lassen sich nicht foppen. Die keilen zurück. An jenem Tag bekam er nicht nur diesen Brief, irgendwer hatte auch seinen Hund getötet und ihm dessen Zunge an die Haustür genagelt. Das hat ihn umgehauen."

„Und was ist jetzt mit ihm?", fragte Ornella.

„Er ist weggezogen. In seiner Villa wohnt jetzt Senator Calvesi. Glaube ich. Zuletzt habe ich von Bertano eine Buchanfrage aus Mailand bekommen. Wo er jetzt ist, keine Ahnung."

Ein Geistesblitz durchfuhr Ornella. „Bertano? Etwa Claudio Bertano, der Schauspieler?"

Franco lief rot an, marschierte zur Tür und öffnete sie.

„Ich muss mich nun um meine Angelegenheiten kümmern. Es war angenehm, mit Ihnen zu plaudern."

„Und was ist mit der Klage, wissen Sie da etwas?"

„Fragen Sie ihn doch selbst", sagte Franco und verschloss hinter ihr das Ladenlokal.

Ornella fragte sich, was die Drohung in seinem Fall bedeuten konnte. Bei diesem Schauspieler schien die Lage klar, sie musste ihn unbedingt ausfindig machen. Doch die Brüder Storti? Waren die am Ende in Geschäfte der Mafia verwickelt? Offensichtlich kannten sie sich mit den Gegebenheiten aus. Zugleich beriet Carlo die AddioPizzo-Bewegung, kannte Personen. Welche Kontakte hatte er noch? Paktierte Carlo Storti vielleicht mit denen? Dann würde er schnell mit Geschäften der Mafia in Konflikt geraten. Nicht nur in Neapel war das ein einträgliches Geschäft für diese Kreise. Aber es könnte auch um Wirtschaftskriminalität gehen. Überall versuchte die Mafia in legale Wirtschaftsaktivitäten einzusteigen. Gewaschenes Geld in saubere Unternehmen zu stecken. Noch waren die Packenden lose. Aber sie boten vielversprechende Ansätze.

Auf einem Streifzug durch die Stadt sah Ornella die beschriebenen Aufkleber in einer durchaus stattlichen Zahl. Sie schmunzelte. Die Organisatoren waren sehr selbstsicher, sogar eine eigene Website mit Diskussionsforum wurde angeboten. Ob die Mafia sich da reinhacken würde, um unliebsame Leute zu identifizieren, Strategien und Aktionen der Bewegung zu unterlaufen?

Mal in quadratischer Form auf schwarzem Grund mit orangener Farbe das AddioPizzo, mal schräg gesetzt in einen Kreis oder ganz in Schwarz gehalten und als Todesanzeige gestaltet. Aber es gab auch Fotos von Menschen, die sich eigens dafür ablichten ließen. Schließlich fand sich an einer Kirchenwand ein Aufkleber in Schlüsselform, wie man ihn von alten Protaltüren kennt. Die Aufschrift lautete: chiudiamo la porta al pizzo! Die Kirche vereint im Kampf gegen die Mafia? Bis hinunter an die Basis? Man konnte es kaum glauben. Hirtenworte waren das eine, doch Profite das andere.

Deutete sich hier ein Mentalitätswechsel in größerem Stil an? Sie betrat Läden mit dem Aufkleber, kaufte Kleinigkeiten und suchte das Gespräch mit Inhabern oder Personal. Offenherzig sprachen die Leute über ihr Geschäft und die Bewegung. Alles besser heute, ein Jahr schon Ruhe, die Kunden freuten sich mit, eine feste Gemeinschaft sei entstanden. Ein revolutionär anmutendes Bild im Süden Italiens. Soviel weiße Tauben auf einmal. Bis einem Tabakverkäufer doch die Hutschnur platzte und er die gesamte Bewegung als hundsgemein verlogene Bande bezeichnete, die krepieren sollte.

Ehe Ornella sich versah, wurde sie mit den Worten: „E adesso, sparisci!”, was soviel hieß wie ‚Und jetzt verpiss‘ dich!‘, aus dem Geschäft geworfen. Der Rest eines abgekratzten ‚AddioPizzo’ am Eingang hätte sie schon vorher warnen können. Aber auch etwas anderes erschien ihr sonderbar: Ein Poster der Stahlarbeitergewerkschaft zur Anwerbung von neuen Mitgliedern hatte sie noch nie in einem Tabakwarenladen gesehen.

Die Bilanz des Tages fiel zwiespältig aus. Es reichte kaum für einen kleinen Textaufmacher, zu unterschiedlich, auch ein wenig bizarr erschienen ihr die Recherchen. Noch bevor sie ihren Stadtrundgang begonnen hatte, reichte sie der Redaktion die Anfrage zur Nachforschung von Claudio Bertano rein. Die Gespräche mit den Ladeninhabern oder dem Personal waren nichtssagend geblieben, bis auf den Rauswurf aus dem Tabakladen. Dann noch der Uhrenbrief an Franco Storti und dessen undurchsichtiger Bruder Carlo.

Zurück im Hotelzimmer zog sie sich bequeme Sachen an und versuchte, die Anspannung des Tages etwas abfallen zu lassen. Sie bestellte sich Essen aufs Zimmer und ging ihre Mails durch. Die Redaktion hatte ihr schon geantwortet. Der Redakteur teilte ihr mit, dass er Klimmzüge gemacht habe, um ein Interview zu bekommen. Bertano rufe sie an. Derartige Entwicklungen hasste sie, etwas nicht gestalten zu können, auf andere warten zu müssen. Informationen waren ein schnelllebiges Gut. Kamen sie zu spät, konnte man gleich darauf verzichten. Sie kippte ihre aufkeimende Wut mit einem großen Glas Wein runter. Mittlerweile fielen ihr die Augen zu. Sie ließ den Abend auf der Terrasse mit dem Blick über Lecce ausklingen. Der Pool verströmte einen zarten Limonenduft. Der kräftige Rotwein erwies sich dazu als guter Begleiter.

Das monotone Dröhnen ihres Mobiltelefons holte sie unsanft aus dem Schlaf. Mühsam drückte Ornella die Lider hoch. Zwei Uhr morgens! Ihr Kopf pochte, der Geschmack von Tannin klebte noch auf ihrer Zunge. Ihre Hand tastete nach dem Telefon. Ehe sie es zu fassen bekam, fiel es zu Boden. Ein Wutrausch wälzte sich durch ihren Körper. Mit harter Stimme sagte sie: „Prego!“

Ein durchdringendes, spitz gesprochenes ‚Bertan’o‘ hallte in ihrem Kopf und verstärkte die Schmerzen als eine Art Tremolo unter der Schädeldecke.

„Vielleicht, aber, ich, äh, ja ich arbeite zu unorthodoxen Zeiten, vielleicht also, wenn ich Sie geweckt habe, scusi!“, stammelte er.

Ornella kämpfte ihre Wut nieder und bat Bertano um einen kleinen Moment des Wachwerdens.

„Wenn ich Sie besser, ein anderes Mal ...“

Bloß nicht!, schoss es ihr durch den Kopf. Das war der Klassiker von einem Rohrkrepierer. Ließ man sich auf ‚das andere Mal‘ ein, war’s das. Alle Versuche, den Faden aufzunehmen scheiterten zumeist. Dann lieber so und sie konnte ihn gleich ausquetschen.

„Signor Bertano, danke, dass Sie zurückrufen. Wie Ihnen bekannt ist, recherchiere ich in Apulien zu den dunklen Seiten der Region. Dazu zählt nicht nur die Mafia, sondern auch das Umfeld von Zana. Was können Sie mir dazu sagen?“

„Ich weiß nicht, ich bin doch sehr erschöpft vom heutigen Drehtag. Andauernd den Set umgeräumt, nie wusste man wohin, die Maske neu, jede Szene, überhaupt diese Österreicher, so schrecklich deutsch. Furchtbar. Was wollten Sie noch wissen?“

„Ganz einfach, Signor Bertano!“

„Nein, nein, nennen Sie bloß nicht meinen Namen!“, unterbrach er sie. „Um Himmels willen! Ich sage nichts, nein, nein, gute Nacht Signora.“

Ornella beeilte sich, ihn bei der Stange zu halten.

„Das hatte ich mir ohnehin vorgenommen. Quellenschutz nennt man das bei uns. Selbst vor Gericht zieht das. Können wir nun weiterreden?“

Er gab keine Antwort.

„Va bene, mir sind ein paar Dinge aufgefallen, auf die Sie etwas mehr Licht werfen könnten. Zunächst etwa die Vorgänge um AddioPizzo, die Uhrenbriefe, davon hat Franco Storti inzwischen auch einen bekommen. Dann aber auch, was es mit dem Gewerkschafter Rossi und dessen Familie auf sich hat und natürlich mit der Klage der Lega."

Ornella hörte ihn am anderen Ende der Leitung atmen. Sie blickte zur Uhr, schon halb drei. Ihr Schädel dröhnte und der Geschmack in ihrem Mund wurde inzwischen widerlich. Sie fühlte ihre Wut wiederkehren.

„Also ich ..." Atmen, rasselnde Geräusche. „Verstehen Sie, Signora, anders kann man die Schweine nicht drankriegen. Die Klage ist die einzige Möglichkeit. Die Lega ...", er hustete, „hatte mal gute Sponsoren. Von deren Geld haben wir unsere Kampagnen bezahlt. Als, ähm ... ja, genau. Sie müssen aufpassen. Rossi ist der Schlüssel und dieser Leggerezza, dieser Wohltäter. Sie zeichnen das nicht auf, oder?"

„Nein, keine Sorge. Wer ist Leggerezza?"

„Bei allen wichtigen Fragen der Region ist der Kardinal mit im Boot. Infrastruktur, Jobs, Gewerkschaft, Verwaltung. Man kennt sich da unten. Und jeder hat etwas mit jedem zu tun. In den gehobenen Kreisen. Dazu zählt schnell auch mal die Sacra Corona Unita."

„Was ist das für ein Kardinal?" Wieder dieses Schnaufen. Konnte der Mann nicht zur Sache kommen und fertig?

„Kardinal Antonio Leggerezza, Bischof der Diözese Lecce. Kurienkardinal und Leiter der A.P.S.A."

„Und was hat die Gewerkschaft mit dem Kardinal zu schaffen?" Sie formulierte ihre Frage absichtlich ungenau.

„Die sind doch alle korrupt. Einer wie der andere. Und alle zusammen machen sie Geschäfte miteinander. Aber die Kleinen bezahlen die Rechnung dafür. Den ganzen Laden sollte man ausräuchern. Mitsamt dem guten Kardinal."

„Deshalb die Klage gegen Zana? Wollen Sie allen hier an den Kragen?"

„Die Klage wird Zana und den Rest zur Strecke bringen. Ist eingereicht, da kann keiner mehr was machen."

„Okay, das sind wertvolle Informationen", übertrieb Ornella. „Noch eine letzte Frage bitte: Wo finde ich Signora Rossi, die Mutter des Gewerkschaftsbosses? Mit der hatten Sie doch zu tun. Ich würde sie gern befragen."

Bertano schwieg für einen Moment, dann sagte er kaum hörbar: „Viale Taranto 33. Aber passen Sie auf sich auf." Damit hängte er ein. Ornella schaltete das Aufnahmegerät aus. Sie lächelte. Das war ein Big Point gewesen.

Was hatte die Kirche mit Umweltverschmutzung zu tun? Ihr fiel die Bewahrung der Schöpfung ein, die Seelsorge verängstigter Gemüter, aber auch die geistliche Sorge für die Hege und Pflege der Finanzen. Was sie an ihre großen, kommenden Aufgaben in Rom erinnerte.

Ornella kannte das besondere italienische Phänomen: Alles konnte ‚politisch' betrachtet werden. Die Religion gewiss auch, war am Anfang doch der Vertrag zwischen Gott und seinem Volk, noch bevor es die Kirche überhaupt gab. So stand immer vieles in Verbindung mit der Kirche, gerade in Rom, dem Mittelpunkt der christlich-katholischen Welt.

Und oft ist das verborgene Wirken der Kirche zielführender als das offene Streiten für oder gegen etwas. Kardinal Leggerezza. Ein seltsamer Name für einen Ordensmann. Leggerezza bedeutet Leichtigkeit oder auch Leichtsinn. Ob es da verborgene Zusammenhänge gab?

Viale Taranto 33. ‚Google Streetview' zeigte eine jener öden Gegenden im Süden, die selbst streunende Katzen zum Abwandern brachte. Eine lange Ausfallstraße mit zerklüfteter Wohnbebauung, teilweise nur eineinhalb Geschosse, durchweg Flachdächer, dazwischen alte und verwaiste Industrieanlagen, aufgegebene Geschäfte, heruntergekommene Eingänge, ausgebrannte Autos auf verlassenen Gewerbegeländen. Leider war die Hausnummer nur annähernd auszumachen. Das Navi berechnete zwanzig Minuten. Nach einer Telefonnummer suchte sie vergeblich. Also würde sie hinfahren müssen.

Bertano hatte gesagt, dass Kardinal Leggerezza in der Region oft präsent war. Offenbar spielte er eine Rolle im Umfeld des Zana-Konzerns, dem bedeutendsten Arbeitgeber der ganzen Region. Wenn schon nicht die Seelsorge der Bewohner im Fokus stehen mochte, die Sorge um die Prosperität der Region würde es ja auch tun.

Die Sonne des Südens kannte kein Erbarmen, weder ihre Hitze, noch ihr Glanz. Man hatte das Viertel herunterkommen und veröden lassen. Allein die Gewerbebrachen mit ihren Industrieruinen, die niemand jemals abreißen würde, erinnerten Ornella an die Elendsviertel mancher Großstädte, in denen nur noch Gangs und Hunde um die Vorherrschaft rivalisierten. Die meisten Menschen waren weggezogen, und wer das nicht konnte, der lebte hinter Barrikaden, in Hinterhöfen und Kellern. Ein zerfleddertes Wahlplakat sprach von der Zukunft der Stadt, der Arbeit, urbanem Leben. Das musste wie Hohn für die Anwohner klingen. Aber dazu passte die gesamte gesellschaftliche Situation. Ein ehemaliger Ministerpräsident, der öffentlich den Duce für seine gute Politik gelobt und als abgehalfterter Manegenhengst mehrfach die Rückkehr an die Fleischtöpfe der Macht angestrebt hatte, letztlich sogar noch als verurteilter Straftäter, wo es doch kaum noch etwas im Land zu ruinieren gab. Chi stà con L'asino impara a ragliare. Schlechter Umgang verdirbt den Charakter – wenn man denn einen hat, ärgerte sich Ornella. Wo blieb nur die Wut der Italiener auf diese Leute? Sie streikten gern und viel, einmal hatten sie es sogar geschafft, das gesamte politische System hinwegzufegen. Und doch hatte man jetzt das Bild vor Augen, wieder dort angekommen zu sein, wo man einst losmarschiert war.

Der erste Eindruck vor Ort überraschte Ornella. Sie stand vor einem neuen Betonkomplex, der entfernt an Bauhausarchitektur erinnerte, in frischem Grau erstrahlte und im Erdgeschoß neben einem Supermarkt noch Friseur und Kleingewerbe beherbergte. Der verwinkelte Aufgang hatte es in sich, zweimal musste sie nach dem richtigen Stockwerk fragen, dann endlich stand sie vor der Tür der Rossis.

Die Signora bat sie freundlich herein. Bei Caffè und Biscotti erzählte sie bereitwillig über ihren verstorbenen Mann. Der arbeitete bei Zana in der Produktion. Von einem auf den anderen Tag entwickelte sich bei ihm eine unheilbare Krankheit, die Ärzte sprachen von lymphatischer Leukämie in Verbindung mit PCB. Das Unternehmen habe sofort geholfen, und: „Schauen Sie, wie großzügig ich hier lebe, mein Mann wäre stolz. Sehen Sie, das ist er."

So viel Stolz kann misstrauisch machen, dachte Ornella.

Die alte Rossi zeigte ihr einen kleinen Hausaltar, in dessen Mitte neben einem Marienbild und zahlreichen Kerzen ein Familienfoto aufgestellt war. Ein weiteres Foto mit einem Priester, der sie segnete.

„Mein Mann, mein Sohn Corrado, und hier Seine Eminenz, der Herr Bischof." Dabei bekreuzigte sie sich. „Corrado, er ist bei der Gewerkschaft, ein toller Posten, hat auch geholfen. Er versteht sich gut mit dem Chef, der steckt ihm manchmal was extra zu, Sie verstehen? Kommen Sie, wir nehmen noch einen Caffè."

Sie war richtig aufgeblüht. Ihre nächste Frage tat Ornella fast schon leid, aber sie musste versuchen, nach dunklen Geheimnissen zu schürfen.

„Wussten Sie, dass die Gewerkschaft in mafiöse Strukturen verwickelt ist?“

Signora Rossis Miene wechselte von heiter gelassen zu düster betrübt. „Bitte gehen Sie jetzt“, sagte sie unvermittelt.

„Signora, der Name Ihres Sohnes fällt im Zusammenhang mit Mafiakontakten“, log Ornella.

Die Rossi ging bereits zur Tür und öffnete sie. „Gehen Sie!“

Damit war Ornella draußen.

Die anschließenden Recherchen förderten weitere Ergebnisse zutage. Immer wieder tauchte dabei Kardinal Leggerezza auf: wie er den Leuten zusprach, sich für die Familien einsetzte, die Bewahrung der Schöpfung anmahnte. Immerhin, er war Chef der Diözese Lecce, das erklärte manches, vielleicht gab es da auch einen Bezug zu Corrado Rossi? In der lokalen Presse war von schweren Erkrankungen die Rede, vier Todesfälle seien zu beklagen gewesen. Die Nachfrage beim örtlichen Gesundheitsamt bestätigte ihr Misstrauen. Ein einziger Lobgesang auf das soziale Engagement von Zana, kein Kommentar zu medizinischen Sachverhalten. Datenschutz! Selbst die mächtige Stahlarbeitergewerkschaft zeigte sich höflich abweisend.

Ausgerechnet die! Sonst gingen deren Leute bei jedem noch so kleinen Anlass auf die Barrikaden. Da war etwas faul.

Sie müsse das verstehen, hatte der örtliche Sekretär gesagt. Hier arbeiteten alle zusammen am Fortbestand von Arbeitsplätzen für die Region. „Wir wollen keine weiteren Industrie-Ruinen, die nützen keinem.“

Und die Toten, wem nützen die? Ornella hatte die Frage wohlweislich nicht gestellt. Dafür fragte sie nach Corrado Rossi.

Im Urlaub. Natürlich.

KAPITEL 2

Ordini di battaglia italiana

Colonello Angelo Sforza verließ sein Dienstzimmer im Verteidigungsministerium. Er hatte die Vespa stehen lassen und ging den kurzen Weg zum Umweltministerium zu Fuß. Der römische Verkehr sog ihn auf. Eine junge Touristin bat ihn um ein Bild.

„Von mir?“ Seine Überraschung war nicht gespielt. Die Antwort ließ keinen Zweifel zu. Sie wolle mit einem typischen Römer ihre Freundinnen daheim neidisch machen. Angelo musste schmunzeln, aber warum nicht? Er trug seinen sandfarbenen Anzug, Hemd mit Button Down Kragen, zwei Knöpfe geöffnet, geflochtene schmale Schuhe, die Haare leicht nach hinten frisiert. Er fühlte sich frisch, voller Elan. Der Dame schien er zu gefallen. So charmant er konnte, lächelte er in die Linse. Mit einem Kuss auf die Wange wurde er belohnt. Ein Samtgefühl für die Seele.

Wenige Minuten später kehrte er auf den harten Boden polizeilicher Ermittlungen zurück. Das unscheinbare Dossier mit dem Titel ‚Verdachtsmomente der Organisierten Kriminalität und Korruption im Umkreis des Stahlkonzerns Zana, Apulien‘ barg Zündstoff. Es schien zu bestätigen, warum Italien hinter Kuwait oder Südafrika auf der Liste von Transparency International nur Platz 72 einnahm. Trotz aller Mühen, das Land kam nicht voran.

„Wie belastbar ist das Material?“, fragte Sforza.

„Es wurde vom Corpo Forestale dello Stato, also unserer hausinternen Polizeibehörde, erhoben. Für unsere Leute kann ich mich verbürgen.“

„Das meinte ich nicht, Herr Staatssekretär. Mir ging es vielmehr darum, wie die Tatsachenfeststellung erfolgt ist. Also, waren ihre Beamten vor Ort zuständig? Haben sie eine ausreichende Dokumentation erstellt? Sind die Zeugen wetterfest oder sinken die beim ersten Regenguss in sich zusammen?“

„Auch wir verstehen unser Handwerk, Colonello“, antwortete der Staatssekretär säuerlich. „Ich habe Ihnen die Akte zum Vorgang holen lassen.“

Angelo staunte, hier war akribisch Buch geführt worden. Es tauchten die einschlägigen Clans der Region auf, Fehden um Ehre, die Blutrache, die Schattenwirtschaft, aber auch die Economica collaborazione, die Gewerkschaften ...

„Wie sind Ihre Leute denn zu den Ermittlungen gekommen?“

„Die beinahe ‚klassische Variante', eine anonyme Anzeige.“

„In welcher Form?“

„Das war allerdings ungewöhnlich ... eine E-Mail. Die IP konnten wir Servern im Vatikan zuordnen. Näheres ließ sich leider nicht feststellen. Da kommen wir ja nicht so einfach rein.“

„Der Vatikan“, sagte Angelo langsam. „Interessant. Was haben Sie noch?“

„Je weiter meine Leute recherchierten, umso mehr bestätigte sich der Anfangsverdacht. Wir sind uns ziemlich sicher, dass etwas Größeres dahinter steckt, so schnell und leise, wie da gehandelt wurde. Und die Dimension ist politisch, Sie verstehen?“

Angelo Sforza nickte. In Italien war so ziemlich alles ‚politisch'. So wie eines Tages die Grillini auf der politischen Bühne erschienen. Menschen, die einem Gaukler Namens Grillo mehr glaubten als den altvorderen Parteien. Wem wollte man das auch verdenken. Die bessere Wahl war es deshalb noch lange nicht. Jemandem, der 2007 mit einem Vaffanculo-Day, einem Leck-mich-am-Arsch-Tag, bekannt geworden war, sollte man empfehlen, besser bei seinem Leisten zu bleiben. Doch in diesem Land schien nichts mehr heilig. Selbst der Vatikan und die katholische Kirche boten endlose Geschichten über sich und ihre Verstrickungen. Wer hätte es etwa nach dem Krieg für möglich gehalten, dass die italienische Nationalbank Auslandskonten von Kunden der Vatikanbank einfrieren lassen würde? Verdacht auf Korruption und Bestechung oder Geldwäsche. Aber wo Menschen am Werk sind, da wird eben auch gewaschen.

„Wollen Sie dem Verdacht nachgehen, Colonello?"

Angelo schloss mit einem tiefen Seufzer den Aktendeckel.

„Ich werde das mit der zuständigen Staatsanwältin besprechen, Signora Traviani. Allerdings kenne ich die Dame nicht, sie ist erst neu zur Staatsanwaltschaft gekommen, noch dazu ist sie sehr jung. Wir müssen abwarten. Aber mit dem Dossier bin ich ja gut bewaffnet."

„Noch etwas Colonello: Denken Sie daran, da unten sind die Verhältnisse anders, da mischen potente Spieler mit, einschließlich der Gewerkschaft, die so sauber nicht ist, wie ihr Auftritt glauben machen will. Seinen Sie also auf der Hut. Da hat jemand Kaviar zu verteidigen."

Per conoscere un furbo ci vuole un furbo e mezzo, um einen Gauner zu erkennen, braucht es anderthalb Gauner, sagte Angelo zu sich selbst, und zum Staatssekretär: „Keine Sorge, ich halte Sie auf dem Laufenden."

Ein italienisches Versprechen, dachte Angelo, als er Claudia Traviani zum ersten Mal gegenüber stand. Schwarzes, leicht wallendes Haar, über schulterlang, ein grazil gezeichnetes Gesicht, zum Kinn hin spitz zulaufend, dichte schwarze Brauen, wache dunkle Augen und eine scharf geschnittene Nase, nur angedeutete Wangenknochen. Die Proportion nahezu klassisch. Wie ihr gesamter Köper, und dennoch strahlte sie auf Angelo eine durchdringende Unterkühlung aus, die ihn Abstand gewahren ließ. Er schätzte sie auf knappe Dreißig, sehr jung für eine derartige Position. In diesem Umfeld musste das harte Arbeit gekostet haben.

„Commissario, Sie wissen, ich bin bei Falcone und Borselino durch eine gute Schule gegangen ...“

„Gewiss, Signora“, fiel er ein, „eine beeindruckende Vita, gerade für eine Frau. Ein Job, den nicht viele angenommen hätten.“

„Unterbrechen Sie mich bitte nicht, schon gar nicht, wenn Kollegen dabei sein sollten. Aber das nur am Rande.“

Angelo mühte sich, nicht einzufrieren. Er dachte an die junge Dame mit dem Kuss. Er ahnte jedoch, dass er auf die Traviani einen ganz anderen Eindruck machte.

„Mir ist geläufig, dass Sie ebenfalls Jurist sind, also Kollege. Und dennoch möchte ich Sie direkt darum bitten, in allen kritischen Angelegenheiten zunächst meine Zustimmung einzuholen. Verstehen wir uns?“

Angelo Sforza quetschte ein knappes „si“ durch die Lippen und schickte sich an, die Tür zu suchen.

„Wo wollen Sie denn hin, Commissario? Wir haben da noch das Dossier zu verhandeln.“

Schon gut, Kindchen, dachte er, ich will deine Fassade ja gar nicht einreißen, du solltest nur autoritär nicht mit souverän verwechseln. Er sagte: „Si Signora. Wie Sie wünschen.”

„Jetzt haben Sie sich mal nicht so, Dottore. Nehmen Sie Platz und entspannen Sie sich.“

„Danke“, brachte er in der Hoffnung heraus, hier schnell fertig zu werden, und setzte sich. Er wusste zu genau, worauf das hier hinauslaufen sollte. Jenseits der Vorschriften und der Tatsache, dass sie als jüngere Kollegin ihm vorgesetzt war, ging es um die rituelle, geschlechterspezifische Vorherrschaft. „Dann sagen Sie mir bitte, welche Position ich zu dem Papier einnehmen soll.“

„Gut“, gab sie zurück, „ich sehe schon, das wird nichts mit uns beiden. Richten Sie sich einfach nach meiner Dienstanweisung.“

Oh Dio mio, war die bissig! Allerdings verströmte sie

einen zarten Duft von Vanille, der sich wie ein unsichtbarer Schleier durch den Raum zog.

„Commissario, ich habe das Dossier gelesen. Machen Sie es einfach für uns beide und erwecken Sie die Geschichte zum Leben. Wenn Sie es schaffen, dass mein Interesse an Ihrer Schilderung meine Zweifel überwiegt, bekommen Sie Ihre Dienstanweisung.“

Er war also doch noch nicht fertig. Sie hatte geschickt den Spieß umgedreht und ihn unter Zugzwang gesetzt. Sforza stand auf und ging zum Fenster, während die Staatsanwältin hinter ihrem Schreibtisch sitzen blieb. Er lehnte sich gegen die Fensterbank und setzte sein gewinnbringendstes Lächeln auf.

„Ein Duft von Vanille, ergänzt um eine leichte Note von Amber. Ich tippe auf Shalimar, eau de parfum. Die Ambernote ist für ein Eau de Toilette zu stark. Der Duft steht Ihnen gut.“

Die Staatsanwältin öffnete den Mund und holte Luft, brachte aber kein Wort heraus. Lag Empörung in ihrem Blick, Erheiterung oder gar Bewunderung? Er war unschlüssig, doch in einem einigermaßen sicher: Das Eis war gebrochen.

Eilt!

„Antrag auf Erlass einer Feststellung der Nichtigkeit des erledigten Verwaltungsaktes der Genehmigung zum Betrieb des Stahlwerks Zana II, Verwaltungsbezirk Lecce, Apulien – Feststellungsklage. Eingereicht durch Società ambienterra, Lecce, vertreten durch Claudio Bertano.” Tribunale amminstrativo, Giudice: Prof. Dr. Chiara del Ponte.

Der Kanzleidiener legte einen Vorgang an und gab ihm die Nummer 100/23/13.

Il Tribunale Regionale di Giustizia amministrativa lag

in der Via Francesco Rubichi, untergebracht in einem alten Adelspalast im Barocco Leccese. Der Gerichtsdiener hatte der Richterin den Vorgang zu oberst auf ihren großen Stapel auf dem Schreibtisch platziert und mit einem giftgrünen Pfeil gemarkert.

Was für ein Wochenende! Chiara del Ponte fragte sich Montag für Montag, warum sie sich das immer wieder aufs Neue antat. Am Samstag hatte sie das dringende Bedürfnis nach Nähe verspürt, nach Anerkennung, Geborgenheit. Der Barkeeper im ‚Angels and Demons' hatte sie mit den Worten: „Signora, welch eine Freude, Sie wiederzusehen!", begrüßt. Ein geschmeicheltes Kompliment wie alter Samt, rau, in die Jahre gekommen. Es tat ihr gleichwohl gut. Sie nahm an einem der kleinen Tische der Separees Platz. Ihr erster Eindruck war vielversprechend: Mitte Vierzig, Anzug, Krawatte, dunkles Haar, dazu blaue Augen und ein gewinnendes Lächeln aus einem schmalen Gesicht. Ihr Bauch meldete ein Prickeln. Die Unterhaltung drehte sich zu ihrer Enttäuschung um die allgemeine Lage Italiens, die Politik also. Ihr Gegenüber bekannte sich in volksnaher Weise zum gerade verurteilten Cavaliere und zeigte Züge, die es diesem gleichtun sollten. Obwohl ihre Ablehnung nicht so groß war, reiste sie noch vor dem Frühstück ab. Mehr hätte sie doch nicht ertragen. Wie oft hatte sie sich geschworen diese Ausflüge mit flüchtigen Herren zu meiden! Einen Glückstreffer hatte sie noch nie gelandet. In dieser Hinsicht war das Leben wie die Kirmes: Sie zog immer nur die Nieten.

Der Kalender starrte von Terminen, Besprechungen und Sitzungsvorbereitungen. Ihr Blick fiel auf die Akte mit dem Pfeil. Giftgrün. In der Stadt gab es mal eine Eissorte, die hieß ‚verde fatale', dabei hatte sie immer an ‚femme fatale' denken müssen. Allerdings befasste sich der Vorgang mit einem ‚grünen' Thema, besser gesagt ging es um die Gefährdung der Gesundheit von Mitarbeitern bei Zana, dem

Stahlproduzenten vor Ort. Immer wieder gab es Gerüchte, kamen Vermutungen auf, dass die Arbeitsvorschriften nicht eingehalten, Filteranlagen nicht auf dem neuesten Stand waren. Aber immer wieder hielt die Verwaltung ihre schützende Hand über den Konzern, war die Politik zur Stelle, um ‚behilflich' zu sein. Neulich erst waren vier Arbeiter gestorben, die Familien offenbar großzügig abgefunden worden, niemand wollte reden. Der Staatsanwalt interessierte sich nicht, weil er angeblich keinen Anfangsverdacht sah. Gerne hätte sie eingegriffen, aber ohne rechtliche Handhabe ging das nicht. Nun bot sich vielleicht eine Chance.

Die Betriebsgenehmigung war lange vor ihrer Zeit hier erteilt worden und grundsätzlich in Bestandkraft erwachsen. Seit einiger Zeit gab es einen Passus im geänderten Verwaltungsgerichtsgesetz, der besagte, eine bestandskräftige Genehmigung könne dann widerrufen werden, wenn sie im Lichte neuer Erkenntnisse, die massive Standardabweichungen begründeten, nicht erteilbar gewesen wäre. Das würde zwar nur mit einem juristischen Argumentationskniff möglich sein. Aber es gab noch einen weiteren Zusatz in einer Nebenbestimmung, der es ermöglichte, die Genehmigung sofort außer Vollzug zu setzen. Praktisch bedeutete das, den Betrieb stillzulegen. Sie musste dies zunächst einmal prüfen.

Hatte Claudia bislang ihre Augen nur dem Bericht gewidmet, so sah sie Commissario Sforza nun unmittelbar an. Schlanke Gestalt, unter dem dunklen Anzug bildete sich ein muskulöser Oberkörper ab. Das schwarze Haar war nach hinten frisiert, indes fiel eine kleine Tolle in die Stirn. Das wirkte in Kombination mit seinem Lächeln schalkhaft. Sie musste einen kurzen Lachreflex unterdrücken. Alles an ihm schien wie komponiert. Die Hände in den Taschen, das Hemd unter der Weste ohne Krawatte und mit zwei Knöpfen geöffnet, Manschettenknöpfe. Die Füße salopp übereinander gekreuzt stand er da, als warte er auf sie, weil beide gleich zum Essen gehen würden.

„Wie kommen Sie darauf, Commissario?“ Es gelang ihr nur mit Mühe, die Stimme so professionell klingen zu lassen, dass sie ihre Überraschung kaschieren konnte. Auch versuchte sie, sich gegen ein anderes Gefühl zu wehren. Es war eine gewisse Anerkennung, dass ein Mann, den sie zudem erst seit kurzem kannte, ihr Parfum erraten hatte.

„Eigentlich bin ich ja Colonello, Signora, aber bleiben wir beim vertrauten Commissario, der passt zu allen Gelegenheiten.“

Unbeeindruckt wartete sie auf die Erklärung.

„Im Übrigen gibt es ja auch die Privatperson Angelo Sforza. Und die beschäftigt sich mit ganz anderen Dingen. Duft, Geschmack und Farbe haben immer eine besondere Anziehung auf mich gehabt. Farbe kann man riechen, Duft schmecken. Und wenn beides zusammengeht, dann ist es eine Komposition. Etwa ein perfekt harmonierendes Parfum einer Dame, das die Sinne umschmeichelt und zugleich die Kleidung erfahrbar macht, indem sich der Duft mit den Aromen des Stoffs und der Haut verbindet. Eine perfekte Symbiose, sozusagen.“ Er räusperte sich kurz. „Oder auch nicht.“

Claudia Traviani tat sich schwer. Die Gedanken pochten hinter ihrer Stirn. Kopfschmerz befiel sie. Hier der lässige Eindruck ihres Gegenübers, vor ihr der Bericht, der sich wie verwischt in das trostlose Ambiente ihres Siebzigerjahrebüros einfügte, während Sforzas Worte wie klebriger Nektar im Raum hingen. Sie klopfte mit der rechten Hand auf ihre Brust, um die Konzentration wiederzufinden, was ganz danach aussehen musste, als fächle sie sich Luft zu. Mit Macht drängte sie ein lustvolles Gefühl an. Sie kämpfe es nieder.

„Möchten Sie, dass ich das Fenster öffne?“, fragte Sforza unschuldig. Nun war es Claudia genug. Höchste Zeit, diesen Mann zu bremsen. „Sie sind mir noch Ihre Geschichte schuldig“, gab sie eine Spur zu scharf zurück, um sogleich etwas freundlicher hinzuzufügen: „Und geben Sie sich Mühe.“

„Signora Traviani, Sie kennen den Süden vermutlich besser als ich. Aber auch mir ist klar, dass dort keine bürgerlich-selbstbestimmte Atmosphäre herrscht wie im Norden. Der Süden bleibt patriarchalisch verkrustet, es gilt nach wie vor das Gesetz der Blutrache, die Ehre der Familie und die Tradition des ländlichen Raums – und damit der Mafia. Weil die Region zwar reich an Kulturgut ist, aber arm an Arbeit, haben Schattenwirtschaft und Organisierte Kriminalität längst das Geschäft übernommen. Soweit nichts Neues."

Diese Sätze berührten Claudia auf eine eigentümliche Weise. Für einen Augenblick vermischten sich Bilder aus ihrer Zeit im Süden mit Kindheitserinnerungen, überlagerten sich, liefen ineinander. Das Verbindende war das Patriarchalische. Auch in ihrer durchaus liberal zu nennenden Erziehung kam dieses Element vor. Dominierte letztlich der Vater die Geschicke der Familie.

„Nun kommt so ein Konzern wie Zana, wohlgemerkt, aus dem Norden", fuhr Sforza fort, „schafft eine riesige Fabrik, Arbeitsplätze. Das weckt Begehrlichkeiten. Dazu wird die Economia collaborazione entwickelt. Das heißt, dem Konzern steht eines Tages eine Multi-Level-Organisation aus der regionalen Organisierten Kriminalität gegenüber. Dann ist sie aber bereits mit dem Konzern verbunden, nur hat der es noch nicht gemerkt. Denn über die Gewerkschaft ist ein Arm der Sacra Corona eingedrungen und hat Leute für sich im Betrieb rekrutiert. Informationen über Finanzierungen, Geschäftsbeziehungen, Verantwortlichkeiten usw. sind schon in den Händen der Mafiosi. Dann wird die Geschäftsleitung ‚eingeladen'", Sforza gab dem Wort einen vieldeutigen Beiklang, „zu kooperieren. Eine Zeitlang läuft alles nach Plan, das Unternehmen entwickelt sich und mit ihm die Region. Keiner denkt mehr ernsthaft über die ‚collaborazione' nach. Später werden ‚Bitten' an die Geschäftsleitung gestellt. Etwa dergestalt, dass Auslandsbeziehungen genutzt werden sollen, Transportwege, Anlandungs- und Liegerechte im Hafen, Zollfreilager und so weiter. Man kann jetzt spielen: mit Müllentsorgung, Drogen, Produktpiraterie, Menschenhandel. Grenzen sind nur der eigenen Phantasie gesetzt. Will die Geschäftsleitung endlich gegensteuern, ist es zu spät. Der Filz im eigenen Haus, die Verquickungen mit der regionalen Politik, Rechte, die man eigentlich nicht haben dürfte, et cetera. Doch auch ein radikaler Schnitt ist nicht mehr möglich: Bei dieser Multi-Level-Organisation sind einige Zwischenebenen eingeschaltet, die nur über ganz kleine Schnittstellen verfügen und sonst nichts voneinander wissen. Keiner kann den anderen verpfeifen, kein reuiger Pentito der Polizei gefällig sein. So sind die finanziell-ökonomischen Interessen geschützt."

Noch immer lehnte er am Fenster, eine sonderbare Stille war eingetreten. Erst jetzt wurde Claudia bewusst, dass sie ihre Augen nicht einen Moment von Angelo abgewandt hatte. Abrupt lenkte sie ihren Blick auf das Dossier und klappte es zu.

„Kommen Sie doch wieder näher und setzen Sie sich bitte, Commissario. In meiner Ausbildung habe ich immer wieder den Satz gehört: Es gibt immer eine erste Verfehlung, die einem letztlich den Hals zuschnürt, denn sie gebiert alle anderen. Da ist was dran. Also gut, fahren Sie meinethalben nach Apulien, recherchieren Sie vor Ort und bringen Sie mir Fakten, die mich überzeugen können. Und seien Sie gewiss: Die müssen auch meine Kollegin Signora Orsini überzeugen."

Das nonchalante Lächeln in Sforzas Gesicht wich offenkundiger Skepsis.

„Signora Orsini?"

„Meine Kollegin aus Mailand, Schwerpunktstaatsanwaltschaft für Organisierte Kriminalität."

Damit verabschiedete sie ihn.

Silvana Orsini. Also würden sich wieder einmal ihre Wege kreuzen, es war unvermeidlich. Auf ihre Empfehlung war Claudia nach dem Referendariat zu Falcone gegangen, der damals mit dem Kollegen Borselino zur landesweiten

Mafiajagd blies. „Ungewöhnliches Talent bekommt außergewöhnliche Herausforderungen". Der erste Satz nach ihrem Dienstbeginn bei Richter Borselino, den Caludia zu hören bekam. Als Grünschnabel war sie direkt an die heiße Front geraten und bei Außeneinsätzen mit den Richtern immer wieder in gefährliche Situationen geschlittert, sie hatte Verfolgungsjagden und brenzlige Festnahmen erlebt. Darauf war sie nicht vorbereitet gewesen. „Etwas mehr Praxis wird dir guttun", hatte Silvana gesagt. Dass damit wilde Schießereien und nächtelange Schweißausbrüche gemeint waren, hatte ihre Freundin verschwiegen. Sie zürnte ihr deshalb. Claudias Wesen eignete sich nicht für diese groben Nummern. Aber sie biss sich durch und schaffte es, von den Richtern als unentbehrlich betrachtet zu werden. Bis zum Tod beider. Kurz darauf der Mord an General Alberto Dalla Chiesa und seiner Frau. Dalla Chiesa als Antiterrorspezialist der Carabinieri schien auch der Mafia zu nahe gekommen zu sein. Doch einschlägige Kreise behaupteten einen politischen Zusammenhang, den die Cosa Nostra nur exekutiert habe. Mit dem Tod dieser Männer wurde das Ermittlungsdepartment aufgelöst, Claudia ohne Job. Silvana vermittelte sie von Palermo nach Rom. Ein Dienst unter Freundinnen. Schon wieder. Das lag ihr wie ein Stein im Magen, drückte aufs Gemüt. Silvana mit ihrem landesweiten Netzwerk machte sie zu ihrem Günstling. Ihr Innerstes rebellierte. Gefallen, für die man sich nicht revanchieren kann, weil man nicht über die Mittel verfügt. Kleine Verhältnisse gebären keine großen Kontakte. Hin und wieder ließ Silvana sie das spüren. Dann sprach Silvana in ihrer hochnäsigen Art abfällig über Dritte, denen sie einen besonderen Gefallen getan hatte. Ein Gefühl zwischen Wut und Ohnmacht. Gut nur, dass beide ein paar Hundert Kilometer von ihren Dienstsitzen trennte. Vorläufig jedenfalls.

In den nächsten Tagen übertrafen sich die Zeitungen mit Szenarien für einen Fortgang der Krise. Italien wählte sich von einer Malaise zur nächsten. Und jedes Mal wurden die Verhältnisse unübersichtlicher: Mittelinks im Abgeordnetenhaus, rechtes Spektrum im Senat, die Grillini beide Kammern bei zwanzig Prozent. Angelos Assistente Silvio Sperandello legte die Zeitung beiseite.

„Italien ist ein verrücktes Land, ich sag es ja immer wieder. Hast du die ‚Repubblica' gelesen?" Angelo bejahte mit einem Seufzer und ging zum Handwaschbecken.

Silvio lümmelte sich hinter seinem Schreibtisch und surfte mit dem Tablet im Netz. Verwaschene Jeans, Segeltuchschuhe, ungebügeltes Sweatshirt, zerknittertes Karojackett. Frisch gegelte blonde Haare – wie untypisch für einen Italiener –, Dreitagebart, was ihn insgesamt etwas verwegen erscheinen lassen sollte, wie Angelo vermutete. Dazu oft eine Ray Ban Sonnenbrille wie einst bei Miami Vice. Waren die Achtziger nicht vorbei? Dabei setzte es ihn immer wieder in Erstaunen, wie souverän Silvio mit seinem kleinen Handicap umging. Der leichte Silberblick gefiel nicht allen. Kollegen tuschelten gerne darüber, aber wohl mehr aus Ärger, dass Silvio immer neue Freundinnen vorführen konnte. Gleichwohl respektierte Angelo ihn, er konnte sich auf ihn verlassen und seine privaten Eskapaden störten ihn nicht weiter. Angelo sprach mit ihm lieber über Politik – genau das richtige Thema, um von sich selbst abzulenken.

„Wir Italiener sind doch krisenerprobt. In der Krise haben wir nun die Krise der Krise. Entweder es gibt Neuwahlen, weil sich alle gegenseitig blockieren, oder wir bekommen die Wiederkehr des ewig Selben – König Berlusconi", sinnierte Angelo. „Wie siehst du eigentlich aus, warst du gestern Nacht unterwegs?"

Silvio schmunzelte.

„Sie ist brünett, extrem anschmiegsam, wild-romantisch und hemmungslos in mich verliebt. Schnippe ich mit dem Finger, liegt sie mir zu Füßen."

„Also alles wie immer“, antwortete Angelo lakonisch.

„Na, jedenfalls besser, als sich selbst anzuöden!“ Die Einsamkeit war für Angelo zur Stilikone geworden. Er hörte gar nicht weiter hin. Gleich würde sein Assistent sich noch über sein Morgenritual lustig machen.

„Und dann noch deine Neurosen. Seit zwei Minuten wäschst du dir nun die Hände, meinst du nicht, es reicht jetzt?“ Angelo ignorierte ihn, Silvio stichelte weiter: „Oder wäschst du lästige Gefühle weg? Du warst doch gestern bei der neuen Staatsanwältin, dieser Traviani. Ist das ein heißes Eisen?“

„So heiß, dass sie uns direkt auf Dienstreise schickt.“

„Du meinst wohl, sie hat dich zum Teufel geschickt“, lachte Silvio.

„Bedaure Capitano, gehen Sie Koffer packen, wir fliegen noch heute nach Apulien.“

„Ach komm, Angelo, war nicht so gemeint. Krieg dich wieder ein. Lass‘ mich hier, ich hab‘ genug zu arbeiten und die Liebe ist so frisch.“

„Was denn für eine ‚Liebe’? Sprichst du nicht immer wieder davon, einer Neuen zu begegnen, die hübsch, klug, charmant und treu ist? Und dann ist es doch wieder eine Giulia, Sofia, Chiara, von denen unzählige in Serie rumlaufen. Die verströmen nicht mehr als den Fastfood-Geruch der grid girls bei der mille miglia.“

Auch wenn keine Ironie im Tonfall Angelos gelegen hatte, würde sich Silvio ärgern, denn er wusste, dass viel Wahres in der Aussage steckte. Aber zugeben würde er das zweifellos nie. Stattdessen antwortete er: „Wenigstens lebe ich meine Bedürfnisse, während du dich hinter zölibatärem Kleingeist verkriechst. Wenn ich es nicht besser wüsste, könnte man meinen, du wärst schwul.“

Die beiden Männer standen sich nun gegenüber. Silvio die Fäuste in den Taschen, die Wut in den Augen. Angelo schwankte zwischen Entrüstung und Revanchegelüsten. Seine Rücken- und Bauchmuskeln spannten sich, ganz so, als müsse er einen kriegerischen Angriff abwehren. Ein kurzes Klopfen an der Tür lenkte beide ab. Staatsanwältin Traviani stand im Rahmen.

„Buongiorno Signori. Die hier brauchen Sie beide doch bestimmt." Damit legte sie die Dienstanweisung auf den Tisch. „Ich habe Sie doch nicht etwa bei irgendwas gestört?"

Die Situation hatte etwas Peinliches, das schien die Traviani unmittelbar erfasst zu haben. Die Spannung zwischen den Männern zerstreute sich, Silvio scharwenzelte um die Staatsanwältin herum, seine Angebote zu Caffè und Biscotti lehnte sie kühl ab.

„Ich wünsche unmittelbar nach Ihrer Rückkehr den Bericht auf meinem Tisch. Sie haben zwei Tage. Signori."

Damit war sie auch schon wieder verschwunden.

„Warum hast du nicht gesagt, was die Neue für ein heißer Feger ist!", sagte Silvio.

„Ist sie das?"

Vom Flughafen Brindisi aus waren es noch etwa achtzig Kilometer bis nach Lecce. Angelo und Silvio verabredeten, sich bei ihren Recherchen als Journalisten auszugeben, um möglichst lange ungestört ermitteln zu können. In der Questura waren sie noch für den Abend angekündigt. Das Präsidium lag in der Nähe des Bahnhofs, eine Gegend, die öder kaum sein konnte. Eine breite Einbahnstraße, direkt hinter einem Kreisverkehr, auf der einen Seite mit einer Mauer zur Straße hin abgegrenzt, auf der anderen Seite der Justizbau, Zweckarchitektur mit dem Charme einer modernen Kaserne. Glatte Steinfront mit Schießscharten als Fenster. Auf dem Dach eine große Satellitenpeilanlage. Das Taxi hielt zwischen den in zweiter Reihe abgestellten Fahrzeugen der Carabinieri. Der Blick ringsum zeigte ein trostloses Bild. Häuser mit kleinen Geschäften im Erdgeschoß und verfallenen zweiten Etagen, eine Tankstelle und Industriebauten. Allein das Grün des Kreisverkehrs widerstand wie eine letzte Bastion der Natur all der städtebaulichen Hässlichkeit. Der Haupteingang erinnerte an einen Festungsbau. Stark besicherte Fenster zwischen voluminösen Toreingängen. Was für ein Unterschied zum Dienstgebäude des Verteidigungsministeriums in Rom, dem Palazzo Aeronautica. Angelo freute sich innerlich am Privileg seines zweiten Büros.

Der Questore ließ sich entschuldigen. Dessen Vice war ein Mann namens Perfino mit überlanger Hakennase und weit vorstehendem Unterkiefer, die sein Gesicht entstellten. Offenkundig nervte es ihn, den Termin wahrnehmen zu müssen, er gab sich so unverhohlen abweisend, dass es selbst Silvio verblüffte.

„Sie wollen hier also ermitteln. Zeigen Sie mal Ihre Dienstanweisung, oder haben Sie keine?"

Er stieß die Sätze zwischen den vorstehenden unteren Zähnen aus, sie zerstoben dabei zu Dampf und wurden von der Nase als Haube abgezogen, um alsbald wieder über den Unterkiefer ausgestoßen zu werden. Angelo musste unwillkürlich an eine Esse über dem Schmiedefeuer denken.

„So, so, eine einfache Staatsanwältin. Die ist uns hier nicht bekannt. Wie kommt die Signora dazu?" Offensichtlich wollte er aber gar keine Antwort, denn er sprach unmittelbar weiter. „Sie wissen, dass Sie zunächst hier vor Ort berichtspflichtig sind und wir auch entscheiden, was weitergegeben wird und was zu ermittlungsinternen Aufgaben hier bleibt?"

Angelo lächelte mild. War es möglich, dass so ein kleiner Vice Questore sich gegen römische Ermittlungen quer stellte? Bislang hatte er gezögert, ihre Dienstränge zu verdeutlichen, schließlich waren sie nur als ‚römische Kollegen' angekündigt. Die Erfahrung zeigte: Auch untergeordnete Stellen wünschten sich Anerkennung. Hier reichte es jetzt aber. Silvio schickte sich schon an, Perfino zurechtzuweisen, als Angelo ihn mit einer sanften Geste zum Stillhalten bewog. Er gab sich gezwungen höflich.

„Wir haben auf uneingeschränkte Kooperationsbereitschaft vor Ort gerechnet, Signor Perfino. Außerdem wollten wir nicht gleich großes Aufheben mit unserem Erscheinen machen."

Damit legte er ihm seinen Dienstausweis vor.

„Wie Sie wünschen, Colonello", gab Perfino missgelaunt zurück, während er den Blick ungläubig zwischen dem Dokument und Angelos Gesicht hin- und herspielen ließ. „Selbstverständlich dürfen Sie alle gewöhnlichen Ressourcen nutzen. Allerdings können wir kein zusätzliches Personal zur Verfügung stellen. Erstens haben wir keines, zweitens müsste das auch erst genehmigt werden. Sie verstehen."

Angelo verstand. „Uns ist schon damit gedient, intern Ihre Leute befragen zu können, draußen ermitteln wir alleine."

Ohne euch sind wir besser dran, dachte er.

„Was für ein widerlicher Kerl", sagte Silvio, als sie wieder auf der Straße waren. „Den sollte man in die nächstbeste Arena mit Löwen und Gladiatoren hetzen."

„Wie immer sehr zartfühlend", antwortete Angelo mit einem Lachen.

Silvio hatte sich an einem Kiosk den ‚Corriere Salentino' gekauft. „Un passo avanti – wie passend", sagte er mit ironischem Unterton. Angelo verstand nicht. „Na hier!", las Silvio, „Santa Sede – Sede Vacante. Tutta l'Italia non gestia – non governata."

Der Artikel hob darauf ab, dass nach den jüngsten Wahlen in Italien kaum Aussicht auf eine Regierung bestand und König Berlusconi trotz einer erneuten Verurteilung, diesmal im Unipol-Prozess, zielstrebig auf ein neues Regierungsamt hinarbeite. Wie sehr sich doch die Verhältnisse ähnelten: Nach dem Papstrücktritt wurde im Vatikan schon geschachert, wer wohl mehr papabile sei, wurden Skandale ausgegraben. Auch dort war also nur „Wahlkampf".

Angelo pfiff durch die Zähne. „Und hier finden demnächst Regionalwahlen statt."

Natürlich! Silvio hatte Recht, das erklärte Perfinos Reaktion. Die Questura-Stelle war ein Wahlamt. Da kämen römische Ermittlungen höchst ungelegen. Kam auch nur der Verdacht auf, die lokale Polizeiverwaltung sei nicht astrein, die Presse würde die Kandidaten in der Luft zerfetzen. Karriere am Ende, aufgebaute Netzwerke wertlos. Andersherum, dachte Angelo, könnte die Reaktion Perfinos eben auch anzeigen, dass er etwas zu verbergen hatte.

Am nächsten Morgen erkundigten sie sich zunächst nach einer passablen Bar fürs Frühstück. Das war bestimmt interessanter als im Hotel. Schließlich landeten sie in der Bar da Moro, klassischer italienischer Familienbetrieb mit Mamma an der Theke, Papà in der Küche und den Kindern als Bedienung. Das Frühstück schmeckte ausgezeichnet. In dem schlauchartigen Schankraum saßen die Leute unter alten Bildern mit Fotos von Freunden, Urlauben oder Feiern, immer wieder mit von der Partie ein Geistlicher. Mal in einfacher Priestertracht, mal in vollem Ornat. Trotz Tageslicht leuchteten hier alle Lampen, Patina allenthalben. Die Leute schwatzten über die Krise des Stahlkonzerns, Signora Moro plauderte wie ein Wasserfall, dass der Konzern hier doch so viel Gutes leiste, die Politik gut auf die Führung zu sprechen sei, sogar die Gewerkschaft nichts zu kritteln habe, was in Italien bekanntlich etwas heiße. Und die schlimmen Vorfälle? Sie machte eine wegwerfende Handbewegung, die aber offensichtlich positiv zu deuten sein sollte. Denn: Da habe sich der Konzern doch sehr honorig verhalten, die betroffenen Familien seien versorgt. So sei das Leben: ein weinendes und ein lachendes Auge. Und sie habe hier ein gutes Geschäft. Ob es noch etwas sein dürfe?

Ähnliche Reaktionen Land auf, Land ab. Überall, wo sie durchblicken ließen, dass sie recherchierten, wurden sie zügig hinauskomplimentiert. Irgendwie schien ihre Masche als ‚Journalisten' nicht zu funktionieren. Außerdem hatte es am Abend sicher schon in der ganzen Stadt die Runde gemacht, dass hier zwei Fremde schnüffelten. Einzig die Ansage eines Tabakverkäufers ließ aufhorchen. Silvio hatte erst eine Zeitschrift gekauft und dann nach Zana gefragt. Sofort wechselte der Mann die Gesichtsfarbe. Gestern habe da auch so eine danach gefragt. Ob man mit der unter einer Decke stecke? „Adesso mi incazzo! Fatti i gli affair tuo!“, keifte er lautstark, drängte beide aus dem Laden und rief ihnen mit dem Ausdruck tiefster Abscheu „Figli di puttana!“ hinterher, ohne sich um die empörten Blicke der Passanten zu kümmern. Eine Gruppe Straßenkinder nahm den Ausruf auf und plärrte ihn lauthals nach. Dabei machten sie unmissverständliche Gebärden und brachen über jedes Gestenspiel in schreiendes Lachen aus. Die beiden Männer sahen sich hilflos umringt von den tobenden Zwergen, die gaben dann aber Fersengeld.

„Was war das jetzt?“, fragte Silvio entnervt. „Dass wir uns um unseren eigenen Scheiß kümmern sollen, das hören wir ja öfter. Als Hurensöhne werden wir aber nicht so oft beschimpft ... – Und wie kriegen wir die ‚eine‘, mit der wir unter einer Decke stecken sollen?“

Angelo antwortete nicht.

Bei den letzten Sonnenstrahlen saßen sie im Café in der Via Acaja. Der Anblick des römischen Amphitheaters und des klassischen Kubus, von dem man nicht sagen konnte, ob ihn nun maurische Einflüsse oder doch griechische prägten, entschädigte für den langen Tag. Beide waren froh, keine Konversation machen zu müssen. Die Sonne wärmte.

„Darf ich mich zu Ihnen setzen?“, fragte eine weibliche Stimme von hinten. „Scarlatti, von der ‚Voce‘. Sie haben nach mir gefragt?“

Verblüfft drehte sich Angelo um. Ein kurzer Blick zu Silvio verriet ihm auch dessen Überraschung. Brünett, zierlich, große Rehaugen, schlanke Nase, leicht wulstige Lippen, die Sinnlichkeit andeuteten, mit Brüsten, die ihrem Körper etwas Schwere verliehen. Während Angelo noch mit der Lethargie eines müden Geistes kämpfte, schien Silvio sofort hellwach. Wahrscheinlich stellte er sich gerade vor, wie sie langsam auf ihn niedersank ... Angelo ermahnte sich.

„Ich darf Ihrer Frage zuvorkommen“, fuhr sie fort. „Sie sind nicht schwer zu finden. Die Stadt ist übersichtlich und die Leute werden nicht so häufig von fremden Journalisten heimgesucht.“

„Bravo!“, sagte Silvio anerkennend. Ihn beeindruckten burschikose Frauen, die direkt aufs Wesentliche kamen.

„Meinen Quellen zufolge gibt es Ungereimtheiten im Zusammenhang mit gewissen Transferleistungen bei Zana. Wissen Sie etwas darüber?“

„Signora“, sagte Angelo mit einer langen Dehnung, „Sie wissen wie das Geschäft läuft. Und wir wissen, dass Ihre ersten Informationen aus den Reihen des Corpo Forrestale stammen. Bieten also Sie etwas an.“ Ihm erschien dieser Angelina-Jolie-Verschnitt wenig aufregend, und burschikose Frauen lagen ihm gleich gar nicht.

„Va bene“, antwortete sie, während sie mit der rechten Hand ihr Haar hinter das Ohr steckte und dabei den kleinen Finger abspreizte. Ganz so wie die römischen Frauen, wenn sie ihren Espresso schlürfen. Allerdings hatte die Geste bei ihr etwas Gebieterisches, fand Angelo.

„Nach den vielen Gesprächen hier vor Ort kristallisiert sich heraus, dass die Mafia jenen Geschäften, die noch nicht AddioPizzo praktizieren, sich dem aber vielleicht bald anschließen könnten, das Leben besonders schwer macht. Die werden unter Druck gesetzt, bekommen Briefe oder werden sonstwie traktiert. Interessant ist aber auch das Verhalten des Stahlkonzerns Zana. Der hat sich die Unfälle hübsche Transferzahlungen kosten lassen.“

„So ganz ohne Namen?“

„Ich bitte Sie, meine Herren, Quellenschutz. Und was haben Sie für mich?“

„Wir könnten lügen“, sagte Sforza, „aber wir sind grundsätzlich ehrlich. Wir wissen nichts von Transferzahlungen, Signora. Mi dispiace.“

„Certo, Signori. Verstehe. Aber so werden Sie keine Freude haben, glauben Sie mir. ArrividerLa."

Signora Scarlatti drehte auf dem Absatz um. Sie schien zu wissen, dass die beiden Männer ihr nicht nur nachschauen, sondern sich auch fragen würden, ob sie da nicht was verbockt hatten. Und sie würde die Blicke beider spüren, die sich an ihre knackigen Rundungen hefteten. Besonders jene Silvios.

Chiara del Ponte suchte nach ihrem persönlichen Stempel. Der Drucker spuckte gerade ihre vierzig Seiten dicke Verfügung aus. Damit würde sie dem apulischen Stahlwerk erst einmal den Stecker ziehen. Sie hatte kaum mehr einen Zweifel, dass im Werk seit langem alle Arbeitssicherheitsbestimmungen ignoriert worden und in nur fünf Jahren elf Stahlwerker zu Tode gekommen waren. Luft- und Wasserverschmutzung weit über den Grenzwerten. Es lag zwar nicht in ihrer Macht, Exhumierungen zu erzwingen, das würde einem Strafverfahren vorbehalten bleiben. Aber die Gutachten genügten, den weiteren Betrieb zu untersagen. Dennoch zögerte sie. Die Gespräche mit der Gewerkschaft, der Regionalregierung, selbst mit den Anwohnern ergaben ein überraschend farbloses Bild. Kaum jemand schien interessiert, sich engagiert zu äußern. Das überraschte umso mehr, wenn sie die seinerzeitigen Proteste und Artikel in der Presse bedachte. Interessant war auch der Besuch eines gewissen Signor Testarossa aus der Verwaltung gewesen, ein schwitzender, unförmiger Fettkloß. Er beklagte die strukturschwache Region, keine alternativen Arbeitsplätze, die Einkommen der Leute, das Auskommen der Geschäfte, die alle auf den Betrieb des Werkes angewiesen seien, es hatte fast so geklungen, als hinge er persönlich am Tropf von Zana. Dann hatte er endlose Verwaltungsversprechen heruntergeleiert, was die Bürger alles von der Region, der Provinz erwarten könnten, wie eng man sich mit Zana abstimme. Schließlich wohne ja auch noch ein Senator hier vor Ort, der sich gerne beteilige. Chiara del Ponte hatte mehr und mehr den Eindruck bekommen, Testarossa sei der Büttel des Werks. So wie er vor ihr gesessen hatte, mit kleinen Fischaugen, die zu weinen schienen, während ihm der Schweiß von der Stirn ins Gesicht rann. „Welcher Senator?", hatte sie ihn gefragt.

Andrea Calvesi, gab er zur Antwort.

„Haben Sie die Adresse und was macht der konkret?"

Wieder fachsimpelte er über Verwaltungsarbeit und die spontanen Besuche des Senators. Schließlich kam heraus, dass dieser im Regionalausschuss für die Erteilung und Einhaltung der Umweltauflagen saß. Sie war froh, als sie mit diesem unangenehmen Menschen fertig war.

Senator Calvesi gehörte der Forza Italia Berlusconis an, wie sie schnell herausfand, er war maßgeblich an der Ausarbeitung des Wahlprogramms ‚Rialzati, Italia!', ‚Erhebe dich wieder, Italien!', beteiligt, und wurde immer wieder in Zusammenhang mit der Mafia gebracht. Auf Bildern im Internet erschien er wie ein ‚Elder Statesman', beste Kleidung, immer mit Anzug und Krawatte, Einstecktuch. Schlohweißes Haar, fein getrimmter Vollbart und ein freundliches Lächeln. Die Erscheinung massig, trotzdem einnehmend, wie sie fand, wenn auch nicht unbedingt ihr Typ. Der ‚gute Vater', der schützend seine Hand über die Familie hält. Konnte so jemand in die Umweltsünden von Zana verstrickt sein?

Sie erreichte ihn nicht persönlich. Sein Büro in Rom teilte nur mit, der Senator befinde sich auf Dienstreise. Da ihr Arm offiziell nicht weiter reichte, verzichtete sie auf Nachfragen. Allerdings war sie bei ihren Nachforschungen auch auf Kardinal Leggerezza gestoßen, der hier unten sehr beliebt war und als Erzbischof der hiesigen Diözese vorstand. In der Presse wurde nicht nur über Zusammenkünfte mit dem Senator berichtet, sondern auch über die Seelsorge, die der Erzbischof seinen Schäfchen vor Ort angedeihen ließ. Chiara del Ponte argwöhnte Interessenidentitäten. Mehrere Artikel beschrieben, wie der Gottesmann sich bei der Beschwichtigung der Proteste im Zusammenhang mit den Todesfällen und Erkrankungen eingesetzt hatte. Der gute Kardinal war bei Krankenbesuchen ebenso zu sehen wie in der Demonstrationsfront gegen schlechte Arbeitsbedingungen. Oft auch an der Seite der Gewerkschaft. Nie jedoch an derjenigen der Geschäftsleitung. Genau das löste Chiaras Argwohn aus. Denn soweit er oder die Kirche nicht selbst involviert waren, hätte die Geschäftsführung ebenfalls ihren Platz bei seinem Wirken. Wie beim Senator hatte sie auch bei der Diözese nichts erreicht. Kardinal Leggerezza blieb auf wundersame Weise im Vatikan verschwunden. Auch ihr verfluchter Stempel war nirgends zu finden. Wo hatte sie ihn nur?

Vor der Ausfertigung ihrer Verfügung rief die Richterin nochmals Claudio Bertano an, den Vertreter der Lega ambienterra, die den Stein erst ins Rollen gebracht hatte.

„Senator Calvesi ist ein gewiefter Mann“, erklärte Bertano, „Er hat ziemlichen Einfluss in der Region, für Rom kann ich das nicht sagen. Aber er hat als Ausschussmitglied immer wieder kritische Situationen für Zana entschärft, hat moderiert oder empfohlen. Angreifbar war er dabei nie.“

„Reine Weste?“, fragte sie.

„Scheint so.“

„Und Kardinal Leggerezza?“

Bertano atmete hörbar aus. „Der ist doch immer mittendrin. Kann es mit allen und spielt sich immer als Retter der Region auf, wenn es ihn nichts kostet. Gerüchte munkeln von Mafiakontakten, Sacra Corona.“ Den letzten Satz hatte er fast gestammelt.

„Mafia?“, fragte Chiara del Ponte verwundert.

„Was glauben Sie denn?“, antwortete er scharf. „Aber

mehr sage ich nicht, bei denen stehe ich ohnehin schon auf der Liste."

„Auf welcher Liste?"

„Signora, wenn Sie noch weiter graben wollen, schaufeln Sie sich schnell Ihr eigenes Grab. Ich habe mich schon so oft dafür in den Hintern getreten, den Antrag für die Lega gestellt zu haben. Fragen Sie doch die Journalistin, die bei ihnen recherchiert. Ich maile ihnen gerne die Adresse."

Wenige Tage später wartete Chiara im Ristorante ‚Volo' in der Via Guglielmo Paladini auf Ornella Scarlatti. Obwohl sie sich viel von dem Treffen versprach, fühlte sich Chiara bedrückt und abwesend. Bisher waren die sogenannten Uhrenbriefe in ihren Augen nur ein Gerücht gewesen – nun hatte sie selbst einen erhalten. Der Kellner brachte soeben Mandelkekse und Ristretto, als die Journalistin eintraf – viel jünger zwar, als Chiara erwartet hatte, doch das musste kein Nachteil sein. Sie fasste spontan Vertrauen, holte den Brief aus ihrer Tasche und legte ihn der Journalistin hin.

„Kennen Sie sowas?"

„Wann haben Sie den bekommen?"

„Heute Morgen. Können Sie was damit anfangen?"

„Ja, Signora del Ponte. Signor Bertano hat mir davon erzählt. Und er geht davon aus, dass mit dem Äußersten gerechnet werden muss."

Alle Achtung, dachte Chiara, wie war die Scarlatti an Bertano herangekommen? „Sie kennen ihn?"

„Si, Signora. Bei meinen Recherchen ist mir der Name untergekommen. Bertano lebte eine Zeitlang in der Umgebung von Lecce. Und er ist der Gründer der Lega ambienterra, die vor Ort wohl gegen alles und jedes zu Felde gezogen ist, das ihr korrupt oder sonst wie vorkam. Bei Ihnen müsste Bertano eine Klage gegen Zana eingereicht haben."

Signora Scarlatti schilderte nun in geraffter Form ihre Recherchen: Vermutlich hatte Zana über Kardinal Leggerezza Zugang zu Konten der Vatikanbank und auf diesem Weg Geld gewaschen. Sicher sei das aber noch nicht. Zudem sei ihr vor Ort aufgefallen, dass die positiven Aussagen zum Werk meist von Leuten kamen, die nicht dem Umfeld von AddioPizzo zuzurechnen waren. Da gebe es möglicherweise auch Verbindungen zu Zana. Denn die ganze Gegend profitiere ja von diesem großen Arbeitgeber. Da wäre es schon nachvollziehbar, wenn viele sich an Zana orientierten. Chiara nickte.

„Ich habe so etwas noch nie erlebt. Vielleicht, weil die Verwaltungsgerichtsbarkeit doch weiter vom Schuss ist?"

„Sie müssen sich Ihren Kollegen von der Staatsanwaltschaft anvertrauen", antwortete Ornella Scarlatti.

Chiara entfuhr höhnisches Lachen, vielleicht war die junge Frau doch naiver, als sie gedacht hatte. „Die?" Sie betonte die Silbe besonders lang. „Dieser korrupte Männerverein? Niemals! Die sind doch alle gekauft. Nach meiner internen Anfrage, ob ich Unterstützung bei meiner Entscheidung bekommen könnte, hat man mir unmissverständlich bedeutet: von uns nicht! Kein Interesse. Und dann noch durchblicken lassen, ich solle besser die Finger von der Sache lassen. Das sei eine Nummer zu groß für mich. Das hat mich irre geärgert."

Chiara war etwas zu laut geworden, von einem der Nebentische drehten sich die Köpfe zu ihnen. Sie nahm sich zurück. „Ich war richtig wütend. Die lieben Kollegen von der Staatsanwaltschaft hier unten sind nämlich nicht gerade dafür bekannt, sich zu überarbeiten. Vielleicht hat mich diese Aussage auch erst so richtig angestachelt."

„Jedenfalls sieht es danach aus, dass Sie jetzt in der Patsche sitzen. Sie könnten Commissario Sforza aus Rom und seinen Assistenten darauf ansprechen. Die waren schon hier vor Ort und ermitteln ebenfalls in der Sache. Ich kann nur nicht sagen, mit welchem Ziel."

„Wäre eine Überlegung wert“, antwortete Chiara und verabschiedete sich.

Eine Nummer zu groß für mich, dachte sie auf dem Heimweg, da war etwas dran. Sie brauchte dringend Mitstreiter. Dennoch – ihre Anfrage bei Commissario Sforza konnte noch bis nach dem Wochenende warten. Ob sie einen neuerlichen Besuch im ‚Angels & Demons‘ wagen sollte, um dann auch in der Questura vorbeischauen zu können? Aber Montagmorgen direkt bei dem unbekannten Commissario aufzuprallen, war vielleicht auch nicht so glücklich. Sie hatte wirklich keine Lust, Anregung zur Durchforstung ihres Privatlebens zu geben. Andererseits, ein romantisches Abenteuer würde ihr sicher gut tun. Sie buchte Flug und Hotel.

„Signora, Sie hier? Welche Freude!“

Diesmal war es nicht der Keeper, es war ihre Bekanntschaft vom letzten Mal. Sie schwankte zwischen Erstaunen und Ernüchterung.

„Ein Zufall oder Fügung?“, gab sie zur Antwort. „Bitte, nehmen Sie Platz.“

Entgegen ihrer Befürchtung ergab sich eine lockere und angeregte Unterhaltung über die Musik, die Natur, das Leben. Sie musste oft herzhaft lachen. Das ungezwungen Heitere belebte sie. Die Last der letzten Tage weggeblasen, der Kampf um die Entscheidung zu Zana weit weg, das Hier und Jetzt angenehm, anregend, verführerisch.

Als sie aus dem Bad kam, fühlte sie sich aufgekratzt, leicht beschwipst. Sie schloss die Augen und spürte, wie er sie umarmte. Langsam bewegte er seine Arme um ihren Körper, ließ die Hände an ihr auf- und abgleiten, flößte ihr einen prickelnden Schauer ein. Er küsste sie überall und umfasste ihren Körper von hinten. Sie verspürte einen sanften Druck um den Hals, Hitze durchströmte sie. Sie wollte es geschehen lassen. Es ging ihr gut, begierig verlangte ihr Körper nach mehr. Sie hörte sich selbst stöhnen, Lustschreie entwichen ihr. Während er sie rhythmisch vögelte, kam sie zum ersten Mal. Dieser Höhepunkt war Auftakt zu einem rauschhaften Exzess. Vulgär stachelte sie ihn auf, ihre Ekstase weiter zu befeuern. Mit wilder Energie trieb sie ihren Körper an. Die Luststeigerung nahm den nächsten Höhepunkt, als er ihre Klitoris mit seiner sandpapiernen Zunge leckte und zugleich seine Finger ihre Vulva penetrierten. Sie zog seine andere Hand zu sich hin und steckte seine Finger in ihren Mund. Die Klimax wütete durch ihren sich aufbäumenden Körper. Erneut drang er in sie ein, fühlte sie den Druck um ihren Hals. Außer sich vor Lust, ritt sie auf einer entfesselten Welle.

„Klassisch", stellte der Rechtsmediziner lapidar fest. Die römischen Carabinieri sahen ihn ausdruckslos an. „Sieht nach hartem Sex aus, der aus dem Ruder gelaufen ist. Sie verlangt, er gibt nach, sie steigert sich, er überreizt, Ende."

Die Beamten wandten sich der Spurensicherung zu.

„Aber", sagte der Forensiker, „vielleicht wollen Sie auch die Alternative hören?" Die Männer drehten unwirsch um. „Meines Erachtens ging es hier nicht um Bondage. Allerdings war es auch keine affektive Strangulierung. Es könnte sich um eine gezielte Tötung handeln. Woraus wäre das zu schließen? Zunächst aus der Art, wie das Opfer starb: zügig, wahrscheinlich während eines explosiven Erregungszustands. Dann aus der Umgrenzung der Tatspuren. Ausschließlich die Carotis externa beidseits, entsprechende Einblutungen, keine Verletzung von Kehlkopf oder angrenzendem Gewebe. Das Opfer weist auch sonst keine Auffälligkeiten auf, es ist sauber. Kein Oralsex, Spuren von Vaginalverkehr, kein Ejakulat, Einsatz von Kondomen wahrscheinlich. Soweit ich die Kollegen von der KTU richtig verstanden habe, ist das Zimmer der wahre Alptraum.

Legionen an Fingerabdrücken, Faserspuren, Haare, teilweise Schmutzreste. Fazit: Ein drittklassiges Etablissement, keiner, der so genau hinsieht, ein falscher Name in der Buchung, keine Personalien. Identitätsfeststellung offen. Mit Perücke und Samthandschuhen sozusagen. Eine gute Ablenkung", schmunzelte er.

KAPITEL 3

Sudden Death

Lange Serverreihen tauchten den Raum unter Radio Vatikan in nebliges Blau. Das gleichmäßige Rauschen der Kühlsysteme erzeugte eine dunkle Geräuschkulisse.

Domenico Grosso, der bullige Ispettore Generale Gendarmeria Vaticana setzte die Programmierer unter Druck. Zwei Systemtechniker arbeiteten mit verbissener Konzentration. Von einem fahrbaren Terminal aus dockten sie lokal an die Serverbackends an und ließen ihre Routinen ablaufen. Stecker klickten, Tastaturen klackten.

„Der Herr sei mit Euch", hörte Grosso die Stimme Monsignore Veltris, der den Raum betrat. Unmut stieg in Grosso auf. Diese Bande nichtsnutziger Kuttenträger konnte anscheinend nicht mal die Kontrolle über die eigene Website behalten. Die Patres saßen wie vom Donner gerührt vor den Bildschirmen. Der gesamte Auftritt des ‚Osservatore' war derart gekapert, dass er nicht einmal abgeschaltet werden konnte. Immer neue Schrecken verbreiteten sich auf den Seiten. „Konklave politisch gesteuert", „Papst zum Rücktritt gezwungen", „Kurie deckt Missbrauchsfälle in Diözese". Dazu seitenlange Berichte mit fürchterlichen Details, Fotos. Grosso stöhnte, als habe der Fürst der Finsternis von ihm Besitz ergriffen. „Warum geht das alles nicht schneller, verdammt?", maulte er in den Raum.

„Wir kommen da nicht rein, wir sind völlig abgeschnitten", gab einer der Techniker zurück.

„Aber wie kann denn das sein, die Website nicht abschalten zu können? Zieht den Stecker raus!"

Die Programmierer lächelten gequält.

Monsignore Veltri mischte sich ein. „Ispettore, bitte, darf ich es erklären?"

Missbilligend sah er den Geistlichen an.

„Bitte lassen Sie Ihren abschätzigen Blick und vergessen

Sie einfach für einen Augenblick, dass Sie mich nicht leiden können. Gut, nach meiner Kenntnis läuft so etwas wie folgt ab: Da wir unsere eigenen Server im Hause haben, über die wir unsere Aktivitäten rooten und die gesamte Infrastruktur hosten, wird zunächst unsere Seite, hier also die des ‚Osservatore', mit so vielen Suchanfragen überfrachtet, dass die Systeme überfordert sind. Das nutzt eine zweite Kohorte aus, die dann die Host-Adresse ermittelt und sich dort einloggt – schon ist der Auftritt gekapert. Das Ergebnis sehen Sie hier, Ispettore."

Konnte sich dieser oberschlaue Monsignore nicht verständlicher ausdrücken? Grosso hatte kaum die Hälfte von Veltris Fachchinesisch verstanden, das ließ ihn vor Wut fast überschäumen. Doch er kam nicht dazu, seinen Zorn über die Anwesenden auszuschütten, sein Funkgerät meldete sich. Das Staatssekretariat. Wie sollte er diesen Schlamassel hier erklären, würde ihn Seine Eminenz, der Kardinalstaatssekretär, danach fragen?

Übelgelaunt machte Grosso sich auf den Weg. Während der Schweizer Garde nie auch nur der geringste Patzer unterlief, quälte er sich unablässig mit den Widrigkeiten des Sicherheitsalltags herum. Was nützten ihm all seine Befugnisse, die in etwa denen der Staatspolizei auf italienischem Boden glichen, wenn er sich der Saboteure von innen kaum erwehren konnte? Faceva vomitare! Überhaupt hatten sich die Schwierigkeiten erst so richtig mit dem Pontifikat dieses Papstes entwickelt. Sempre i tedeschi! Alles mussten sie erforschen, ergründen, berichtigen, begradigen, verbessern. Als ob es da noch etwas zu verbessern gab! Die Machenschaften aus Korruption und Intrige in der Kurie? Den Sumpf um die Missbräuche? Die Weltkirche war längst darin erstickt. All die schmachvollen Aufarbeitungen, die kleinlichen Geständnisse und heimlichen Vertuschungsversuche. Das konnte man dem Pontifex wahrlich nicht vorhalten: Er hatte einen eisernen Besen geflochten und damit gekehrt. Doch was ist schon ein Besen für die Welt? Oft genug stand diesem alten Mann die Scham ins Gesicht geschrieben, angesichts der Sintflut an Dreck und Niedertracht.

Grosso betrat das Haus des Governatorato durch einen Nebeneingang. Eine Treppe führte ihn aus dem hinteren Teil nach oben in den ersten Stock. Die kleine Tapetentüre vor dem Audienzzimmer Seiner Eminenz, des Kardinalstaatssekretärs, knarzte leicht, als er den Raum betrat. Er passierte den großen Kamin, hinter dessen breiter Front die Tapetentür versteckt in einer Ecke lag. Die Priester hier wussten, dass Grosso gerne mal wie Harun al Raschid auftauchte. Heute allerdings war er von ihnen einbestellt worden.

„Ispettore Generale, Seine Eminenz erwartet Sie bereits.“ Als sich die schweren Portaltüren zum Arbeitszimmer öffneten, stand der Kardinalstaatssekretär am geöffneten Fenster und blickte in den Park. „Grosso, nehmen Sie Platz.“ Obschon ihn ein enges Arbeits- und Vertrauensverhältnis an den Kardinal band, blieb seine Beziehung zu ihm immer von innerer Spannung geprägt. Kardinal Scipione Caffarelli-Borghese, ein Mann von schlankem Wuchs, mittlerer Größe und auf den ersten Blick von durchschnittlicher Erscheinung. Unter dem vollen, silberweißen Haar lauerte ein stechendes, grünes Augenpaar, das rechte Augenlied hatte eine auffällige Muskelparese. Grosso durchfuhr immer wieder der Eindruck tiefer Verschlagenheit beim Blick in dieses Gesicht. Die hervorstehende Nase mit ihrem Höcker verstärkte dieses Unbehagen nachdrücklich.

Grosso selbst an Statur durchaus nicht klein, wenn man knapp zwei Meter so nennen wollte, fühlte sich ihm instinktiv unterlegen. Das würde er nie überwinden können. Vielleicht lag es an jenem Charisma, das Caffarelli allgemein zugesprochen wurde, über das man tuschelte? Und dabei ging es weniger um die geistlichen Gaben für die Gemeinde, um deren Geschäfte und Ämter gut zu führen. Es war das Unausgesprochene, das Finstere in seiner tiefen Innerlichkeit, das dem Gegenüber den Angststachel einjagte. Jedes Mal lief Grosso ein kalter Schauer über den Rücken, wenn er dem Kardinal den Kuss auf dessen Ring gab. In diesem Moment ließ sich alle Bedrohung, ja vielleicht die dunkle Seite des Heiligen Geistes spüren. Und immer musste er sich förmlich losreißen, um wieder in eine aufrechte Position zu kommen. Zudem fiel es ihm schwer, die japanischen Kunstgegenstände in Caffarellis Büro mit dessen Status als zweitem Mann im Kirchenstaat in Einklang zu bringen. Messer, Schwerter und Schriftzeichen japanischer Kultur schienen so gar nicht zu den wenigen christlichen Symbolen im Raum zu passen. Wer war dieser Caffarelli-Borghese? Das Dunkle, schwer Durchschaubare dieses Mannes erfüllte ihn mit tiefer Beklommenheit.

„Was ist denn da unten los, mein Bester?" Caffarellis kalte Augen zeigten keine Regung, während seine Lippen ein geheucheltes Lächeln andeuteten.

„Die Techniker zeigen sich inkompetent. Und Monsignore Veltri nimmt sie in Schutz, indem er versucht, mich von der Unabänderlichkeit des Angriffs zu überzeugen, Eminenz."

Ein böses Lachen entschlüpfte Caffarelli.

„Veltri, so so. Wir müssen beizeiten mehr Sorge auf unsere Wasserträger verwenden. Aber im Augenblick, mein lieber Grosso, muss ich gestehen, haben wir bedeutendere Aufgaben als die Website des ‚Osservatore'. Wir können gespannt sein, ob Veltri die Aufgabe löst."

„Wie darf ich das verstehen, Eminenz?"

Der Kardinal setzte ein gütiges Gesicht auf und mahnte Grosso: „Beizeiten, beizeiten, mein Lieber."

Die Güte verschwand ebenso schnell aus seinem Gesicht, wie er sie hineingezaubert hatte.

„Wir müssen uns um die leidige Angelegenheit von Bruder O'Leary kümmern. Das verlangt derzeit unsere ungeteilte Aufmerksamkeit. In Zukunft werden hier einige Veränderungen anstehen, langfristige Planungen ihren Beginn nehmen. Da möchte ich diese unselige Sache aus der Welt haben. Können Sie sich bitte darum kümmern, Domenico?

Wir wollen unserem Bruder in Christo hier ein stilles Kämmerlein einrichten, er wird noch ein paar Aufgaben zu bewältigen haben. Das wäre alles.“

Mürrisch kehrte Grosso zum Serverraum zurück. Die Techniker arbeiteten immer noch daran, die Kontrolle über den Osservatore wiederzugewinnen. Wenn die Zeitung so unprofessionell als Druckvorlage erstellt würde, gäbe es keine Leser mehr, dachte er und ranzte die Programmierer an: „Werdet Ihr heute noch fertig?“

Langsam beschlich ihn ein ganz ungutes Gefühl. Die Gelassenheit und Ruhe, die Monsignore Leonardo Veltri ausstrahlte, irritierten ihn. Während die anderen Patres frustriert auf ihren Tastaturen herumhämmerten, besprach Veltri immer wieder etwas mit den Technikern. Grosso postierte sich hinter einem der Monitore, an dem er die Arbeiten verfolgen konnte. Plötzlich erschienen dort anstatt von Prüfroutinen, die ihm Veltri zuvor erklärt hatte, wirre Zahlen- und Buchstabenkombinationen. Ein stilisierter Alienkopf wuchs Grosso aus der Tiefe des Monitors entgegen. Augen und Ohren geschlossen, der Hintergrund dunkelgrün, der Kopf selbst schwarz. Jetzt öffnete der Kopf die Augen und in grellen Lettern stießen sie mehrfach das Wort ‚ejeet’ aus. „Großalarm!“, rief Grosso und hantierte hektisch mit seinem Funkgerät, um sogleich das Staatssekretariat zu informieren. Doch bevor er ein Wort herausbrachte, legte sich eine Hand auf seinen Arm. Er schaute in Veltris entspanntes Gesicht.

„Einen kurzen Augenblick, Ispettore. Sehen Sie.“

Wie auf Kommando erschien wieder die Website des Osservatore auf dem Monitor. Bei den Technikern brach Jubel aus. Grosso starrte auf den Monitor und musste schlucken. Hatte er sich gerade blamiert? War das nur eine Übung gewesen? Hatte Veltri die ganze Zeit über die Kontrolle gehabt? Unschlüssig drehte er sich wieder herum – aber der Monsignore war verschwunden.

Dick Fleischhauer von der US-Wertpapieraufsicht zog den Kragen seines Mantels hoch. Der Regen peitschte ihm mit Wucht ins Gesicht, als er die Liberty Street betrat. Er hatte an der wöchentlichen Sitzung des Security-Council in New York teilgenommen, der seit dem Crash 2008 regelmäßig tagte. Auf sein Zeichen stoppte ein Yallow-Cab, der Fahrer nahm die Adresse misslaunig an. Zwei Blocks lohnten sich nicht, doch Fleischhauer war froh, nicht mehr dem Regen ausgesetzt zu sein. Der träge Verkehr ließ ihm Gelegenheit, die morgendliche Stadt zu studieren. Die Gebäude hingen in tristem Grau, die Menschen hasteten unter Schirmen verkrochen durch den Bindfadenregen. In der Nässe der Straßen spiegelten sich die Scheinwerfer der Autos. Der Morgen klebte erstarrt in überströmten Trauerweiden. Jetzt hielt der Fahrer vor dem Eingang Broad Street. Während er zahlte, überlegte Dick, ob die klassizistische Front mit ihrer griechischen Tempelfassade, den korinthischen Säulen und dem Tympanon mit den plastisch hervortretenden Figuren noch für jene Macht, Ordnung, Vernunft und Harmonie stand, die einst Wachstum und Wohlstand symbolisieren sollten. Das Figurenensemble trug den Namen ‚Integrity Protecting the Works of Man' – Rechtschaffenheit schützt der Menschen Werk. Dick seufzte.

Drinnen schlugen ihm Hektik und Nervosität entgegen. Die Händler an der New York Stock Exchange kämpften damit, sich die unterschiedlichen Entwicklungen der Kurven zu erklären. Immer wieder wurde der Bildschirm schwarz, dauerte es eine Weile bis zur nächsten Darstellung. Die automatisierte Mitteilung an die Securities and Exchange Commission würde dem Treiben ohnehin einen Riegel vorschieben. Eines war den umstehenden Männern jedoch zweifelsfrei klar: Hier verlor jemand in atemberaubender

Geschwindigkeit sein Kapital. Und das würde jemand anderen schnell reich werden lassen. Der alte Traum. Die LCD-Displays an den abgeschrägten Wänden wechselten immer wieder die Charts, Zahlenkolonnen ergänzten die Kurven.

Ein Saaldiener holte Dick ab und begleitete ihn zum Konferenzraum. Kaum eingetreten, lachte er herzerfrischend:

„Meine Herren, ich hoffe, Ihr Dringlichkeitsanruf rechtfertigt mein frühes Aufbrechen aus der Runde der Honoratioren.“ Die Resonanz blieb aus, also war die Lage entweder tatsächlich ernst oder er hatte die Anwesenden eingeschüchtert. In der Branche ging Fleischhauer der Ruf voraus, unerbittlich wie ein schwarzer Sheriff durchzugreifen. Der Erfolg gab ihm Recht, seine Fälle wiesen eine hohe Abschlussquote auf.

Der Commissioner of Trade Disturbance legte ihm eine kurze Stellungnahme vor.

„Welche Teilnehmer betrifft das noch?“

„Nur Blacknight“, antwortete der Commissioner.

„Ist die Task Force darauf angesetzt?“

„Ja, wir haben auch schon den größten Handelseigner informiert, die Schweizer SAM-Bank.“

„Gut, die kommen hierher?“

„Morgen. Die offizielle Einbestellung ist schon zugestellt. Vertreter von Blacknight werden ebenfalls anwesend sein.“

„Sind die in Ihren Büros auch gehackt worden?“

„Nein, bislang nicht. Das Ganze hat ohnehin nur etwa eine halbe Stunde gedauert. Doch das Beunruhigende ist, wir sind während des Angriffs nicht zum Aussetzen des Titels gekommen. Hätte das länger gedauert, wäre die ganze Börsensubstanz von Blacknight zerstört gewesen.“

„Okay, der Beschluss zur Aussetzung des Handels Blacknight bis zur Klärung des Vorfalls ist vollzogen, Termin morgen 11.00 Uhr hier. Dann werde ich aus Washington auch den Untersuchungsbeschluss haben. Wie üblich gibt es zwei Verfahren, eins zum Titel, eins zur Security des Hauses hier. Alles klar?“ Ohne eine Antwort abzuwarten, verließ er den Raum. Draußen hatte es aufgehört zu regnen.

„Ist Seine Eminenz schon informiert?“ Der Vorsitzende ließ seinen Blick über die gesenkten Häupter schweifen. „Gut, dann übernehme ich das selbst. Wer regelt die Angelegenheit in New York?“

Bernd Spethmann zog den Kopf ein, er sah die Welle auf sich zurollen. Mitten in der Nacht hatte man ihn zu einem Vorstandstreffen der Swiss-Asset-Management Bank gerufen, was nichts Gutes bedeuten konnte. Die Investmentgesellschaft Blacknight hatte über Dreiviertel ihres Kapitals verloren, der Handel der Aktie war ausgesetzt. Mehr wusste er noch nicht. Er hätte besser auf Nimmerwiedersehen verschwinden sollen – nun war es zu spät. Man konnte nur versuchen, zu retten, was zu retten war.

„Möglicherweise möchte hier ja jemand“ – der Vorsitzende machte eine bedeutsame Pause – „gewisse Unregelmäßigkeiten vergessen machen?“

Spethmann spürte den Blick des Vorsitzenden auf seiner kahlen, schweißnassen Stirn. Kalte Tropfen rannten ihm in die Augen. War etwas mit den Terminkontrakten schiefgegangen? Oder mit den verbrieften Kapitaltiteln? Gerade letztere waren seit der Subprime-Krise anfällig, Investoren stornierten schon bei ersten Gerüchten, oft waren Blasen da noch gar nicht entstanden. Geschah das in größerem Umfang, konnte leicht auch die Bank in Schieflage geraten. Zumal bei diesem besonderen Geschäftsmodell.

„Herr Spethmann?“

Er schluckte und sah gehetzt auf. Alle Augen blickten auf ihn. „Kein Problem“, sagte er tonlos. „Ist so gut wie erledigt.“

Monsignore Leonardo Veltri erhielt noch am Abend eine verschlüsselte Kurznachricht. Außergewöhnliche Zeiten erfordern ungewöhnliche Maßnahmen ... Er spürte dem Knarzen der kleinen Säulentreppe nach, atmete den Geruch des alten Holzes ein, der ihn so lange begleitet hatte. Gedämpftes Licht fiel durch die Bleikristallfenster in den Bibliotheksraum, Abglanz des scheidenden Tages. Veltri setzte sich an seinen großen Arbeitstisch, den Rücken zur Fenstergalerie. Ihm gegenüber die Bibliothek mit der großzügigen Galerie, ihrer barocken Schwere und den unzähligen Metern an Büchern, den unzähligen Kilometern, an denen er sich entlang gearbeitet hatte. Vor ihm lagen verschiedene Strategiepläne, wie die zukünftige Kurie aussehen könnte, wer der nächste Papst werden könnte, wer der nächste Kardinalstaatssekretär. Sein Blick fiel auf den Zettel mit den technischen Details von Datenbankroutinen und ihrer Dekonstruktion. Der Stein war ins Rollen gebracht. Das Weitere würde sich finden, wie seine Zukunft auch.

Doch zunächst wollte er sich mit seiner anderen wichtigen Aufgabe befassen: Ornella Scarlatti. Voraussichtlich würde er die Journalistin in der ersten Zeit nach ihrer Akkreditierung im Vatikan begleiten, Türen öffnen, Informationen beschaffen. Der Name Scarlatti war ihm wohlvertraut, bereits Ornellas Vater hatte direkt nach dem Krieg als einer der ersten Journalisten im Vatikan gearbeitet, einer der Großen im Nachkriegs-Italien. Nicht immer zur ungeteilten Freude der Beteiligten. Er selbst damals noch blutjung, gerade erst geweiht, Bruno Scarlatti im gesetzten Alter, fast ein Vater-Sohn-Verhältnis. Würde es nun ein Vater-Tochter-Verhältnis werden? Das ließ sich noch nicht einschätzen. Sollte die junge Scarlatti den Dickschädel und das Beharrungsvermögen ihres Vaters an den Tag legen, es würde interessant für alle werden. Er wählte ihre Nummer.

Kapitel 4

Italienische Krankheiten

Marcello Mostra schmetterte den Corriere Salentino so heftig auf den Tisch, dass alle im Raum zusammenzuckten. Die Wut hatte ihn gepackt. Am liebsten wäre er auf alles und jeden losgegangen. „Un passo avanti“, spuckte er das Motto der Zeitung hinterher. Es war sein gutes Recht sich vor allen so aufzuregen, als Capofamiglia, als die Autorität schlechthin im Konzern. Hatte er nicht alles gegeben, was er geben konnte? Die neue Fabrik, die Leistungen an die Familien seiner Arbeiter, Kindergärten, Infrastruktur, einfach alles, was man brauchte zu einem anständigen Leben. Was für ein kümmerliches Leben, bis er, bis die Fabrik hierher kam! Die meisten lebten von armseligen Einkünften als Touristenführer oder Mafiazuträger, Gesindel. Jetzt besaßen viele ein Häuschen, eine eigene Wohnung, genug für die Alten.

Und nun protestierten sie gegen ihn! Die Zeitung brachte Bilder von streikenden Arbeitern mit ihren Familien, die mit Schildern vor dem Werk demonstrierten, krude Parolen von niedriger Gesinnung brüllten und Puppen verbrannten. Als wäre das nicht genug, mittendrin ein paar Frauen in Schwarz mit Kopftuch, Kerzen und Fotos in Händen.

Mostra hatte zwei seiner Sicherheitsleute einbestellt.

„Kennt einer diese Journaille, die hier herumschnüffelt?“

„Nein, Chef. Aber es sind zwei Männer und eine Frau. Unsere Leute sind dran.“

„Schafft mir die bloß vom Hals!“, donnerte er. „Wir können nicht noch mehr Öffentlichkeit gebrauchen. Und jetzt macht euren Job.“

Die Sicherheitsleute verzogen sich.

„Marcello“, sagte jetzt Piero, seine rechte Hand, „mich hat noch eine ganz andere Nachricht erreicht. Leider ist sie nicht besser.“ Pieros Stimme war leise, aber fest und ruhig.

„Nun los, sag schon, meine Laune ist eh nicht die beste!"

„Wir haben ein Problem in Zürich."

„Was soll das heißen?"

„Blacknight ist pleite. Der Kardinal hat uns informiert, dass die Nachricht von der SAM kam. Die müssen morgen in New York bei der ‚Securities and Exchange Comission' antreten."

Wie angestochen stürmte Mostra aus seinem Stuhl, entriss Piero den Bericht und überflog ihn mit entgeisterter Miene. „Ein Ermittlungsverfahren?", brüllte er wutentbrannt, „Verletzung von Handelsregeln? Drohender Totalverlust?"

Piero ließ ihn explodieren und hielt erstmal die Klappe, das schätzte der Capo an ihm. Mostra sank in seinen Stuhl und atmete tief durch, obwohl er eigentlich keine Lust hatte, sich zu beruhigen. Der gute alte Zana-Stahlhammer in seiner Brust schlug kräftig wie eh und je. Aber mit fast siebzig setzten Übergewicht und cholerische Anfälle seinem Herzen zu. Wie lange konnte er die Zana-Gruppe noch auf diese Weise nach Gutsherrenart führen? Für die Eigentümerfamilie war er ein Glücksfall, das wusste der Capo genau. Doch seine gefürchteten Willkürakte und Wutanfälle konnten ihn in Sekunden um seinen kurzen Hals bringen. Wer sollte dann das Ruder übernehmen? Piero Scarlatti etwa? Nein, der war kein Anführer, nur ein Handlanger. Immerhin der einzige in seiner Nähe, der dank seiner Geschmeidigkeit in heiklen Situationen schon geraume Zeit überstanden hatte.

Nach einer Minute eisigen Schweigens brach Piero die Stille.

„Wenn deine Buchhalter nicht so störrisch wären, könnte ich dir jetzt eine genaue Zahlenanalyse vorlegen."

„Du bist mein persönlicher Berater, nicht mein Banker!", herrschte Marcello ihn an.

„Marcello, du vergisst, dass wir ohne freie Spitze agieren. Die Linien bei den Banken sind schon jetzt bis Jahresende ausgeschöpft. Einzig die Börsengeschäfte hätten es noch reißen können. Wir werden also ohnehin über genaue

Zahlen sprechen müssen, wenn nicht die ganze Zana-Gruppe zum Konkursrichter geschickt werden soll."

Piero lag damit richtig und Marcello wusste es. Er brauchte hier auch nicht zu toben, um sein Gesicht zu wahren. Aber genau das fiel ihm unendlich schwer. Es war umso viel befreiender, andere niederzumachen, sich an ihrer Angst zu freuen, als die eigene Angst bekämpfen zu müssen. Allerdings würde diese Politik jetzt nicht mehr weiterhelfen. Alle hatten mit ihm Geschäfte machen wollen, von den Banken über die Politik bis zum Ausland hin. Mit zäher Arbeit hatte er ein Imperium aufgebaut, das inzwischen in ganz Europa seinesgleichen suchte. Nach der letzten Stahlkrise war nur noch die Zana-Gruppe als europäischer Spieler auf dem Weltmarkt übrig geblieben. Und vom Europageschäft ließ sich immer schlechter leben. International aber musste Mostra sich gegen die Chinesen, Inder, Australier behaupten. Dort waren die Marktverteilungskämpfe im vollen Gang, während daheim die Konsolidierung für Europa immer noch nicht gelingen wollte. In der Tat hielten die Banken schön die Finger auf den Limits. Nie war es so schwierig gewesen wie in den Jahren seit der Wirtschaftskrise 2008. Da auch der Interbankenhandel kaum mehr funktionierte, nahm die Liquidität der Institute rapide ab. Die Risikoabteilungen hatten mittlerweile oft mehr Einfluss als der Vorstand selbst.

Gottlob stand die Zana-Gruppe etwa bei Monte dei Paschi nicht groß als Kunde in den Büchern, obwohl die Banker in guten Zeiten nichts unversucht gelassen hatten, die Gruppe intensiv als Kunden zu bearbeiten. Doch Marcello zeigte sich einmal mehr als gewiefter Taktiker. Er widerstand den toskanischen Verlockungen, diesem undurchdringlichen Dschungel an Loyalitäten, von denen keiner wusste, wem genau sie galten, politischen Gefallen, die sich später als Fallstricke erweisen konnten, und dunklen Hausmächten, die schließlich dazu beitrugen, dass die Bank selbst strauchelte.

Noch im Sommer 2012 hatte er mit den beiden Vorständen, Gianni Baldaressi und Nicolo Fossa, beim Sommerfest im illuminierten Hof des mittelalterlichen Komplexes der Bank in Siena gestanden, als diese sich brüsteten, man nenne sie inzwischen die ‚Bande der fünf Prozent'. Denn bei den vielen Derivatgeschäften, die sie zumeist über London für die Bank tätigten, profitierten sie – und das, obwohl die Geschäfte eigentlich auch ohne Vermittlung zustande kamen. Daraufhin schüttelten sich die beiden so ausgiebig vor Lachen, dass Umstehende auf die kleine Gruppe aufmerksam wurden. Hatten die etwas mitbekommen? Marcello reagierte blitzschnell, strich sich breit grinsend über den Bauch, als habe er über seine beträchtliche Leibesfülle gescherzt. Für die Bank fielen jedoch Provisionen von rund 20 Millionen Euro an. Das war kein Scherz.

Vier Monate später lachten dann die Staatsanwälte aus Mailand, die umfangreiche Untersuchungen zum Vorwurf der Untreue zu Lasten der Bank einleiteten. Allen voran eine Staatsanwältin namens Silvana Orsini, die wie ein heißer Feuerwind durch die ehrwürdigen Hallen fegte, kurzzeitig den gesamten Vorstand nach Mailand ‚einlud' und erst nach geraumer Zeit die Ermittlungen an Mitarbeiter abtrat. Danach entspannte sich die Lage etwas. Wer es mit dieser Staatsanwältin zu tun bekam, war schnell ein armer Hund. Sie wurde überall gefürchtet, ja gehasst, gleich wo immer sie ihr Feuer entfachte in Wirtschaft oder Politik. Ihr Dezernat war landesweit die einzige Schwerpunktstaatsanwaltschaft für Finanzmarktmanipulation und Organisierte Kriminalität im Bereich Banken und Börsen. Ein Satansweib. Wenn auch entschieden zu jung für ihn, wie er fand.

Eilig beraumte Piero Scarlatti ein Treffen an. Auch Kardinal Leggerezza, über dessen Fondo di investimento [FDI srl.] die Fäden für die Geschäfte der SAM-Bank zusammenliefen, sollte anwesend sein. Piero erwartete eine heikle Sitzung, jetzt, da sich die Dinge so dramatisch zuspitzten. Auch er würde seinen Job verlieren, müsste Zana schließen.

Zurück in den kalten Norden? Diese Vorstellung löste bei ihm wenig Freude aus. Hier wohnte er mit Blick auf das blaue Meer, die Wärme des herrlichen Nordost-Passats. Schiffsglocken kündeten von der Weite der Welt, während er auf seiner Terrasse in der Abendsonne Pläne für seine Weltreise schmiedete ...

Man traf sich im Viale Otranto in Lecce, in einem Gästehaus der Kirche. Das historische Gebäude aus der Renaissancezeit blieb nach einem Brand lange verwaist. Nur die Fassade erinnerte noch an die Entstehungszeit. Innen war es komplett neu errichtet worden, es roch noch nach der frischen Renovierung, die Räume streng funktional eingerichtet mit lieblosen, schwarzweißen Büromöbeln. Mit seinen abgehängten Decken, den verkleinerten Türen und dem vielen Glas erschien Piero das Haus künstlich und seelenleer. Er überprüfte den Laptop – die Verbindung nach Mailand stand, alles war bereit.

Hinter ihm klackte immer wieder die schwere Portaltür ins Schloss. Einer nach dem anderen trafen die Teilnehmer ein, auf Begrüßungen wurde verzichtet. Als letzter erschien Kardinal Leggerezza, ein Mann um die siebzig, untersetzt und übergewichtig, der sofort das Wort ergriff.

„Meine Herren, die Situation ist bedrohlich. Noch kenne ich die Dimensionen nicht, aber der Schaden wird beträchtlich sein. Für die Kirche, die Unternehmensgruppe wie auch für unsere anderen Freunde. Ich habe das Rechtsanwaltsbüro Steurer & Söhne angewiesen, in einem ersten Schritt die Interessen des FDI in New York wahrzunehmen. Das hat insofern direkte Auswirkungen, weil die Kanzlei auch im Staat New York zugelassen ist. Wir können also alle rechtlichen Mittel im Kampf mit der SEC ausschöpfen." Er machte eine Pause. Sein Gesicht verriet große innere Anspannung. Dann schloss er seinen kurzen Bericht mit dem entscheidenden Satz: „Aber gehen Sie zunächst einmal davon aus, dass wir um die neunzig Prozent unseres Kapitals werden abschreiben müssen.“

Das war der Moment für Piero, sich einzuschalten und Leggerezza in die Ecke zu drängen, wie es Mostra von ihm erwartete. Diesem geldgeilen Kleriker sollte man vor versammelter Mannschaft die Haut abziehen und ihn dann nackt in der Diözese zur Schau stellen, damit alle wussten, mit wem sie es die ganze Zeit über zu tun gehabt hatten.

„Dann müssen Sie uns jetzt Geld vorschießen“, sagte Piero. „Gehen Sie von mindestens fünfhundert Millionen aus.“

Der Kardinal schaute völlig überrumpelt aus seinen matten Augen. „Was reden Sie da für einen Unsinn, Mann?“

Piero blickte ihn unverwandt an, es wurde für einen Moment totenstill.

Der Kardinal gab sich amüsiert. „Seit wann können Sie für die Familie oder den Konzern sprechen? Von denen ist keiner anwesend. Also vergreifen Sie sich nicht im Ton.“

„Das würde uns aber auch interessieren“, mischte sich Ugo Spiccio, Vorsitzender des ‚Freundeskreises der apulischen Wirtschaft’, ein.

Leggerezza stand auf und lief sichtlich nervös im Raum umher. In einem Mundwinkel bildete sich Speichel, der langsam zum Kinn herunterkroch. Seine Halbglatze schien zu pochen, so mussten die Gedanken in ihm arbeiten.

„Mit den Demos haben wir ohnehin ernsthafte Probleme“, meldete sich nun Bruno Testarossa zu Wort, ein fetter Mann Mitte fünfzig, dessen roter Kopf seinem Namen alle Ehre machte. „Die Leute sind aufgebracht, weil die öffentliche medizinische Versorgung mit Spezialuntersuchungen, wie es sie nur in Rom und Mailand gibt, ihnen nicht ihre Sorgen nehmen kann. Wenn wir jetzt nicht handeln, können wir sie nicht bei der Stange halten. Wir treiben sie geradewegs in die Arme des grünen Mobs“.

Piero blickte in die Runde. Alle hatten das verstanden.

Auch er selbst trug diese Sorge in sich, wenngleich auch in anderer Ausprägung. Ihm lag die ökologische Entwicklung der Region durchaus am Herzen, war hier doch vieles urwüchsig, nicht verschandelt, nicht versiegelt und besiedelt. Es gab noch viel unberührte Natur. Doch die örtlichen Provinzpolitiker machten nichts daraus. Ein Stahlwerk, ja, das war etwas: handfest, groß, schmutzig und korrupt. Damit ließ sich Geld verdienen.

Leggerezza lief immer noch umher und haderte offensichtlich nicht nur mit seinen Gästen, sondern auch mit seinen Armen, die er durch die Luft rudern ließ. „Meine Herren, ich kann nicht sagen, dass hier auch nur an einer Stelle ernsthaft etwas beigetragen würde zur kurzfristigen Lösung unserer Lage."

Piero klappte den Laptop auf. Ein puterroter Marcello Mostra erschien auf dem Bildschirm. „Eminenz, darf ich bitten, der Padrone. Setzen Sie sich."

Leggerezzas Reaktion gab Piero Rätsel auf. War der bigotte alte Drecksack wirklich so überrumpelt, wie er tat? Oder hatte er tatsächlich nicht mehr mit dem Eingreifen Mostras gerechnet? Konnte er so naiv sein? Zumal in einer derart brenzligen Lage?

„Signor Mostra, ich grüße Sie", sagte er unsicher.

„Lassen Sie mal die Feinheiten, Leggerezza, sagen Sie uns lieber wie Sie die 500 Millionen und im nächsten Jahr bis zu 1,5 Milliarden bereitstellen wollen?"

Piero unterdrückte ein Schmunzeln, trotz größter Anspannung war sein Boss nicht aus der Haut gefahren, für ihn eine bemerkenswerte Leistung. Dafür saß der Kardinal zusammengesunken im Sessel. Kreidebleich kauerte er vor dem Laptop. „Ihnen ist klar, dass ich diese Summen nicht beschaffen kann?", antwortete er.

„Sie blöder Tölpel!", fauchte Mostra zurück, „was glauben Sie, wer Sie sind? Sie haben damals den Weg zu mir und zu unserer Gruppe gefunden. Jetzt müssen wir feststellen, dass Sie uns gelinkt haben. Aber glauben Sie uns, wenn wir fallen, fallen Sie mit, und die A.P.S.A. und der ganze vatikanische Schwindel auch. Sie haben eine Woche. Regeln Sie das mit Piero und der Gruppe.“ Damit hatte er sich ausgeloggt.

Das Gras wächst nicht schneller, wenn man daran zieht. So schien es hier auch. Dick Fleischhauer sah auf die Uhr. Eine Maschine der Swiss Air zog Kreise über der Bay. Bernd Spethmann würde sich verspäten. Die Internet-Auskunft JFK zeigte eine volle Stunde an. Von dort mit der Metro nochmals eine Stunde, Taxi inklusive. Er informierte die Kollegen.

Am späten Nachmittag traf Bernd Spethmann sichtlich abgekämpft vom langen Flug, den verschärften Kontrollen am Flughafen sowie einer überfüllten Metro ein. Spethmann, ein beständig schwitzender, fettleibiger Banker um die sechzig, mit Glatze und kleinen Schweinsaugen, legte einen internen Bericht vor, aus dem hervorging, wie weit sich die SAM bei Blacknight engagierte und welche Verluste bei ihr anfallen würden.

„Also Mister“, Dick sah auf sein Papier, „Spethmann“, mit spitzem ‚s‘, englischem ‚th‘ und amerikanischem ‚man‘. Es lag eine verbindliche Abfälligkeit in seinem Ton. „Erklären Sie mir, wie diese Situation eintreten konnte. Schließlich sind Sie in der Muttergesellschaft mit allen Geschäften von Blacknight vertraut.“

Dick heftete seinen Blick auf Spethmann. Nervös zuckten dessen kleine Schweinsaugen zurück aufs Papier und zwinkerten, als suchten sie dort nach Klarheit in der Sache. Seine Glatze glänzte rosig wie eine Speckschwarte.

„Wir haben noch zu keiner abschließenden Einschätzung kommen können“, sagte er mit einem leidenden Tonfall in der Stimme. „Allerdings gehen wir davon aus, dass wir Opfer einer Manipulation geworden sind.“ Sein Gesicht verzerrte sich wie vor Schmerz. „Noch am Morgen nach europäischer Zeit waren keine außergewöhnlichen Trades festzustellen. Unsere Online-Plattform zeigte normale Handelstätigkeit. Die Geschäfte des Vortages hatten wir in Zürich gerade thesauriert, als wir zu Tisch gingen. Dann kam die Nachricht über den Zwischenfall.“ Wieder dieses Mater-Dolorosa-Gesicht, Dick ging es auf die Nerven.

„Wir sind weder dagegen versichert noch verfügen wir über genug operative Mittel, um den Verlust auszugleichen.“ Da lag also der Hund begraben. Der Commissioner warf Dick einen vielsagenden Blick zu. „Deshalb haben wir ein enormes Interesse daran, Blacknight wieder in den Handel zu nehmen, um das Restportfolio arbeiten lassen zu können.“

Dick sah zum Commissioner hinüber. Spethmann schien das Urteil hören zu können, bevor es gesprochen war. Es würde wie ein Mühlstein an ihm hängen.

„Das können wir leider nicht zulassen. Die Börse wird die weitere Aussetzung verfügen. Und die SEC wird eine förmliche Untersuchung gegen Blacknight und ihr Mutterhaus in Zürich einleiten. Bitte sorgen Sie für eine Kanzlei vor Ort“, beschied ihn der Commissioner.

In Rom regnete es. Der Frühling hielt nicht, was Angelo Sforza sich von ihm erhofft hatte. Bei den vielen unbeheizten Häusern in der Stadt war er froh, zwischendurch in eine Bar ausweichen zu können, meist gut temperiert konnte er sich etwas vom Trübsinn des Tages ablenken.

Von ihrem Besuch in Lecce hatten Angelo und Silvio mehr mitgebracht, als zu erwarten gewesen war. Die Lega ambienterra schien eine Schimäre, nur über den Corpo Forestale flossen noch ein paar Informationen, die den Verdacht größerer Aktivitäten der lokalen Mafia im Umkreis von Zana nahelegten. So war ein Schauspieler über längere Zeit genötigt worden, sein Haus an der Küste an ein ansässiges Clanmitglied der Sacra Corona Unita zu ‚verkaufen'. Nachdem mehrere Einladungen nicht gefruchtet hatten, waren Preis und Zeitpunkt diktiert worden. Trotz wiederholter Versuche, juristischen Beistand zu mobilisieren, gab der Mann schließlich auf. Er zog daraufhin nach Mailand und später ins Ausland, wo sich die Spur verlor. Das Haus ging an den Geschäftsführer von Apuliens Stahlwerk. Sauber erworben, wie es nach Aktenlage aussah. Dieser hatte das Haus jedoch nie bezogen. Stattdessen wohnte dort ein in Rom gescheiterter Berufspolitiker, der aber offensichtlich in seiner Heimat zu größerem Ansehen gekommen war. Und er saß ausgerechnet in jener Kommission, die über Umweltschutzauflagen in der Region entschied.

„Sie haben mich überzeugt", sagte Claudia Traviani. „Aber wir müssen dazu einen juristischen Kniff anwenden, wir hatten darüber gesprochen, Sie erinnern sich?"

Sforza überlegte, welche Art des Ausgehens sie wohl bevorzugen würde? Klassisch mediterran oder eher international mondän?

„Hören Sie mir noch zu, Colonello?"

„Scusi, certo!"

„Ich informiere die Kollegin Orsini aus Mailand. Schwerpunktstaatsanwaltschaft Geldwäsche und Organisierte Kriminalität. Wenn die irgendwo ihre Finger drauf legt, ist das mindestens so gut wie die Guardia di Finanza. Zudem heißt das: Der regional eigentlich zuständige Staatsanwalt kann nicht mehr tätig werden, wenn Mailand dran ist. Und sie kann landesweit Anklage erheben, wo sie will. Das ist eine Konsequenz aus den Maxi-Prozessen."

„Ich weiß", sagte er lakonisch.

„Dottore, ich glaube, Sie können etwas Aufmunterung vertragen. Irgendwie wirken Sie völlig abwesend. Darf ich Sie zum Essen einladen?"

Jetzt hatte sie ihn überrumpelt. Er fragte sich, ob sie Gedanken lesen könne. Weibliche Intuition?

„Nun geben Sie sich einen Ruck, wir leben nicht mehr in den Fünfzigern, seien Sie nicht so ein Macho!"

Kardinal Leggerezza fluchte wie ein römischer Taxifahrer. Ab und an glich das italienische Leben der ‚Bocca della Verità' in Santa Maria in Cosmedin: Steckte man die Hand hinein, wusste man für einen Moment nicht so genau, was man wieder herausbekam. Er eilte über die Piazza Retta am Dom und sah auf Petrus mit dem Schlüssel. Hatte er den Schlüssel für seine Dienste noch in der Hand oder war ihm der schon entglitten? Die Versammlung in Lecce hatte beschlossen, eine ‚Comunità Propria Protezione', eine Schutzgemeinschaft zu bilden. Das war eine mafiöse Vorgehensweise, eine heterogene Gemeinschaft, die nur durch lose Eigeninteressen verbunden war, eng zusammenzuschmieden und mit einem Brandzeichen zu versehen. Die Sacra Corona Unita drückte ihnen den Stempel auf. Behörden, Wirtschaft, Politik und die Kirche zu einer Schicksalsgemeinschaft verbunden. Scheiterte sie, würde das viele die Existenz, manche gar das Leben kosten. Inzwischen war bekannt geworden, dass die obskure Umweltorganisation ‚Lega ambienterra' in Lecce beim Verwaltungsgericht einen Antrag auf Schließung des Stahlwerks eingebracht hatte. Leggerezza saß also in der Falle: auf der einen Seite der Bankrott von Blacknight mit noch unabsehbaren Folgen für die Gruppe, auf der anderen die Justiz, die sich in Italien auch gerne ‚politisch' verstand. Mittendrin die Gelder der Amministrazione del Patrimonio della Sede Apostolica [A.P.S.A.], also Gelder des Heiligen Stuhls. Feinde überall, er drohte zwischen allen Seiten aufgerieben oder vom Kardinalstaatssekretär zu Fall gebracht zu werden.

Claudia bog von der Piazza Vittorio Emanuele II in die Via Leopardi und dann in die Via Carlo Alberto. „Ecco!", sagte sie, als das Auto direkt gegenüber der Trattoria Monti stand.

„Wie kommen Sie an diese Adresse?", wollte Angelo wissen.

„Etwas für Kenner. Das Monti ist zwar klein, teuer und man muss lange vorbestellen, aber es lohnt sich immer."

Sie hakte sich bei ihm unter, während sie das Lokal betraten.

„Dann haben Sie diese Einladung schon länger geplant?", wunderte sich Angelo.

Sie antwortete nicht sofort. Er brauchte nicht zu wissen, dass sie sonst allein ausging. „Sagen wir, es hat sich so ergeben." Sie lächelte ihn an. „Zum Glück." Dabei drückte sie sich nah an ihn heran.

Er warf ihr einen sanften Blick zu, den sie eine Sekunde lang genoss, bevor sie sich setzten. Angelo erwies sich als diskreter Unterhalter. Mit feinem Humor und unnachahmlichem Charme machte er ihr den Hof. Ihre anfängliche Abneigung gegen ihn begann sich ins Gegenteil zu wenden, und ganz langsam schwand nun auch ihre Unsicherheit. Dieser große, ruhige Mann hatte etwas, das sie unbedingt ergründen musste.

Luca!, dachte sie. Ganz anderes Kaliber, aber ähnlich charmant. An ihn verlor sie zum ersten Mal ihr Herz. Eine handfeste Beziehung. Große Gefühle. Süditaliener. Und großes Theater, Drama! In Mailand hatte sie ihn ihrer Freundin Silvana vorgestellt. War er ihr davongelaufen oder hatte ihn Silvana ihr abspenstig gemacht? Sie konnte es auch heute nicht sagen. Nur, dass die Liebe für diese beiden nicht lange sprühte. Kein Wunder, welcher Mann hielt es bei Silvana schon aus? Aber die Verletzung von damals war noch nicht abgeheilt. Sie spürte den Schmerz nur noch selten, doch jetzt mahnte er sie. Claudia blickte in das sanfte Gesicht Angelos, hörte auf seine Worte, ließ sich schmeicheln. Als Vecchia Zitella wollte sie aber auch nicht enden. Sie sah ihn an. Beinahe berührten sich ihre Hände auf dem Tisch. Sie zuckte zurück. Bald wurden sich Silvana und Angelo begegnen, die Verfahrenslage erzwang das. Bloß kein zweiter Luca.

Im Anschluss brachte sie Angelo heim. Vor dem Haus parkte seine Vespa. „Das ist Ihre? Wow! Nehmen Sie damit auch schon mal jemanden mit?“ Sie lachte und schirmte dabei mit ihrer Hand den Mund ab.

„Hätten Sie Interesse, Signora?“

„Aber nicht mehr heute Abend!“

„Dann vielleicht noch auf einen Caffè?“

Etwas zögerlich stimmte sie zu.

Seine Wohnung verfügte über einen Kamin, eine Terrasse mit Blick auf die Priorate und St. Peter und eine kuschelige Couchecke. Gegenüber stand ein riesiger Billardtisch. Und überall Bücher, manche gestapelt auf dem Boden, andere in überquellenden Regalen, auf Schränken und Tischen. Claudia spürte, wie diese Atmosphäre sie in ihren Bann zog. Nachdem die Maschine prasselnd den Caffè gebrüht hatte, stellte Angelo die Tassen auf den Tisch und verschwand im dunklen Teil des Appartements.

„Darf ich Ihnen meine Freundin Aida vorstellen?“

Claudia spürte einen dicken Stein im Bauch. Er hat eine Freundin?

Mit dem Beginn der Musik erhellte sich der hintere Teil. Dort standen zwei übermannshohe Säulen, deren Form an eine nach hinten zulaufende Lyra erinnerte. Die Stimme von Paolo Conte präsent mitten im Raum. Das Piano löste sie ab und perlte ihr entgegen. Gitarren aus dem Hintergrund umhüllten den Diskant. Kraftvoll setzten Bass und Schlagzeug ein.

„Darf ich vorstellen: La Aida, Sonus Faber. Sie mögen Jazz? Conte? Bocelli? Und so?“

Sie nickte. Noch fühlte sie den Stein.

„Was ist das?“, fragte Claudia zaghaft.

„Eine bildschöne Italienerin. Sonus Faber Aida. Leder, Alu, Palisander, organische Formgebung, kurz: eine in sich verschmelzende Form von Design und Ton, ein Tonmöbel, etwas, das die Sinne verwöhnen soll, jeden Tag und mit jeder Musik. Mein Stimmungsaufheller sozusagen."

„Darf ich?"

„Bitte."

Sie berührte das Holz, schnupperte das Leder und nahm die Kühle des Metalls auf. Zwischen den hohen Skulpturen, die sie weit überragten, betrachtete Angelo sie mit einem zarten Blick. Wie kommt er dazu? Und all die Bücher, dachte sie verblüfft. War die Konversation beim Essen schon erstaunlich, aber das hier ... „So viel Kultiviertheit, Belesenheit, Colonello, erzählen Sie mehr über sich!"

„Signora, ein Mensch ist immer mehr, als man gewöhnlich von ihm wahrnimmt. Wer stellt sich schon mit seinen persönlichen Interessen und Vorlieben vor? Werden sie nicht geteilt oder geachtet, man macht sich schnell lächerlich, wird als Kauz oder was auch immer abgestempelt. Da bleibt man besser privat für sich."

Claudia bemerkte, dass nicht nur ihr Interesse an ihm wuchs. Dennoch – seine Zurückhaltung konnte auch gespielt sein. Sie wusste es nicht. „Dann haben Sie heute mit der Regel gebrochen?"

„Könnte man sagen, Signora."

„Das freut mich, denn andernfalls wäre mir das Liebenswürdige hinter Ihrer Fassade verborgen geblieben, was für ein Jammer. Doch so ist es schön, den Menschen dahinter fassen zu können."

Sie strich um ihn herum und näherte sich dem Spieltisch.

„Und dann noch Billard, allein daheim?"

„Snooker", verbesserte er vorsichtig.

„Snooker? Klären Sie mich auf."

„Das ist die etwas schwierigere und komplexere Variante. Wenn Sie nicht lachen, erzähle ich Ihnen mein kleines Geheimnis."

Seine Stimme begann Sie einzuhüllen, ihre Haut wie Seide zu umschmeicheln.

„Wenn ich bei meinen Fällen nicht weiterkomme, dann beschäftige ich mich oft intensiv mit komplizierten Spielbällen. Dabei sind Intuition und Mathematik gleichberechtigt."

Mittlerweile erklang Musik von Ketil Bjørnstad: nachhallendes Piano, leise Perkussion und gestrichener Bass. Wie ein warmer Mantel legten sich die Noten um sie, eine E-Gitarre klagte verführerisch dazu.

„Ich beschreibe die Situation dann gerne im Dreischritt", fuhr er fort und ordnete dabei die verschiedenfarbigen Kugeln auf dem Tuch. „Zuerst wird eine Ausgangslage gestellt, das Problem beschrieben, der Spielzug ersonnen und schließlich der Ball gespielt. Dann reflektiere ich das auf mein Fallproblem. Die Geometrie des Denkens und die Liebe zur geistigen Form gehen öfter eine Symbiose ein, die mich einen Schritt weiter kommen lässt. Manchmal ist allerdings auch Kontingenz im Spiel: Effet ist der Hauch, der über den Spielverlauf der Kugel entscheidet. Will man ihn nachvollziehen, klappt es oft nicht."

Die Musik, seine Stimme, sie fühlte sich immer mehr zu ihm hingezogen. „Sie sprechen vom Schmetterlingseffekt?"

Ihr Puls beschleunigte, die feinen Härchen auf der Haut elektrisierten, sie befeuchtete die Lippen. Angelo kam auf sie zu. Sein Duft strich an ihr vorüber.

„Ja, Chaostheorie. Ein interessantes mathematisches Spielfeld", antwortete er mit einem feinsinnigen Lächeln.

Inzwischen standen sie nahe beieinander. Ihre Augen berührten sich.

„Es ist spät geworden", sagte sie unvermittelt.

Er schien dasselbe zu denken wie sie, denn kaum hatte sie es ausgesprochen, wandte er sich mit einem kurzen „si" um und trug die beiden leeren Caffè-Tassen in die Küche.

Der Abend mit Claudia wirkte bei Angelo länger nach. Sie hatten ihre Nähe gespürt, derartige Entwicklungen im beruflichen Umfeld waren aber immer heikel. Insoweit war er fast schon froh, keinen weiteren Schritt unternommen zu haben. Obschon ihn allein der Reiz ihrer schönen Hände schwächeln lassen konnte. Er vergrub diesen gefühlten Gedanken. Stattdessen trug er Ergebnisse in einem anderen Fall zusammen. Claudia hatte sich inzwischen wieder gemeldet und ihn zu einem Gespräch mit der Staatsanwältin aus Mailand gebeten.

„Darf ich vorstellen, Signora Silvana Orsini." Angelo schmolz innerlich. Klein, schlank, mittellanges, krauslockiges Haar, leuchtende Bernsteinaugen, rundliches Gesicht mit Grübchen, sehr ebenmäßige, leuchtende Zähne. Dagegen Claudia. Etwas größer, das schwarze, lange, in leichten Wellen ihren zarten Körper umschmiegende Haar, die tiefdunklen Augen, der dunkle Punkt oberhalb des linken Jochbeins. „Signora", sagte er kanpp.

„Colonello, schön Sie kennen zu lernen. Signora Traviani hat Sie bereits in den buntesten Farben beschrieben." Dabei zwinkerte die Orsini Claudia zu. Jener war das sichtlich unangenehm.

„Seit geraumer Zeit führe ich Vorermittlungen gegen Zana", fuhr Signora Orsini fort, „bin aber noch nicht so recht weiter damit. Vielleicht schaffen wir das ja gemeinsam?"

Ihr Satz klang noch in Angelos Ohren nach, als er schon wieder vor Claudias Bürotür stand. Hatte sich die Staatsanwältin aus Mailand bewusst so doppeldeutig ausgedrückt? Was waren das für sonderbare Schwingungen, die er wahrgenommen hatte? Ihm blieb keine Zeit, den Gedanken zu Ende zu denken, denn durch die Tür hörte er wieder die durchdringende Stimme der Orsini, die sagte: „Habt ihr was miteinander?"

Hastig blickte sich Angelo um, schlich wie ein Dieb davon.

KAPITEL 5

Date Deo Honorem Eo Ipso Pax Ibi Est

[Gebt Gott die Ehre, dort ist von selbst Frieden]

Die Augen von Scipione Caffarelli-Borghese funkelten wie Edelsteine im Licht. Der Kardinalstaatssekretär saß entspannt hinter seinem monströsen Schreibtisch. Kardinal Leggerezza fühlte sich jedes Mal einem erdrückenden Richtertisch gegenüber, der unausdeutbaren Miene Caffarellis ausgeliefert.

Die Gerüchteküche brodelte. Diesseits der Tore des Vatikans spekulierte man darüber, es könnte sich ein doppelter Skandal ereignen: zum einen die Akkreditierung einer Frau, darüber hinaus einer bekennenden Atheistin. Man muss die Wahrheit schützen, sagte einer der Kurienkollegen zu ihm. Was, wenn seine verborgenen Wahrheiten ans Licht kamen? Die Wahrheit kennt keine Zeit! Selbst jetzt in sede vacante: Der Papst war zurückgetreten, gleichwohl wirkte er noch bis zum Beginn des Konklave fort. Leggerezza dachte an Hiob 38, 11: „Bis hierhin sollst du kommen und nicht weiter; hier sollen sich legen deine stolzen Wellen!“ Würde mit der Akkreditierung für ihn alles ins Rollen kommen? Konnte wirklich das Undenkbare, das Unsagbare geschehen?

„Nun, lieber Bruder in Christo, was machen Sie sich solche Sorgen? Unsere Mutter Kirche besteht seit zweitausend Jahren und da fürchten Sie sich vor einer Neuerung, die im Spiegel der Unendlichkeit aller Zeit nicht mal einen Wimpernschlag halten wird? Nein, nein, das ist völlig unprofessionell.“

Leggerezza begann zu schwitzen. Sein bequemes Leben als Chef der Amministrazione del Patrimonio della Sede Apostolica konnte noch vor dem Konklave zerbrechen. Der Raum begann ihn zu bedrücken, schwere Gardinen ließen nur ein sehniges Licht durchfallen. Der Kardinalstaatssekretär schien seine Stimmung zu spüren und dies zu genießen.

„Das Schicksal bevorzugt den, der vorbereitet ist, nicht wahr, lieber Bruder?“ Eisgrüne Augen durchbohrten Leggerezza. Dieser schmächtige, weißhaarige Mann mit dem stechenden Blick und dem hängenden rechten Lid jagte ihm Angst ein. Seine hervorstechende Nase mit ihrem so prägnanten Haken am Nasenbein, die blähenden Nasenlöscher, wie Nüstern von wild schnaubenden Pferden, wenn er sich aufregte.

Instinktiv schaute Leggerezza zu Boden. Ob Caffarelli von seinen Heimlichkeiten wusste? Ob er ihm eine Falle stellte? Jetzt wäre der geeignete Zeitpunkt. Wäre er leicht verwundbar. Niemand wusste je, was Caffarelli im Schilde führte. Als einziger ‚Politischer Theologe' im Vatikan beherrschte er sein Handwerk wie kein Zweiter. Dieses In-Eins-Setzen beider Wissenschaften in praxi hatte er zu einer Vollkommenheit entwickelt, die auch seinen schärfsten Gegnern Respekt abnötigte. Oft verknüpfte Caffarelli die politische Ausrichtung des Vatikan mit theologischen Bezügen, wodurch er bei vielen den Eindruck erzeugte, sie erlebten die leibhaftige Verkörperung des Evangeliums. Kaum einer mochte ihn, alle respektierten ihn aber. Und genau das schien er zu genießen.

Der anstehende Termin setzte Leggerezza gehörig unter Druck. Die Pressekonferenz der Vatikanbank bezog in aller Regel auch die Finanzen des Heiligen Stuhls mit ein. Selbst wenn dies nur kursorisch geschah, so kamen doch Inspektoren des ‚Istituto per le Opere di Religione', wie die Vatikanbank offiziell hieß, zur Durchsicht der Bücher und Prüfung der Konten. Danach wurde dem Diensthabenden Entlastung erteilt. Diese Prüfung war zwar schon erfolgt, aber die Bilanzen wiesen einige Positionen zum FDI aus, mit dem man an der Swiss-Asset-Management in Zürich beteiligt war. Kam nun einer der Herren auf die Idee, mal etwas genauer die Börsennachrichten zu lesen, konnte er Spuren finden, die von Blacknight zu SAM und damit direkt zum Heiligen Stuhl führten. Dann würde die Bombe platzen, denn derzeit waren die Buchungen auf den Konten der A.P.S.A. nicht mehr als Luftnummern. Und auf die Verbindung konnte eben auch ein Außenstehender kommen.

Bevor er ihn entließ, sagte Caffarelli: „Sie haben sich gut vorbereitet für die Pressekonferenz! Denken Sie an das Gleichnis Jesu: Seht, wie schwer es ist für die Menschen, die reichen Besitz haben, ins Reich Gottes zu kommen. Die Worte bestürzten seine Jünger. Aber er sagte: Liebe Kinder, wie schwer ist's, ins Reich Gottes zu kommen! Es ist leichter, dass ein Kamel durch ein Nadelöhr gehe, denn dass ein Reicher ins Reich Gottes komme. Sie entsetzten sich aber noch viel mehr und sprachen untereinander: Wer kann dann selig werden? Jesus aber sah sie an und sprach: Bei den Menschen ist's unmöglich, aber nicht bei Gott. Denn alle Dinge sind möglich bei Gott."

Caffarelli konnte das höchste Ideal mit der niedersten Gemeinheit verknüpfen.

Was wusste er wirklich?

Seine Heiligkeit empfing Monsignore Veltri in Santa Martha. Hier herrschte abgeschiedene Ruhe, nicht die sonst übliche allgemeine Geschäftigkeit in allen Teilen der Vatikanstadt. Der Papst kam ohne Umschweife zur Sache: „Lieber Bruder, wir müssen uns nun rüsten. Ein Land regiert man nach Regel und nach Maß, Krieg führt man ohne Regel und mit List! Es kommt viel Arbeit auf uns zu, die ich so weit vorangetrieben wissen möchte, dass mein Nachfolger in Christo sie zum Abschluss bringen kann. Ich habe mir die letzte Bilanz der A.P.S.A. bringen und intern prüfen lassen. Da lauern gewisse Unstimmigkeiten, die unsere Aufmerksamkeit erfordern. Noch ist die Presse nicht informiert. Kannten Sie Signor Bruno Scarlatti?"

Veltri nickte.

„Wussten Sie, dass er eine Tochter hat?“

„Und einen Sohn“, ergänzte Veltri.

„Schön, die Tochter, Ornella, tritt in die Fußstapfen ihres Vaters und ich möchte, gerade in Ansehung seiner Verdienste für uns und unsere Mutter Kirche, Ornella Scarlatti noch akkreditieren, bevor mein Nachfolger im Amt ist. Dazu sollen Sie bitte ihr Mentor werden. Sie einführen, begleiten, ihr behilflich sein, wenn sie meinen ersten Auftrag erhält. Und was Euren Auftrag anbelangt, lieber Bruder, so scheint mir bereits einiges in Gang gekommen zu sein, wie ich gelesen habe. Bitte wählt die Mittel mit Bedacht, dass unserer Kirche kein noch größerer Schaden entsteht als jener, der durch die Finanzmanipulationen in New York und hier schon entstanden ist. Gleichwohl ist es mein ausdrücklicher Wunsch, dass alle Möglichkeiten der Manipulation bei uns ausgeschlossen werden. In der Finanzaufsicht will ich meinem Nachfolger nicht vorgreifen, aber mein Feld möchte ich noch bestellen. Da habt Ihr einiges zu beackern. Die A.P.S.A. und Bruder Leggerezza sind tiefer in alles verstrickt, als ich befürchtet hatte. Deshalb wird mein erster offizieller Auftrag an unsere junge Kollegin sein, dies alles journalistisch zu fundieren und zu veröffentlichen. Dafür stelle ich ein Motu proprio aus, Ihr kümmert Euch um die Umsetzung. Und bitte lasst die junge Dame noch vor ihrer Akkreditierung davon wissen.“

Beseelt von einem Hochgefühl schloss Leonardo Veltri die Tür hinter sich, hielt inne und dankte dem Herrn. Was für eine Fügung, welch ein Vertrauensbeweis des Heiligen Vaters!

Er hielt nun ein doppeltes Schwert in Händen. Zum einen konnte er mit allen ihm zu Gebote stehenden Mitteln weiter versuchen, die illegalen Finanzströme auszutrocknen, zum anderen würde er mediale Öffentlichkeit bekommen, ohne selbst in Erscheinung zu treten. Das machte ohnehin die Kunst eines kirchlichen Whistleblowers aus.

Zum ersten Mal durchschritt Ornella Scarlatti den vatikanischen Nebeneingang an der Porta Sant'Anna, vorbei an den Unterkünften der Schweizer Garde und am Papstpalast hin zu den Räumen der Bank am Nikolausturm.

„Signorina Scarlatti", hörte sie eine Stimme. Vor dem Eingang zum Nikolausturm stand ein älterer Geistlicher, der sich ihr als Monsignore Veltri vorstellte. Von kleinem Wuchs, schlank, fast zart, wache blaue Augen, rundliches Gesicht, verschmitztes Lächeln, das etwas Gewinnendes ausstrahlte, kleine goldgerandete Brille. Er trug eine schwarze Soutane und einen cappello romano. Wie Don Camillo, dachte sie bei sich.

„Darf ich Sie auf ein Gespräch zu mir in meine Räumlichkeit bitten? Wir haben ja noch etwas Zeit bis zur Pressekonferenz."

Verdutzt willigte Ornella ein und betrat nach einem kurzen Spaziergang die Barockbibliothek Veltris.

„Signorina, verzeihen Sie, dass ich Sie so unvorbereitet überfallen habe. Schauen Sie sich ruhig ein bisschen um, ich muss noch eine kurze Notiz fertigen, dann können wir uns unterhalten."

Sie betrachtete die Bücherwände, stieg die Treppe zur Galerie hoch und beugte sich wie ein Kind, das die Gefahr zu fallen nicht fürchtet, über das Geländer. Der Ort erschien ihr sonderbar vertraut. War sie schon einmal hier gewesen? Es musste vor langer Zeit gewesen sein.

„Signorina, Sie erinnern mich nicht nur dem Äußeren nach, sondern auch in mancher Geste an ihre Mamma. Sie war eine besonders schöne Frau, und das sind Sie auch, wenn ich das so sagen darf." Ornella freute sich über das unerwartete Kompliment. „Vielleicht wissen Sie über mich und das Verhältnis zu Ihrem Herrn Papa Bescheid?"

Sie schüttelte den Kopf. „Nein, erzählen sie, Monsignore!"

„Ihr Papa war schon akkreditiert im Vatikan, als ich meine Priesterweihe erhielt. Die Vorsehung wollte es, dass ich nicht auf große Reise gehen musste, sondern bis auf wenige Ausnahmen meine ganze Lebenszeit hier im Vatikan verbringen durfte. Zu diesen Vorzügen zählte auch die Bekanntschaft, ja, ich darf sagen, die Freundschaft zu Ihrem Papa. Er hat mich beeindruckt mit seiner Beharrlichkeit, seinem Stoizismus, wenn es ihm um wichtige Themen ging, und mit seiner Unnachgiebigkeit, die auch auf persönliche Belange wie die Familie keine Rücksicht nahm. Ich erinnere mich noch daran, wie ich ihm davon abriet, zu tief in die Verstrickungen des Vatikans um die Ermordung Michele Sindonas einzusteigen, weil ich fürchtete, nicht nur er, sondern auch seine Familie könnte dadurch zu Schaden kommen. Doch er wischte das beiseite und sagte: Lieber Leo – so nannte er mich immer – das musst du dir merken: Nicht die Gefahr in der Sache bricht einem den Hals, sondern die Nachgiebigkeit, das Lavieren, die faulen Kompromisse. Die sind es letztlich, die dich angreifbar machen. Und vor Unfällen im Leben kannst du dich sowieso nicht schützen. Diese gefährliche Geradlinigkeit habe ich immer bewundert."

Der Monsignore hielt für einen Moment inne und schien einen Punkt in großer Ferne zu fixieren, dann faltete er die Hände und wandte sich ihr zu. „Was ist eigentlich aus Ihrem Bruder Piero geworden?" Sein Ton hatte sich kaum merklich verändert. Wusste der Monsignore etwas von Ihrem Bruder? Wollte er vielleicht nur herausfinden, ob sie über Piero im Bilde war? Ornella schob diesen Gedanken fort, es war nicht der richtige Augenblick, alte Wunden aufzureißen.

„Eminenz. Lassen Sie es mich so sagen: Ich freue mich über Ihre Anteilnahme, Ihre Nähe zur Familie. Aber ich bin aus anderen Gründen hier. Auch wenn der Familienname vielleicht ein Türöffner gewesen sein mag." Dabei ließ sie ihren Blick über die breiten Arbeitstische in der Raummitte hinweggleiten bis hinauf auf das Deckenfresko.

„Bartolomeo Altomonte und Antonio Tasso: Die Vermählung von Tugend und Wissenschaft unter der Schirmherrschaft der Religion", erklärte Veltri.

„Hat Sie das auch mit meinem Vater verbunden, Monsignore?"

„Das hat es sicher, Signorina. Aber es war doch noch mehr. Mit Fug und Recht kann man von einem Mentorverhältnis sprechen. Ich durfte in meinem jungen Jahren so viel von ihm lernen, ihm über die Schulter blicken, mit ihm diskutieren, mir Politik erklären lassen, Italien erklären lassen, wenn Sie so wollen."

„Und doch sind Sie nicht beim Osservatore gelandet ..."

„Nicht schreibend, allerdings obliegt mir die Aufsicht über die IT-Sicherheit."

„Sollte man nicht meinen, bei der Bibliothek. Oder führen Sie eher ein kontemplativ-religiöses Dasein?"

„Nein, Signorina, etwas bewegter ist es schon. Die Kirchenpolitik ist mein Fach. Zumindest ihre praktische Seite davon. Haben Sie schon eine Bleibe hier in Rom? Möglicherweise können wir behilflich sein?"

„Danke, das ehrt mich sehr, aber zunächst möchte ich einmal abwarten, ob eine Bleibe nötig sein wird. Dann können wir immer noch schauen. Erzählen Sie noch ein bisschen von Ihrer Beziehung zu meinem Vater. Hier steht ein Bild von Ihnen beiden!"

„Signorina, für Ihren Vater habe ich mir die ersten Sporen in Sachen Recherche verdient, gleich zu welchem Gebiet. Zu Beginn ging es eher um geistige Themen, später mehr und mehr um Politik. Schließlich konnte ich fundierte Hintergrundinfos liefern zu Marcinkus und Co. Das war damals nicht ohne, denn dank seiner umfassenden Vernetzung hatte Marcinkus enorme informelle Macht. Da wurde man schnell einen Kopf kürzer gemacht und fand sich in Uganda wieder." Veltri kicherte in sich hinein, sein Gesicht erinnerte Ornella für einen kurzen Augenblick an einen frechen kleinen Jungen.

„Und doch hat das Schicksal es gut mit Ihnen gemeint, Sie sind hier geblieben, bis heute, damit wir uns kennenlernen", sagte Ornella. „Vielleicht eine himmlische Fügung?"

„Bestimmt sogar. Der Mensch tut, was er kann, bis sein Schicksal sich offenbart, Gott ihm den Pfad zeigt. So führen Sie fort, was Ihr Papa hier begonnen hat.“

Allmählich fasste Ornella Vertrauen zu diesem scheinbar unangepassten Geistlichen.

„Doch nun erzählen Sie einmal. Was sind Ihre Vorstellungen von Ihrer Arbeit hier, bei all den Vertretern von Kurie, Ämtern, Orden, Stiftungen? Wie haben Sie sich vorbereitet auf Ihre Akkreditierung?“

Vorbereitet? Auf eine Akkreditierung? Ornella stutzte. Selbstverständlich hatte sie ihre Hausaufgaben gemacht, aber darauf wollte Veltri wohl kaum hinaus. Oder verglich er sie im Stillen mit ihrem Vater?

„Monsignore, ich darf offen bekennen, dass es mir schwer gefallen ist, mich dem Thema zu nähern. Ich wollte das alles ursprünglich nicht. Die Ansprüche meines Vaters waren mir zu hoch, seine Arbeit zu undurchsichtig, Angst war ein vertrautes Gefühl bei uns Kindern. Sicher auch bei unserer Mamma. Aber letztlich ist es wohl doch so: Man entgeht dem eigenen Schicksal nicht. Ich sehe mich hier als politische Korrespondentin, die versuchen wird, Strömungen, Interessen, Einflussbereiche kennen- und einschätzen zu lernen, um auf diesem Hintergrund aktuelle Berichterstattung zu machen. Ob Sie da wohl behilflich sein könnten, Monsignore? Sie sprachen von Kirchenpolitik als Ihrem Fach.“

„Also“, sagte Veltri in feierlichem Ton, „ich möchte Ihnen im Namen Seiner Heiligkeit übermitteln, dass Sie im Anschluss an Ihre Akkreditierung einen direkten Auftrag Seiner Heiligkeit erhalten werden, der mit einem Motu proprio versehen sein wird und der mir gestattet, Ihnen in allem behilflich zu sein für Ihre Arbeit. Nur darf ich nicht in Ihren Berichten oder Abhandlungen namentlich genannt werden. Ihre Kontaktdaten können Sie mir schon mal da lassen.“

Ornella wusste nicht zu unterscheiden zwischen Überraschung, Freude, Angst, Hochgefühl ... Sie bedanke sich, gab Veltri die Hand und verließ ihn mit diesen gemischten Gefühlen. So klar ihr der Tag an seinem Beginn vor Augen stand, so verwirrend empfand sie die Entwicklung jetzt. Ihr Herz pochte, als sie die Drehtür zum Gebäude durchschritt.

Die Jahrespressekonferenz des IOR war immer etwas Besonderes. Nur wenige Journalisten erhielten Zugang. Hier wurde mehr als sonst auf die Ausgewogenheit der Berichterstattung Wert gelegt. Heute bot sich Ornella die Gelegenheit, als Gastberichterstatterin dem handverlesenen Kreis einiger Kollegen anzugehören. Die persönliche Einladung vom Presseamt des Heiligen Stuhls hatte sie erst vor wenigen Tagen erreicht, unmittelbar nach ihrer Rückkehr aus Lecce. Sie war überrascht und irritiert zugleich gewesen. Insbesondere, weil neben dem Kardinalstaatssekretär auch der Papst anwesend sein würde. Das war höchst selten der Fall und alleine Anlass genug, die Gerüchteküche zum Brodeln zu bringen. Von einschneidenden Maßnahmen in der Bank bis zu kriminalpolitischen Vorstellungen reichten die Überlegungen. Die römischen Gazetten überboten sich mit Szenarien: „Vatikan lüftet letzte Geheimnisse“ oder „Römisch-katholische Kirche unterzeichnet Transparenzabkommen“. Die Bedeutung der Konferenz ließ sich jedoch an etwas ganz anderem ablesen. Laut Einladung war dort mit Vertretern von Opus Dei, Jesuiten, Comunione e Liberazione und vielen ihr unbekannten Ordensvereinigungen zu rechnen. Eine Tagesordnung für die Gäste gab es nicht, also blieb abzuwarten, welchen Verlauf der Tag nehmen würde.

Sie mühte sich währenddessen, ihre Vorfreude auf die Akkreditierung nicht übermächtig werden zu lassen, zumal sie diese außergewöhnliche Wertschätzung weniger mit ihrer eigenen Person als vielmehr der ihres verstorbenen Vaters in Verbindung brachte. Schließlich war sie selbst aus der Kirche ausgetreten und hatte öffentlich als Atheistin Position bezogen. Papa hatte neben seinem schneidenden Journalismus allerdings auch jenes Feingefühl mitgebracht, das auf diesem Parkett gleichfalls vonnöten war. Ihr selbst ging in kniffligen Momenten noch zu oft das Temperament durch. Das konnte sie sich hier sicher nicht gestatten.

Im Erdgeschoß befand sich der Konferenzraum des Präsidenten der Bank, Signor Umberto Cipri. Der Saal war dicht besetzt, neben Cipri noch Kardinalsstaatssekretär Scipione Caffarelli-Borghese, der mächtigste Mann im Staat, und Kardinal Antonio Leggerezza für die Amministrazione del Patrimonio della Sede Apostolica, der Güterverwaltung des Heiligen Stuhls. Der gute Kardinal aus Apulien als hohes Tier im Vatikan! Offensichtlich im Brennglas von Macht und Einfluss. Das konnte spannend werden. Zwar war die Güterverwaltung eine Behörde der römischen Kurie, aber dennoch selbständig, weil der Heilige Stuhl ein eigenes Rechtssubjekt darstellte. Brisant allerdings, dass Leggerezza als Vorsitzender der Präfektur für die ökonomischen Angelegenheiten des Heiligen Stuhls auch einen eigenen Bericht veranlasst hatte, in dem sich die reale Zahlenklarheit und Zahlenwahrheit spiegelten. Es gab also abweichende Berichte. Solange es keine obere Regulierungsinstanz geben würde, war alles steuerbar, ließen sich die Zahlen über einen späteren Bericht wieder korrigieren und die Abweichung beheben. Die Redaktion verfügte über einen Informanten im Umkreis der Vatikanbank und hatte für Ornella die Fakten zusammengetragen. Sie überlegte, wie sie dieses Wissen strategisch geschickt verwenden könnte. Dreh- und Angelpunkt würde die vom scheidenden Papst neu zu schaffende Behörde sein, wie Gerüchte wissen wollten. Für heute wollte sie sich jedoch noch bedeckt halten. Welche Mitspieler würde es geben?

Umberto Cipri, der Präsident der Vatikanbank, ein knochiger Aristokrat in englischem Tweed und schreiend bunter Fliege vor dem Hemdkragen, eröffnete die Konferenz und beschrieb in seinem Bericht die Rahmendaten: „Die Wirtschaftsprüfungsgesellschaft Deloitte hat ihr Testat erteilt.“ Er kniff die buschigen Brauen zusammen, als wollte er sie in den Text bohren, und fuhr fort. „Die Bilanzsumme des Hauses betrug in 2012 6 Milliarden Euro bei 25.000 Kunden und 33.000 Konten. Diese bedienten 122 Mitarbeiter. Im abgelaufenen Bilanzjahr hat das Institut 50 Millionen Euro als Dividende an den Heiligen Stuhl abgeführt. Da das IOR im engeren Sinne an die kirchlichen Tätigkeiten gebunden ist, haben wir bereits im abgelaufenen Jahr nur noch mit besonderer Genehmigung Kontoeröffnungen oder bestehende Kontoführungen zugelassen, sofern sie nicht religiösen Orden, Diözesen oder Pfarreien zugeordnet waren. Einzahlungen von mehr als 10.000 Euro in bar sind nur noch über eine entsprechende Zolldeklaration möglich. Abhebungen von der Bank ausschließlich Kontoinhabern innerhalb des Vatikan selbst vorbehalten.“

Obschon sie sich Zurückhaltung auferlegt hatte, suchte Ornella fieberhaft nach einer Einstiegsfrage. Aber die Materie war ihr fremd, ihre Vorbereitung erschien nicht ausreichend. Würde sie hier Fuß fassen können? Sie sah sich um. Alle Herren in fortgeschrittenem Alter, gediegene Kleidung, distinguiertes Verhalten. Nichts Buntes, nichts Lebendiges. Daran musste sie sich gewöhnen. Wie hatte Papa so oft gesagt? Das Glück auf dem Weg des Lebens wartet nicht, man muss es ergreifen, wenn es sich bietet, dann bevorzugt es einen. Sie drückte alle Zweifel weg und meldete sich beherzt zu Wort.

„Herr Präsident, ein wichtiger Zusammenhang ist mir noch nicht ganz klar geworden.“

„Tatsächlich?“ Der Vorsitzende lehnte sich weit vor, fast so, als müsse er sich zu ihr hinunter beugen. Seine Augen stachen nun unter den buschigen Augenbrauen hervor und forschten sie aus. „Na, Signorina, da hoffe ich, dass ich Ihnen auf die Sprünge helfen kann.“

Ornella hörte unterschwelliges, vielleicht spöttisches

Raunen. Aber sie ließ sich nicht beirren. Genau das war ihre Stärke. Zupacken und Dranbleiben!

„Warum haben Sie zu Beginn des Jahres den elektronischen Zahlungsverkehr mit Bankkarten eingestellt?"

Die Stimmung fror augenblicklich ein. Sorgenfalten auf der Stirn Kardinal Leggerezzas. Kardinalstaatssekretär Caffarelli-Borghese mit sphingengleichem Gesicht. Nichts war aus ihm zu lesen. Umberto Cipri ließ Zeit verstreichen, musterte die Fragestellerin. Ornella kam sich vor, als würden die Augen aller sie bis auf die Haut durchdringen, die Ohren aller jeden Schlag ihres Herzens vernehmen, der Geist aller vor jedem ihrer Gedanken den Finger auf den Mund legen. Unruhe breitete sich aus, die der Präsident aushielt. Sein Blick prüfte die Anwesenden ab, keiner sprang jedoch der Fragestellerin bei. Nach einer gefühlten Ewigkeit antwortete er.

„Wir müssen den von Ihnen angesprochenen Vorgang in einem größeren, vor allem internen Zusammenhang sehen. Zunächst ist festzuhalten, dass Verträge einiger vatikanischer Einrichtungen mit einem Finanzdienstleister ausgelaufen sind. Zum anderen nutzen wir die Gelegenheit des erhöhten Baraufkommens, um unsere Liquidität in den diversen Einrichtungen des Staates anzuheben. Das wird von vorübergehender Dauer sein. Ein Zeitrahmen ist aber nicht vorgegeben."

Noch immer lehnte er vorgebeugt über dem Tisch.

„Sie verzeihen, Herr Präsident, aber das klingt doch eher nach einer Behelfsantwort", erwiderte sie. Wieder setzte vernehmliches Tuscheln ein. Ornella hielt inne. Umberto Cipri rückte in seinem Stuhl nach hinten und nahm nun eine bedrohliche Haltung ein. Seine Lippen waren vorgeschürzt, die Augen zusammengekniffen, die Arme konnten jederzeit zum finalen Gegenschlag ausholen. Sie musste sich einen Ruck geben, um fortzufahren. „Und die ist falsch! Die Wahrheit ist ganz anders."

Cipri wartete weiter ab. Wieder ließ er sich Zeit. Ornellas

Puls beschleunigte sich. War sie gerade dabei, ihre Akkreditierung zu verspielen? Jetzt beugte der Präsident sich wieder leicht zu ihr hin und sagte kaum vernehmlich: „Es gibt nur eine Wahrheit, und die kennen wir!“

Ornella setzte nach. „Ist es nicht vielmehr so, dass die Banca d’Italia der Deutschen Bank, die wir ruhig nennen können, keine Genehmigung für die Fortsetzung des elektronischen Zahlungsverkehrs erteilt hat? Denn die Banca d’Italia ist der Auffassung, dass der Vatikan die internationalen Anti-Geldwäsche-Standards immer noch nicht erfüllt. Und das entgegen vielfältiger Beteuerungen Ihres Hauses!“

Cipri setzte ein Lächeln auf, das so falsch wirkte wie sein Gebiss, das er beim Sprechen immer wieder zu verbergen suchte. „Signorina, wenn dem so wäre, dann hätte die Rückgabe der beschlagnahmten Summe von 23 Millionen Euro Ende 2012 durch die ermittelnde Staatsanwaltschaft ebenso wenig stattgefunden wie die Einstellung des Verfahrens. Insoweit hat mein geschätzter Vorgänger Signor Tedeschi offensichtlich ausgezeichnete Arbeit geleistet. Damit ist Ihre Frage hoffentlich erschöpfend beantwortet.“

„Nein, Herr Präsident, durchaus nicht.“

Sie stand von ihrem Platz auf und genoss es, wie sich alle Köpfe zu ihr umdrehten. Wenn sie sich ruinieren würde, dann musste es sich wenigstens lohnen!

„Signor Tedeschi wurde nach meinen Informationen aufgrund innerkurialer Intrigen zum Rücktritt gezwungen! Und das, nachdem er begonnen hatte, Fragen nach chiffrierten Nummernkonten zu stellen. Das gesamte System zu hinterfragen. Dann wurde er in Intrigen versponnen, wie sie im Buch ‚Sua Sanita‘ des Kollegen Nuzzi nachzulesen sind!“

Sie machte eine kleine Pause. Das schien zu viel gewesen zu sein. Sie hatte überreizt. Die Versammlung geriet in Wallung. Einige Herren erhoben sich, empörten sich über die unerfahrene, ungezogene Gastjournalistin. Es gehörte sich einfach nicht, das Gremium so anzugreifen. Jemand rief: „Raus hier!“ Gegen das Gemurmel setzte sie nochmals nach. „Das war der Grund, den hat Signor Tedeschi aufgeschrieben und bei einem Notar hinterlegt. Können wir also auf die Lügerei verzichten?"

Wie zur Antwort öffneten sich jetzt die Türen, zwei Schweizergardisten traten in den Raum und kündigten Seine Heiligkeit an. Augenblicklich verstummten alle und erhoben sich von ihren Plätzen. Der scheidende Papst ging ohne weitere Formalitäten durch den Raum, grüßte Ornella Scarlatti als einzige von ferne und begab sich zum Präsidenten und den Kardinälen. Leggerezza war bleich wie die Wand geworden, sein Ausdruck starr vor Bestürzung. Während Cipri den Papst in devoter Manier begrüßte, verbreitete sich leises Tuscheln im Raum. Seine Heiligkeit trat ans Mikrofon.

„Deus caritas est. Caritas in veritate. Es geht nicht länger an, dass die Heilige Mutter Kirche und die sie verwaltenden Ämter in einer Weise bedrückt werden, die allen Grundsätzen der katholischen Soziallehre widersprechen. Wir haben in den letzten Jahren und Jahrzehnten erleben müssen, wie Einzelne ihre Stellung und ihre Macht genutzt haben, um die Habgier ihres Herzens mit klingenden Silbermünzen zu besänftigen. Die Defizienten haben inzwischen das Sagen. Inkompetenz tritt als Fachlichkeit auf, Grausamkeit als Barmherzigkeit, Arroganz als Demut, Sünde als Frömmigkeit, Wucher als Wohltätigkeit. Gerechtigkeit und Gemeinwohl haben Schiffbruch erlitten".

Ornella sah in die Gesichter der schweigenden Anwesenden. Die Geistlichen verzogen keine Miene, sie trugen in Stein gemeißelte Ruhe in ihren Gesichtern. Einzelne befingerten ihr großes Kreuz, das sie auf der Brust trugen. Ihre unsteten Augen verrieten ihre Anspannung aber doch, sie blieben nicht auf den Papst geheftet, sondern wanderten prüfend von einem zum anderen. Forschten sie danach, ob es Schuldige gab? Ob dieser zurückgetretene Papst ihnen noch etwas anhaben konnte?

„Wenn Gerechtigkeit das Mindestmaß der Liebe ist", fuhr der Papst fort, „dann ist die Achtsamkeit für den Anderen ihr unhintergehbarer Prüfstein. Wenn der Mensch von Gott angelegt ist im sozialen Miteinander, dann ist die Orientierung auf das Gemeinwohl und damit die Achtsamkeit auf meinen Nächsten der Gradmesser für unsere gelebte Liebe vor Gott. Und Sie alle wissen, was ich meine. Ich kündige hiermit offiziell an, dass noch unter meinem Pontifikat eine neue Autorità di Informazione Finanziaria [AIF] geschaffen wird: das Gesetz des Staates der Vatikanstadt über die Verhütung und Bekämpfung der Geldwäsche von Erträgen aus Straftaten und die Finanzierung des Terrorismus. Dieser Schritt ist mit dem italienischen Staat ebenso abgesprochen wie mit den anderen europäischen Staaten. Ab heute ist es das oberste politische Ziel des Vatikan, auf die ‚Weiße Liste' zu gelangen. Die Umsetzung hat unverzüglich zu beginnen."

Der Papst machte eine kleine Pause, um sich zu vergewissern, dass seine Botschaft angekommen war, und faltete sein Papier zusammen. Die Journalisten tippten mit einer Eilfertigkeit, als habe es gegolten, die Wahl eines neuen Papstes anzukündigen. Immer noch war es beklemmend still.

„Und jetzt ist es mir durchaus eine große Freude, Ihnen, die Sie hier versammelt sind, eine neue Kollegin, eine recht junge noch dazu, vorstellen zu dürfen. Sie wird in Zukunft unseren Kreis bereichern. Als ersten großen Bericht wünsche ich mir ganz persönlich von ihr die Begleitung der angekündigten Umgestaltung unserer Finanzorganisation. Hier soll sie bewusst kritisch und distanziert, mit Blick hinter alle Kulissen, uns allen auf die Sprünge helfen im Sinne von Caritas in veritate. Ich darf Signora Ornella Scarlatti zu mir bitten."

‚Das ist für dich, Papa', dachte Ornella und kostete einen kleinen Moment den Triumph gegenüber dem Publikum aus.

Als der scheidende Papst Ornella die Akkreditierungsurkunde überreichte, gab es angemessenen, wenngleich zurückhaltenden Beifall. Zwar hatte sich das Auditorium von seinen Plätzen erhoben, es wurde gesprochen, aber wirkliche Freude schien nur der Papst zu empfinden.

Der Kardinalstaatssekretär betrachtete vom Nikolausturm aus das Ende des Tages. Dunkle Wolken schirmten die Stadt ab, die Beleuchtung brannte bereits. Caffarelli sah die frisch akkreditierte Ornella Scarlatti den Kirchenstaat durch die Porta Sant'Anna verlassen. Die Feuchtigkeit auf der Straße glich einem Zebramuster. Bei Rot huschte die Journalistin noch eben über den Fußgängerüberweg. Der Vatikan war in ein seltsam warmes Licht getaucht, das alles unscharf zeichnete. Gerade wollte er sich Bruder Leggerezza zuwenden, der in einem der Sessel saß, als Caffarelli eine Gestalt sah, die eilig hinter der Scarlatti her huschte und die Journalistin aufhielt. Es gab ein Gespräch, Arme hinderten sie am Weitergehen. Dann der Schlüsselmoment: Eine Akte oder Ähnliches wechselte den Besitzer. Ornella Scarlatti verschwand im Halbdunkel vom Borgo Pio, während die andere Person vorbei an der Porta Sant'Anna unauffällig Richtung Caffè Moretto ging. Der Kardinalstaatssekretär nickte zufrieden und drehte sich Leggerezza zu, der in Gedanken versunken im Sessel saß. Der Kardinal schien mit sich selbst zu sprechen, während er fragte: „Was machen wir jetzt?"

„Wieso?", gab Caffarelli zurück. „Seine Heiligkeit will eine Partie Schach spielen. Und er hat uns gerade einen großen Trumpf in die Hand gespielt: seine Dame. Also aus meiner Sicht könnte es nicht besser laufen."

Leggerezza sah den Kardinalstaatssekretär ratlos an. Er schien eine Weile zu brauchen, bis der Groschen fiel. Angst spiegelte sich in seinem Gesicht.

Caffarelli wusste, dass Leggerezza nun kombinieren würde: Der Wunsch des Papstes war Gesetz. Also konnte Caffarelli die Dame nutzen, ihn schachmatt zu setzen.

Nachdem Bruder Leggerezza gegangen war, dachte Caffarelli an die konspirative Begegnung vor den Toren des Vatikans: Pierluigi Frascone, der Kammerdiener des Papstes, übergibt ein Papier an die Scarlatti. Er schmunzelte. Unvorhergesehene Züge sind schwer zu kontern. Die Schatulle mit taktischen Druckmitteln gegen Frascone, diesen hässlichen Mafiaverschnitt, füllte sich weiter. Untreue war auch im Vatikan kein Kavaliersdelikt. Dann die Vergangenheit Frascones in der Kirche, die ihn schon ein ums andere Mal den Hals und seine Stellung hätte kosten können. Homosexualität zählte noch nicht zu den Toleranzposten in der Kirche, schon gar nicht, wenn Kirchenangehörige involviert waren. Die kommende Zeit würde interessant werden. Und Bruder Legerezza hatte er ohnehin beim Wickel.

Kapitel 6

Mächtiger als US Steel

New York: irgendwie immer noch anders als jede andere Großstadt im Land. Bunt, laut, schrill, immer in Bewegung. Dick Fleischhauer fuhr mit dem Taxi den Times Square entlang. Im abendlichen Verkehr fiel sein Blick auf eine Ankündigungstafel für Ultimate Fighting. Er erinnerte sich an einen Artikel im Wall Street Journal. Der Bundesstaat verweigere als nahezu einziger die Austragung von Profikämpfen. Selbst Gouverneur Cuomo war bemüht worden. Es ging um nicht weniger als einen Markt von 500 Millionen Dollar landesweit. New York, unverkennbar die Stadt des Geldes, nicht nur an der Wall Street.

Im Hotel erhielt er einen Anruf vom Commissioner James Miller. Der geschäftsführende Vorstand von Blacknight habe für den nächsten Tag die Insolvenz angekündigt, die Aktie sei nicht mehr zu halten, einige strategische Investoren wie die Fondgesellschaft Vanderbuilt oder eTrade hätten ihren Absprung angekündigt. Sein Büro in Washington hatte eine umfangreiche Prüfung eingeleitet. Blacknight nutzte komplexe Computerprogramme, um Kundenpositionen mit Käufern zusammenzuführen und baute dabei selbst immer wieder eigene Positionen auf und ab. So ließ sich der Handel gezielt beschleunigen.

Am nächsten Morgen wartete ein Anwalt der Kanzlei Steurer bereits vor dem Besprechungsraum in der New York Stock Exchange (NYSE). Er gab Dick zunächst seine Karte. Josh Bugs, Steurer & Cie, One Liberty Plaza, New York.

„Das US Steel Building", murmelte Fleischhauer, während sie in den Konferenzraum gingen. „Seit wann haben die bei US Steel auch Anwälte im Haus?"

„Ich bin sozusagen ein Management Buyout, der erste

seiner Art." Dabei lachte er etwas zu schief, Dick kannte dieses Lachen, es sagte ihm: Nimm dich in Acht. Dieser Mann ist gerissen.

Der Anwalt legte ihm einen Schriftsatz vor, der neben den üblichen Formalia wie Mandatsübernahme, Prozessbevollmächtigung und Zulassungsnachweis den Antrag auf uneingeschränkte Akteneinsicht enthielt. „Was für eine Akte wollen Sie denn einsehen, Herr Anwalt? Diese hier?" Damit hielt er einen leeren Aktendeckel in die Höhe und bog ihn demonstrativ auseinander. „Kommen Sie Dick, Sie wissen doch wie das läuft. Je eher wir uns aneinander gewöhnen, desto reibungsloser bekommen wir die Sache vom Tisch."

Aneinander gewöhnen? So, wie man sich an Küchenschaben, Silberfische und andere ekelige Angelegenheiten gewöhnte?

„Wissen Sie was, Josh? Lassen Sie mir den Schriftsatz gleich hier, wir melden uns dann bei Ihnen. Einen schönen Tag noch bei US Steel."

Damit drängte Dick ihn zur Tür. Doch Bugs wich ihm aus, indem er am Ausgang vorbei zum oberen Ende des Konferenztischs ging. Hier legte er demonstrativ seine Aktentasche ab und setzte sich auf einen der Stühle.

„Dick, bitte, können wir die Spielchen lassen?", fuhr er in seiner blasierten Art fort. „Sie wollen mich nicht zum Feind haben. Das haben sich viele schon gewünscht, im Nachhinein. Also lassen Sie uns professionell bleiben. Sie zeigen mir, was Sie haben und ich beschreibe Ihnen, was meinem Mandanten vorschwebt." Er lümmelte sich mit einem überheblichen Lächeln auf dem Konferenzstuhl.

Diese kleinen Drecksbugs kriechen einem in jede Öffnung und durch jedes Schlupfloch, dachte Dick. Kaum je kann man sie erwischen, aber es juckt beständig und man kratzt sich wund. Dieser Drecksack von Anwalt wollte ihn schon jetzt in einen Sumpf ziehen! Ein paar Gefälligkeiten hier, unlautere Zusagen und Indiskretionen da. Gerade genug, um ihn alsbald diskreditieren zu können. Das war ein taktischer Zug. Sollte man Dick dann aus dem Rennen nehmen mussen, hätte der saubere Herr Anwalt bereits einen beträchtlichen Informationsvorsprung.

„Josh, Ihnen ist bekannt, dass die Verfahren vor der SEC anders laufen als vor Gericht, nicht? Sie ähneln eher einem Untersuchungsausschuss. Hinzu kommt, dass wir uns erst in einer Vorermittlung befinden. Das heißt für Sie, Füße still halten, besprechen Sie sich mit Ihrem Mandanten, um gerüstet zu sein. Mehr können Sie nicht tun. Nach der Zustellung eines formalen Ermittlungsbeschlusses ist ausreichend Zeit, Ihre juristischen Belange angemessen zu berücksichtigen. Und jetzt entschuldigen Sie mich, wir haben hier eine interne Sitzung." Bugs zischte durch den Raum, als müsse er sich vor der klebrigen Zunge eines Leguans in Sicherheit bringen. Proteinreiche Nahrung.

Im Anschluss suchte Dick Commissioner Miller von der NYSE in dessen Büro auf.

„Die sehen sich ziemlich unter Druck", sagte der Commissioner. „Das heißt, wir haben möglicherweise in ein Wespennest gestochen."

„Scheint so", antwortete Dick. „In dem Schriftsatz steht, dass der ‚Meyer-Lansky-Anwalt' SAM vertritt. Da ist wohl mehr im Busch als nur der Zusammenbruch von Blacknight."

„Sie meinen, ‚The Mob', ‚Mobster'?" Miller fuhr sich in kreisenden Bewegungen mit der Hand über sein kurz geschnittenes Haar, so als könne er damit seine Gedanken intensivieren.

„Vielleicht ein ‚Wiseguy'? Einer, der als schlauer Rechtsverdreher die Nadelstreifenfraktion berät? La Cosa Nostra hieße, ganz anders taktieren zu müssen", überlegte Dick.

„Wollen Sie das FBI informieren?"

„Nein, jetzt noch nicht. Die sollten erst dann ins Boot, wenn es wirklich stichhaltige Fakten gibt. Außerdem müssen wir dann auch davon ausgehen, dass gerade die Fraktion Mafia im FBI ihre Gewährsleute hat. Das ist bei unserem Laden anders. Wir werden jedes Jahr auf unsere Kontakte hin durchleuchtet, alles ist intern transparent. Nicht wie bei so vielen anderen ‚Internen', die auf der payroll derjenigen stehen, gegen die sie vorgehen sollen."

„Liegt der Ermittlungsbeschluss Ihrer Behörde bereits vor?"

„Ist in der Mache."

Miller machte eine besorgte Miene. „Nach den börsenrechtlichen Vorschriften muss ich bei ausländischen Beteiligungen die Partnerbörsen in diesen Ländern in Kenntnis setzen. Die Aussetzung erscheint dann auf dem Börsenzettel. Zudem können weitere Vorgänge beim Börsennotar eingesehen werden."

Dick Fleischhauer nickte. „Die Leute von SAM wissen ohnehin Bescheid. Dass die den Anwalt losgeschickt haben, verrät ihre Angst. Aufgeschreckt sind sie also. Die erste Reaktion zeigt uns, wo wir graben müssen."

Fleischhauer verließ das Gebäude und fasste spontan den Entschluss, Ground Zero zu besuchen. Der war nicht weit entfernt, die paar Blocks ließen sich gut zu Fuß machen. Am ‚9/11 Memorial Preview Site' kaufte er einen Visitor Pass und umrundete den Komplex. Den Eingang für die Führung hatte er sich nie so vorgestellt. Ähnlich wie bei einem Open-Air-Konzert musste er nur sein Ticket vorzeigen und wurde dann entlang eines Bauzauns in einer Gruppe begleitet. Nach knapp 300 Yards gelangten sie zu einem Gebäude. Dort erfolgte eine Sicherheitskontrolle wie am Flughafen. Jacken aus, Gürtel raus, Taschen leeren, alles in graue Kisten, die dann in die Durchleuchteinrichtung fuhren. Anschließend musste er selbst durch die Sicherheitsschleuse. Er staunte, wie viele Menschen hier arbeiteten. Eine eigentümliche Mischung. Hier die diensteifrigen Serviceleute, Wachmänner und Polizisten, weiter entfernt die Bauarbeiter, Architekten, Zulieferer, Handwerker. In Dicks Wahrnehmung hatte das alles etwas von einem Spektakel, als ob die ganze Nation sich hier wie unterm Brennglas gerade neu erfand und gleichsam in Echtzeit auch noch dabei zuschauen ließ. Sie wurden weitergeführt am Bauzaun entlang, ehe der Eingang zum Memorial 9/11 erreicht war. Der bislang zurückgelegte Weg entsprach genau dem südlichen Ende von Ground Zero, plus einem Stück der westlichen Begrenzung. In weiteren 100 Yards gelangte man zum South Pool, dem Bassin des Südturms. Er hörte das herabbrausende Wasser jedoch schon viel früher. Das Rauschen des Verkehrs von der West Street verband sich mit dem Tosen zu einer eigenartigen Geräuschkulisse, die etwas Unwirkliches an sich hatte. Offensichtlich ging ihm das nicht alleine so. Alle aus seiner Gruppe hielten am Südturm inne. Der Bewusstseinsstrom, der alle hier erfasste, die Dimensionen des Beckens, das beide Türme umfasst, das Band der Namen entlang der Einfassung, die Familien, die Schicksale, ein Ende, das nie zu Ende sein wird. Dick fühlte Betroffenheit aufsteigen, der Kloß in seinem Hals, Tränen in seinen Augen, Gedanken von der Unbeschreiblichkeit des Unfassbaren. Sein Blick traf sich mit dem der anderen, die mit ihren Tränen kämpften. Das Gefühl, vor dem Grab des Südturms zu stehen, das gefüllt war mit den hellen Schreien der Verschütteten, dem Rufen der Helfer und dem Begraben aller Hoffnung, spiegelte die Heillosigkeit einer Welt wider, die im besinnungslosen Hass alles zerstört, was doch einzig ein Wunder ist. Das Leben. Ihm wurde schlecht, er wollte weg hier. Und doch blieb er wie gebannt. Was würden wir wohl empfinden, wenn die 3.000 Menschen in einem Chor ihre Seelen gemeinsam zu schwingen bringen könnten? Er musste jetzt loslassen, sich verabschieden.

Auf dem Rückweg dachte Dick an die Ermittlungen zu 9/11. Die SEC war in die Nachforschungen zu den Finanzströmen um den Anschlag herum eingebunden gewesen.

Damals konnten zwei Institute ermittelt werden, die für die Tarnung von Finanzierungen genutzt worden waren. Amerikanische Institute. Schuldige waren dort aber nicht gefunden worden. Die Spur der Hintermänner hatte sich in der Schweiz verloren. Ob sich nun ein Zufallsfund ergeben würde? Doch auch so konnte sich die Sache um Blacknight und SAM zu einem handfesten Skandal ausweiten, sollten sich Verbindungen zum Organisierten Verbrechen nachweisen lassen. Das brachte ihn noch zu einer weiteren Überlegung: Dieser Josh Bugs hatte – mit US Steel – eine Adresse genau gegenüber dem Neubau World Trade Center Four. Ground Zero und World Trade Center One lagen nur einen Block entfernt. War hier mehr zu finden, als es den Anschein hatte?

Dick überquerte die West Richtung Hudson. In Reichweite lag der Winter Garden. Diese Oase mit Palmen beruhigte seine aufgewallten Gefühle, er atmete tief durch. Auch hier hatte vieles in Schutt gelegen, allein 2.000 Glasscheiben mussten ersetzt, 6500 Square Yards Marmorböden und Treppen wieder hergerichtet und sechzehn 40-Fuß hohe Washingtonia robusta Palmen neu aufgestellt werden. So war es auf einer Gedenktafel zu lesen. Die Fußgängerbrücke zum ehemaligen WTC war nicht mehr aufgebaut worden. Stattdessen konnte man jetzt direkt auf die Baustelle von 1WTC blicken. Ein zögerliches Gefühl der Genugtuung stieg in ihm auf. Das Leben findet einen Weg, dachte er bei sich.

Kapitel 7

Die Farben der Seele

Die Überfahrt über den Atlantik wurde zunehmend rauer. Nachtschwarz versank das Meer in tiefer Dunkelheit. Kardinal O'Leary begab sich in seine Kabine und dachte an seinen neuen Zielort: der Himmel über Rom, der Blick auf Sankt Peter und der Geruch der Menschen unter den Soutanen. – Gloria in excelsis Deo et in terra pax hominibus bonae volutatis. Laudate Dominum de caelis, laudate eum in excelsis.

Er sorgte sich um die weitere Entwicklung. Was würde ihn dort erwarten? Würde der Kardinalstaatssekretär ihn auskömmlich unterbringen, mit stillen und freudvollen Aufgaben betrauen? Schließlich hatte er ihn aus dem Sumpf in Washington befreit, sein Unterkommen in Argentinien ermöglicht. Und hier hatte er es ausgesprochen gut angetroffen. Liebenswürdige Brüder und Schwestern, er hatte sich ausruhen, Kraft tanken können. Und dann die vielen hübschen Novizen, ein prachtvoller Anblick für Leib und Seele. So war sein Aufenthalt hier geprägt von einer vorherrschenden Empfindung: Cum ego in hanc excelsissimam sedem dignitatis atque honoris ascendissem. Dem Rang und der Würde nach erhaben und ausgezeichnet zu sein, war ein gelebtes Privileg. Der Gleichklang von manierlichem Auskommen und höchstem Ansehen erzeugte ein besonderes Selbstwertgefühl für ihn als Kleriker. Nicht zu nah bei den Menschen und doch noch nicht im Himmel, um die irdischen Genüsse lebendig zu erleben. Auch ein Kirchenmann lebte schließlich nur einmal.

Das Schiff geriet in schwere See. Ein Sturm peitschte die Wellen hoch. Sein Schlaf brach immer wieder auf. Und doch zog er ihn jedes Mal erneut in schwere Albträume hinein. Bruchstücke, Versatzelemente, Bilder des Jungen. „Cedric, Cedric", rief er im Schlaf, doch seine Stimme blieb stumm.

Ein erstickter Schrei. Er fühlt, wie Cedric ihn streichelt. Härchen stellen sich auf, eine Woge der Lust durchströmt ihn, prickelnde Schauer.

Das Wetter schüttelte ihn durch, er stieß sich den Kopf. Doch alsbald zog ihn der Schlaf wieder hinab. Caffarelli droht ihm: Ich kenne deine sündigen Gedanken, dein niederes Verlangen, du wirst mir dienen. Ein schallendes Lachen dröhnt in seinen Ohren. O'Leary fühlt seine Trommelfelle platzen. Stille. Er gerät in Panik. „Taub, ich bin taub!" Der Teufel steht mit seiner hässlichen Fratze vor ihm und lacht. Er kann ihn hören. Ein Stein fällt von ihm ab. Nie hätte er mehr die Stimme von Cedric hören können. Eine Kinderstimme, die verzaubert.

„Komm nur her, Cedric", sagt er zu ihm. „Du bist ein aufgeweckter Bursche und noch nicht lange bei uns. Unser Internat ist das Beste weit und breit. Du wirst vieles lernen. Und selbstverständlich stehe auch ich dir so oft ich kann bei. Lass dich nicht beeindrucken von den anderen. Die wollen dir nur zeigen, dass sie schon wissen, wie hier alles läuft." Er wischt ihm die Tränen aus den Augen und drückt den Jungen zärtlich an sich. Sein Körper zittert, Angst springt aus ihm heraus. Langsam kehrt Ruhe in ihn ein. „Aber keiner hilft mir", sagt er schüchtern. „Genau dafür bin ich ja da", hört O'Leary sich sagen und gibt ihm einen Kuss auf die Wange.

Er wachte berührt auf.

Er hatte immer alles für die Liebe getan, Seelen gerettet, Seelen geliebt, Begehrlichkeiten aus Liebe empfunden. Die weiche Haut, den samtenen Duft, die Frische der Jugend. Doch nie hatte er stärker geliebt als bei Cedric. Er war im geistigen Sinne verrückt nach ihm gewesen. Allein schon die Art und Weise, wie Cedric im Plural von sich selbst sprach. „Wir kommen gleich zu Ihnen, Vater", sagte er häufig mit einem schelmischen Lächeln. O'Leary hätte sich am liebsten alles vom Leib gerissen, weil es kaum mehr abzuwarten war, bis Cedric dies zärtlich für ihn erledigte. Selbst jetzt durchfuhr ihn noch ein Schauer des Entzückens. Selbst jetzt. Das konnte die argentinische Zeit nicht auswischen. Es wäre Selbstbetrug.

Er musste sich reinigen, tat Buße im Gebet. Sein Inneres ergänzte Satz um Satz: Es war nur um der Liebe willen. Aber die Liebe war ein verführerischer Bund. Sie streute leise Bindungen aus, nähte ein heimliches Band zwischen den Menschen, in dem man sich verfangen konnte. Keines dieser Bänder ließ sich leicht abstreifen, wenn die Zeit gekommen war. Aber dieses hier war extrem. Es konnte strangulieren. Fast schon war er erleichtert, sich auf Gottes weitem Meer in Richtung Rom, dem Schoß der Mutter Kirche, zu befinden. Ein neues Kapitel sollte aufgeschlagen werden. Altes vergehen. Tränen rollten über sein Gesicht. Ein scharfer Stich ging durch sein Herz. „Vater, vergib' mir, denn ich habe gesündigt", sagte er leise.

Schiffsreisen würden nie seine Wahl sein. Nur weil Caffarelli ihm das vorgeschrieben hatte, musste er die lange Schiffspassage überhaupt nehmen. War das schon eine Misslaunigkeit gegen ihn? O'Leary hatte sich immer als guten Katholiken, guten Beichtvater und Seelsorger begriffen. Im Einklang mit der Kirche und allen Geboten.

Gedanken von der Theologie des Lebens kamen ihm in den Sinn. Der gemeine Mann von der Straße war einfältig. Der hatte nie das Große, das Ganze im Blick, er konnte nur auf sein eigenes kleines Leben schauen. Ein Leben, das oft nicht viel hergab. Wie anders war es doch, wenn man das Umfassende im Geiste mit Händen greifen, sich als Teil des göttlichen Plans empfinden konnte! Die Heilsgeschichte Christi hatte der Erleuchtung der Apostel mittels der Taube bedurft, die Mission zu den Menschen zu tragen. Die Aufgabe der Priester war es, die Mission fortzusetzen, getreu Matthäus 28, 19: ‚Machet zu Jüngern alle Völker'. Das galt im Fernen wie im Nahen. Die Ferne hatte ihn nie gereizt, in der Nähe hatte er seine Bestimmung und sein Aphrodisiakum gefunden. Wie würde es darum in der Zukunft bestellt sein?

Würde der Himmel über Stank Peter die ersehnte Ruhe in der Seele bringen? Kardinal O'Leary hoffte es inständig.

Zunächst freute er sich in Ostia, die schwankenden Planken gegen festen Boden tauschen zu können. Gleichwohl blieb ein geistiges Schwanken, blieb die Unsicherheit, was ihn erwartete. Es begann bereits damit, dass ihn nach den lästigen Zollformalitäten niemand empfing, der ein standesgemäßes Weiterreisen ermöglichte. Auch ein Taxi war nicht zu ergattern. Es blieb nur der Bus. Eingepfercht zwischen gewöhnlichen Brüdern und Schwestern. Hochwürden, bitte nehmen Sie Platz. Möchten Sie ein Stück Wurst, ein Brötchen dazu? Einen Schluck Wein? Himmel, war das bemüht und würdelos! Die Fahrt zog sich endlos. Immer wieder suchte man das Gespräch mit ihm. Immer wieder blockte er ab, machte deutlich, kein Italienisch zu verstehen. Doch die Leute gaben sich unbeeindruckt und beglückten ihn mit ihrer bodenständigen Gastfreundschaft.

Der Schweizer Gardist ließ ihn ohne weiteres passieren. Verschwitzt und abgekämpft von der langen Reise stand er nun zum ersten Mal vor dem Governatorato. Der Verwaltungsbeamte sah ihn ungläubig an. „Da sind Sie hier falsch, Eminenz. Sie müssen in den Komplex um die Räumlichkeiten des Heiligen Vaters, da befindet sich das Staatssekretariat. Einen guten Fußmarsch müssen Sie noch bewältigen. Aber ich kann einem der Gärtner auftragen, Ihr Gepäck schon mal vorauszubringen."

War das nun sein Fehler? Hatte er etwas missverstanden? Oder stand es gerade so im Abordnungsschreiben? Er wusste es jetzt nicht zu sagen. Keiner kümmerte sich weiter um den in schlichter Soutane Gekleideten. Verlassen blickte er über das weitläufige Gelände. Ganz so, als sei er in einer fremden Welt. Gärtner grüßten andeutungsweise. Doch die meisten Menschen liefen einfach nur an ihm vorüber, mieden den Blick. Lag das an ihm?

Caffarelli-Borghese lächelte. „Lieber Bruder, da sind Sie ja gerade noch rechtzeitig eingetroffen. Wir wollten schon ein Suchkommando losschicken. Nun haben Sie es ja geschafft.“

O’Leary fühlte sich abgekanzelt. Das war unter seiner Würde. Keine richtige Begrüßung eines hohen Würdenträgers, eher die eines beliebigen Lieferanten. Er musste seine aufkeimende Wut im Zaun halten. „Ich danke Euch für die Fürsorge, die Ihr meiner Person habt zukommen lassen. Mit ergebenem Gruß bittet der Bruder Obere aus Argentinien, sein Anliegen zu berücksichtigen. Die ‚Legionäre Gottes’ leisten treffliche Arbeit in diesem Teil der Welt.“

„Schon gut, lieber Bruder, alles zu seiner Zeit. Geben Sie nur her. Sicher wollen Sie sich hier nützlich machen. Das wäre ein guter Schritt für einen Neuanfang. Die hässlichen Vorgänge in Washington haben mich viel Energie und Mühe gekostet und das Bistum sehr viel Geld. Hier wird Euch Zeit zur Besinnung gegeben. Und zur Buße. Ihr mögt zunächst eine Zelle in Mater Ecclesiae beziehen. Bei den Nonnen droht Euch keine Gefahr. Sodann werdet Ihr mir hier im Sekretariat zur Hand gehen. Das wird unser Tagesgeschäft sein, aber hin und wieder wird es auch besondere Aufgaben für Euch geben.“

O’Leary spürte, wie sich die Hände des Kardinalstaatssekretärs um seinen Hals legten. Das Blut pochte ihm durch die Gefäße, während die Kälte der Hände dieser Schlange Gottes ihn erschaudern ließ. Mit Messern würde er ihm diese Hände durchstechen wollen. Er mäßigte seine Gedanken.

„In aller Bescheidenheit, Kardinalstaatssekretär. Wie ich sagte, bin ich dankbar für das, was Ihr für mich getan habt. Aber in Washington habe ich ein großes Bistum unter meiner Leitung gehabt und hier soll ich bestenfalls Euer Handlanger sein. Wie soll das gehen?“

„O’Leary, Ihr solltet Eure Gedanken wägen, die Zunge hüten und Euer Verhalten im Zaum halten! Hier spielen wir nach meinen Regeln. Ihr werdet keine Verbündeten finden.

Bestenfalls wird man Euch dulden. Solltet Ihr aus dem Ruder laufen, können wir auch kanonisch gegen Euch vorgehen."

Die Standuhr läutete zur halben Stunde. Ihr unerbittliches Ticken empfand O'Leary als Warnung an sein Leben. Er fühlte den kalten Hauch der Ewigkeit, der diesen Raum beherrschte.

Caffarelli ging auf O'Leary zu, der vor dessen Schreitisch saß und bückte zu ihm hinunter. Er flüsterte: „Doch solltet Ihr Euch anpassen, klug und unsichtbar agieren, Eure Bedürfnisse verbergen, dann mögt Ihr ein Auskommen finden hier."

Das klang für O'Leary wie das verführerische Säuseln der Schlange aus dem Paradies, bevor die Sünde über den Menschen kam. Mit dem Wink der Sicherheit vor Verfolgung und der damit untrennbar verbundenen List der Schlange, ihn zu ihrem Instrument zu machen, fühlte er sich der totalen Versklavung ausgeliefert. Er kannte hier niemanden, damit war er hilflos. Angst kroch ihm über die Beine die Soutane hoch, sein Puls beschleunigte sich und er hatte das Gefühl, zu erröten. Wie starr saß er in dem Sessel vor dem Schreibtisch. Er wollte sich befreien, aufstehen, dem Kardinalstaatssekretär entgegentreten, ihn zur Ordnung rufen! Schließlich war er ihm nur über sein Amt vorgeordnet. Nicht aber dem Rang nach! Nur um seiner kleinen lässlichen Sünden willen, die aus seiner Liebe zum Geschöpf quollen, sollte er hier zur Folter! Was dachte sich dieser Mensch?

„Ach ja, und das noch zur Erleichterung Eurer Entscheidungsfindung ...", fuhr Caffarelli fort, „das Material aus Washington ist detailliert, klar und Ihr seid bestens zu erkennen. Ihr dürft Euch nun entfernen. Gelobt sei Jesus Christus. Amen."

Ich liebe den Verrat, aber ich hasse Verräter. Und Du bist ein Versager, den ich zum Verräter machen werde, dachte Caffarelli bei sich.

Der Papst schaute seinem Kammerdiener dabei zu, wie er das Geschirr des Abendessens abräumte. Pierluigi Frascone war ein Mann in den Vierzigern, von mittlerer Statur, füllig, und trug fest frisiertes, nach hinten gekämmtes Haar. Sein kantiges Gesicht wirkte streng und verschlossen, eine große gerade Nase verstärkte diesen Eindruck zusätzlich. Seine Erscheinung flößte vielen Respekt ein, obschon seine Stellung nur von untergeordneter Bedeutung war. Der Papst wusste jedoch, dass Frascones rein physische Nähe zu ihm den Gedanken entstehen ließ, dieser Mann verfüge über mehr Macht, als so manchem lieb war. Zumal er zu all seinen Gemächern Zutritt hatte. Ihm war es möglich, die Korrespondenz auf dem Schreibtisch ebenso zu lesen wie Informationen aus Gesprächen mit dem Privatsekretär oder Gästen aufzuschnappen und weiterzutragen. Darin lag der Kern der Gefahr.

„Euer Heiligkeit, sofern kein Wunsch mehr besteht, darf ich mich zurückziehen? Der Tee steht wie gewöhnlich auf dem Nachttisch."

„Danke, Pierluigi. Ich möchte allerdings noch etwas mit Ihnen besprechen. Setzen Sie sich bitte."

Frascone nahm ihm gegenüber Platz. Das Arbeitszimmer mit Blick über den Petersplatz war nur schwach erleuchtet. Neben einer Schreibtischlampe brannte in der Sitzgruppe eine Stehlampe, die einen spärlichen Schein auf Papiere auf einem Beistelltisch warf.

„Mein Rücktritt mündet nicht einfach in sede vacante. Er ist Konsequenz und Anlass zugleich für jene Strömungen, die sich im Konklave am Ziel wähnen. Ihnen ist mit den Jahren die Ranküne der Kurie bekannt geworden, und wie es scheint, will man mich noch auf den letzten Metern meines

Pontifikats fallen sehen, obwohl ich schon zurückgetreten bin. Wir haben einen brillanten Schachstrategen in unseren Reihen, der es perfekt versteht, seine Mitspieler, aber auch Unbeteiligte, in seinen Plan so einzubeziehen, dass diese straucheln und damit zuvor offene Wege verlegen, gleich ob sie Springer, Läufer oder Bauern sind. Also nehmen Sie sich in Acht. Solange mein Pontifikat noch nachwirkt, noch kein Nachfolger an Petri Stelle tritt, solange droht auch Ihnen Gefahr. Gut möglich, dass dieser jemand versuchen wird, über Sie noch auf mich einwirken zu können." Seine Heiligkeit machte eine Pause. Frascone sah ihn gespannt, aber unbeweglich an.

„Oder werden Sie schon unter Druck gesetzt?" Der Kammerdiener schüttelte den Kopf. Seine Miene verriet nicht, was in ihm vorging. „Gut, für einem Moment dachte ich schon. Um es kurz zu machen: Ich halte meine schützende Hand über Sie. Und ich verlasse mich auf Sie."

„Danke, Heiliger Vater", antwortete Frascone mit der Andeutung eins Lächelns.

„Gelobt sei Jesus Christus. Amen."

Das Kloster Mater Ecclesiae war frisch renoviert. Es lag abgeschieden im äußersten Westen, noch weit hinter dem Governatorato. Einzig der Blick in die vatikanischen Gärten war eine schöne Wendung in allem. Zweifel überfielen O'Leary. Konnte ein guter Christ seine Loyalität verlieren? Der Kirche, dem Papst gegenüber? Gott gegenüber? Es gab Vorschriften de lege lata. Aber galten sie immer und überall? War nicht die Liebe das universelle Recht, aus dem sich alles Leben und Handeln ableiten ließ? Die Kanoniker würden jetzt über ihn herfallen. Aber eigentlich brauchte er sie gar nicht bemühen. Schon der lebensweltliche Gedanke an seine lebensschändenden Taten musste ihm die Haltlosigkeit seiner Überlegungen vor Augen führen. Scham durchfuhr ihn. Sollte er wirklich seine Amts- und Treuepflichten verletzt haben, wie war es dann um seine Loyalität bestellt? Er schob den beschämenden Gedanken beiseite. Und doch wollte er von seiner Selbstrechtfertigung nicht lassen. Seine Gefühle waren einzig von Liebe erfüllt gewesen. Liebe und Bereitschaft zur Hilfe für verängstigte kleine Seelen ...

O'Leary hatte alle Mühe mit sich und seinem neuen Leben. Er war weder die Klausur gewöhnt noch die Unerbittlichkeit der Stille. Sein Leben in Washington war bewegt, bunt und lebendig gewesen. Selbst in Argentinien hatte man ihn eingebunden. Doch hier lebte er in der Leere der Zeit. Die Nonnen des Klosters begegneten ihm mit ausgesuchter Höflichkeit, blieben aber ansonsten für sich. Selbst zum Hochamt lud man ihn nicht ein. Er konnte dort aber auch nicht von sich aus auftauchen, dazu hatte er sich an die Gepflogenheiten des Klosters zu halten. Unter Brüdern wäre zumindest das einfacher gewesen. Das Klosterleben ödete ihn ohnehin an. Zu Laudes und Terz um sechs und um neun Uhr hörte er ihr Trippeln zur Kapelle, das sich zur Eucharistie eine Stunde später wiederholte.

Nach dem Frühstück kam zumeist die Priorin an die Tür, er durfte nur die Klappe in der Tür öffnen, um sein Frühstück entgegenzunehmen. Dabei wurde er regelmäßig nach seinen Wünschen gefragt. Er hatte keine. Keine, die sich hier erfüllen ließen. Stattdessen plagte er sich mit einer angstgepeitschten Seele. Würde er wie Jona vor Gott versagen, davonlaufen, sich verstecken, entdeckt und ausgespien werden? Doch es war nicht an ihm, zu richten, er war nicht nach Ninive entsandt. Eher würde er vor seinen Richter geführt werden, selbst wenn er alle Stürme des Meeres wundersam überstehen sollte, er würde am Ende an den Klippen des Ufers zerschellen. Der Blick aus dem kleinen Fenster seiner Zelle zeigte den hinteren Teil des Bahnhofs. Selbst dorthin kam er nicht. Seine Order lautete, nur auf Anweisung das Kloster zu verlassen. Er hätte schreien, toben können vor Wut und Scham. Sicher tuschelten hier alle über ihn, den Kardinal in Gralshaft. Dem man seine Kleider wusch. Dem man das Gespräch entzog. Über den man Bescheid wusste? Die Folter war über ihn gekommen. Er, der den Menschen so zugetan war, der lebendiges Lachen liebte, un mondo de chocolate zu einem Café cardamomo auf der Zunge spürte, glitzernde Augen und den Duft frischer Haut atmete. Würde Caffarelli ihn zu Tode foltern? Ein Buch, ein Handtuch, ein Stück Seife, kaltes Wasser. Eine harte Holzpritsche, zwei Decken, ein Kissen. Zur Komplet hörte er wieder das Trippeln der Nonnen, ihren leisen Betgesang. Gleich würde Stille herrschen, Totenstille.

Diese äußere Leere und Einsamkeit standen in krassem Gegensatz zu seiner aufgewühlten Seele. Die dunklen Träume ließen ihm keine Nacht mehr Ruhe, sein Herz brannte vor Sehnsucht und seine Begierden wuchsen von Tag zu Tag ins Unermessliche. Endlich übermannte ihn der Schlaf.

Die Alte mit dem Blättergesicht sieht ihn knautschig an. Sie steht auf, zeigt mit dem Finger auf ihn und plärrt den Richter an: Er hat mir mein Kind genommen! Wo war er? Seine Zellentür verbarrikadiert. Ein hohes Podest mit einem großen Stuhl darauf. Er liegt auf seiner Pritsche. Die Alte zischt: Dieser gottlose Hurensohn hat sich an meinem Kind vergriffen! Applaus brandet auf. Bei mir hat er heimlich Eis gekauft und sich erkundigt, wo hier Kinder spielen, sagt eine andere Stimme. O'Leary gelähmt. Nur Sehen und Hören. Er hat ihn ausgeweidet, schreit die Alte. Schrill tönt es von den Wänden zurück. Auf dem Tisch vor ihr die Leiche. Cedric!, stöhnt er. Mit einer Geflügelschere schneidet sie ihn auf. Die andere Stimme assistiert. Der Richter erhebt sich, geht in eine Ecke des Raums. Immer noch kann O'Leary ihn nicht erkennen. Er entzündet ein Feuer, es wird unerträglich heiß und stickig. Lautes Kreischen. Nonnen stehen um die Leiche. Die ist ausgeweidet. Streit entbrennt um die Innereien.

Sie sollen in die Küche. Die Cellaria erhebt jetzt Anspruch darauf. Nein, das ist doch mein Junge, stöhnt O'Leary. Alle drehen sich um. Dann verbrennen wir ihn eben, sagt die Priorin. Der Richter schürt das Feuer. Er dreht sich um und lacht ihn an: jetzt rein mit ihm.

O'Leary schrie aus Leibeskräften. Die Nacht tief dunkel. Er tastete nach der Lampe neben der Pritsche. Das Kloster brach nicht sein Schweigen.

Noch vor dem Morgengrauen weckte ihn ein Klopfen an der Tür. Caffarelli ließ ihn zu sich bitten.

„Lieber Bruder, Ihr habt Euch in die Stille eingelebt, in Euer neues Zuhause, wie ich höre."

„Gewiss."

„Dann will ich Euch einen ersten Beitrag ermöglichen, für den Frieden, den Ihr hier empfangt."

Endlich raus aus dieser Einöde, dem grässlichen Weiberstall, endlich wieder das Leben leben, dachte O'Leary.

„Ihr bekommt von mir folgenden Auftrag: Unser geschätzter Bruder Leggerezza bedient sich krummer Geschäfte seitens der A.P.S.A. Beschafft mir hieb- und stichfestes Material, seid kreativ, nur: Es muss Leggerezza, der A.P.S.A., schaden. Wenn das Material vorliegt, gehen wir einen Schritt weiter."

O'Leary war auch in bürokratischen Dingen nie zimperlich gewesen, hatte durchaus zügig missliebige Leute in die Diaspora geschickt oder auch entlassen, wenn es ihm zweckdienlich erschienen war. Und so roch er hier den kalten Braten, den Caffarelli ihm lieferte, und an dem er sich schnell noch mehr den Magen verderben konnte als ohnehin schon.

„Dann diskreditieren wir den Heiligen Vater!"

Der Kardinalstaatssekretär antwortete nicht. Seinem ausdruckslosen Blick war kaum das Richtige zu entnehmen. Endlich sagte er: „Non modo sed etiam."

„Sowohl als auch“, murmelte O’Leary. Ihm wurde langsam klar, in welche Richtung sich das entwickeln würde. Und er konnte nicht ausweichen! Man fährt in eine Sackgasse, nimmt immer mehr Tempo auf und am Ende landet man vor der Mauer.

„Und wie soll das vonstattengehen, wenn ich fragen darf?“

„An diesem Wochenende findet ein Treffen des Schwarzen Adels außerhalb von Rom statt. Dorthin werden Sie gehen. Es ist eine kleine und geschlossene Veranstaltung. Zugang zum ‚Circolo della Caccia’, also der Jagdgesellschaft, hat nur der alte römische Adel. Ich werde Sie abordnen. Sie werden ein kleines Begrüßungswort im Sinne der Kirche sprechen und sich dann um Ihre Aufgabe kümmern, den Fahrer von Senator Calvesi.“

O’Leary schaute ihn ungläubig an.

„Was soll ich mit dem?“

„Der Fahrer ist für diesen speziellen Anlass von Senator Calvesi einbestellt. Ein Verwandter sozusagen, und zugleich Kammerdiener des Papstes. Sie geben ihm diese DVD, darauf findet er alle Anweisungen zu den Papieren, die er besorgen soll. Dieses Vorgehen ist unverfänglicher als hier im Vatikan, weil Sie hier mit Pierluigi Frascone, so heißt der Mann, keinerlei Berührung haben. Er findet auf dem Medium auch die Motivation, genau das für uns zu tun, was wir möchten.“

O’Leary war sprachlos. So viel Niedertracht, verborgen hinter dem sanften Lächeln dieses Schwarzrocks, das war mehr als er erwartet hatte.

„Lassen Sie sich nicht auf weitere Gespräche ein, stellen Sie nur sicher, dass Frascone versteht.“

„Und warum sollte dieser Mann sich überhaupt auf so etwas einlassen?“

„Weil wir unschöne Dinge aus seinem Leben wissen, die ihn nicht nur die Stellung hier kosten würden.“

Erst als O'Leary wieder in seiner Zelle war, begann er seine Lage zu begreifen. Er war zum willfährigen Werkzeug des Kardinalstaatssekretärs geworden. Juristisch wäre wohl eher von einem Erpresser zu sprechen. Und das ihm, einem Kardinal! Was für Abgründe. Die neue Schuld, die er auf sich laden würde, würde die alte nicht tilgen. Er würde sich nur noch mehr in ein undurchsichtiges Schicksal verstricken. Im Mittelalter waren Menschen für weniger ins Fegefeuer gelangt. Die vier letzten Dinge der Eschatologie. Jetzt musste er sehen wie er mit beidem würde auskommen können.

Kapitel 8

Schwarz und Weiss: Raben im Vatikan

Der Abend der Jagdgesellschaft war gekommen. Für einen Kirchenmann stellte sich gottlob nicht die Frage der angemessenen Garderobe. Die Soutane mit Kollarhemd war die Gesellschaftskleidung des römisch-katholischen Priesters.

Kardinal O'Leary fühlte sich unwohl mit dieser Mission. Und doch hatte er für sich beschlossen, sie geradewegs als solche zu betrachten. Das nahm seinem Auftrag die Schärfe der juristischen Verfehlung. Er musste sich auch immer wieder gemahnen, an die Zeit in Washington zu denken. Er wusste nicht, was aus den ‚Freunden der Jugend' geworden war. Caffarelli hatte nichts verlauten lassen, und er hatte nicht gewagt, zu fragen oder zu forschen. Je stiller es um diese Zeit und sein Wirken darin blieb, desto besser. Wohl fuhr ihm immer wieder der Schmerz durchs Herz, wenn er an die damaligen Umstände dachte. Die Drangsal durch die Presse, die aufgescheuchten Eltern, Jugendamtsvertreter, Kinderschutzbund. Wer hatte sich nicht alles eingemischt und versucht, seine Brüder und ihn sogar der hässlichsten Seite der Begierde, der Pornographie zu bezichtigen. Mit Fürsorge und Milde hatte er über Auswüchse hinweggesehen. Es mochte sein, einige Brüder hatten es übertrieben mit ihrer liebenden Obhut und ihrem Austausch untereinander. Gerüchte machten die Runde. Einmal sah er sich sogar gezwungen, vor seine Brüder zu treten und sie zu ermahnen: Wäre auch nur einer unter ihnen, dessen Verhalten nicht der Liebe zu den Menschen entspringe oder dem mitfühlenden Anliegen unserer Gemeinschaft, so tue er Buße und reinige sich von seinen Sünden. Für ihn galt das alles jedoch nicht. Er war ein Liebender des Herzens, dessen Begierde dem Feuer der Seele entsprang.

Der Wagen wartete am südlichen Ende hinter dem Bahnhof in der Via della Stazione Vaticana. O'Leary fühlte den harten Datenträger an seiner Brust. Anspannung stieg in ihm auf. Würde er diesem Unbekannten, der in so unmittelbarer Nähe zu Seiner Heiligkeit lebte und arbeitete, einfach eine Erpressung aufdrücken können? Mit festem Schritt trat er auf das Auto zu. Seine Hand streckte sich schon nach dem Türgriff, als er einen Mann deutlich sprechen hörte. Der Beifahrersitz war bereits besetzt. Das musste Senator Calvesi sein! Damit hatte er nicht gerechnet. In seiner Vorstellung ging er davon aus, alleine zur Jagdgesellschaft gefahren zu werden, wo der Senator schon anwesend sein würde. Jetzt ließ der Fahrer den Motor aufheulen, anscheinend sollte er das als Aufforderung verstehen, einzusteigen. O'Leary nahm hinter dem Senator Platz. Der Wagen nahm schnell reichlich Fahrt auf. O'Leary musste sich stramm festhalten. Den Senator schien das nicht zu kümmern, er telefonierte in einem fort. Dieser Fahrer machte den Eindruck eines misstrauischen Mafioso. Seine Augen musterten O'Leary immer wieder über den Innenspiegel. Da keiner von ihm Notiz nahm, kreiste O'Leary einzig um seine eigenen Gedanken und ihre damit verbundene Angst.

Das Castello lag hoch über der kleinen Stadt, mit Blick auf den Lago di Bracciano. Eine weiträumige Anlage, Militärarchitektur der italienischen Renaissance. Die unverkennbaren Wehrtürme waren weithin sichtbar. Dazwischen je eine Doppelreihe von drei Fenstern, über denen drei kleinere Schießscharten direkt unterhalb des Wehrgangs eingelassen waren. So friedvoll das Ensemble heute auch wirkte, zu seiner Zeit hatte es sicherlich als uneinnehmbar gegolten. Bereits die Auffahrt war imposant. Sie mündete in einen Burghof, der an den mittelalterlichen Ursprung erinnerte. Während die Abendsonne einen Teil des Atriums in ein warmes Licht tauchte, stand der andere Teil bereits im Schatten.

Ihre Ankunft war offenbar bestens vorbereitet. Die Principessa Anna di Borghese empfing sie noch im Atrium. Gemeinsam betrat man die große Halle mit ihren ausladenden Wandteppichen, die von Schlachten im Heiligen Land kündeten. Auch die Wandbemalungen der Gewölbe zeigten, neben reichen Verzierungen und Ornamenten, Szenen der Kreuzzüge. Im ersten Stock betraten sie die Bibliothek. Der ansonsten schmucklose Raum war mit doppelt mannshohen Bücherschränken vollkommen ausgefüllt. O'Leary fragte sich unwillkürlich, wie man an die oberen Fächer der Schränke gelangen konnte. Der Raum bot kein weiteres Inventar, die Gäste plauderten mit Gläsern in der Hand. An einer Wand stand ein Buffet, Bedienstete kümmerten sich um die Gesellschaft. Vor den Fenstern, die zum Innenhof hinausgingen, wartete ein kleines Rednerpult.

Nachdem O'Leary den Gästen vorgestellt worden war, ein ziemlich steifes Volk wie er fand, gab Fürst Massimo einen kleinen Willkommensgruß mit einer Familienanekdote: Dereinst habe Kaiser Napoleon seinen Ahn gefragt, ob das Gerücht stimme, dass seine Familie schon in römischer Zeit nachweisbar sei. Darauf habe der Ahn geantwortet: „Kaiserliche Hoheit, es ist ein Gerücht. Aber es hält sich beharrlich seit zweitausend Jahren." Ein dezentes Lachen hallte im Saal wieder.

O'Leary nahm alles wie durch einen Filter wahr. Es bedrückte ihn, hier unter diesen so feinen Gästen zu sein, eine Gesellschaft, die er nicht mochte, aushalten zu müssen. Beobachtete man ihn aus dem Augenwinkel? Abschätzige Blicke hinter einem angedeuteten Lächeln? Wusste man hier über ihn Bescheid? Hatte Caffarelli den Hausherrn über ihn, den armen Sünder des Herrn, informiert? Hitze quoll unter seiner Soutane hervor. Hastig trank er sein Glas leer. Manche Augen schienen ihm zu drohen: Mit meinen Kindern machst du das nicht! Wir werden dich ans Kreuz nageln, du Drecksfink vor dem Herrn. Er versuchte sich zu konzentrieren, wich den Blicken aus. Wo war dieser Fahrer? Untergetaucht. O'Leary kannte sich hier nicht aus. Senator

Calvesi stellte sich ihm erst nach dem Aussteigen vor und entschuldigte sich. Die Principessa entspannte den peinlichen Moment. Plötzlich überfiel O'Leary der Gedanke, dass der Chauffeur auch wieder abgefahren sein konnte. Er musste nach draußen, ihn suchen. Aber wie war es möglich, ungesehen zu verschwinden?

„Kardinal O'Leary bitte". Er schreckte auf, als der Fürst seinen Namen ansagte. Sowohl Sentor Calvesi als auch der nochmals angetretene Hausherr waren mit ihren Reden fertig. Beide hatte er überhört. Zu sehr war er damit beschäftigt gewesen, nicht aufzufallen und die Gäste nach dem Chauffeur Senator Calvesis abzusuchen. O'Leary trat ans Pult und achtete sorgsam darauf, keine Fehler in der Anrede der Adelsträger zu machen. Als überaus peinlich empfand er seine Entschuldigung, zumal es eine doppelte war. Er war ja nicht persönlich eingeladen, sondern anstelle des Kardinalstaatssekretärs hier, der selbst altem römischem Adel entstammte. Einer Zeit, der so mancher hier im Raum nachhing, Einfluss, Macht und Wirkungskraft waren andere gewesen. Dann musste er noch um Nachsicht bitten, seine kleine Rede auf Latein und nicht auf Italienisch zu halten, dessen er nur schwach mächtig war. Aber die profunde Bildung der Anwesenden würde sein Manko sicherlich nicht zu tief durchschlagen lassen. Mit einem knarzigen Geräusch öffnete sich jetzt die Tür zur Bibliothek. O'Leary sah Frascone eintreten und sich neben der Tür postieren. Aus dem Augenwinkel merkte O'Leary, wie er von ihm fixiert wurde. Es war, als blickte der mit einem Brennglas unter die Soutane. Der Kardinal verlor die Konzentration. Immer wieder verhaspelte er sich, obschon er die Rede nahezu auswendig konnte. Das Publikum tuschelte. Wieder begegneten ihm die ausforschenden Blicke, drohten ihm, entlarvten ihn. Sein Vortrag wurde hektisch. Ganze Sätze ließ er aus, anderen hackte er die Worte ab. Der Mann, der ihn so kalt musterte, das konnte nur ein Mafioso sein. War der Senator Padrone? O'Leary schrie in Gedanken alle an: ‚Lasst mich nur in Ruhe! Ich bin ein Gottesmann. Versteht Ihr?‘ Er endete abrupt. Verließ das Pult ohne die üblichen Floskeln. Ging an der gegenüberliegenden Seite am Publikum vorbei. Wie sollte er nur seinen Auftrag erfüllen, wenn er diesem Mann nicht mal ins Gesicht sehen mochte?

Die Principessa und Senator Calvesi kamen auf ihn zu. Sie boten eine Führung durch die Burg an. Er schloss sich an, wie hätte er ablehnen können? Ein Blick von der Wehranlage auf den See und die Stadt, die Rüstkammer, die Galerie. Der Senator ergänzte bisweilen die Erläuterungen der Principessa mit einigen eigenen Kommentaren. An einem Renaissancebild blieb O‘Leary stehen. Anna di Borghese erklärte ihm auf Englisch, dies sei der einzige noch im Besitz der Familie befindliche Caravaggio. Das sagte ihm nichts. Doch die Darstellung war umso eindringlicher. ‚Die Bekehrung des Paulus'. Krieg herrschte auf dem Bild. Und im Krieg oder zumindest auf feindlichem Boden befand er sich ja auch. Das Bild zog O'Leary in seinen Bann. Die Abwesenheit Calvesis bemerkte er nicht.

Als sie den Empfangssaal wieder erreichten, konnte O'Leary zu seinem Entsetzen weder den Senator noch dessen Fahrer Frascone ausfindig machen. Sich durchzufragen ging nicht, das wäre zu auffällig gewesen. Jetzt erinnerte er sich an ihren Wagen. Das ‚CV' war ihm hinlänglich bekannt, während er die anderen Abkürzungen nicht zuordnen konnte. Nun musste er nur noch ungesehen aus dem Saal verschwinden.

Er hatte Glück. Auch ohne ein Stoßgebet zum Allmächtigen fand er Frascone tatsächlich vor dem Wagen. Der Kardinal zögerte. Frascone bohrte sich mit dem rechten Zeigefinger unappetitlich im Ohr. Anschließend säuberte er den Finger mit einem Zellstofftuch, das er dann auf dem Boden entsorgte. Sein Blick war undurchdringlich. Kalt wie Stein. Ein Gesicht wie eine Maske. O'Leary fand darin einen gewissen

Zug Caffarellis wieder. Vielleicht war Frascone sein heimlicher Assassine, getarnt als bürgerlicher Durchschnittstyp? Ihn schauderte. Er musste den Gedanken beiseiteschieben. Doch sein Gefühl warnte ihn ebenfalls. Das war schwerer zu beruhigen. Endlich fasste O'Leary sich ein Herz und ging mit festem Schritt auf Frascone zu, der immer noch am Wagen lehnte und ihn die ganze Zeit gemustert hatte.

„Mr. Frascone, may you be so polite."

Bevor er weitersprechen konnte, unterbrach ihn Frascone unsanft mit der Erklärung, er verstehe kein Englisch, und versuchte zu den anderen Fahrern zu gehen, die wenig entfernt standen und schwatzen. O'Leary versperrte ihm den Weg, ließ ihn nicht ausweichen. Mit einem Mal verspürte der Kardinal Wut im Bauch, seine unterschwellige Angst war verschwunden. Dieser unverschämte Frascone wollte ihm vor allen Leuten offenkundig den Respekt versagen.

„That's a tall order, how you behave!", zischte er.

Das bekam einer der anderen Fahrer mit: „Eminenza, scusi. Posso aiutarla? Parlo un poco d'inglese." Damit gesellte der Mann sich zu ihnen.

Dunkel drohten die Augen Frascones beiden. Was sollte O'Leary jetzt machen? Er konnte den Mann kaum in Kenntnis seiner Absichten setzen, aber nichts sagen ging auch nicht. Damit der Neue nun nicht richtig verstehen konnte, was er sagte, wechselte O'Leary ins Gälische. Prompt verstummte der. Frascone hatte den Trick natürlich verstanden, konnte aber mit dieser Sprache offensichtlich auch nichts anfangen. Es kamen auf Zuruf zwei weitere Männer zu der kleinen Versammlung. Das Problem vervierfachte sich.

„Eminenza, scusi, non parla nulla d'italiano, nessuna frase?" Schuldbewusst schüttelte der den Kopf.

„E tu zuccone? Che cosa fai ancora qui?", fragte einer Frascone. „Va e chiedere aiuto al tuo padrone, avanti!"

O'Leary sah, wie Frascone mit sich kämpfte. Er sollte augenscheinlich den Senator holen, um hier weiterzuhelfen. Das wäre schwierig, wie sollte er seine Bitte formulieren? Aber auch ihm selbst war mulmig. Was, wenn Calvesi wirklich käme und er müsste sich erklären? Dazu noch in britischem Englisch und nicht in Gälisch? Eben erst hatte er sich erholt, nun brach ihm wieder der Schweiß aus. Am liebsten hätte er die Beine in die Hand genommen und wäre gelaufen, so weit wie möglich gelaufen, nur weg hier. Dieser verdammte Auftrag. Aber er stand inmitten dieser Leute, die sichtlich um ihn bemüht waren. Inzwischen waren die anderen Fahrer auch hinzugekommen. Nachdem Frascone im Gebäude verschwunden war, umringten ihn die Männer wie in einer Traube.

„Che facciamo adesso?“, fragte einer. „Aspettiamo!“

Alle nickten.

„Avete visto la partita di calcio Lazio contro AS Roma?“

„Ah si, ma l’ultimo calcio angelo era evidentemente esagerato! No, ma avremmo voluto una punizione! Era diverso!“

Verstand O’Leary auch nicht die Worte, so schienen die Gesten doch auf Fußball hinzudeuten. Lachen löste entrüstete Reaktionen aus. Einspruch erfolgte. Es wirkte auf ihn, als versuchten sich zwei Fraktionen unterschiedlicher Klubs zu übertrumpfen. Die Lautstärke stieg. O’Leary bekam Platzangst. Er war nun regelrecht eingekeilt zwischen lauter Italienern. Konnten fünf von ihnen wie eine Großfamilie wirken, so schien sich hier mindestens halb Italien versammelt zu haben. Irgendwer brachte Wein und Käse, was mit einem ‚molto bene’ quittiert wurde. Einige legten ihre Jacken ab und krempelten die Hemden etwas auf, lösten den Schlips. Das Ganze bekam den Charakter eines Picknicks im Hof. Mehrere Männer begannen nun direkt neben O’Leary hitzig zu debattieren, er versuchte, sich aus der Menge zu befreien, aber vergeblich. Die Argumente prallten auf den Gegner. Flanke, Pass, Beule.

„Stronzo!“, sagte ein Kleiner zu einem größeren Dicken.

Der drückte ihn an den Rand der Gruppe und schrie plötzlich auf. Ein Tritt vors Schienbein und eine Kopfnuss. Er wankte zurück, ruderte mit den Armen. O’Leary versuchte zu schlichten. Aber da holte der Dicke schon aus und traf dabei den Kardinal ins Gesicht. Augenblickliche Stille. O'Leary taumelte. Schnell wurde er aufgefangen, seine Nase begann zu bluten. Alle waren betroffen, bekreuzigten sich.

„Per l'amor di Dio! Siamo tutti stronzi!", rief der Kleine.

„Scusi eminenza, mi dispiace per l'accidente", entschuldigte sich der Dicke.

O'Leray war noch benommen von dem Schlag, als er Senator Calvesi neben sich bemerkte.

„Eminenz, hier sind Sie, beim gemeinen Volk. Das ehrt Sie. Die Anwesenden hatten Sie schon auf die Verlustliste gesetzt! Was ist denn mit Ihrer Nase?"

Es folgte eine umständliche Erklärung der tifosi. Frascone zog ein schiefes Gesicht, aber seine Miene war unausdeutbar. Ahnte dieser schmierige Fahrer mit den geölten Haaren etwas von den Absichten O'Learys?

Der Senator nahm ihn beim Arm. „Kommen Sie doch wieder herein, wir würden uns freuen. Da können wir auch Ihre Nase verarzten."

Calvesi hielt den Kardinal bei sich und wechselte immer wieder flink aus dem Italienischen ins Englische, um ihn an der Unterhaltung teilhaben zu lassen. Er bekam immerhin so viel mit, dass der ‚Schwarze Adel' durchaus den ‚Cavaliere' am politischen Ruder schätzte, auch wenn er letztlich ein Kretin für sie war. Dennoch hatten jene Kreise ebenso an Einfluss unter der Politik Berlusconis gewonnen wie die Kirche. Deshalb misstrauten sie einem Ministerpräsidenten Renzi ebenso wie den Grillini. Sollte Berlusconi sich doch im Ausland lächerlich machen, im Inneren bediente er genau diejenigen, die es gewöhnt waren. Und daran sollte sich nach ihrer Meinung auch nichts ändern. Vor kurzem hatte man in diesem Kreis Giulio Andreottis gedacht. Er war sieben Mal Ministerpräsident gewesen, hatte reihenweise Ministerämter inne und war von der politischen Justiz regelrecht gehetzt und doch nie verurteilt worden. Seine Beziehungsgeflechte durch die Gesellschaft hatten ihn alles überstehen lassen. Auch dafür hatte man ihn gefeiert. Ebenso für seine Bonmots.

‚Das einzige, wofür man mich nicht für verantwortlich macht, sind die Punischen Kriege, weil ich damals noch zu jung war.' Die Anwesenden lachten. Aber auch die Kirche bekam noch eins mit: ‚Wenn ich in die Kirche gehe, spreche ich nicht mit Gott, nur mit dem Priester, Gott geht nicht wählen', zitierte Calvesi. Wieder schallendes Gelächter. O'Leary spürte, dass dem auch ein heiliger Ernst innewohnte. Er verzichtete auf einen Kommentar.

Die Gesellschaft begann sich aufzulösen. „Sie kommen natürlich wieder mit uns heim, Eminenz", sagte der Senator. O'Leary erinnerte sich an seine Mission. Der blanke Schrecken erfasste ihn. Noch hatte er seinen Auftrag nicht erfüllt. Würde er patzen, Caffarelli würde toben. Oder ihn wieder nach Washington in die Schlangengrube aus Eltern, Öffentlichkeit und Presse repatriieren. Jetzt schickte er doch ein heimliches Stoßgebet zum Himmel. Alle Heiligen und der Vater selbst sollten ihm beistehen. Er musste seine Mission erfüllen.

Schon fand er sich im Wagen mit Calvesi und Frascone wieder. Der Chauffeur schaute mürrisch drein, ein Mann wie ein Mordbube. Der Kardinal hätte sich nicht gewundert, tot am Straßenrand liegengelassen zu werden. Erstochen, niedergemetzelt. Doch dann fiel ihm ein, dass Frascone ja noch gar nichts wissen konnte. Aber er ahnte etwas! Währenddessen hatte Calvesi munter Konversation gemacht, aber seine heiteren Anekdoten aus der italienischen Politik waren O'Leary herzlich egal. „Löse dein Problem", ging es ihm immer wieder durch den Sinn. Was, wenn der Senator früher ausstieg als er selbst? Furien hetzten O'Leary. Frascone konnte mitten in der Dunkelheit anhalten, ihn zu Tode würgen, überfahren, wie Abfall in den Straßengraben werfen. Calvesi schaltete das Innenraumlicht ein, um sich eine Zigarette anzuzünden. Der Schein des schwachen Lichts fiel seitlich auf den Hals des Fahrers. War da eine Tätowierung zu erkennen? Ein Kreuz mit einer Schlange? War Frascone ein Handlanger Caffarellis, des schwarzen Kardinals? Jetzt redete Calvesi auf Frascone ein, der sich als gewandt in der Unterhaltung erwies. Frascone warf O'Leary einen Blick zu. Die Männer redeten weiter. Wurden hier Verabredungen gegen ihn getroffen? Calvesi machte verdächtige Bewegungen mit der Hand. Öfter zeigte er in seine Richtung. Was hätte er darum gegeben nur einen Bruchteil des Gesprochenen zu verstehen! Auch das war verdächtig: Hatte Calvesi O'Leary in der Burg noch mit Übersetzungen versorgt, so entfielen diese nun.

„Three may keep a secret, if two of them are dead", lachte Calvesi. Frascone nickte.

Der Verdacht bestätigte sich. Dies war seine letzte Fahrt. Er betete.

„Eminenz, ich für meinen Teil bin angekommen", sagte der Senator. „Haben Sie vielen Dank für die Unterhaltung. Pierluigi wird Sie von hier an in eigener Regie fortbringen." Calvesi stieg aus. O'Leary sackte in sich zusammen. Er begann einen Rosenkranz zu beten, ließ eine Kette mit dem Kreuz Jesu durch seine Finger gleiten.

Jetzt gab Frascone Gas. Er fuhr wie ein wilder Italiener auf der Flucht. Unmöglich für den Kardinal, auch nur einen klaren Gedanken zu fassen. Er wurde durchgeschüttelt, als hätte er einen Stier geradewegs bei den Hörnern genommen. Das nächtliche Rom mit seinem eigenen Glanz, es rauschte vorüber. Große wie kleine Gebäude, alles schien wie im Zeitraffer an ihm vorbei zu rasen. O'Leary verzweifelte an sich, an der Situation, an seiner Hilflosigkeit, dem Ende nahe. Was wusste er denn schon? Was war die Wahrheit? Dem Tode nicht entrinnen zu können. Heute Nacht. Und das hatte durchaus seine innere Logik. Caffarelli war ihm hundert Mal überlegen! Was sollte der Kardinalstaatssekretär schon mit einem unfähigen Handlanger? Letztlich blieb er austauschbar. Was er erfüllen sollte, Frascone konnte es ohnehin besser. Es blieb nur eine mögliche Erklärung für seinen Ausflug. Der eigentliche Plan war, ihn auf diese Weise unauffällig loszuwerden. Er würde verschwinden, keiner würde Fragen stellen, das Leben seinen Gang gehen. Seine Nase blutete wieder.

Endlich hatten sie die Via della Conciliazione erreicht. Vor dem Petersplatz, der in einem Samtdunkel lag, drehte der Fahrer auf die andere Seite und hielt gegenüber den Colonaden. Die Stille des Platzes drang wie ein geruchloses Gas in den Wagen. Noch fiel der Stein nicht vom Herzen O'Learys. Aber die Rettung war greifbar nahe! Er besann sich. Sie waren alleine, er konnte aussteigen und seine Mission erledigen. Hoffentlich wehrte Frascone sein Ansinnen nicht ab.

„Scendere, prego!", sagte Frascone.

O'Leary hielt ihm den Datenträger vor die Nase.

„Here, Sir, look and remind who's asking you for a favour. Otherwise that will be your personal Remembrance Day! For the rest of your life." Damit stieg er aus. Jetzt fiel der Stein, endlich! So schnell er konnte, überquerte er den Platz und wurde vom Wachhabenden eingelassen.

Die Erleichterung hielt jedoch nicht lange vor. Als er die Tür seiner Zelle hinter sich verschloss, sah er einen Umschlag auf dem Holztisch liegen. Absender: der Kardinalstaatssekretär. Darin die Washington Post mit einer ihrer letzten Ausgaben. Ein Zettel klebte obenauf. „Nette Lektüre."

Der Artikel schilderte die mysteriösen Todesumstände eines Jungen C. aus dem kirchlichen Internat. Cedric! Es war also wahr. Hatte er bislang versucht, alle Gedanken daran zu verdrängen, so stand hier nun alles schwarz auf weiß. Der Junge war wohl aus Verzweiflung abends von der Arlington-Memorial gesprungen und im Potomac ertrunken. Wie grausam! Erst Tage später hatten Angler die Leiche an einer Uferböschung gefunden. Ihn zu identifizieren war eine Formalität gewesen, hatte die Suche nach dem Jungen doch fast eine Woche die ganze Stadt in Atem gehalten. Die Beisetzung war im engsten Familienkreis erfolgt, Vertreter öffentlicher Stellen waren unerwünscht. Man gab den Behörden, aber insbesondere dem Internat und damit der Diözese die Schuld. Inzwischen hatten sich andere Kinder geöffnet und von den Praktiken im Umfeld des Internats berichtet. Anzeigen waren erstattet, Brüder verhaftet worden. Die Staatsanwaltschaft ermittelte ... Wieder Proteste vor dem Verwaltungssitz der Diözese, dem Internat, den Kirchen in Washington. Er stutzte, las nochmals und nochmals. Sein Name wurde nicht erwähnt! Offensichtlich war er zur rechten Zeit verschwunden. Das beruhigte etwas das waidwunde Gewissen.

Er sank auf seiner Pritsche zusammen wie ein Mehlsack. Cedric! Ecce, quomodo moritur iustus. Sieh, wie der Gerechte stirbt, dachte er an Jesaja 57. Und wem mochte dies zu Herzen gehen? Ihm! Ja, der Gerechte ist weggerafft durch die Bosheit und geht zum Frieden ein. Ihr aber, tretet herzu, ihr Kinder des Ehebrechers und der Hure! An wem wollt ihr nun eure Lust haben? Über wen wollt ihr nun das Maul aufsperren und die Zunge herausreden?

Die Liebe ist des Lebens Maß! Er fühlte sich elend. Wie konnte ihm Cedric das nur angetan haben? Wo sie doch so vertraut miteinander waren! Wie einsam musste er auf der kalten Brücke gewesen sein! Und jetzt zog die Presse, zogen alle ‚Gerechten' über ihn her. Denn schließlich war der Junge ja nicht nur Opfer, sondern auch Mittäter, Verschworener der Liebe, die er immer an ihm bezeugt hatte. Es war abscheulich. Hätte er ihn doch nur retten, seinem Herzen zuführen können, seinem tiefen Verlangen! Und doch war da auch das Gefühl des Verrats. Verrat an ihm, an ihrer Liebe und Zärtlichkeit, ihrem geheiligten Bund. Enttäuschung beschlich ihn, wenn er daran dachte, dass Cedric sich ihm nicht geöffnet hatte. Womöglich hatte er das bei einem Bruder gemacht? Als Beichtvater hatte er ohnehin einen anderen erwählt. Das schmerzte immer noch! Wie konnte er nur? Nach allem, was sie geteilt hatten? Oder sollte er an sich selbst zweifeln? Er war immer treu gewesen, das lag in seiner Natur. Er hatte Geist und Seele an ihn gegeben, verschwendet.

Nicht Selbstzweifel, sondern Misstrauen sollte er nachträglich hegen. Gegen die Falschheit der Menschen. Bitternis stieg in ihm auf. Ja, der Gerechte war weggerafft worden. Hatte sein Leben für die, die an ihn glaubten, gegeben. Und er glaubte an ihn und war der Diener des Herrn.

Caffarelli bestellte ihn umgehend am nächsten Morgen ein. „Habt Ihr mich würdig vertreten in Bracciano?“ Der Kardinalstaatssekretär saß hinter seinem wuchtigen Schreibtisch. Beides wirkte beherrschend auf O’Leary.

Wie konnte Caffarelli nur alle Menschen seiner Umgebung dominieren? Es blieb ihm ein Rätsel. Ein Anflug von Wut stieg in ihm auf. „Mir ist nichts Gegenteiliges zu Ohren gekommen“, fuhr Caffarelli fort. „Dann wird es wohl so gewesen sein. Gewiss habt Ihr den Artikel gelesen. Hier seid Ihr sicher, zumindest vorerst.“

„Es ist nicht meine Schuld. Wir hatten immer so ein tiefes Vertrauen. Er hätte zu mir kommen müssen“, sagte O’Leary kleinlaut. Wo war jetzt seine Wut? Soviel zur Dominanz.

„Oh ja, das ist wahr. Er hätte sich Beistand bei Euch holen müssen, ihm wart Ihr ja der Nächste. Es ist unverzeihlich. Fehler sind eine menschliche Schwäche, nur wenige sind ohne Fehl und Tadel. Und Ihr lebtet in einer Welt vieler Feinde. Doch aus dem Angesicht Eurer Feinde hat der Herr Euch entlassen und auf diese Aue hier gesandt, mir zur Hand. Loyalität ist ein bemerkenswerter Zug. Die müsst Ihr Euch hier neu verdienen.“

Auf dem Rückweg ins Kloster gesellte sich zu O'Learys Verwunderung eine der Schwestern zu ihm. Er kannte die dunkelhäutige Frau, sie hatte ihm gelegentlich, wenn die Priorin nicht zugegen gewesen war, Essen und frisches Wasser gebracht. Zum ersten Mal hörte er jetzt ihre tiefe, warme Stimme. „Ihr seid nicht allein, Bruder", sagte sie auf Englisch, mit einem starken afrikanischen Akzent. „In finsterer Nacht reicht der Herr Euch seine Hand. Gebt mir ein Zeichen, wenn Ihr Beistand sucht, und ich werde Euch den Weg weisen."

Ohne einen Blick oder ein weiteres Wort verschwand die Nonne in einem Durchgang und ließ Kardinal O'Leary allein zurück.

KAPITEL 9

Der gute Geldwechsler

Dick Fleischhauer saß im Flugzeug nach Zürich. Der Ermittlungsbeschluss der SEC ermächtigte ihn, den schweizer Bankern auf den Zahn zu fühlen. Die ritten gerne auf ihrem alten Bankgeheimnis herum und empfanden sich dabei als Gralshüter der internationalen Finanzwelt, immer noch. Was für eine Arroganz. Doch wer diese Wahrheit für sich beansprucht, muss ein schnelles Pferd haben, dachte er. Ihm würde es darum gehen, den Reiter vom Pferd zu holen, nicht das Pferd zum Sturz zu bringen. Der Zeitpunkt konnte nicht günstiger sein. Es tobte ein bilateraler Finanzstreit darüber, wie ein neues Steuerabkommen zwischen beiden Ländern aussehen sollte. Die Amerikaner strebten einen Abschluss an, der ihnen um die 10 Milliarden Franken einbringen sollte. Das Parlament in Bern war in heller Aufregung darüber, fürchtete man doch durch ein solches Abkommen, mit der Aufweichung des Bankgeheimnisses und Herausgabe von Daten international gegenüber Ländern wie Singapur, Österreich und anderen Plätzen auf Dauer den Anschluss zu verlieren. Die USA hatten jedoch mit der Aufdeckung der Machenschaften um die UBS im Jahr 2013, den gezahlten 780 Millionen Dollar Strafe und der Offenlegung von 5.000 Kundendaten einen guten Punktsieg errungen. Der Deal sollte in ein Gesetz gegossen werden, das es den USA ermöglichte, über normale Amtshilfe an alle Unterlagen zu kommen, die sie interessierten. Was auch für Mitarbeiterdaten bis hin zu Vorständen galt. Käme die Übereinkunft nicht zustande, drohten jedem in den USA tätigen Institut Klagen in beträchtlicher Höhe. Und in der Zwischenzeit würde Dick der SAM den Garaus machen. Ein weiteres Menetekel für die Rütligenossen.

Das Bordkino zeigte Eurotrash, James Bond: ‚Die Welt ist nicht genug‘. Das passte auch auf die Schweizer. Dieses kleine Land wollte die Dominanz der Weltfinanz. Doch sie würden scheitern, da war er sich sicher. Und er würde einen Beitrag dazu leisten.

Dick nahm ein Taxi vom Flughafen in die Zürcher Bahnhofstraße. Das Gebäude mit der großbürgerlichen Architektur aus dem neunzehnten Jahrhundert wirkte auf ihn wie die konservierte Ansicht einer alten Postkarte. Die Empfangshalle war im neokolonialistischen Stil mit Elementen des Jugendstils gehalten. Gedeckte Grüntöne dominierten. Eine quadratische Säulenhalle, die oberhalb in große Rundbogenfester auslief, die mit Vorhängen geschlossen waren. Die Architektur trug eher den Charme eines österreichischen Kaffeehauses, wie man es aus alten Filmen kannte, nicht aber den eines modernen Bankhauses. Die Dame am Auskunftsschalter gab sich unfreundlich. Es brauchte geraume Zeit, bis er von einem Angestellten abgeholt und in die obere Etage gebracht wurde.

Während Dick in einem Besprechungsraum warten musste, der ihn an die Zeit der Industriekapitäne während des frühbürgerlichen Zeitalters erinnerte, ging er in Gedanken die Besprechung durch. Bernd Spethmann, den zuständigen Abteilungsleiter, kannte er ja bereits aus New York. Jetzt würde er ihm hier richtig auf den Zahn fühlen. Inzwischen hatte er herausgefunden, dass die Kanzlei Steurer nicht nur als Prozessvertreter für die Swiss-Asset-Management Bank die Finger im Spiel hatte. Ein neues Softwareprogramm der Behörde ermöglichte es ihm, auch bei nur wenig Dateneingabe mögliche Verknüpfungen zu anderen börsenrelevanten Fällen zu filtern. Ein interessantes Detail hatte seine Aufmerksamkeit erregt: Die Kanzlei hing als Treuhänder für einen Treugeber mit dem Kürzel ‚FDI' in einem Fonds auf den Cayman Inseln drin. Die Spur war noch heiß.

Nach dreißig Minuten erschien sein Gesprächspartner endlich. Schwerfällig watschelte Spethmann durch den Raum. Würde man mit ihm in einem Ruderboot sitzen, drohte man schnell zu kentern. Sein Gesichtsausdruck wirkte angespannt. Die Glatze poliert. Der Schlips schien den Hemdkragen so stark zu binden, dass der Hals rote Flecken zeigte.

Dick ersparte sich alle Umschweife. „Mister Spethmann, unsere Behörde möchte wissen, welche Rolle Ihre Rechtsberatungskanzlei im Zusammenhang mit dem Engagement ‚FDI' spielt, an dem Ihr Haus maßgeblich beteiligt ist und das in direkter Verbindung zu Blacknight steht."

Das war ein Schlag. Spethmann schien nicht erwartet zu haben, dass die Frage so schnell aufkommen würde. Seine Lippen wichen einem dünnen Strich. Die Mittel der SEC zur Informationsbeschaffung sind exzellent, Wiseguy, dachte Dick.

„Das kann ich Ihnen nicht beantworten", antwortete Spethmann knapp, während er unablässig mit den Augenlidern zwinkerte.

„Dann klären Sie mich über das Kürzel auf."

„Auch das kann ich nicht. Bestimmte Geschäfte werden nur von unserem Vorstand betreut. Und das sind gesperrte Positionen."

Dick kam eine Comicfigur in den Sinn, die sich ganz in den Lippenstrich verwandeln, gleichsam unsichtbar werden würde. Doch das wusste er zu verhindern.

„Sie wollen mir weismachen, als zuständiger Abteilungsleiter nicht Bescheid zu wissen? Dann bestellen wir doch einfach Ihren Vorstand ein, um Auskunft zu erteilen. Bitte."

Spethmann ging aus dem Raum. Währenddessen breitete Dick die Unterlagen der Kommission vor sich aus. Neben einer Rasterermittlung über verschiedene Börsenplätze und Handelsplattformen legte er seinem Gesprächspartner auch die Rechtshilfeersuchen vor. Als Spethmann wieder hereinkam, entschuldigte er sich: „Es tut mir leid, Mister Fleischhauer, aber der Vorstand ist leider nicht im Hause. Wenn Sie sich angekündigt hätten ..."

Dieser Fettklops von einem Banker blähte sich nun wie eine Kaugummiblase. Platzte sie, durfte man ihr nicht zu nahe sein. Dick schaltete einen Gang hoch. „Ganz wie Sie meinen. Dann machen wir es anders. Neben den Unterlagen, die Ihnen hier vorliegen, darf ich Ihnen noch einen internationalen Haftbefehl, ausgestellt auf Sie, zur Kenntnis geben. Die Absprache mit den hiesigen Strafverfolgungsbehörden ist getroffen. Ich werde die Polizei informieren, die Sie vorläufig in Untersuchungshaft nehmen wird. Es sei denn, Sie erinnern sich doch noch und beantworten meine Frage."

Dick wusste, dass Banker ab einer gewissen Gehaltsstufe durchaus damit vertraut waren, auch staatsanwaltliche Ermittlungen zu überstehen. Die kündigten sich zumeist im Vorfeld an. Doch so vorgeführt zu werden, das war schon ungeheure Chuzpe. Dick schmunzelte innerlich. Überraschende Züge sind schwer zu kontern. Für den Augenblick war Spethmann matt. Ihm blieb nicht mal Zeit, sich anwaltlichen Beistands zu versichern. Eine Einheit der Kantonspolizei wartete bereits vor der Bank. Ein kurzer Anruf genügte, schon standen die Beamten im Besprechungsraum. Dick hatte alles minutiös vorbereit.

Am nächsten Tag berichteten die schweizer Zeitungen über den Vorfall bei SAM. Die ‚Neue Zürcher Zeitung' stellte in einem Kommentar zu ihrem Bericht einen Zusammenhang zum UBS-Skandal und den Verhandlungen zum Steuerabkommen her. Die Politik entrüstete sich und versuchte in verschiedenen Statements, jeglichen Bezug als völlig überzogen darzustellen. Aber die ‚NZZ' wurde auch anderswo gelesen.

Kardinal Leggerezza erbleichte. Der Artikel ließ seine schlimmsten Alpträume wahr werden. Das war die Krise inmitten der Krise. Er musste unbedingt handeln. Retten was noch zu retten war. Aber was war das noch? Das Geld der A.P.S.A. wäre dahin, bei einer unvorhergesehenen Kontrolle ließe sich das nicht mehr verschleiern. Und sein Engagement bei Zana? Ein winziger Hoffnungsschimmer, aus allem doch noch ohne Totalschaden herauszukommen blieb: Seine Zuträger aus der apulischen Verwaltung hatten zu verstehen gegeben, dass der Konzern mit rechtlichen Schwierigkeiten rechnen musste. Das könnte helfen, seinen Hals zumindest aus dieser Schlinge zu befreien. Aber es drohte noch von anderer Seite Gefahr. Die SEC aus Washington steckte im Zeichen der ‚Weißen Liste' jetzt auch schon ihre Nase in die Angelegenheiten der Vatikanbank. Die Einschläge kamen näher. Kardinal Leggerezza fühlte sich zunehmend eingekesselt. Soweit sich die apulischen und vatikanischen Verhältnisse noch übersehen ließen, spätestens bei der SEC war das nicht mehr der Fall. Mit wem er es da zu tun bekommen konnte, war nicht ersichtlich. Die Amerikaner waren dafür bekannt, ruppig und arrogant vorzugehen, jeden Stein umzudrehen, keine Rücksichten zu nehmen. Dabei war doch schon die ‚Autorità di Informazione Finanziaria', also das neugeschaffene Kontrollorgan der apostolischen Finanzaufsicht, eine revolutionäre Umwälzung. Noch arbeitete diese nur mit einer kleinen Besetzung. Aber ihm waren die Mitarbeiter nicht persönlich bekannt, zudem befanden sich externe Leute dabei. Solange die Suche bei der Vatikanbank bliebe, wäre das Risiko einschätzbar. Es durften nur keine Verbindungen zur A.P.S.A., also der ‚Amministrazione del Patrimonio della Sede Apostolica' auftauchen. Da die Schnittstellen eher gering waren, bräuchte er sich keine ernsthaften Sorgen machen, beruhigte er sich selbst.

Allerdings wären auch noch die Auswirkungen auf die Region zu bedenken, wenn alles zusammenkrachte. Das Stahlwerk war das Herz. Daran hingen direkt 2.000 Familien und indirekt bestimmt nochmals ebenso viele. Die Menschen würden von heute auf morgen ins Nichts fallen. Das käme einem Todesstoß gleich. Gottlob konnte man ihn dafür nicht verantwortlich machen. Wer wusste schon darüber Bescheid, dass er in die Finanzierung der Zana-Gruppe eingebunden war! Nur ein kleiner interner Kreis, und der musste sich im Fall des Falles um seine eigene Haut kümmern. Hauptsache, man kam ihm nicht auf die Schliche. Für die Menschen der Region war er der gute Hirte, der sich kümmerte. Er nährte damit den Ruhm der Kirche. Das war ein ehrenhaftes Motiv. Auch wenn seine eigene Schatulle dabei etwas abbekam. Schließlich stand er als Erzbischof der Diözese Lecce vor. Das war das klare Selbstbild.

Doch es gab noch ein anderes, unklares. Wie ein Nebel hing es über ihm, sein Gewissen. ‚Antonio, du bist ein Verbrecher. Auch wenn du dich nicht so fühlst, vor Gott kannst du es nicht verbergen'. Er bat um die Vergebung seiner Sünden.

KAPITEL 10

Vor der Kirche weiden die Wölfe ihre Schafe

Das Staatssekretariat lag im letzten Sonnenschein des Tages, während eine leichte Kühle heraufzog. Das Blumenornament mit dem Wappen des Papstes auf der Rückseite des Governatorato war gerade gewässert worden. Die letzten Tagesbesucher verließen die Vatikanischen Gärten. Scipione Caffarelli-Borghese spielte in Gedanken verschiedene Varianten seines Plans durch.

Die filigrane Kunst der Intrige war ein Lehrberuf des Lebens. Beherrschte man ihn, wurde vieles, manchmal alles, möglich im Leben. Es würde alles beginnen mit dem kommenden Konklave! Ganz so, wie die Beseitigung des zurückgetretenen Papstes schon mit dessen Krönung eingesetzt hatte. Nach der unsäglichen Wahl dieses kleinen, schmächtigen Menschen konnte die versammelte Öffentlichkeit bereits auf der Seconda Loggia betrachten, was für ein Clown da auftrat. Die Überkleider zu kurz, das Unterkleid dunkel, die Mitra mit dem falschen Wappen. Als ihn die Nachricht von der Wahl erreichte, hatte Caffarelli dem Schneider flugs die vorbesprochene Anweisung gegeben. Der gab die präparierte Kleidung als die passende aus, und der Zeremonienchef half dem neu gewählten Papst dann in seine Gewänder, die, zudem krumm und schief, später einen höchst unbeholfenen Eindruck auf den Fotos hinterließen. Caffarelli schmunzelte.

Das Leben war Krieg. Jeden Tag. Und so galt es bei diesem Papst, dessen Stärken in Schwächen zu verwandeln. Seine Brillanz als Theologe und Hüter der Glaubenskongregation sollte ihm nun im höchsten Amt zum Verhängnis werden. Gespräche mit kritischen Geistern wie Jürgen Habermas oder die Regensburger Rede – sie wurden so von Caffarelli vorbereitet, dem Privatsekretär vorgeschlagen, unter dem Vorwand der Entlastung des Heiligen Vaters, dass dieser alsbald in vorgesehene Fallen stolperte und zunehmend unter Druck kam. Als Papst, als erster einer Wahlmonarchie, brauchte es einen entschlossenen Mann, einen, der zupackte, mit der Axt vertraut war und der Köpfe rollen ließ. Ganz in klassischer Tradition eben. Doch dieser war ein selbstgenügsamer Schreiberling, der keine Ahnung von Politik, ja vom Leben selbst hatte.

Nun würde es Zeit, die Truppen um sich zu scharen. Es galt, jene Kurienmitglieder aktiv zu gewinnen, die ihn in seinen Absichten unterstützen würden. Viele Mitglieder hatten Ansehen, Macht und Einfluss eingebüßt. Das war eine gute Basis für ihn: Denkt nicht, ich sei gekommen, um Frieden zu bringen, ich bringe das Schwert! Ich bin gekommen, um Feuer auf die Erde zu werfen. Wie froh wäre ich, es würde schon brennen! Wer nicht für mich ist, der ist gegen mich.

Sein Blick fiel auf den Ständer mit den beiden Schwertern. Ein Wakisashi, das einhändige Kurzschwert, und ein Katana, das beidhändige Langschwert. Originale aus der Zeit seiner japanischen Mission. Schärfe und Härte waren unübertroffen. Soshu Kitae: sieben Stahllagen vom Schmied Masamune. Die Klinge mit 70 Rockwell, der Rücken angeschmiedet scharf mit 50 Rockwell, so das Kurzschwert. Doch das andere, das Katana: eines mit umgekehrter Schneide. Sakabato. Ein ungewöhnlicher Wunsch. Der Schmiedemeister hatte auch hierin sein ganzes Können gelegt. Die Kunst des Schwertschmiedens und die Kunst der Intrige waren Verwandte im Geiste. Beide geschaffen, zu vernichten. Hier die scharfe Klinge, dort das schneidende Gewissen als Schwert des Geistes.

Caffarelli wusste sich einig im Gewissen mit seinen Getreuen. Ihr Wissen darum einte sie in dem dringenden Wunsch einer restaurativen Neuorientierung der Kirche. Und das Gewissen war alle Zeiten ein scharfes Schwert. Das war eine der universellen Lehren des Thomas von Aquin. Schon das Motiv, der Handlung vorgelagert, kann einen ethischen

Vorzug haben. Richtmaß dafür ist das Gewissen. Und sein Gewissen hing am Konzil von Trient. Mehr brauchte es in der heutigen Zeit auch nicht. Es war der rechte Ausgangspunkt, die Ökumene zu bekämpfen, die Irregeleiteten zurück auf den Weg von Gottes Wort zu führen, auf den Weg der Wahrheit. Er würde die unselige Häresie von sola scriptura, sola gratia, sola fide und solus Christus beenden. Und politisch würde das bedeuten: die Wiederkehr der Macht der katholischen Kirche als oberster Autorität im Staat. Ein Christusstaat in Bescheidenheit und Demut, Wahrheit und Wahrhaftigkeit. Deus est caritas – caritas in veritate.

Caffarelli-Borghese räumte die letzten Akten vom Schreibtisch. Das Tagesgeschäft war erledigt. Neben allen Verwaltungsaufgaben hatte der Besuch des Nuntius aus Argentinien einen großen Teil der Zeit in Anspruch genommen. Der Orden, bei dem er O'Leary vorübergehend untergebracht hatte, bat nun auch über den Nuntius um Unterstützung für bauliche Veränderungen, die ein größeres finanzielles Engagement nötig machten. Netzwerke schafft man sich über Vertrauen und Gefälligkeiten, das war seine eigene, stille Diplomatie. Daraus konnten in schwierigen Zeiten auch Allianzen geschmiedet werden, die halfen, den Feind in die Knie zu zwingen. Also würde er großzügig gewähren, um was man ihn bat.

Bei der anschließenden Durchsicht verschiedener Unterlagen stolperte er im Jahrbuch der Statistikbehörde über eine Kurzzusammenfassung des letzten A.P.S.A.-Berichts. Hier erinnerte er sich, wie so oft, an ein Detail, das ihm nun rückblickend sonderbar vorkam: Dieser zwielichtige Apulier, Kardinal Leggerezza, – schon der Name sprach Bände – hatte bei der Akkreditierung der Journalistin leichtfertig die Maske fallen lassen. Caffarelli ließ sich den Bericht bringen. Auf den ersten Blick zeigte sich nichts Ungewöhnliches. Allerdings brauchte es für eine konkrete Einschätzung auch die Kontounterlagen, um die Geldströme nachvollziehen zu können. Da kam er nicht so ohne weiteres heran. Er müsste offiziell bei der A.P.S.A. anfragen, und das ging nur mit einer soliden Begründung. Es sei denn, man könnte ihm auf anderem Wege behilflich sein. Schließlich kamen die Unterlagen der A.P.S.A. vor der Veröffentlichung auf den Schreibtisch Seiner Heiligkeit ... dazu würde er sich diesen Frascone dienstbar machen. In Gedanken reifte sein Plan langsam heran. Eine kleine Marschroute, die ihn bald zum Ziel führen sollte.

Die frühzeitige Isolierung eines der Hauptverantwortlichen in der Missbrauchsangelegenheit in Washington hatte ihm die Gelegenheit eröffnet, ein weiteres Werkzeug für die Umsetzung seines Plans in die Hand zu bekommen und zugleich seine Intentionen geheim halten zu können. Nur wenigen Kurienmitgliedern waren ein paar Details der Causa O'Leary bekannt. Um eine gewisse Akzeptanz für die Unterbringung O'Learys bei diesen Brüdern zu bekommen, hatte er eine kleine Legende konstruiert, die wenig Wahrheit und viel Dichtung enthielt. Demnach war O'Leary zwar seiner Obhutspflicht nicht ausreichend nachgekommen, der Rest an Anschuldigungen konnte aber genauso gut eine Rufmordkampagne sein. So erwuchs Caffarelli der Ruf des Retters in der Not für einen bedrängten Bruder. Das rechneten ihm auch seine Kritiker an. Niemand wusste, wie geschickt der Kardinalstaatssekretär die Fäden zog. Man verhielt sich solidarisch. Und man wusste um Verleumdungen, die heute schneller als früher und noch vernichtender geführt wurden. In Zeiten von Twitter und Facebook waren die Nachrichten direkt in der Welt und die Hatz eröffnet. Aber: Es sollte sich keiner mehr sicher sein, auch nicht die Religions- und Kirchenfeinde!

Doch noch war die Mehrheit der Menschen in den westlichen Ländern vom Virus des geldbasierten Wirtschaftens infiziert. Das Lesen von Bilanzen war zum sinnstilisierenden Vorgang geworden, die Gesellschaften ein rein betriebswirtschaftliches Experimentierfeld. Humankapital war eine jener rhetorischen Masken, deren sich die Profiteure bedienten. Kaum vorstellbar, welche Kultur wir hätten, wenn nicht alles kommerzialisiert würde, wenn auch Dinge die Öffentlichkeit erreichten, die sich nicht verkaufen ließen, Humankapital nicht bilanziert würde. Alles nur Betrug. Aber, dachte Caffarelli, wer betrügt, will auch selbst betrogen werden. Dann fühlt er sich nicht mehr so schlecht und das Spiel kann weitergehen. So gab es in der Wirtschaftskrise Europas viele Betrüger und noch mehr Betrogene.

Er schlug seine private Bibel bei Lukas 16 auf und las: Jesus sprach zu den Jüngern: Es gab einmal einen reichen Mann, der hatte einen Haushalter. Dieser wurde beschuldigt, er veruntreue dessen Vermögen. So ließ er den Verwalter zu sich kommen. Was höre ich da von dir? Gib Rechenschaft über deine Verwaltung, Verwalter kannst du nicht länger sein. Der Sachverwalter sprach zu sich selbst: Was soll ich tun? Mein Herr nimmt mir das Amt. Anderes zu arbeiten hab ich nicht gelernt und zu betteln schäme ich mich. Ich weiß, was ich tun will, damit sie mich in ihre Häuser aufnehmen, wenn ich das Amt verliere. Er befahl die Schuldner seines Herrn zu sich und fragte sie: Wie viel bist du meinem Herrn schuldig? Der erste sagte: 100 Tonnen Öl. Der Verwalter aber sagte zu ihm: Nimm deinen Schuldschein und schreibe schnell 50. Danach sagte der zweite: Ich schulde 100 Kor Weizen. Wiederum sagte er: Setz dich und schreibe 80. Und der Herr lobte den Verwalter, weil er klug gehandelt hatte, denn die Kinder dieser Welt sind unter ihresgleichen klüger denn die Kinder des Lichts.

Gewiss war er der Verwalter des Herrn, sinnierte Caffarelli. Und ebenso gewiss vereinigte er auf sich die natürlichen Arbeiten dieser Welt wie die geistlichen. Letztlich waren alle Schuldner auf dem Acker des Herrn. Mochten andere die Erträge des Ackers gierig raffen und horten, er hatte sich daran nie beteiligt. Wenn dereinst die Zeit anbrach, würde er die Erträge von Gottes Acker verschleudern und damit seine Schulden begleichen, zu Gottes Gefallen und der Menschen Nutzen.

Aus seiner Sicht war es ein schöner Wink des Schicksals, dass ausgerechnet Ornella Scarlatti akkreditiert und gebeten wurde, über die Entwicklung des Finanzgebarens der Vatikanbank und der neu geschaffenen Behörde AIF zu berichten. Sie war Journalistin bei der ‚Voce', einer Zeitung der linken Kampfpresse, die jedenfalls dann unverdächtig sein durfte, wenn sie Artikel aus dem Vatikan veröffentlichte. Ob sie das Format ihres Vaters geerbt hatte? Der alte Bruno Scarlatti war ein ausgesprochener Fuchs gewesen. Nachdem nun der Papst kurz davor stand, nach Castel Gandolfo abzureisen, würde er der eigentliche Herr über den ‚achten' Hügel der Stadt sein. Mochten die anderen sieben jenseits des Tiber auch zur Gründungsfabel des Livius gehören und der Raub der Sabinerinnen zum Initial der römischen Volksentwicklung geworden sein, schließlich hatte doch ein kleiner Jude Namens Jesus später das große römische Reich zu einer revolutionären Anpassungsleistung gezwungen: der Verankerung des Christentums als Staatsreligion. Damit hatte Konstantin dem alten Götterkult den Todesstoß versetzt. Denn nun war der kopfüber gekreuzigte Petrus wirklich zum Grundstein der Kirche, der einen, dem katholikos, geworden, der bald die Welt missionieren sollte.

Der Petrus des Caravaggio war der erste Soldat Gottes, der erste Christenheld. Er bewahrte im Angesicht des Martyriums Haltung, auch wenn ihn die Schmerzen zerrissen haben müssen. Der Schwindel musste ihm den Kopf gesprengt und die Augen aus den Höhlen gedrückt haben. Doch nicht eine Träne lässt sich blicken. Dieser Caravaggio hing in Santa Maria del Popolo, der Stifterkirche der Päpste, in der Cerasi Kapelle. Der Standort dieser Kirche hatte gleichsam einen tieferen geostrategischen Sinn. An der oberen Spitze des Campo Marzio, des Marsfeldes gelegen, stand sie geometrisch dem Palazzo Montecitorio, der Camera dei Deputati wie auch dem Palazzo del Quirinale und damit dem Staatspräsidenten vor. Eine tiefe Segnung göttlicher Voraussicht, wie Caffarelli fand. Dies alles würde er in Zukunft vom achten Hügel aus regieren. Deshalb musste ein schlauer Plan ersonnen werden. Und den hatte er. Ganz sicher.

Kapitel 11

Nicht alle Psalmen enden mit Lobgesang

„Wieder so ein namenloses Opfer“, sagte Silvio. Er hielt einen internen Ermittlungsbericht der römischen Polizei in den Händen und fuchtelte damit herum.

„Jetzt lass das doch mal“, gab Angelo genervt zurück. „Was wollen die Kollegen denn?“

„Was sie immer wollen: Foto aushängen, verbreiten, Informanten befragen ...“

„So weit kommt es noch. Wir haben genug zu tun. Mit schönem Gruß zurück.“

„Warte mal“, sagte Silvio. „Hier steht, ein Taxifahrer hat die Tote erkannt. Es soll sich um eine Dame aus Lecce handeln.“

Angelo hatte vor dem Waschbecken gestanden und versucht, sich nicht die Hände zu waschen. Jetzt drehte er sich um. Beide sahen einander an.

„Du holst mir augenblicklich diesen Vice Questore aus Lecce ans Telefon“, platzte es aus ihm heraus, „den mit diesem riesigen Zinken! Wie hieß der nochmal?“

„Perfino?“

„Genau den!“

Minuten später hörte Angelo den schlecht gelaunten Perfino am anderen Ende der Leitung dampfen. Mit kurzen Worten beschrieb er ihm die Tote. „Wird bei Ihnen jemand vermisst, auf den diese Beschreibung passen könnte?“

Er lauschte gespannt, vor ihm wartete Silvio mit offenem Mund. „Danke, Vice Questore.“

„Und?“

„Mit einiger Sicherheit handelt es sich bei der Toten um Chaira del Ponte, Richterin del Ponte. Das Verwaltungsgericht dort hat sie heute als vermisst gemeldet.“

Silvio stöhnte. „Also schon wieder eine Dienstreise.“

Im Flieger nach Brindisi lag bereits der Corriere Salentino mit einem Aufmacher in der Sache del Ponte: ‚Bleierne Jahre. Kommt der Terrorismus zurück nach Italien?' Wohl kaum, dachte Angelo, die Spekulationen des Blatts hielt er für reinen Populismus. Strangulation mit einem dünnen Stahlseil, Tatwerkzeug nicht zu finden, Täter und Motiv unbekannt, kein Bekennerschreiben – das war kein Terroranschlag. Es war Mord.

Während der Weiterfahrt nach Lecce klingelte Angelos Handy, unbekannte Nummer. Er meldete sich mit einem knappen ‚Si'.

„Commisario Sforza? Hier spricht Ornella Scarlatti. Sie erinnern sich?"

„Selbstverständlich, Signora Scarlatti", sagte er und wechselte einen Blick mit Silvio. „Was kann ich für Sie tun?"

„Man sagte mir, dass Sie nach Lecce unterwegs sind. Ich vermute wegen Richterin del Ponte?"

„Signora, zum jetzigen Zeitpunkt kann ich wirklich nicht ..."

„Hören Sie", unterbrach ihn die Journalistin, „ich habe Informationen für Sie. Ich traf Signora del Ponte noch kurz vor ihrem Tod. Sie wurde bedroht, deshalb riet ich ihr, sich bei Ihnen zu melden."

Angelo antwortete nicht sofort. „Bedaure Signora, das hat sie nicht getan. Wissen Sie, wer sie bedrohte?"

„Bitte, nicht am Telefon, Commissario. Ich komme nach Lecce und treffe Sie dort."

Kardinal Leggerezza kam abgehetzt in den Raum. Piero Scarlatti und Marcello Mostra warteten bereits auf ihn.

„In Gottes Namen, war das denn notwendig?", fuhr Leggerezza aus der Haut. Er warf Piero einen Blick äußersten Missfallens vor die Füße.

„Und was glauben Sie, was das hier ist, Kardinal?“ Piero reichte ihm die Verfügung zu Betriebsschließung. Mostra saß zornesrot hinter seinem Schreibtisch und musterte den Kardinal finster.

Die Sekretärin meldete Corrado Rossi, den Chef der Metallarbeitergewerkschaft. Er begrüßte die Anwesenden mit einer gleichgültigen Geste und setzte sich an den Besprechungstisch. Rossi war ein Durchschnittstyp, schlank, dichtes schwarzes Haar, blaue Augen, aus denen er verschmitzt lächeln konnte. Obwohl Piero ihn nicht mochte und oft anmaßend fand, nickte er ihm zu.

Leggerezza schien ihn dagegen gar nicht zu bemerken. „Wie konnten Sie nur so unvorsichtig sein? Nun haben wir eine tote Richterin, jedoch keine Lösung.“

„An der sollten wir allerdings zügig arbeiten, bevor uns hier die Puste ausgeht“, mischte sich Rossi ein. „Sollte die Produktion länger ausfallen, haben wir bald ein Problem mit den Kunden aus Fernost. Die haben wenig Verständnis, wenn wir nicht liefern. Der Ärger aus dem letzten Jahr ist mir noch gut in Erinnerung. Meine Männer haben sich richtig reingehängt und trotzdem war am Ende eine Vertragsstrafe fällig. Also, wie kriegen wir das Ding vom Tisch?“

Dieses Lied kannte Piero zur Genüge. Doch so selbstgefällig Corrado auch auftrat, sein Einfluss war nicht zu unterschätzen. Hier gab er sich ganz unternehmensorientiert. Er profitierte ja auch davon. Und er hatte seine Leute im Griff. Sie hörten auf ihn. Nur deshalb war es nicht zu weiteren Protesten und Aufständen wegen der Krankheits- und Todesfälle gekommen. Gekonnt hatte Corrado sie umgarnt und materiell besänftigt. Selbst Mostra sah das so.

Piero sagte: „Die Schwierigkeit besteht darin, jemanden zu finden, der unseren Widerspruch bearbeitet. Jetzt, da die zuständige Richterin tot ist, wird ihr Dezernat nicht bedient. Bis ein Nachfolger ernannt ist, können Wochen, vielleicht Monate ins Land gehen.“

Marcello Mostra stand mit einem derartigen Ruck auf,

dass sein schwerer Schreibtischstuhl polternd nach hinten fiel. Leggerezza zuckte zusammen, wahrscheinlich erwartete er einen Frontalangriff vom Capo. Der aber fiel stattdessen über Piero her.

„Hättest du dich zügiger um alles gekümmert, dann säßen wir jetzt nicht in der Scheiße! Was soll ich mit einer rechten Hand, die sich nicht rührt? Du bist verantwortlich, wenn das schief geht. Erledige das! Oder deine Schwester kann der Richterin die Hand reichen, hast du verstanden? Und jetzt macht, dass ihr rauskommt, alle!“

Seit Ornellas unerwartetem Auftauchen in Lecce hatte sich für Piero alles dramatisch verkompliziert. Es war ihm nicht gelungen, sie abzupassen. Als er endlich ihre Adresse, das ‚Garden Inn‘, herausbekommen hatte, war sie bereits wieder nach Rom abgereist. Blieb nur, einen der Hotelbediensteten zu schmieren und sich bereit zu halten. Denn früher oder später würde Ornella zurückkommen, stochern, graben. Das lag in ihrer Natur. Und Piero behielt Recht: Kurz nach dem Treffen beim Capo erhielt er die erlösende Nachricht – sie war wieder in der Stadt.

Am nächsten Tag besorgte sich Piero den Corriere Salentino und setzte sich damit ins Francesco Rubichi, eine Bar in einer jener kleinen Seitenstraßen, die zum historischen Zentrum Lecces führten. Keine Rede von einer Verbindung zwischen Zana und dem Mord an der Richterin, kaum neue Erkenntnisse. Noch nicht.

Jetzt galt es, einen Schlachtplan zu schmieden. Zunächst musste er seine Schwester treffen und sie überzeugen, ihm zuzuhören. Ihr Verhältnis war nicht das Beste. Nach Vaters Tod hatte Piero die Familie nicht unterstützt, sondern es vorgezogen, nach Apulien zu gehen. Über einen von Papas Kontakten hatten sich Karrierechancen bei einem Zulieferer von Zana ergeben. Geld hatte er geschickt, auch damit seine Schwester studieren konnte. Aber persönlich greifbar war er nie gewesen. Nicht einmal zu Mammas Beerdigung hatte er es geschafft. Das war die tiefste Bruchstelle zwischen ihm und Ornella geworden. Zwar waren sie Norditaliener, Aostaner zumal, mit doppelt romanischem Herzen, aber eben auch einer großen Portion individueller Unabhängigkeit, was hier in Apulien schlicht undenkbar war. Nur seinem geschmeidigen Wesen verdankte er es, sich einfügen zu können. Man schätzte ihn, weil er verbindlich und bescheiden auftrat, klar in der Sache war und in vielen Dingen großzügig. Ornella zeigte sich dagegen kühl und bisweilen schroff im Umgang mit anderen, Männer hielten es nie lange an ihrer Seite aus. Sie war hübsch, verführerisch, wenn man sie betrachtete, aber wehe, es ging um ihre Prinzipien.

Als er sie jetzt auf sich zukommen sah, war es zu spät, auszuweichen. Er versteckte sich wie ein schlechter Spion hinter seiner Zeitung und erkannte aus dem Augenwinkel zwei Begleiter: ein Herr mittleren Alters, Armani-Anzug, gepflegt, imposante Statur. Und ein weiterer Mann, Anfang dreißig, Segeltuchschuhe, Jeans, Hemd krumpelig über der Hose, knittriges Jackett. Ornella sah ihn nicht, zu sehr war sie darauf fokussiert, den beiden etwas zu erklären. Als sie ihn passierten, rempelte der Jüngere seinen Tisch an. Kurz begegneten sich die Blicke der Männer. Ornella schien ihn nicht bemerkt zu haben, sie ging unbekümmert weiter.

Ihre Handynummer in Erfahrung zu bringen war ein Kinderspiel. Abends schickte er Ornella eine SMS. Piero war nicht sicher, ob sie sich melden würde. Aber es war dringend, das hatte er deutlich gemacht. Sie sollte sich ein Taxi nehmen und ins Francesco Rubichi kommen.

„Was soll das, Piero?“ Schon in der Begrüßung lag die Glut des Zorns. „Meinst du, weil ich zufällig hier vor Ort recherchiere, kannst du mich rumkommandieren? So wie früher? Da hast du dich geschnitten. Du bist nicht Papa! Und überhaupt, was soll das mit der Angstnummer? Hast du vergessen, dass ich erwachsen bin? Von dir lass‘ ich mir nichts mehr sagen. Du bist raus aus meinem Leben! Also halt‘ dich dran. So einen linken Verräter als Bruder brauch‘ ich nicht, ich komm‘ gut alleine zurecht.“

Sie hatte zwar geflüstert, aber die anderen Gäste waren aufmerksam geworden.

„Bitte, Kleines, setz‘ dich, es ist wirklich ernst!“

Aufgestauter Zorn brach aus ihr heraus und ging wie ein Ascheregen über ihn nieder. Das Klatschen der Ohrfeige hallte im Raum wieder, Gespräche verstummten. Es schien Piero, als staunte sie selbst über ihre Tat, das kühlte sie merklich ab. Endlich setzte sie sich.

„Ornella, hier wissen inzwischen alle, dass du wegen der Umweltdinge bei Zana recherchierst. Ich kann das verstehen. Ich hätte die Entwicklungen gerne verhindert, aber Mostra ist in vielen Dingen nicht zugänglich. Erst müssen wieder bedrohliche Situationen eintreten, dann denkt er vielleicht um. Du wirbelst viel Staub auf, und das zum denkbar ungünstigsten Zeitpunkt. Der Konzern hat Schwierigkeiten, sich zu finanzieren. Wenn du das veröffentlichst, wird es gefährlich für dich! Im Konzern haben noch ganz andere Leute von außen etwas zu sagen, inoffiziell.“

„Du meinst die Mafia.“

„Ja, die auch. Aber das spielt erstmal keine Rolle. Es gibt mehrere Interessengruppen, die wünschen, dass du endgültig von der Bildfläche verschwindest.“

„Etwa so wie die Richterin?“, gab sie barsch zurück.

„Ja, so wie die Richterin!“ Piero fielen die Umstände des Mordes ein, sofort tat ihm seine Antwort leid. „Oder so ähnlich.“

Das machte es nicht besser.

Sie schwiegen.

„Ist dir klar, wer Kardinal Leggerezza ist?“, fragte Piero schließlich.

„Das ist ja wieder typisch", zischte sie, „noch nicht mal das weißt du!"

Was wusste er nicht? Verdutzt blickte Piero in ihre triumphierende Miene.

„Vor kurzem wurde ich beim Vatikan akkreditiert."

So war das also. Jetzt wurde ihm manches klar, zum Beispiel weshalb Leggerezza ihn bei Mostra mit solcher Verachtung gemustert hatte.

„Und die beiden Männer heute Mittag?", fragte er.

Sie war erbost. „Du bist so ein Arsch! Da erzähle ich dir vom wichtigsten Meilenstein in meiner Karriere, und du ignorierst das einfach."

Sie schickte sich an zu gehen. Er hielt ihren Arm fest.

„Entschuldige! Ich bin sehr stolz auf dich. Wirklich. Aber darüber müssen wir später reden. Jetzt beantworte bitte meine Frage."

„Die sind von der römischen Polizei. Irgendwas Wichtigeres. Die haben mich nach Zana und natürlich nach der Richterin gefragt."

„Können sie dich beschützen?"

„Weiß nicht, wieso?"

Piero zögerte. Es fiel ihm schwer, seine Schwester nach all den Jahren einzuschätzen. Sicher, sie war jetzt eine aufstrebende Journalistin. Aber wie ging sie mit sensiblen Informationen um, wenn sie die eigene Familie betrafen? „Papa war kein Heiliger. Er hatte nach dem Krieg noch lange Kontakte zu alten Faschisten. Das hat nur keiner untersuchen wollen im Nachkriegs-Italien. Zumal die Kirche durch den Faschismus zu einer neuen Ordnungsmacht wurde. Vater war während dieser Zeit ein Arbeiter im Weinberg des Herrn. Nach dem Krieg gelang ihm als Dank dafür der journalistische Aufstieg in beiden Welten. Und mein Weg führte über die Kontakte Vaters zur Familie Zana. Du bist dann in die schöne späte Zeit geboren. Aber wie es scheint, kann man seine Geschichte eben doch nicht loswerden."

Er konnte Ornella das Unbehagen ansehen. Sie war ihm

zu Unrecht böse gewesen, das musste ihr nun klar sein. Wie wenig sie bisher über die dunklen Seiten der Familie wusste! Wie viel sollte er für sich behalten?

„Die Zana-Gruppe ist gut vernetzt in alle Bereiche, bis in den Vatikan“, fuhr Piero fort. „Kardinal Leggerezza kam vor ein paar Jahren zu Mostra und bot ihm unter der Hand an, Gelder für ihn zu waschen. Im Gegenzug sollte er die Menschen in der Region großzügig unterstützen. Das kam dem Kardinal und seiner Diözese ebenso zugute wie der Verwaltung und der Politik. Senator Calvesi ist eine Schlüsselfigur. Er hat den Konzern immer wieder vor zu intensiven Untersuchungen des Staates geschützt. Aber mittlerweile wird es auch für ihn brenzlig. Und natürlich kennen sich alle Beteiligten gut.“

Piero hielt inne, Ornella hatte die Augen niedergeschlagen.

Sie war seine Schwester, er wollte sie nicht in noch größere Gefahr bringen, und sich selbst auch nicht. Aber gab es überhaupt noch ein Zurück?

„Wir machen es so“, sagte er: „Finde einen zuverlässigen Vertrauten im Vatikan, der dich auch außerhalb mit Material versorgen kann. Und dann gehst du zu unserem alten Treffpunkt. Richte dich dort ein. Versuche nicht, mich zu kontaktieren, ich erreiche dich. Vielleicht kann ich Unterlagen besorgen. Und jetzt geh.“

Sie lächelte matt. „Ich hätte gleich zu dir kommen sollen“, sagte sie, küsste ihn auf die Wange und verließ das Lokal.

Piero verharrte noch eine Weile und versuchte, sich in Leggerezzas Lage zu versetzen. Was würde er als nächstes tun? An seiner Stelle hätte Piero Druck auf den Gerichtspräsidenten gemacht, wahrscheinlich mit Hilfe von Senator Calvesi, um solange die Wiederbesetzung der Richterstelle zu verzögern, bis Mostra der Geduldsfaden riss oder das Unternehmen schweren Schaden nahm. Mostra konnte die Anweisung geben, Ornella zu beseitigen. Schließlich war sie es, die alles wieder ins Rollen gebracht und die Klage der Lega ambienterra zusätzlich aufgewertet hatte. Damit wäre der gute Kardinal aus dem Schneider. Blieb zudem noch die Verfügung in Kraft und unanfechtbar, könnte er doppelt gewinnen! Auf einen Schlag entfielen seine Verstrickungen mit Zana und die Probleme der Geldbeschaffung. Er könnte öffentlich weiter der gute Hirte sein, der sich gerade in schwieriger Zeit um seine Diözese kümmert und vielleicht sogar ein wenig die Not der Menschen lindert. Von dem, was er Zana schuldig bliebe. Ein genialer Schachzug! Vor Leggerezza mussten sie sich in Acht nehmen.

Ornella schlief schlecht in dieser Nacht. Immer wieder schreckte sie hoch, Erinnerungssplitter blitzten in der Dunkelheit auf.

Drohungen zuhause.

Ihre Mutter verzweifelt. Vater entschlossen. Streit.

„Das ist mir scheißegal", brüllte sie ihn an. „Was ist mit den Kindern, was, Bruno? Deine Arbeit macht die Familie kaputt. Und jetzt das! Ich ziehe aus, die Kinder kommen mit mir." Sie und Piero weinten.

„Du kannst nirgends hin", sagte er. Ruhig. Beherrscht. „Der Artikel ist wichtig. Wir werden davon profitieren."

„Profitieren? Spinnst du? Nach dieser Warnung würden andere direkt ihre Koffer packen."

„Willst du ja auch." Schneidend. Wie immer.

„Weil du keinen Funken Verantwortung für uns übernimmst!"

„Ich übernehme Verantwortung für ganz Italien", erwiderte er.

„Klar, der Herr Starjournalist, bringt sich und die Familie ans Messer der Mafia. Für – noch zehn Premiolini? Du bist eiskalt!"

Die kleine Ornella und ihr Bruder weinten noch immer.

„Ich hab‘ mit Andreotti telefoniert. Der wird ein paar Übereifrige bremsen. Und der Capo wird ihm zuhören.“

„Hör bloß auf mit deinem Andreotti!“, schrie sie jetzt, „dieser korrupte Finger. Wenn wir alle tot sind, kannst du dich bei ihm bedanken.“ Ließ ihn stehen, rannte heulend ins Bad, schloss sich ein.

Vater ging. –

Kälte durchzog Ornella. Erst jetzt wurde ihr klar, dass sie eine erstklassige Zielscheibe abgab, allein unterwegs im Feindesland. Die Recherchen zu Zana ließen die Argumente Pieros in noch dunklerem Licht erscheinen. Sollte es tatsächlich Verbindungen in den Vatikan geben, sie würde hier wie dort auf dem Präsentierteller sitzen. Interessenten, die sie ausgeschaltet wissen wollten, gab es sicherlich viele. Es stimmte, sie musste von der Bildfläche verschwinden. Aber nicht so wie die Richterin. Und ganz sicher nicht endgültig.

KAPITEL 12

Donne e motori, gioie e dolori
[Frauen und Motoren, Freude und Sorgen]

Die Anfrage Silvana Orsinis für einen kurzfristigen Termin überraschte Colonello Sforza, sie passte ihm nicht wirklich. Zu schwierig gestalteten sich die Ermittlungen in der Sache mit der Richterin. Dennoch lief ein kleines Kopfkino bei ihm ab, das die verführerischen Seiten der Staatsanwältin in anzüglichen Bildern bewegte. Angelo drückte diese Bilder mit Nachdruck beiseite. Die Arbeit musste unbedingten Vorrang haben.

„Ich wusste gar nicht, dass Sie hier in Rom ein Büro bezogen haben, Signora Orsini. Ich wähnte Sie wieder im fernen Mailand."

Die Orsini schmunzelte. „Colonello, wie Sie sehen, hier bin ich." Sie wies auf den Ermittlungsbericht. „Glauben Sie, die Todesumstände der Kollegin del Ponte bringen uns weiter in Sachen Zana?"

„Kommt darauf an, welche Bezüge wir noch herstellen können."

„Was war denn mit dem Sex der del Ponte? Die fährt extra nach Rom, um es so richtig besorgt zu bekommen? Und bekommt es dann auch. Wie passt das zusammen?"

Heizte das Thema die Orsini etwa an? Er bemerkte, dass sich ihre Brust rhythmisch zu heben begann. Ihre bernsteinfarbenen Augen glänzten im rundlichen Gesicht. Der forsche Gesichtsausdruck war gewichen, dunkelrote Lippen verhießen Leidenschaft. Mit einem perfekt manikürten Finger fuhr sie sich darüber. Angelo räusperte sich.

„Forensisch ist der Ermittlungsstand gesichert. Der Täter hat Kollegin del Ponte gezielt angesprochen und ihre Bedürfnisse ausgenutzt. Einem weniger erfahrenen Forensiker wäre das Bild sicher nicht aufgegangen. Hier konnten jedoch die Widersprüche zu einer Sexualstraftat ermittelt werden. Die Frage ist nun, wer gab den Auftrag und welches Motiv steckt dahinter?"

„Der Schlüssel wird in Apulien liegen", setzte sie das Gespräch fort, während sie sich aufreizend mit der Zunge über die Lippen fuhr.

Neue Bilder überrollten ihn, hoffentlich sah sie ihm das nicht an. Oder sah sie ihm alles an, stand er nackt vor ihr, machte einen unsagbar peinlichen Eindruck? Erriet sie seine Gedanken? Sie lächelte.

‚Verdammt, reiß dich zusammen', gab er sich einen Ruck.

Sie setzte erneut an. „Apulien, was meinen Sie? Ich denke, dort können wir weiterkommen."

„Sicher, Signora." Er atmete kurz durch. Sie ließ sich zumindest nichts anmerken. „Habe ich Ihnen schon von Signorina Ornella Scarlatti berichtet?" Endlich hatte er einen Ausweg gefunden, das Gespräch in eine fachliche Richtung zu lenken.

„Nein."

„Sie kannte die Tote und stand mit ihr in Kontakt. Seit wir in der Sache ermitteln, ist uns die Signora scheinbar immer einen Schritt voraus. Als Journalistin für die ‚Voce' recherchiert sie zum Stahlwerk und den Unfällen oder Krankheiten. Dabei will sie auf Ungereimtheiten gestoßen sein, die sie auch mit der Richterin besprach. Inzwischen wissen wir, dass Signora del Ponte bedroht wurde. Signorina Scarlatti denkt, dies könnte mit der möglichen Rücknahme der Betriebsgenehmigung für das Werk zusammenhängen. Die Rücknahme wäre nicht nur für das Werk desaströs, die ganze Region würde in einen Strudel gezogen."

„Die Richterin wurde bedroht?" Es war mehr eine Feststellung als eine Frage.

„Sie hat einen sogenannten Uhrenbrief erhalten, der ihr ankündigte, nicht mehr lange zu leben. Signorina Scarlatti sprach auch von weiteren Quellen, die angeblich ebenfalls solche Briefe erhalten haben, aber nicht mit der Polizei sprechen wollen. Leute mit derartiger Korrespondenz erleben den Ablauf ihrer Lebensversicherungen gemeinhin nicht. Da ist die Mafia ziemlich genau. In diesen Fall ist es die SCU, die Sacra Corona Unita, die apulische Variante ihrer sizilianischen Schwester."

„Mein lieber Colonello", antwortete Signora Orsini jetzt mit einem leicht schnippischen Unterton, „die Verflechtungen der OK sind mir durchaus bekannt." Ihre Augen funkelten ihn verheißungsvoll an. „Aber ich muss zugeben, von dieser Briefform habe ich noch nichts gehört."

Angelo schmeckte die Unterhaltung ein bisschen zu sehr nach Zuckerbrot und Peitsche. Dafür war er nicht der Richtige. Er zog die Aufschläge seines Hemdes mit den Manschettenköpfen unter der Jacke hervor und kreuzte die Arme vor der Brust. „Signora, vielleicht darf ich noch Folgendes ergänzen. Wir sollten in jedem Fall die Finanzen des Konzerns durchleuchten. In dem Umfeld finden sich vielleicht Hinweise auf Geldwäsche, Korruption, Erpressung oder anderes. Allein der Umstand mit den Krankheitsfällen und den Umweltauflagen lässt erwarten, dass strafrechtlich relevante Sachverhalte vorliegen."

„Ja, Collonello, das ist in derartigen Fälle immer so, nicht?" Da war es wieder, dieses leicht Scharfzüngige, Schnippische. Das ging Sforza auf den Geist. Diese Art Frauen empfand er als anstrengend. Er stellte sich vor, wie die Orsini ihn mit einem arroganten Lachen vor den Kollegen bloßstellte. Sie brauchte ihn nur dem Stachel der Lächerlichkeit preisgeben, ihr den Hof gemacht und dabei gepatzt zu haben. Er stöhnte innerlich auf.

„Nein, Signora, nicht immer. Es gibt durchaus Fälle, die nur danach ausschauen. Hier, glauben wir jedenfalls, liegt die Sache anders. Ich weiß nicht, was Signorina Scarlatti inzwischen noch alles herausgefunden hat – ich konnte sie leider den ganzen Tag nicht erreichen. Zuletzt sah es aber danach aus, dass die Diözese Lecce engere Kontakte zum Stahlkonzern Zana unterhält als gemeinhin üblich. Ich habe meinen Assistente Silvio Sperandello angewiesen, ohne schlafende Hunde zu wecken an der Diözese dranzubleiben. Vor allem am Bischof, Kardinal Leggerezza."

Nachdem ihre Augen anfänglich mit hochgezogenen Brauen seine Ausführung begleitet hatten, liefen sie nun über von Lachen.

„Leggerezza, Dottore? Na, das passt ja. Welche Leichtigkeit ist es denn? Die des Himmels oder doch eher die der Geldsäcke unter der Matratze?" Sie lachte aus vollem Hals. Dabei bewegte sich ihr kleiner Busen kräftig nach vorne, so als wollte er sich aufblasen, drall erscheinen, obgleich er doch über die Form eines Nonpareil-Apfels verfügte, vom Stil bis zur Rose in seiner schmalen Rundlichkeit leicht abnehmend, etwas in die Breite gedrückt, um dann in der kleinen zarten Spitze zu enden. – Himmel, was machte er hier? Schon wieder war er seinen hormonellen Strömungen verfallen. Er räusperte sich und nahm wieder eine betont formale Sitzhaltung ein.

„Man kann den Namen auch mit Leichtsinnigkeit übersetzen, Signora. Vielleicht ergibt das noch mehr Sinn?"

„Wir werden sehen", antwortete die Orsini, stand auf und ging zu einem Aktenschrank. Sie trug ein eng anliegendes, weißes Kleid aus fließendem Stoff. Sie wirkte anmutig, fast wie eine Kindfrau, während sie sich im Raum bewegte. Seine Haut begann angenehm zu prickeln. Offensichtlich ging es ihr nicht um die Akten. Dennoch kehrte sie ebenso schnell wieder an den Schreibtisch zurück, setzte sich allerdings auf dessen Rand und schlug die Beine übereinander. Dabei legte sie eine Hand in die Hüfte, wiegte den Körper leicht zur gegenüberliegenden Seite, während ihre andere Hand auf ihrem Knie lag. Sie war nun zum Greifen nah. Ihre Hände mit den dunkelrot lackierten Nägeln, die jedoch in ihrer Proportion leicht unterschiedlichen waren, signalisierten ihm Verlangen nach mehr.

„Commissario, ich finde, wir sollten uns vielleicht etwas näher kennenlernen, wenn wir in der kommenden Zeit doch enger miteinander arbeiten, Zeit und Leben verbringen werden. Was meinen Sie?"

Ihre Angriffsstrategie spielte mit seinem Verlangen.

Während er noch immer auf dem Stuhl vor dem Schreibtisch saß, war sie aufgestanden und stand seitlich neben ihm, das linke Bein ausgestellt, ihre Hüfte zur Seite hinausgedreht, alles in Augenhöhe. Eine Hand mit den lackierten Nägeln lag herausfordernd auf der ausgestellten Hüfte. Ihre nackten Beine steckten in Pip Toes mit hohem Absatz, die zwei rotlackierte Nägel erkennen ließen. Er stand mit einem Ruck auf, fast wäre der Stuhl hinterrücks umgefallen, und kehrte ihr den Rücken zu. Ungesehen holte er tief Luft. Als er sich zu ihr umdrehte, war sie bereits wieder hinter den Schreibtisch zurückgekehrt. Das entschärfte die Situation. Sie lächelte ihn herausfordernd an. Schöne Frauen können unerbittliche Gegner sein.

„Einverstanden. Was schlagen Sie vor, Signora?"

Angelo wusch sich die Hände. Silvio, der hinter ihm stand und zweifellos grinste, versuchte er zu ignorieren.

„Hast du den Motor deiner Vespa gewechselt oder was gibt es jetzt schon wieder abzuwaschen?", frotzelte er. „Übrigens, was macht denn die hübsche neue Staatsanwältin?" Dabei machte er eine Gebärde, die auf ihre körperlichen Konturen abhob.

Angelo setzte sich und begann in den Akten vor ihm zu wühlen.

„Übrigens hat sie eben nach dir gefragt."

Angelo sah ihn an. Ein Schuldgefühl begann in ihm zu arbeiten. Das konnte er Silvio natürlich nicht sagen. Er hätte sich erklären müssen. Stattdessen wich er aus.

„Hattest du ihr den Ermittlungsstand rübergegeben?“

Natürlich hatte er das, was für eine naive Frage. Angelo ahnte, dass ihr persönlich an ihm lag. Seit jenem Abend mit dem Essen und dem Caffè in seiner Wohnung hatte es für mehr als einen dienstlichen Austausch am Telefon nicht gereicht. Und jetzt umgarnte ihn auch noch die Orsini. Ausgerechnet! Die beiden Frauen waren, wenn schon nicht Freundinnen, so doch eng miteinander. Das würde noch Knatsch geben. Zudem fühlte Angelo sich von Claudia angezogen, in ihrer Gegenwart hatte er sich zu keiner Zeit unwohl gefühlt. Darin unterschied sie sich angenehm von Silvana. Hier tasten, da springen. Er musste dringend das Thema wechseln.

„Sind wir eigentlich weiter mit Kardinal Leggerezza?“, fragte er.

„Wow“, antwortete Silvio gedehnt, als habe ein Hund nach seinem Knochen gerufen. „Bist du taub, Angelo? Ich rede von der Traviani, die sich um dich bemüht, du spielst den unschuldigen Handwäscher und versuchst mich zu veräppeln. Was soll das?“

„Bitte lass‘ mich in Ruhe. Ich kann dir das jetzt nicht auseinandersetzen. Was hast du wegen Leggerezza unternommen?“

Silvio stöhnte. „An den Pfaffen kommen wir nicht so leicht ran, höchstens an die Diözese. Eigentlich haben die es ja nicht gerade dicke. Also von welchem Geld hat der gute Hirte wohl seinen protzigen Amtssitz gebaut? Garantiert nicht von Almosen. Da ist was faul, sage ich dir.“

„Du meinst, der pastor bonus hat mit Korruption, Schmiergeld und Co zu tun?“

„Jedenfalls taucht er oft in der Nähe zum Stahlkonzern auf. Außer in Verbindung mit der Geschäftsleitung. Eigentlich merkwürdig, oder? Schließlich sind die doch der Ansprechpartner, wenn die Arbeitnehmer etwas wollen.“

„Aber da redet die Gewerkschaft doch bestimmt auch mit.“

„Richtig, die kennen sich ja auch untereinander. Eigentlich ist für die Kirche da gar kein Platz. Aber seit Jahren posten die Leute in den Foren über das Engagement Leggerezzas. Vielleicht sind die alle viel dicker miteinander, als wir das auf dem Schirm haben?“

Angelo fuhr über die Via della Pelliccia und bog in den Vicolo del Piede ein. Trastevere schien ihm noch verwinkelter zu sein als anderswo, das Knattern seiner Vespa hallte durch die engen Gassen. Pünktlich stand er vor dem kleinen Hotel ‚Villa della Fonte‘. An der Rezeption erkundigte er sich nach Signora Orsini. Seit Tagen rang er mit seinen Gefühlen. Immer wieder blitzen die Bilder Silvanas in ihm auf, mühte er sich damit ab, die aufkeimende Lust abzuwehren. Je intensiver er sich daran abarbeitete, desto schärfer traten die verführerischen Bilder vor sein inneres Auge. Jetzt musste er sich erneut bewähren. Farben, Formen, Düfte, sie würde ihr gesamtes Arsenal auf ihn abfeuern. Drohte er ihr zu erliegen? Wollte er sie am Ende doch? Wie anders sollte sie seinen Blumenstrauß deuten?

Silvana saß auf der Frühstücksterrasse. Üppiges Grün empfing den Besucher hier, bunte Pflanzen, der Eindruck von romantisch-verwunschen drängte sich ihm auf. „Blumen, für mich!“, empfing sie ihn überschwänglich, fast wäre sie ihm um den Hals gefallen, im letzten Moment bremste sie sich. „Angelo, kommen Sie, setzen Sie sich.“

„Ich hoffe, die gefallen Ihnen?“

„Ja, die sind wunderschön, danke!“

Sie trug ein körperbetontes Kleid, das unterhalb der Brust eng zusammengebunden war. Der Rock fiel in luftigen Falten, kniebedeckt. Erdtöne, vermischt mit Ocker auf weißem Grund, ließen es anmutig wirken. Ihre Füße steckten in offenen, weißen Sandaletten mit durchbrochenem Rautenmuster und hohem Absatz. Dazu trug sie eine schmale

Süßwasserperlenkette um den Hals und passende Ohrringe. Sehnsüchte meldeten sich in ihm. Umfangen zu werden von ihrer Zärtlichkeit bis hin zu eruptiver Lust.

„Wollen wir etwas essen gehen? Ich bin extrem hungrig. Lassen Sie uns ins Fratte di Trastevere gehen, ja? Das liegt quasi um die Ecke und soll sehr beliebt sein hier."

Ein kalter Schauer für seine Begehrlichkeiten. Da hätte er sich die Blumen auch schenken können.

Er kannte das Fratte, es war berühmt für seine bodenständig römisch-neapolitanische Küche, besonders die Meeresfrüchte wurden allseits geschätzt. Beim Essen unterhielt Silvana ihn mit allerlei Geschichten aus der Toskana: über den Palio in Siena, die Mille Miglia bis hin zu Lucca mit seinem geschlossenen mittelalterlichen Stadtensemble. Zu allem gab es kleine Anekdoten. Sie kannte sich aus, lachte viel und ausgelassen. Auf dem Rückweg hakte sie sich bei ihm unter, lehnte leicht den Kopf an seine Schulter.

„Es war ein schöner Abend, Silvana. Es wird Zeit für mich."

Angelo umarmte sie und gab ihr einen Kuss auf die Wange. Als er sich lösen wollte, hielt sie ihn fest. Klammerte. Auf die Fußspitzen gestellt, zog sie seinen Kopf zu sich hin und küsste ihn intensiv auf den Mund. Ihre Hände streichelten seinen Rücken. Er fühlte das Beben ihrer Brust und seine Reaktion darauf. Ihr Duft betörte ihn. Jetzt nahm sie ihn an die Hand und beide huschten leise an der Rezeption vorbei. Sie schloss die Vorhänge. Die niedrigen Tischlampen gaben ein gedämpftes Licht. Wieder küsste sie ihn herausfordernd. Dann nahm sie sich zurück und betrachtete ihn.

„Kraftvoll!", sagte sie mit Blick auf seine Brust, während sie sein Hemd aufknöpfte. „Unter dem schicken Anzug war das kaum zu vermuten. Was machst du?"

„Lange Zeit Rudern im Vierer, jetzt alleine."

Sie streifte sein Hemd ab und strich mit den Fingerspitzen über seine muskulöse Brust. Ihre unlackierten, leicht welligen Nägel drücken sich in seine Haut. Er ließ seine Hände durch ihr Haar gleiten. Es fühlte sich samtig an. Silvana öffnete ihr Kleid und legte seine Hände auf ihre Brüste. Ein warmes Gefühl durchfuhr ihn. Ihr Kleid fiel zu Boden. Sie streifte ihren Slip ab und führte eine seiner Hände hinab. Sein Blick haftete auf ihren Nägeln. Kurzes Nagelbett, kleiner Mond, unterschiedlich in der Proportion. Besonders der Daumen irgendwie unharmonisch, zu klein und voll von Rillen. Widerstand durchfuhr ihn. Immer noch drückte sie seine Hand gegen ihren Schoß. Er spürte das pelzig-warme Gefühl, blickte auf die Apfelform der kleinen Brüste. Er schloss die Augen, blendete den Augenblick aus. Gedanken an Claudia. Wie von einem unsichtbaren Band gehalten blieb er vor Silvana stehen, tat einen kleinen Schritt zurück. Er bemerkte die Spannung in ihm abflauen. Was war bloß los? Kehrte sich ihre eigene Strategie jetzt gegen sie? Trotzdem stieg Ärger in ihm auf. So schnell er seinen Sehnsüchten erliegen konnte, ebenso schnell konnte die wildeste Vorfreude ersterben. Es war unsäglich! Hätte er sich nur vor der Tür verabschiedet. Er hätte es voraussehen müssen. Wie kam er da wieder raus? Sicher würde sich das Tor zur Hölle auftun, wenn er jetzt ging. Aber er konnte nicht anders.

Natürlich hatte sie seinen Widerstand bemerkt. Augenblicklich waren ihr Blick und ihre Zuneigung erkaltet. Sie sank auf das Bett nieder, die Beine übereinander, zusammengekauert, nackt.

„Ich darf aber doch fragen, warum du mich jetzt so behandelst?"

Angelo zog sich wieder an. „Bitte entschuldige, Silvana, es tut mir leid. Ich hätte nicht mit rauf kommen dürfen. Ich kann das nicht."

Tränen liefen über ihr Gesicht, Mascara verschmierte.

Er küsste sie zärtlich auf ihr Haar und schloss leise die Tür hinter sich.

Nun war nichts mehr zu ändern, die Katastrophe da. Der Super-GAU. Er schob die Vespa aus der Gasse und durch die angrenzenden Straßen. Er hatte sie gedemütigt, die weibliche Seele an der empfindlichsten Stelle zutiefst verletzt. Wie würden sie einander ab jetzt begegnen? Auf dem Viale di Trastevere startete er die Maschine und fuhr heim.

Die nächsten Tage über mied Silvana das Büro. Sie sah in Mailand nach dem Rechten und arbeitete Liegengebliebenes ab. Die Verletzung jenes Abends wühlte sie immer wieder auf. Welchen Fehler hatte sie gemacht? Gefühlt wollten beide einander, warteten fiebrig auf das Eintauchen in den anderen. Ein Hauch von Liebe hatte den Raum durchweht, sein Duft hatte in ihr jenes himmlische Prickeln erzeugt, das jedem ‚petite mort' vorausging. Nach Silvanas Gefühl hatte ihre Sinnlichkeit Angelo in ihren Bann geschlagen. Was für ein Irrtum. Sie schauderte. Womöglich war zwischen Claudia und ihm doch schon mehr, als sie vermutete? Hatte er sie gefickt? Ein Stich durchfuhr sie. Eifersucht und Wut loderten auf. Dann hätte sie sich komplett lächerlich gemacht, er würde sie auslachen oder mit Claudia darüber sprechen. Der Gedanke zerfraß sie innerlich. Morgen würde sie zurückfliegen, beide zur Rede stellen. Das konnten sie nicht mit ihr machen. Was dachten die beiden sich? So nicht!

Als Silvana abends vor ihrem Badezimmerspiegel stand, betrachtete sie sich. Ob es ihre kleinen Brüste waren? Immer hatte sie sich größere gewünscht. Oder ihr rundliches Gesicht? Was war an ihr nicht attraktiv? Sie war gepflegt, vom Scheitel bis zur Sohle. Sie berührte ihre Scham und fühlte seine große Hand darauf. In einem Weinkrampf würgte sie ihre Verletztheit heraus.

Aus Mailand nahm sie gute Nachrichten für sich mit. Ein Mann von der SEC hatte bei ihr im Zuge von Ermittlungen gegen eine Schweizer Bank angefragt. Offensichtlich begann die neue vatikanische Aufsichtsbehörde, die der Papst jüngst noch geschaffen hatte, zu arbeiten. Allerdings nicht so, wie zu erwarten. Denn ausgerechnet die SEC, eine der großen Aufsichtsbehörden der USA, kam dort mit ihren Nachfragen nicht weiter. Zwar war es auch in Italien schwer, Informationen aus geschützten Bereichen des Vatikanstaates zu bekommen, aber in Rom ließ sich doch manches besser gestalten als von Washington aus. Sie musste noch mehr wissen, Hintergründe, Details herausfinden. Vielleicht gelang es ihr sogar, zu verbinden, was kaum zu verbinden schien? Was, wenn Kardinal ‚Leichtsinn' der Kristallisationspunkt für einen transatlantischen Fall wäre? Sie frohlockte. Denn einerseits würde das ihrer Karriere guttun. Andererseits ließe sich das zarte Band zwischen Claudia und Angelo damit möglicherweise zerschneiden. Könnte sie ihn doch noch für sich gewinnen! Wieder durchströmte sie Wut und Eifersucht. Was hatte Claudia, mit dem sie nicht aufwarten konnte? Silvana konnte sogar noch mit ihrem Namen punkten! Die Orsini waren als römischer Zweig der Bourbonen bis ins neunzehnte Jahrhundert an der Gestaltung der italienischen Geschichte beteiligt. Das Familienwappen zierte ihre Visitenkarten, mehrere Päpste und Kardinäle waren aus ihrer Linie hervorgegangen. Was wollte da eine Traviani ...

Claudia war mit höllischen Kopfschmerzen aufgewacht, ganz so, als sei sie verkatert, dabei trank sie nie Alkohol. Konnte ihr nächtlicher, emotionaler Stress der Grund sein? Zerfressen von Zweifel und Unsicherheit hatte sie kaum Schlaf gefunden. Wiederholte sich die Geschichte? Diesmal mit Angelo? Auch wenn sie einander in den letzten Tagen kaum gesehen noch gesprochen hatten, so spürte sie doch, dass noch etwas, noch jemand mit im Spiel war. Es kostete Claudia Überwindung, beiden zu begegnen.

„Du hattest zum Termin geladen", begrüßte sie Claudia kühl und abweisend.

„Schön, dass du kommen konntest“ sagte Silvana mit aufgesetzter Freundlichkeit. „Nimm Platz, Colonello Sforza wird sicher gleich auch erscheinen. Was machen die Ermittlungen?“

„Ich dachte, du würdest uns heute Neuigkeiten mitteilen. Du hattest dich doch letzthin mit dem Colonello intensiv um den Fall gekümmert“, gab Claudia stachelig zurück.

„Hatte ich das? Nun, sagen wir mal so: Ich bemühe mich nach Kräften, den Fall voranzubringen.“

Claudia quittierte die Aussage mit einem maliziösen Lächeln. Als Angelo hereinkam, würdigte sie ihn keines Blickes.

„Da kommt ja der schnellste Vespafahrer von Rom. Aber es lohnt nicht, in allen Dingen schnell zu sein, nicht wahr Colonello Sforza?“

Wie immer war er bestens gekleidet, orientiert an der Männermode Sienas, die als die eleganteste Italiens galt. Doch dafür wollte Claudia jetzt keinen Blick haben. Silvana bot Angelo keinen Platz an.

„Als Teamleiterin habe ich folgendes mitzuteilen. Der Commissario wird für uns in New York einen neuen Kontaktmann treffen und dort in der Sache recherchieren. Ich werde zeitgleich nach Apulien reisen und unsere Überlegungen auf Stichhaltigkeit hin prüfen. Sollte ich vor Ort noch Hilfe benötigen, dann wird der Commissario mich dort unterstützen. Signora Traviani kann derweil die hier auflaufenden Ergebnisse sammeln und zusammenstellen. Signor Sperandello mag ihr dabei helfen. Noch Fragen?“ Damit übergab sie Angelo eine Mappe mit Informationen für die Reise. Angelo wandte sich ohne ein weiteres Wort um und ging hinaus.

Claudia saß wie versteinert auf ihrem Stuhl. „Was hat das denn zu bedeuten?“

„Du hast mit ihm geschlafen“, platzte es aus Silvana heraus.

„Was soll das Silvana? Und wie behandelst du uns eigentlich? Habe ich dich etwa gefragt, ob du mit ihm geschlafen hast? Nach dem Auftritt hier wahrscheinlich nicht, weil er nicht wollte! Und jetzt machst du hier ein Riesendrama, um deinen verletzten Stolz zu besänftigen? Ganz so wie früher, nicht?“

„Meine Liebe“, sagte Silvana beleidigt, „wenn du nicht damit klarkommst, dass der Commissario dich nicht beachtet, behalte deine Spekulationen für dich.“

Claudia konnte nur spekulieren, das musste sie sich eingestehen. Trotzdem zweifelte sie nicht daran, dass Silvana sie hinterging, um sie auszubooten. Als Silvana sie nach einer Beziehung zu Angelo gefragt hatte, war Claudia ihr die Antwort schuldig geblieben. Jetzt würde sie ihr fast ins Gesicht lügen, ihre Vertrautheit mit Angelo als große Liebe entgegenschmettern, während Silvana allenfalls mit ihm geschlafen haben konnte, ohne Liebe zu empfinden. Inzwischen war jener Abend gewesen, jenes zärtliche Empfinden für ihn erwacht, das sie nicht ignorieren konnte. Klimts Kuss. Liebe, ohne mit ihm geschlafen zu haben. Aber ihre Zweifel an seinen Gefühlen und ihren Möglichkeiten in der Zukunft ließen sie dann alles dazu verdrängen, sich konzentrieren auf das Tägliche und den Abend als Episode abtun. Ihre Seele wehrte sich gegen diese Disziplinierung. Würde sie ihr ganzes Leben lang sich immer alles erkämpfen müssen?

In einer Mischung aus Wut und Trauer zischte sie Silvana an: „Du bist noch derselbe gierige Drache, der du immer gewesen bist. Über Leichen gehen ist alles, was dich befriedigt, sogar die Liebe ist ein Schlachtfeld für dich. Du widerst mich an.“

Sie nahm ihre Tasche und ging.

Kapitel 13

Amerikanische Perspektiven

Angelo hatte Ornella Scarlatti noch immer nicht erreicht. Er machte sich Sorgen. War ihr etwas zugestoßen? Anhaltspunkte dafür gab es keine. Sie war ganz einfach verschwunden. Gleichwohl würde es dafür Gründe geben. Er hoffte, nach seiner Rückkehr endlich Kontakt zu ihr aufnehmen zu können.

War die Reise für ihn nun ein Ausdruck der Katastrophe, oder sollte er sie als praktische Fügung und Gelegenheit betrachten, sein Verhältnis zu Claudia und Silvana nochmals in Ruhe zu überdenken? Ihm fiel die Mahnung Silvios ein: Die Traviani bemüht sich um dich. Aber es erwies sich als schwierig, einer attraktiven Frau, die ihn aktiv bearbeitete, zu widerstehen, und zugleich der Zurückhaltenden den Hof zu machen. Bei Silvana hatte er gebrannt, dann seine dämlichen Animositäten in Details. Claudia hingegen löste nicht direkt einen Sturm in ihm aus. Auf eine ganz eigene Weise fühlte er sich aber zu ihr hingezogen, sie drang tiefer in sein Herz, brachte eine Saite in ihm zu klingen, die er so nicht an sich kannte. Zum ersten Mal hatte er sich bei ihr vorgestellt, wie wohl eine langfristige Bindung aussehen könnte. Und die Vorstellung von einem gemeinsamen Leben mit ihr gefiel ihm besser als jede Aussicht auf Abenteuer.

Der Anflug auf New York faszinierte ihn. Er wunderte sich über seinen Enthusiasmus. Kannte er gewisse Ansichten bislang nur aus dem Fernsehen oder von Bildern, so übertraf der reale Eindruck alles bei weitem. Bevor das Flugzeug JFK ansteuerte, zog es eine Schleife wie bei einer Sightseeing- Tour, vorbei an Staten Island, Miss Liberty und Brooklyn. Die Stadt war zum Greifen nah. Von oben sah die Südspitze Manhattans aus wie ein gigantisches Diorama. Am oberen Ende die alten roten Backsteinhäuser, darunter die Battery Park City, die Anlegestelle der Staten Island Ferry und natürlich der Financial District. Er würde ein Taxi nehmen, wenn erst der endlose Check-out hinter ihm lag. Soviel stand fest.

Die lange Fahrt durch die verschiedenen Bezirke Brooklyns ließ ihn in eine andere Welt eintauchen. Zwischen den teilweise gut restaurierten alten Backsteinbauten aus dem neunzehnten Jahrhundert sah er heruntergekommene Häuser, schmutzige Straßen, nach der nächsten Kreuzung wieder gepflegte Geschäfte. Ein buntes Durcheinander verschiedener Kulturen, asiatisch, afroamerikanisch, hispanisch. Unter der Zufahrt zur Manhatten Bridge bogen sie nach links ab. Der Fahrer murmelte etwas von gesperrter Straße und durchquerte ein Stück Downtown Brooklyn, Angelo konnte einen Blick auf das Rathaus mit seinem opulenten Eingang werfen, der einem griechischen oder römischen Tempel nachempfundenen schien. „Ts, Klassizismus ...“, kam leiser Spott über seine Lippen. Der Taxifahrer hörte ihn nicht.

Dann ging es auf einmal schneller und sie befuhren die riesige Brooklyn Bridge. Die an Kathedralen erinnernden Spitzbogenportale der Türme wirkten auf ihn wie der Eintritt durch eine theologische Pforte. New York als himmelsstürmender Palast, als geistiger Fetisch und geschlagenes Babylon, dachte man an 9/11.

Die Adresse war Brookfield Place, 200 Vesey Street, Suite 400. Sein letzter Gedanke lag wirklich nahe, Ground Zero nur einen Block entfernt.

Dick Fleischhauer holte ihn am Empfang ab. Das Büro der SEC glich einer normalen Wohnung, keine besonderen Sicherheitsvorkehrungen, keine Sekretärin, nur ein Mitarbeiter, der an einem von mehreren Computern arbeitete.

„Nehmen Sie Platz und machen Sie es sich bequem, Mister Sforza“, sagte Fleischhauer in passablem Italienisch. „Sicher sind Sie nach dem langen Flug müde.“

Angelo konnte es nicht bestreiten, obwohl er sich auch

irgendwie aufgekratzt fühlte.

„Haben Sie schon ein Hotel gebucht?"

Er verneinte.

„Dann mache ich das jetzt für Sie." Fleischhauer verschwand in einem Nebenraum. Angelo hörte ihn telefonieren.

„Das wäre erledigt, Sie haben gleich gegenüber im Marriott Downtown ein Zimmer. Wenn Sie aus diesem Fenster hier schauen, können Sie es sehen."

Angelo sah das Hotel einen Steinwurf entfernt, Blick auf Battery Park City Esplanade, den Hudson. Das Gebäude fiel auf den ersten Blick nicht ins Auge, nur das Logo auf der Kopfseite stach mit seinem roten Kreis und dem charakteristischen ‚M' aus der Umgebung heraus.

„Signor Sforza, Sie können sich entscheiden, ob Sie gerne hier in unserem Büro die Akten einsehen möchten, oder ob ich zu Ihnen rüberkommen soll. Da wir alles digital vorhalten, ist das kein Problem."

Angelo nickte matt, lobte Fleischhauers Italienisch und sagte, Englisch wäre für ihn auch in Ordnung. Fleischhauer lachte erleichtert.

„Schön, dann bringe ich Sie kurz rüber, morgen so gegen zehn Uhr im Hotel?"

Angelo war dankbar für diesen Service. Hundemüde und ziemlich ausgelaugt fiel er auf sein Bett.

Am nächsten Tag setzte Dick Fleischhauer ihn ins Bild. Unmittelbar nach dem Crash von Blacknight war der Handel der Aktie ausgesetzt worden. Im Zuge der Ermittlungen hatte man herausgefunden, dass Blacknight als reiner Online-Händler nur Trades verkaufte, also keine anderen Geschäfte machte, aber so auftrat, als sei er klassischer Händler mit einer Plattform. Von außen war das nicht zu erkennen. Jetzt wusste man: Hinter zwischengeschalteten Briefkastenfirmen auf den Bermudas, Hawaii und Guernsey stand letztlich ein einziger Investor – FDI. Vertreten wurde dieser Kapitalgeber von der Rechtsanwaltskanzlei Steuerer und Cie hier in New York.

Der Name löste Bewegung in Angelos Kopf aus. Woher kannte er ihn? Er wühlte sich in die abgelegenen Regionen seiner Erinnerung vor.

Fleischhauer fuhr fort. Inzwischen gingen die Leute der SEC davon aus, dass die SAM-Bank in Zürich auch nur technisches Vehikel in diesem Ablauf war. „Trotzdem haben wir Mister Spethmann verhaften lassen. Er sitzt in Untersuchungshaft. Zwar werden wir ihm nicht viel anhaben können. Wir hoffen jedoch auf Druck im System, der irgendwen, der höher steht, zu einem Fehler verleitet", führte Dick aus. „Des Weiteren haben wir Leute aus dem Vorstand von Blacknight bei der Kommission vorgeladen. Die Ergebnisse sind allerdings mager. In sich sind alle Aussagen schlüssig, weitergehende Anhaltspunkte ergaben sich nicht. Sofern wir nichts übersehen haben. Denn der Anwalt von Steurer und Cie hat offensichtlich gute Arbeit in der Beratung seiner Mandanten geleistet."

Angelo hatte nur mit halbem Ohr zugehört. Er überlegte fieberhaft: Apulien, Zana, Ornella Scarlatti ... – Natürlich, das war es! „Steurer, sagen Sie, heißt das Büro?"

Dick sah ihn erstaunt an. „Das kennen Sie?"

„Das nicht, nein. Aber bei unseren Recherchen in Apulien zu möglichen Verbindungen zwischen der Mafia, dem Stahlkonzern Zana und der örtlichen Diözese haben wir die Aussage einer Journalsitin. Genau dieses Anwaltsbüro hat die Diözese wie auch den Konzern rechtlich beraten. Zusammengenommen mit Ihrem Hinweis ergibt das ein klareres Bild." Er hätte laut jubeln können. Die erste handfeste Verbindung für die Komplexe Apulien, Rom, New York. Es könnte noch alles ineinander greifen. Vielleicht half das auch, die Situation unter den Frauen zu entspannen. Arbeitserfolge konnten ein probates Therapeutikum sein.

„Dann lassen Sie mich das noch etwas weiter erhellen",

fuhr Dick sichtlich erfreut fort. „Das Büro vertritt auch die Interessen der SAM in Zürich. Ein Schelm, wer Böses dabei denkt!“

„Haben Sie Unterlagen aus der Bank bekommen können?“

„Nein, noch nicht. Dennoch ist es interessant, zu wissen, dass diese kleine Bank in der Bahnhofstraße im Grunde nur einen wirklichen Kunden hat. Alles andere ist Fassade. Die Bilanz der Bank sowie ihre ausgewiesenen Transaktionsgeschäfte beziehen sich in den Punkten Mittelzufluss, Mittelabfluss und Einlagengeschäft auf einen strategischen Investor, Fond oder ähnliches. Leider kennen wir nur das Kürzel FDI. Um herauszubekommen, wer dahinter steckt, muss die Schweizer Bankenaufsicht mitspielen. Größere Anteile der Geldströme gehen jedenfalls in die Karibik und nach Guernsey. Eigene Liquidität bleibt der Bank kaum.“

„Wie eine Mantelgesellschaft“, ergänzte Angelo.

„Uns sind hier die Hände gebunden, wenn die europäischen Länder nicht mitspielen. Das haben wir auch im Fall des Vatikan erfahren. Obwohl dort eine neue Finanzaufsichtsbehörde ihre Arbeit aufgenommen hat, bekommen wir keine Infos.“

Angelo stutzte. „Wie kommen Sie denn zur Verbindung mit dem Vatikan und Blacknight?“

„Sagen wir mal so, Mister Sforza: Unsere Rechercheleistungen sind ziemlich unbegrenzt. Aber eben nur ziemlich.“ Fleischhauer zeigte eine Reihe perfekt weißer Zähne, weiß wie die Säulen der falschen Tempel in Downtown. Plötzliches Misstrauen stelle sich bei Angelo ein: Es gab etwas, dass die Amerikaner nicht recherchieren konnten? Wo doch selbst europäische Präsidenten und sogar die deutsche Kanzlerin ausgespäht wurden? Seine innere Aversion gegenüber diesem Land verschaffte sich Gehör. Wer hatte hier welche Interessen? Verfolgte Silvana persönliche Motive? Sie hatte ihn überrumpelt und hierher geschickt. Würde sie ihn beim erstbesten Fehler aus dem Team werfen? Und Fleischhauer?

Schon dieser unsympathische Name! Erinnerte an Schlachthaus. Wollte der ihn nur zu seinem willkommenen Werkzeug machen, indem er ihm Infos besorgte, an die der gute Mann nicht herankam? Machten am Ende die Orsini und Fleischhauer gemeinsame Sache gegen ihn?

Angelo beschloss, wachsam zu bleiben, sich bedeckt zu halten. Sicher, in Italien schnüffelten sie auch. Aber dort waren die Möglichkeiten schnell erschöpft, für jedes Detail brauchte es einen neuen richterlichen Beschluss und so weiter. Das war elendig ermüdend, weshalb viele Kollegen entweder ganz verzichteten oder eben illegal vorgingen. Das konnte aber zum einen vor Gericht nicht gewertet werden, zum anderen die Karriere kosten. Deshalb wurde meist nur herumgestochert, um überhaupt etwas zu machen.

Dick Fleischhauer saß Angelo gegenüber, die Beine lässig übereinander geschlagen, Oberkörper nach hinten gelehnt. Mit den Armen bearbeitete er die Luft wie der Steinmetz ein Denkmal.

„So gelangten wir im Rahmen unserer Vorermittlungen an einen Telefonmittschnitt zwischen einem gewissen Kardinal Leggerezza und dem Büro Steurer“, knüpfte Dick an seinen Gedanken an. „Inhaltlich ging es um Börsengeschäfte. Das hat uns dazu gebracht, bei der AIF im Vatikan nachzufragen. Aber, wie gesagt: keine Antwort.“

Angelo fühlte sich in seinem Misstrauen bestätigt. So geradeheraus zu erklären, im Grunde alles über jeden herausfinden zu können, etwa ohne jedes Wissen der Betroffenen sich in ein Anwalt-Mandanten-Gespräch einzuloggen, das war schon eine Ansage. Eine, die ihn abstieß. Das Bild wurde deutlicher.

„Wie sind Sie denn zu dem Mitschnitt gekommen?“, wollte Angelo wissen. Er musste aufpassen. Zwar war Fleischhauer ihm nicht unsympathisch, aber seine anti-amerikanischen Ur-Reflexe waren geweckt und konnten jederzeit mit ihm durchgehen. Im Allgemeinen empfand Angelo die Amerikaner als selbstbezogen, laut und überheblich.

Und diese Tage schienen es auf traurige Weise zu bestätigen. Ganz Europa wurde von ihnen ausgespäht, belauscht, abgegriffen. Diese Vorgänge zeigten auf, wie die Werte der westlichen Welt dahinwelkten. Man war keine Gemeinschaft der Werte mehr, es herrschte das schlichte Hobbesche Gesetz: bellum omnium contra omnes.

Dick räusperte sich. „Mister Sforza, Sie kennen doch sicher unseren ‚Patriot Act'. Die Presse ist in diesen leidlichen Tagen der Abhörskandale voll davon. Doch das ist nur die Spitze. Seit 9/11 leben wir hier im Ausnahmezustand. Will sagen, in einem ständigen Verteidigungskrieg. Die Panik ist so irrational geworden, dass alles gemacht wird, was machbar ist. Mäßigende, liberale Stimmen finden sich kaum. Es ist der Furor, der herrscht. Den Rest können Sie sich selbst denken."

Am folgenden Tag lud Fleischhauer ihn ein, einen Blick auf die klaffende Wunde im nationalen Bewusstsein zu werfen. Die Runde begann für Angelo überraschend. Fleischhauer führte ihn zunächst zur Feuerwache 10, Liberty Street. Hier waren die Türme praktisch vor die Tür gestürzt, wo jetzt der Verkehr unbekümmert im Takt der Stadt durch die Straßen schnurrte.

An einer Wand ließen sich die ‚gefallenen' Feuerwehrleute mit Bild und kleinen Hinweisen studieren. Eine Tafel wie für im Feld gebliebene Soldaten. Ein Memento mori daneben erinnerte an die 343 Seelen, die beim Einsatz starben. Zu genau kannte Angelo die Einsatztage, die für die Kollegen in die Katastrophe mündeten. Das Ausmaß war es, das ihm hier zusätzlich den Atem nahm. Fleischhauer musste Angelo aus der geistigen Versunkenheit herausreißen.

An der nächsten Ecke ein ganz anderes Bild.

„Ground Zero", sagte Dick. „Mir kam nach dem ersten

Besuch auch die Idee, es ‚Der leere Himmel‘ zu nennen.“

Angelo konnte nicht folgen.

„In Downtown Manhatten ist das der einzige Ort, an dem man frei in den Himmel schauen kann, ungehindert von allen Häusern. Und das macht diesen Ort so unwirklich.“

Angelo spürte es. Er dachte an die Gedenktafel für die Feuerwehrleute. Die Schreie, das Blut, die Verzweiflung. Als beide das Becken und das Schicksalsband entlang der Einfassung erreicht hatten, durchbohrte ihn das ohnmächtige Gefühl der Hilflosigkeit angesichts der schieren Dimension. Er setzte sich und wandte seinen Blick ab. Früher brauchte es Kriege, um die Politik zu ändern. Heute schufen die Menschen ein Massengrab als politisches Statement. Es war schwer zu begreifen, hier, wo das flammende Inferno geherrscht hatte, Tonnen von Glas herabregneten, Stahlträger wie Zahnstocher einknickten, Beton Menschen begrub. Stille Schreie unerlösten Leids.

Sie beendeten ihre Tour mit der Umrundung aller vier Tower des neuen One World Trade Centers.

„One Liberty Plaza“, sagte Dick und ergänzte, „US-Steel Building.“

Angelo hing noch den letzten Eindrücken nach. Ein Feuerwehrwagen fuhr langsam die Straße herunter. An der nächsten Ecke warnte seine mächtige Sirene den Verkehr. Es schauderte ihn.

„In diesem Gebäude arbeitet die Kanzlei Steurer & Cie“, brachte Dick ihn zurück zur Sache. „Ein gewisser Josh Bugs hat mir schon seine Aufwartung gemacht und Akteneinsicht gefordert.“

Angelo nickte. Diesen vorauseilenden Handlungen begegnete man meist bei größeren Kanzleien, die viel Geld an Mandanten verdienten. Jede Stunde schlug bedeutend zu Buche. Und je eher die Kanzlei eingegriffen hatte, desto wichtiger konnte sie sich dem Mandanten gegenüber präsentieren.

„Mit dem werden Sie wohl auch zu tun bekommen. Möglich, dass er auch Zulassungen in Europa hat. Eine dreckige

Bettwanze, wenn ich das mal so sagen darf.“

Angelo brauchte nicht nachzufragen. Im kriminellen Milieu galt als Faustregel: Je strahlender die Fassade, desto dunkler die Herkunft.

Als sie wieder im Marriott angekommen waren, sagte Dick:

„Versuchen Sie mal, eine Kontotheorie zu entwickeln. Und schauen Sie, was dabei herauskommt. Unser Material kann ich zur Verfügung stellen. Jetzt, da wir uns persönlich kennen, ist das einfacher. Sonst verweigert meine Behörde sich gerne. Aber wir haben beide ein vergleichbares Interesse. Und gute Ergebnisse lassen sich auch gut teilen. Signora Orsini scheint auch interessiert.“

Damit war Angelo wieder in der wirklichen Welt angekommen. Bauchgrummeln stellte sich ein, wenn er an den Heimflug dachte. Ein paar Tage New York würden ihm gut tun. Das Metropolitan, die Met, das MOMA, der Zoo, Little Italy, das Empire State. Eine freie Entscheidung treffen zu können, das hätte was. Stattdessen warteten jede Menge Arbeit und Ärger auf ihn. Mindestens den mit Silvana hätte er sich gerne erspart. Zu allem Überfluss würde er mit Claudia wohl auch noch welchen bekommen. Was wären dagegen ein paar weitere Tage hier in den Schluchten Manhattans ...

Er genoss den letzten Abend im Marriott, den Ausblick, das Lichtermeer, die Unbeschwertheit des in der Ferne Weilenden. Als er sein Jackett auszog, fiel ein Stick heraus. Dick hatte die sichere Variante der Kommunikation gewählt.

Kapitel 14

Zwischen Reden und Tun liegt das Meer
[Tra il dire e il fare c` è di mezzo il mare]

Angelo zog die Sonnenrollos hoch und öffnete die Fenster. Er genoss es, wieder daheim zu sein, auch wenn die Dienstreise gute Fortschritte mit sich gebracht hatte. Der frühe Morgen ließ die ersten Sonnenstrahlen in die Wohnung fließen. Er legte Musik auf. Stella gemella. Der Klang von Ramazottis Stimme half dem Tag in die Vita italiana. Più bella cosa – was für eine Ergänzung!

Manchmal, so wie heute, kam er sich wie ein Casalingo, wie ein Hausmann vor. Nach der Wäsche bügelte er die Handtücher, sortierte sie nach Größe, Stoff und Farben im Schrank, Gästehandtücher farblich zur Seife, Duftflacons ergänzend. Das Bad spiegelte ihn in fast klinischer Sauberkeit. Gäste konnten sich an den Düften gütlich tun und zugleich den Raum aromatisieren. Er räumte die frisch gebügelten Hemden in den Schrank, jeweils zu den passenden Anzügen. Werbefoto für Möbelhersteller. Nichts lag unbedacht herum, kein Abwasch in der Küche, keine Zeitungen auf dem Boden. Silvio spottete über ihn: „Wie im Museum, alter Mann!“ Das ließ ihn kalt.

Doch jetzt packte ihn diese andere Unordnung: sein Beziehungschaos! Es war ohnehin schwierig genug, einen pfleglichen Umgang mit zwei Damen in der engeren Umgebung zu unterhalten. Noch dazu im Beruflichen. Wenn aber Umstände eintraten wie jetzt, dann fühlte er sich ausgeliefert, hilflos. Obschon das objektiv falsch war. Die Lösung lag bei ihm, nirgendwo anders. Yo sin ti. Die Musik tanzte um ihn herum, es war als würde Claudia aus den Aida auf ihn zukommen: tu cariño es una promesa. Er erinnerte ihr Kleid, das wallende, tiefschwarze Haar, bis in den Rücken. Seidenmatter Glanz im gedämpften Licht. Bouquet ihres

Parfums. Honig der Seele. Er schloss die Augen und stellte sich den Kuss vor. Den Kuss, der nicht geküsst wurde. Er fühlte sie in seinen Armen. Bewunderung hatte aus ihren Worten gesprochen. Nachklingende Freude bei ihm. Sie versprühte einen tiefliegenden Reiz, der ihn magisch anzog. Er wählte ihre Nummer.

„Claudia? Hier ist Angelo. Wie geht es Ihnen?"

„Freue mich, Ihre Stimme zu hören. Wie ist Ihnen die Reise bekommen?" Sie klang müde.

Plötzliche Verlustgefühle zogen seine Stimmung nach unten. Würde sie ihm vielleicht entgleiten, noch bevor er sie gewonnen hatte? Konnte Silvana das zarte Band zwischen ihm und Claudia zerschneiden? Zu welchem Disput war es unter ihnen gekommen? Er disziplinierte seine Stimme, antwortete mit der größtmöglichen Gelassenheit.

„Es war sehr interessant. Ich hätte Sie gerne dabei gehabt. Der US-Beamte von der SEC war höchst kooperativ, er hat mir Material zukommen lassen, das wir zwar noch offiziell anfordern müssen. Aber damit wir schon arbeiten können, steckte er es mir zu. Außerdem, man weiß ja nie."

„Klingt gut. Die Kollegin Orsini ist noch in Lecce, vermute ich. Gehört habe ich nichts von ihr. Kommen Sie doch morgen in mein Büro."

„Nein, Claudia", sagte er bestimmt, aber sanft. „Den Bericht und die Daten kann ich auch die Tage noch abliefern. Ich würde Sie lieber in einer schöneren Umgebung treffen." Er war wieder in der Spur. Befreit atmete er auf.

Sie traf ihn an der Spanischen Treppe. Hier ruhte man sich aus, hörte den Straßenmusikanten zu, machte Reisenotizen, füllte sein Tagebuch, flirteten Pärchen. Claudia ließ ihn nah an sich heran, und als er sie begrüßte, hielt sie ihn fest. Er hatte ihr gefehlt. Seit jenem romantischen Abend, den sie gerne länger ausgekostet hätte, war das Bedürfnis nach seiner Nähe gewachsen. Brennende Sehnsucht brach sich Bahn, wollte gestillt werden. Jetzt und hier, in aller Öffentlichkeit, zog sie seinen Kopf zu sich hin und kusste ihn intensiv. Ihr Bauch begann zu kribbeln. Sie entschuldigte sich flüchtig, fügte aber noch hinzu: „Ich habe dich vermisst, Angelo." Dann ließ sie ihn los. Ob das zu forsch war? Angelo fühlte sich verkrampft an. Immerhin ihr Überfall. Sie musste um ihn kämpfen, wollte sie ihn nicht an Silvana verlieren. Seit ihrer Auseinandersetzung im Büro und Angelos Reise in die USA gab es keinen anderen Gedanken mehr. Und wenn er nun nicht so weit war, ihre Hoffnungen nicht teilte, nichts weiter für sie empfand als Freundschaft? Jetzt konnte sie nicht mehr zurück, sie lehnte mit der ganzen Figur bereits aus dem Fenster. Fallen oder aufgefangen werden. „Also, was willst du mir zeigen, das eine Mailänderin aus Palermo kennen sollte?"

Angelo lachte und hob theatralisch die Hand: „Die Piazza della Trinità dei Monti."

„Ja, und?"

„Was glaubst du könnte sich hier verbergen?"

Ratlos schaute sie sich um, galt ihr Interesse doch ihm und nicht dem Glanz Roms, hatte sie doch im Stillen gehofft, Angelo möge sie in ein romantisches Lokal entführen, ihre Herzenswünsche erfüllen. Mühsam verbarg sie ihre gesunkene Stimmung.

„Dann komm' mal mit."

Er zog sie über die Piazza. Ihr schien der Platz nichts Besonderes herzugeben, bis sie vor einem Fünf-Sterne-Hotel standen, dem Hassler. Angelo ließ sich vom Portier grüßen und ging mit ihr hinein. An der Rezeption fragte er nach Roberto. Dachte Claudia noch an den Concierge, so war sie erstaunt, dass der Chef selbst auftauchte. Ein großes italienisches Hallo! Dennoch schien ihr das alles seltsam. Was hatte Angelo vor? Während sie in der Empfangshalle wartete, waren Roberto und Angelo im hinteren Bereich der Rezeption verschwunden. Angelo kam alleine zurück und fuhr mit ihr in den dritten Stock hinauf.

„Jetzt sag‘ schon, Angelo, wo gehen wir hin?“

„Abwarten!“

In der dritten Etage schloss er eine kleine Seitentür auf und betrat mit ihr eine sonnengeflutete Terrasse. Der Blick reichte über die Via dei Condotti vorbei am Greco, entlang des Palazzo Ruspoli und des Palazzo Borghese bis zur Engelsburg und zu St. Peter. Der Dunst über der Stadt tauchte das Bild in eine milde Unschärfe, die ihm einen pittoresken Anstrich verlieh. Angelo hatte sie ihn den Arm genommen. Sie spürte seinen festen Griff und legte ihren Kopf an seine Schulter.

„Ich habe mich in dich verliebt“, sagte er leise.

Sie genoss das Verschmelzen aller Eindrücke in diesem Satz.

Das Klingeln des Mobiltelefons zerriss das Bild. Angelo fluchte leise und kramte sein Handy aus der Tasche. Wie unter großem Schmerz sagte er: „Silvana.“

Steif ging er ein paar Schritte über die Terrasse, sprach kaum ein Wort.

„Sie will mich in Lecce sehen. Morgen, spätestens übermorgen, angeblich zur Überprüfung der Ergebnisse aus New York“, sagte er ungehalten.

Die romantische Stimmung war verflogen, Claudia spürte das. Dennoch umarmte sie Angelo und küsste ihn zum ersten Mal richtig. Kämpfen bedeutete auch, zu retten.

„Dann lass es Übermorgen sein, flüsterte sie. „Heute gehören der Abend und die Nacht uns.“

„Bei mir“, ergänzte er.

Am nächsten Tag grübelte er am Snookertisch über die derzeitigen Konstellationen nach. Vertrackt! Unmögliche Ausgangslagen. O’Sullivan vs. Price 1997. In unglaublichen fünf Minuten spielt der Ire den Tisch leer. Dabei liegen die Kugeln wie auf einem Haufen am oberen Tischende, doch O’Sullian spielt nach Rot die erste Farbe, sie wird seine Sicherheitskombination. Immer wieder spielt er sie, bis der Haufen aufgebrochen, schließlich geleert, dann noch die Grundlinie abgeräumt und die Spielfarbe versenkt ist. Schluss in fünf Minuten zwanzig.

So glatt würde es bei ihm nicht gehen. Schon die ersten Züge brachten ihn in die Bredouille. Er brach ab, ging in die Küche, öffnete eine Flasche Wein. Der Duft aus dem Glas stieg ihm in die Nase. Er durchforstete die Unterlagen aus New York. Dann fiel ihm Ornella Scarlatti ein, die Journalistin von der ‚Voce', die angedeutet hatte, Kardinal Leggerezza sei in die Affäre beim Stahlkonzern Zana verwickelt. Vielleicht hatte sie inzwischen mehr herausgefunden? Er wählte ihre Mobilnummer. Der Anschluss war tot. Kein gutes Zeichen. So wie sie ihn und Silvio in Lecce bestürmt hatte, würde sie kaum sang- und klanglos abtauchen. Hieß das, jemand bedrohte Signora Scarlatti? War ihr Leben in Gefahr?

Vielleicht half ihm etwas Musik zur Konzentration. Er durchforstete seinen Bestand und blieb bei Keith Jarrett hängen. Der Raum füllte sich mit Solopiano, Klavierläufe perlten an den Wänden herab und strömten über den Boden weiter. Wenn der Kardinal eine doppelte Buchführung betrieb, hieß das, er musste eine offizielle und eine inoffizielle Variante vorhalten. Das Klacken der Billardkugeln gab der Musik im Raum einen brechenden Effekt.

Genau, Angelo musste die Perspektive brechen! Was würde die Logik dieses Kardinals sein, wenn er ein Schlüssel in diesem Vexierbild wäre? Ein scheinbar richtig konstruiertes Bild, das aber eine unrichtige Perspektive aufzeigt. Er dachte an das Bild der berühmten Penrose-Treppe. Der Eindruck einer in sich selbst zurücklaufenden Treppe verführt den Geist dazu, im unendlichen Rauf und Runter die Perspektive zu verwechseln. Es bleibt bei der zweiten Dimension – und doch scheint sie optisch in die dritte zu wechseln. Angelo starrte auf die Kugeln. Eine gelungene Wahrnehmungstäuschung, das war die Bruchvariante! Von außen musste jeder den Eindruck haben: Rom, der Kardinal und Erzbischof, die Diözese, eine klare Linie. In Wirklichkeit hatte man es aber mit einer Täuschung zu tun: Rom, Vatikanbank, A.P.S.A., Diözese Lecce und: Zana. Und der dunkle Spiegel für diese Perspektive mit wechselnden Ansichten war Leggerezza. Die dunklen Anteile würden Geschäfte sein, die man nur im Verborgenen tätigte, weil sie offen verboten waren. Das hieße also: Sie mussten in Apulien nach finanziellen Transaktionen suchen, die besonders herausstachen, der Größenordnung nach, oder weil die Zweckbestimmung ungewöhnlich war, oder der Zuwendungsempfänger. Wusch Leggerezza Geld für Zana?

Als Angelo in Lecce ankam, regnete es wie aus Fässern. Silvana logierte im Garden Inn, etwas abseits des Zentrums. Was hatte er zu erwarten? Den Furor einer verletzten Seele? Den Drachen von einer Vorgesetzten? Die hinterlistige Freundlichkeit einer Schlange, die ihr Gift für die passende Stunde bereithält? Schnell wandte er sich von diesen Gedanken weg, hin zu Claudia und ihrer gemeinsamen Nacht. Davon sollten noch viele folgen, sagte er sich. ‚Also, stell‘ dich auf eine klare Sacharbeitsebene ein und alles wird klappen.‘ Dennoch stieg seine Nervosität mit jedem Schritt vom Taxi zum Hotel. Er ging so langsam, dass die Nässe ihm bereits den Nacken herunterlief.

Silvana saß in der Lounge und erwartete ihn. Schnellen Schrittes kam sie auf ihn zu. „Mein Gott, du bist ja klatschnass. Du wirst dich noch erkälten. Hast du schon eingecheckt?“

Er verneinte und fragte bei der Rezeption nach. Es gab noch ein freies Einzelzimmer.

„Du könntest auch bei mir einziehen, es sind zwei Einzelbetten vorhanden“, hauchte Silvana. Sie stand hinter ihm und umfasste seine Schultern. Als er sich ihr zuwandte, glitzerte der Bernstein in ihren Augen, sie stellte sich auf die Zehenspitzen und küsste ihn auf den Mund. Es kribbelte auf Angelos Haut. Was passierte da gerade?

„Wenn Sie hier unterschreiben wollen", unterbrach sie der Portier und übergab den Zimmerschlüssel.

Ein Ausdruck der Enttäuschung huschte über Silvanas Gesicht, als sie zum Aufzug gingen. „Ich warte dann im Restaurant, wir wollen gleich beim Essen die ersten Ergebnisse besprechen." Sie drehte auf dem Absatz um und ging ohne einen weiteren Blick zurück in die Lounge.

Wenn sie ärgerlich war, verband sie ihren schnippischen Tonfall mit einem Gang, der an einen staksenden Vogel erinnerte. Empörung und Arroganz lagen wie eine Maske auf ihrem Gesicht. Angelos Kribbeln war einem stacheligen Gefühl gewichen. Gut, dass er ein eigens Zimmer hatte. Einen Kaktus brauchte er dort nicht.

„Schön, dass du es einrichten konntest", begrüßte sie ihn. Eine Stunde hatte er wohl gebraucht. „Warst du vielleicht noch bei der Maniküre?"

Er beachtete ihre Stichelei nicht weiter. Ihre Maniküre konnte sich jedenfalls sehen lassen. Er unterdrückte einen Anflug von Lust.

Als der Ober kam, verzichtete Angelo darauf, etwas zu bestellen. Ihm wäre nichts durch den Hals gegangen. Stattdessen fixierte er sich immer mehr auf Silvana. Ihre Lippen glänzten tiefrot, Lipgloss. Ihre Hände umstrichen zuweilen den Mund, halboffen. Pausen zwischen den Sätzen. Das eng anliegende Top bildete ihre Brüste deutlich ab. Alles an ihr schien ihm zu signalisieren: Nimm mich, es ist ein Kinderspiel und es wird dir gefallen. Sein inneres Auge sah bereits das Verschmelzen beider Körper. Sie zieht ihn aus, liebkost ihn überall, ihre Hände erotisieren ihn zum Zerspringen. Lust treibt den Geist vor sich her. Er hätte aufstehen und sich zurückziehen mögen. Musste seine Begierde kalt abservieren. Er schaltete auf die Sachebene um und zeigte ihr die Daten aus New York, schwallte sie zu mit Details, Vermutungen und Nebensächlichkeiten. Seine Anspannung wich. Mittlerweile war ihr Essen aufgetragen worden. Er nahm sich etwas zurück.

„Angelo, was ist los? So redselig kenne ich dich ja noch gar nicht“, lächelte sie ihm zwischen zwei Bissen zu. Er wusste nicht, ob dies wieder eine ihrer camouflierten Sticheleien war oder nur harmlose Konversation. Er entschied sich für letzteres, auch um sich selbst nicht weiter anzustacheln.

„Du wolltest einen ausführlichen Bericht. Nun hast du ihn“, antwortete er.

„Doch nicht so beim Essen, Angelo. Hier würde ich lieber etwas privat mit dir plaudern. Aber du hast ja schon mehr als deutlich gemacht, dass du nicht näher mit mir in Berührung kommen willst.“

Warum mussten sich solche Situationen immer so gestalten? Jahrelang war er gut mit seiner Einsamkeit klargekommen, waren nie ernsthafte Begegnungen entstanden. Jetzt dafür ein Dilemma? Seine Gefühlslage war bestenfalls chaotisch, aufgereizt. War sein Liebesgeständnis falsch gewesen? Silvana brachte seine Hormone in Wallung. Erlag er bei ihr nur seinem Trieb? Sie lachte aufreizend, während sie etwas über die Toskana plauderte.

„Manchmal muss man auch spontan sein können. Etwas mehr Freiraum und ich würde dir Lucca ganz plastisch nahebringen. Mit allen fünf Sinnen. Wenn du willst, auch noch mit mehr. Der Appetit kommt beim Essen. Das Silbertablett hattest du ja bereits in der Hand.“ Sie hielt inne. Ihre Zunge spielte verführerisch über die Lippen. Ihre Hände mit den offensichtlich frisch modellierten Nägeln luden ihn ein zum Pas de deux. Fühlte sie, dass er ein ungezügelter Augenmensch war? Angelo merkte die Wirkung des Weins. Es war Zeit. Sie brachen auf. Der Aufzug führte sie in verschiedene Stockwerke, das erleichterte die Verabschiedung.

„Du hättest lieber mir als dem Wein zusprechen sollen“, sagte sie, als sie ausstieg. „Gute Nacht.“

Sie hatte ihn noch nicht aufgegeben. Vielleicht sogar seinen Schwachpunkt erkannt. Verführerisch strich sie sich mit einer Hand über ihr Dekolleté und verschwand im Flur.

In aller Frühe rief Silvio an. Immer noch kein Kontakt zur Scarlatti, er sorgte sich ebenfalls. „Ob ich es mal über den Vatikan versuche?“, fragte er Angelo.

„Nein, das lass mal lieber. Wir müssen erst prüfen, welche Verbindungen es dorthin gibt. Erst dann können wir den richtigen Ansprechpartner finden. Sonst haben wir nur aufs Gras geschlagen und die Schlangen aufgescheucht. Aber du könntest versuchen, etwas über den oder die Artikel der Scarlatti herauszufinden. Was weiß etwa die Redaktion der Voce, kann sie in einer Cloud arbeiten? Und: Finde raus, ob es noch Familienangehörige gibt und wo die zu finden sind.“

„Dann noch eine gute Zeit mit der holden Weiblichkeit“, spöttelte Silvio.

Silvana war bereits vor ihm beim Frühstück, der Terminplan für heute eng gesteckt. „Guten Morgen, mein Lieber, heute so schick? Wem möchtest du imponieren?“ Ihre Stimme klang sanft und rund, schmeichlerisch fast.

„Guten Morgen, Silvana. Es wird ein langer und vielleicht anstrengender Tag. Ich hab‘ einfach was genommen, das durchhält.“

Sie kicherte. „Kleidung, die durchhält? Ich denke, dass eher du durchhalten solltest, wenn ich mich da so an gestern Abend erinnere.“

Angelo atmete tief durch. Es konnte wirklich ein langer Tag werden.

Ihr erster Termin war bei Signor Perfino, der ihnen den letzten Stand in Sachen del Ponte darlegte. Die hiesige Staatsanwaltschaft hatte die Ermittlungen bereits eingestellt. Die Todesursache sei klar, weder am Arbeitsplatz noch in der Privatwohnung habe sich Material gefunden, das auf außergewöhnliche Umstände hinweise. Also sei der Fall vor Ort abgeschlossen. „Hier gibt es nichts mehr für Sie zu tun", schloss Perfino.

Angelo hielt sich zurück. Er kannte diesen Schmierbolzen ja bereits, aber der kannte Silvana noch nicht. Ihrem Gesicht war anzusehen, wie ihr Wutpegel stieg. „Sie wollen Ihren hässlichen Riechkolben tatsächlich in staatsanwaltliche Ermittlungen stecken? Diese sogar behindern!"

Angelo verkniff sich einen Lachreflex. Diese kleine Person wuchs geradezu über sich hinaus, baute sich vor Perfinos Schreibtisch auf, stemmte die Arme in die Hüften und musterte ihn scharf. „Dann werde ich mit einer Dienstaufsichtsbeschwerde Ihrer Karriere mal etwas nachhelfen. Würde Sie das erfreuen?"

Perfinos Gesichtszüge entgleisten, als er ihren Dienstausweis sah, doch ehe er antworten konnte, biss Silvana wieder zu. „Sie verkohlter Grillanzünder werden jetzt Ihre Leute zusammentrommeln, und zwar bis zur letzten Politesse", sagte sie mit fast zärtlicher Stimme. „Sie werden uns die Füße küssen, wenn ich es sage, und auch sonst spuren. Oder ich schleife Sie an Ihrem widerlichen Zinken vor die Dienstaufsicht, und dann sortieren Sie Akten für den Rest Ihres erbärmlichen Daseins."

Die dampfende Esse, das Krachen des Schmiedehammers, das Knistern des Funkenfluges im Gesicht Perfinos, es kam donnernd zum Stehen, rostete von einem Moment auf den anderen ein. Silvana hatte sich nicht mal angestrengt dabei. Irgendwie sexy. Angelo musste schmunzeln. Allerdings war ihre Drohung auch gut munitioniert. Neuerdings konnte jeder einzelne Beamte, der als unzuverlässig entlarvt wurde, zurückgestuft werden oder einen Beförderungsstopp erhalten. Man konnte ihm sogar die Rente kürzen. Perfinos Reaktion zeigte, dass diese Werkzeuge griffen.

Die abermalige Durchsuchung der Privaträume von Richterin del Ponte blieb ohne Ergebnis. Weder Hinweise auf ihre Besuche in Rom noch der Uhrenbrief oder Verbindungen zu ihrem beruflichen Umfeld. Blieb nur ihr Büro.

„Da können wir nicht so einfach rein“, sagte Perfino, „das muss der Gerichtspräsident erlauben.“

Angelo schmunzelte. Gleich würde Silvana den guten Mann zum Wasserträger degradieren. Das musste ihm nicht nur stinken, es war geradezu ehrabschneidend – für sein männliches Selbstverständnis.

„Lassen Sie sich Ihr Lehrgeld wiedergeben“, legte Silvana los, „oder nein, zahlen Sie dem Staat besser Schadensersatz für Ihre Unfähigkeit. Schließlich haben Sie drei Jahre auf Staatskosten Ihre Ausbildung erhalten. Darin enthalten ist übrigens auch der Bereich der Strafprozessordnung. Aber die haben Sie sowieso nicht gelesen, was Perfino?“

Die Umstände schienen günstig. Der Präsident des Verwaltungsgerichts war erreichbar. Ein dicker, alter, muffeliger Herr, dessen Büro eher einer verqualmten Räucherhöhle glich als präsidiale Würde zu verkörpern.

„Verehrte Frau Kollegin, so sehr ich Ihre Einlassung verstehen kann, aber das ist bei uns doch eher unüblich. Mit der Unabhängigkeit des richterlichen Amtes ist das nicht zu vereinbaren.“

Perfino griente.

„Da muss ich Sie enttäuschen, werter Kollege“, antwortete Silvana kühl. Der Präsident zog die Brauen hoch, sagte aber zunächst nichts, sondern überflog das Papier vor ihm auf dem Tisch. „Sehen Sie Herr Kollege, falls Sie es nicht wussten: Seit der Gesetzesänderung kann ich uneingeschränkt und ohne Rücksicht ermitteln, wie es mir passt. Auch bei Ihnen.“

Angelo sah, wie der Mann um Fassung rang. Sein Gesicht verkrampfte sich, Zornesfalten erschienen auf seiner Stirn. Ein Blick zu Perfino zeigte, dass dieser stellvertretend für den Präsidenten dessen Wut kanalisierte, indem er unentwegt schnaufte wie ein Blasebalg.

„Können Sie mit diesen Geräuschen und ihren Grimmassen bitte aufhören", brüllte er in Richtung des Polizeibeamten, „man kann ja kaum klar denken!" Perfino lief knallrot an und vergaß zu atmen. Fürs Erste hatte sich der Zorn des Präsidenten entladen, er fasste sich und wandte sich wieder Silvana zu.

„Liebe Kollegin, selbstverständlich haben Sie Recht. Das war mir ganz entfallen. Aber es stimmt natürlich. Sie müssen wissen, wir haben hier selten mit diesen Dingen zu tun. Unser Leben geht noch einen beschaulicheren Gang. Verzeihen Sie, dass ich Sie falsch verstanden hatte."

Silvana und Angelo tauschten einen Blick.

Das Amtszimmer der Richterin machte einen penibel aufgeräumten Eindruck. Der Schreibtisch nur mit ein paar persönlichen Dingen bestückt. Keine Arbeitsmappe oder anderes. Die Akten lagen in großen Regalen, geordnet nach Fällen in Bearbeitung, abgeschlossenen oder solchen zur Vorlage im Termin. Einzig die Blumen am Fenster waren vertrocknet.

Der Präsident wies Perfino an, sich an der Durchsuchung zu beteiligen. Während Angelo und Silvana Regale und Schränke durchkämmten, übernahm Perfino den Schreibtisch. Unauffällig behielt Angelo ihn im Auge, beobachtete seine Spiegelung in einer Vitrine. Hielt der Vice Questore sie für Idioten? Perfino hatte ein Papier gefunden und ließ es nicht sehr geschickt in seiner Uniform verschwinden. Die Beobachtung behielt Angelo vorerst für sich.

„Commissario", sagte Silvana, „schauen Sie mal hier." Sie hatte Zugang zum Computer der Richterin, der nicht mal einen Passwortschutz aufwies. Aber wie konnte eine Richterin auch wähnen, dass jemand in ihr Büro kam und ihren Computer durchsuchte? Der Kalender zeigte als letzten Eintrag: ‚Übergabe der Beschlussausfertigung Widerruf der Betriebserlaubnis in Sachen Stahlwerk, Gruppo Zana, Apulien, faksimilierter Vordruck del Ponte, an Poststelle.'

„Der ist nicht rausgegangen?", raunte Angelo.

„Das müssen wir feststellen", antwortete sie, griff zum Telefon und ließ sich mit der Poststelle verbinden. Der Anruf brachte Gewissheit. „Der Beschluss ist ausgefertigt rausgegangen, die Zustellung beurkundet." Sekunden später erschienen die entsprechenden Dokumente auf dem Bildschirm. Silvana druckte die Unterlagen aus und kopierte die Daten.

„Dann wollte die Richterin den Beschluss also noch zurückhalten", schloss Perfino, der sich zu ihnen gesellt hatte.

Als sie wieder im Büro des Präsidenten saßen, ergriff Perfino direkt das Wort: „Der Stilllegungsbeschluss ist unwirksam. Die Leute können ihre Arbeit nach wie vor machen", sagte er in Richtung des Richters.

„Das sehe ich anders", bemerkte Silvana. „Sie ignorieren die Zusammenhänge."

„Aber die Richterin wollte den Beschluss noch zurückhalten!" Der Trotz in Perfinos Stimme war nicht zu überhören.

„Das wissen wir nicht", fuhr Silvana fort. „Es ist auch unerheblich, denn mit der beurkundeten Zustellung und dem Ablauf der Widerspruchsfrist ist dem Beschluss Bestandskraft erwachsen. Daraus kann vollstreckt werden."

„Da muss ich der Signora leider Recht geben", stimmte der Präsident zu und schüttelte den Kopf.

„Was wir aber wissen, ist", ergänzte Angelo jetzt, „dass Signor Perfino offensichtlich Beweismaterial unterschlägt."

„Wie kommen Sie dazu?", fiel Perfino ihm entgegen. Er

stand auf und stampfte kochend vor Wut durch das Dienstzimmer des Richters. „Das ist eine Unverschämtheit!“ Die anderen beiden sahen Angelo erstaunt an.

„Ich habe im Büro von Signora del Ponte gesehen, wie Signor Perfino ein Papier aus ihrem Schreibtisch in seine rechte Brusttasche gesteckt hat“, erklärte er. Perfino erbleichte. Seine Nase dampfte die letzte Energie ab.

„Also kommen Sie, Vice Questore, Sie wollen sich doch nicht unglücklich machen“, beschied ihn der Präsident.

„Was ist das denn?“, fragte er in die Runde, nachdem er das Papier in Händen hielt.

„Es dürfte sich wohl um einen der sogenannten Uhrenbriefe handeln“, erklärte Angelo. „Eine handfeste Drohung der Sacra Corona Unita. Damit erhärtet sich der Verdacht, dass die Richterin keinem Sexualmord zum Opfer gefallen ist.“

„Und warum wollten Sie den verbergen?“, fragte Silvana.

Das Poltern und Rasseln, Stampfen und Dampfen Perfinos, das ihn sonst auszeichnete, hörte sich nun nach mechanischem Totalschaden an. In dauerndes Räuspern mischte sich ein Klingeln, die Stimme brach immer wieder weg.

„Es tut mir leid, aber ...“ Alle sahen ihn erwartungsvoll an. Der Präsident runzelte die Brauen. Perfino suchte nach Worten, die er nicht fand. Die Stille im Amtszimmer lastete tonnenschwer auf ihm, er sank immer weiter in sich zusammen. Würde der Polizist sich um Kopf und Kragen bringen? Endlich fasste er sich.

„Es geht, es handelt sich ..., ich meine, mein Bruder, seine Frau, die arbeiten bei Zana.“ Tränen liefen über sein Gesicht.

Silvana reichte ihm Taschentücher.

Wie nicht anders zu erwarten, lief der Betrieb bei Zana auf vollen Touren. Angelo und Silvana meldeten sich bei Marcello Mostra an. Nachdem der Sicherheitsdienst sie zum Empfang gebracht hatte, ließ die Sekretärin von Mostra ausrichten, er sei nicht im Haus. Silvana legte ihren Ausweis vor.

„Sie können hier nicht einfach so rein“, protestierte die Sekretärin. „Signor Mostra ist nicht da.“

„Vielleicht schauen Sie mal auf Ihr Fax“, sagte Silvana. Dort entrollte sich der Durchsuchungsbeschluss. Wie auf Kommando rückte die Kavallerie an, zehn Carabinieri drängten sich nun in den Vorstandsbüros. Am Hals der Sekretärin bildeten sich rote Flecken, hektisch rannte sie in Mostras Büro. „Signor Scarlatti, die Polizei ist da und will alles mitnehmen!“

Angelo und Silvana marschierten hinterher. Drinnen kam ihnen geschmeidig ein Mann Mitte dreißig entgegen, augenscheinlich ein Norditaliener und die Ruhe selbst. „Piero Scarlatti, Assistent der Geschäftsleitung. Was kann ich für Sie tun?“ Silvana stellte sich vor und zeigte den Beschluss. Angelo sah Scarlatti verdutzt an. „Sie sind nicht zufällig ein Verwandter von Signora Ornella Scarlatti?“

„Meine Schwester.“

Angelo nahm ihn beiseite, während Beamte das Zimmer stürmten. „Ich kenne Ihre Schwester. Sie hat mit diesem Fall zu tun.“

„Ich weiß. Sie hat es mir erzählt.“ Angelo bemerkte, dass er nicht besonders glücklich darüber war.

„Wir können sie nicht erreichen und machen uns Sorgen. Haben Sie Kontakt zu ihr?“

„Im Augenblick ist es besser, wenn sie nicht in Erscheinung tritt“, wich Scarlatti aus. „Das hier muss erst ausgestanden sein.“

Angelo nickte. „Sehen Sie eine Möglichkeit, dass wir uns trotzdem mit ihr austauschen können?“

„Sicherlich. Kommt darauf an, wie es hier weitergeht, Sie verstehen?“

KAPITEL 15

Resa dei conti

[Die Abrechnung]

„Monsignore Leonardo Veltri! Sie sind verhaftet.“

Domenico Grosso stand breitbeinig vor der Kammer Veltris. Zwei grimmige Unteroffiziere der Gendarmeria Vaticana begleiteten ihn. Veltri linste durch die Klappe an seiner Tür.

„Soviel Aufwand für einen Geistlichen, Ispettore?“

„Machen Sie auf, wir müssen Sie mitnehmen.“

„Wenn das einer Ihrer geistlosen Scherze sein sollte, Grosso, ich habe schon besser gelacht.“

Krachend trat ein Fuß gegen die Tür. Schlagartig wurde Veltri bewusst, dass sich auch für ihn die Situation zuzuspitzen begann. Er hatte seit längerem damit gerechnet, von Grosso einbestellt und nach seiner Rolle im Zusammenhang mit Blacknight gefragt zu werden. Doch alles war beinahe verdächtig ruhig geblieben, das Ziel erreicht, der Fond in den USA zusammengebrochen, die A.P.S.A. und damit Kardinal Leggerezza in höchster Bedrängnis. Seines eigenen Risikos war er sich immer bewusst gewesen, auch wenn es ihm in der letzten Zeit nicht so deutlich vor Augen gestanden hatte. Dafür standen nun Grosso und seine Helfershelfer vor der Tür.

Nachdem er geöffnet hatte, polterten die Polizisten herein. Der erste packte ihn, der zweite begann ihm Handschellen anzulegen. Sie wollten ihn abführen wie einen gemeinen Dieb.

„Ich glaube, Sie vergreifen sich gerade in Ihren Amtsgewalten, Grosso“, stöhnte Veltri. „Als Geistlicher steht mir bis zur Aufhebung dieses Status meine Integrität in Freiheit zu. Also ersparen Sie uns das bitte.“

Grosso gab den beiden einen Wink. Sie zogen sich von Veltri zurück.

„Welches Dokument können Sie vorweisen, um Ihre Handlung zu rechtfertigen, Ispettore Generale?“

„Derzeit brauche ich noch gar nichts vorweisen, Monsignore. Sie stehen im Verdacht, das reicht. Kommen Sie jetzt.“

Veltri war in eine Falle getappt, anders konnte es nicht sein. Denn kaum einer außer dem Heiligen Vater und ihm selbst wusste um die Dimension des Falles Blacknight. Wer konnte eine Intrige gegen ihn inszenieren? Welches Motiv und vor allem welchen Vorteil hatte diese Person davon?

Grossos Männer zerrten ihn unsanft einige Gänge entlang und schoben ihn schließlich in einen kleinen Gerichtssaal.

Der Raum verjüngte sich nach oben in einem spitzen Giebel. An der Holzverkleidung hinter dem Richtertisch, die alles in fahle Düsternis tauchte, hing mittig ein Kreuz. Seitlich und weiter zur Raummitte die Parteivertreterplätze. Daneben jeweils eine karge Holzbank. Vier Stühle und zwei Tische für die Zeugen schlossen den Raum zum Eingang hin ab. Publikum oder Presse waren nicht vorgesehen. Der Raum wurde von vier Kandelaberleuchten an der Stuckdecke erhellt. In deren Mitte prangte ein großes Papstwappen.

Monsignore Veltri setzte sich auf eine der seitlichen Bänke. Grosso und seine Leute blieben draußen. Derweil überlegte Veltri, wofür man ihn anklagen könnte und wie er die Argumente des Anklägers parieren würde. Vielleicht ergäbe die Voranhörung ja einen Hinweis auf den oder die Hintermänner. Leute aus dem Nikolausturm, Vertreter aus dem Governatorato, Sektion Inneres, Sicherheitsdienst? In jedem Fall musste ein konkreter Sachverhalt nach CIC benannt werden, sonst fiele die Intrige in sich zusammen! Die Vorsicht hatte ihm früh geboten, ein Notizbuch zu allen Vorgängen anzulegen und mögliche Zusammenhänge aufzuzeigen, die ein systematisches Stück Korruption im Vatikan aufdeckten. Ornella Scarlatti wäre beizeiten noch mit den Details zu Blacknight, A.P.S.A. und Leggerezza zu versorgen.

Ein Schreiber trat ein und mit ihm Grosso und seine Leute. Während sie auf einer Bank etwas abseits Platz nahmen, setzte Grosso sich an den Tisch der Anklagevertretung.

„Monsignore, wenn ich bitten darf", forderte er Veltri auf, sich ihm gegenüber zu setzen.

Veltri fixierte Grosso aus seinen kleinen, schlauen Augen.

„Wollen Sie mir bitte erklären, was es mit diesem Schauspiel auf sich hat?"

Grosso zitierte aus einem Papier, das ihm in Abwesenheit des Anklagevertreters die Voranhörung übertrug. Durchführung unumgänglich, Beschwerde zulässig. Der Protokollant hatte mehrere Aktenordner und Hefter mitgebracht und legte sie Grosso nun vor. Der blätterte umständlich darin herum. Er schien nicht zu finden, was er suchte.

„In aller Regel findet sich die Invektive in der Falttasche auf der Innenseite des Deckels, Ispettore", half Veltri ihm auf die Sprünge.

Veltri wusste über Grosso Bescheid. Aus kleinen Verhältnissen über glückliche Umstände zur Schweizergarde, dann Karriere bei der Gendarmeria Vaticana. Grosso hatte nie einen Hehl daraus gemacht, die Kleriker nicht zu mögen, mochte er auch Papst und Vatikan dienen und ein auskömmliches Salär dafür erhalten. Non olet! Trotzdem hielt er alle für Himmelskomiker, Frevler vor dem Herrn und Drecksäcke ohnehin, betrachtete man die Skandale rundum. Veltri konnte ihn in gewisser Weise verstehen. Grosso mussten die Haare zu Berge stehen, auch noch einen per internationalem Haftbefehl gesuchten Päderasten in den eigenen Mauern zu wissen. Sofern er überhaupt davon wusste.

„Also, Monsignore, Sie werden beschuldigt, Geheimnisverrat begangen zu haben, indem Sie Unterlagen vom Schreibtisch Seiner Heiligkeit entwendet und diese im Weiteren elektronisch dazu benutzt haben, die A.P.S.A. finanziell zu schädigen", las er den vorgefertigten Zettel. „Sie können sich dazu jetzt äußern."

Der Protokollant wartete auf Veltris Reaktion.

„Wer wird als Zeuge benannt?“, fragte Veltri.

„Der Kardinalstaatssekretär und Kardinal Leggerezza.“

Veltri erkannte die Stoßrichtung: Sie wollten ihm ein Verbrechen anhängen, das er nicht begangen hatte, während ihre eigene Tat unerkannt blieb. Es würde mithin kaum um einen Schaden der A.P.S.A. gehen, sondern eher um Schachzüge Caffarellis: Veltri als Vertrauten des alten Papstes zu diskreditieren. Der hatte keine Macht mehr und Veltri stünde als nicht vertrauenswürdig da. Keiner würde ihm mehr zuhören. Er wäre geschlagen. Freies Feld für Caffarelli und seine Leute.

„Was genau soll ich denn entwendet haben?“, antwortete Veltri.

„Kardinal Leggerezza hatte den letzten internen Bericht zur Finanzlage der A.P.S.A. Seiner Heiligkeit vorgelegt. Der war auf einem Datenträger gespeichert und trug den Vermerk ‚NFD / vertraulich‘. Diese Daten sind auf einen Rechner ihrer Leute gezogen worden. Damit liegt sowohl ein Verdacht auf Diebstahl als auch Landesverrat vor, weil die Daten des Heiligen Stuhls, und das heißt an der Stelle der ‚Amministrazione del Patrimonio della Sede Apostolica‘, widerrechtlich gebraucht wurden.“

Veltri war sich im Klaren darüber, wie viel intern geschnüffelt wurde, und die Daten waren in der Tat von ihnen angezapft worden. Aber eben ganz anders. Nur schienen die ‚Ermittler‘ dies überhaupt nicht bemerkt zu haben. Wahrscheinlich ahnte Legerezza noch nicht mal, dass er, Leonardo Veltri, über die Vorgänge um Blacknight Bescheid wusste. Es konnte aber auch einen Anknüpfungspunkt beim Kardinalstaatssekretär geben, den er noch nicht kannte.

„Ispettore Grosso, ist das nicht alles etwas weit hergeholt? Was sollte ich mit diesen Daten? Zum einen sind sie nach Veröffentlichung ohnehin zugänglich, und zum anderen wäre das kaum ein Verrat.“

Veltri las im Gesicht Grossos dessen Gedankenarbeit.

Grosso hatte viel mit dem Kardinalstaatssekretär zu tun, manche seiner Schliche mochten auch dem Ispettore nicht verborgen geblieben sein. So schien er zu ahnen, dass er als Werkzeug für etwas ganz anderes gebraucht wurde. Grosso quälte sich offensichtlich mit seiner nächsten Frage ab. Immer wieder studierte er die Akte, sah Veltri an, der ihn mit einem sanften Lächeln aufforderte, die Sache zu Ende zu bringen.

„Monsignore! Wie erklären Sie dann die Anfrage der SEC bei der AIF zu möglichen Bezügen einer Schweizer Privatbank und deren Geschäfte in Übersee? Oder das Rumschnüffeln einer gewissen Signora Orsini, Staatsanwältin aus Mailand, in unserer Diözese Lecce?“

Veltri erkannte, dass hier nur heiße Luft produziert wurde. Er stand auf und ging entschlossen auf Grosso zu.

„Gar nicht, Ispettore. Womöglich haben Sie das alles aus dubiosen Quellen, Zeitungen oder so. Sie haben meine Einlassung gehört, mehr gibt es dazu nicht zu sagen. Entweder wird ein förmliches Verfahren eröffnet, das dann Ross und Reiter benennt, oder die Sache ist damit erledigt. Klären Sie das intern. Guten Tag, Ispettore.“

Veltri verließ den Raum mit einem federnden und doch energischen Schritt.

Hatte sich die Situation nun zu seinem Vor- oder Nachteil entwickelt? Er wusste es nicht zu sagen. Jedenfalls war etwas gegen ihn im Gange. Und eigentlich konnte nur Caffarelli das Motiv und die konkreten Möglichkeiten dazu haben, ihn, den stillen Vertrauten des Papstes, loszuwerden. Das war ziemlich klar. Er würde sich wappnen.

Kardinalstaatssekretär Caffarelli-Borghese bestellte Bruder O'Leary ein. „Langsam beginnen die Dinge sich zu fügen", sagte Caffarelli. „Wir kommen nun mit Eurer Mission zu ihrem vorbestimmten Ende. Ihr habt gute Arbeit geleistet. Der Verdacht des Diebstahls beim Heiligen Vater ist dank der Geschicklichkeit unseres geschätzten Pierluigi Frascone auf Bruder Veltri gelenkt worden. Das wird ein Skandal, die Gemüter werden sich daran erhitzen, Veltri lässt sich dann leicht beseitigen. Man könnte sagen: Ich habe den Augiasstall gründlich ausgemistet. Das wird man zu belohnen wissen."

Die Selbstgefälligkeit triefte aus seinem Mund, dass O'Leary übel wurde. Steckte sein eigener Kopf auch schon in der Schlinge, würde sein Hals als nächstes brechen? Noch bekam er Luft, noch berührten seine Füße den Boden, aber sie rutschten schon über Caffarellis spiegelglattes Parkett, suchten verzweifelt Halt.

„Nun zu Euch, lieber Bruder. Ich gedenke die Diözese Washington neu zu ordnen. Wir wollen auch dort ein großes Aufräumen veranstalten. Und Ihr werdet eine entscheidende Rolle dabei spielen. Da seid Ihr geradezu ein wichtiger Baustein. Sobald hier die Weichen gestellt sind, sollt Ihr dorthin zurückkehren und Euch an den Aufräumarbeiten beteiligen. Was meint Ihr?"

O'Leary traute seinen Ohren kaum. Er hatte bislang alles klaglos erduldet, sogar diesen Weiberstall, bei dem er untergebracht war. Zurückkehren, aufräumen? Was sollte das heißen? Sein Leben war doch ganz gut hier, auch wenn er sich gerne mehr seinem Rang gemäß bewegt hätte. Doch das würde sich mit der Zeit finden. Caffarelli selbst hatte eben davon gesprochen, er habe gute Arbeit geleistet. Also wollte er auch weiter guten Mut zeigen.

„Ihr schickt mich wieder in mein altes Amt, Kardinalstaatssekretär?"

Caffarelli lachte ihn an wie Reineke Fuchs.

„Nun, lieber Bruder, das kann ich nicht und Ihr seid offiziell nie des Amtes enthoben gewesen. Aber das ist Euch ja nach kanonischem Recht bekannt. Ich habe damals nur für eine Zwischenlösung gesorgt, die Euch das Leben etwas erleichterte. Ihr werdet von der Gendarmeria Vaticana begleitet und in Washington vom FBI übernommen werden. Zuvor stelle ich Eure Suspendierung aus. Ob wir kanonisch gegen Euch vorgehen werden, ist noch offen. Bis wir alle Formalitäten hier getroffen haben, werdet Ihr den Vatikan nicht mehr verlassen, Euren Pass habt Ihr bei der Gendarmeria abzugeben. Sie wird Euch ab heute in ihre Obhut nehmen. Ihr dürft Euch entfernen. Gelobt sei Jesus Christus. Amen."

Kapitel 16

Viviere est militare
[Zu leben heisst zu kämpfen!]

Silvana saß vor einem unüberschaubaren Berg von Aktenordnern. Die Unterlagen, die sie bei Zana beschlagnahmt hatte, schienen sich in alle Richtungen zu erstrecken. Bilanzen, kurz- und mittelfristige Liquiditätspläne, aktive Sondervermögen, Rückstellungen und Finanzierungen. Jede Menge Bankdaten, Kontoverbindungen, Inlands- und Auslandsverbindlichkeiten. Eine betriebswirtschaftliche Geisterwelt, die sie zum Leben erwecken musste, um Licht in das Dunkel der Zahlen zu bringen. Aus dem Bauch heraus war sie sicher, dass sich hier die Antworten auf viele Fragen verborgen hielten. Auch diejenigen zum Tod der Richterin.

Angelo hatte seinen Flügelmann Silvio Sperandello als Unterstützung geschickt.

„Signora, es tut mir leid, ich bin spät dran. Scusi!"

Leicht abgehetzt stand er vor ihr. Leinenjackett, verwaschene Jeans, Shirt, Segeltuchschuhe. In seiner Erscheinung lag etwas Verwegenes. Halb Mann, halb Kindskopf, ging eine laszive Attraktivität von ihm aus. Un donnaiolo? Ein Frauenheld? Wollte sie zunächst gegen den unangekündigten Austausch protestieren, so besann sie sich nach kurzer Überlegung eines Besseren. Vielleicht ließ sich ein geschickter Schachzug daraus machen, schließlich war zwischen ihr und Angelo noch etwas zu klären. Ihre Ambitionen gab sie nicht so leicht auf. Hatte es in Apulien auch keine Näherungen gegeben, Rom war ebenso gut dafür. Bisweilen nahm ihre Lust, Angelo Claudia vor der Nase wegzuschnappen, monströse Züge an: In ihren Gedanken schickte sie ihn auf Luxusreisen mit einer Eskorte an Sirenen, die ihn gefangen hielten. Dann wieder spielte sie ihr Bilder zu, wie Angelo sie begierig küsste, während Claudia sich nach ihm auf Samos verzehrte und litt.

„Silvio, wollen Sie mich vielleicht begleiten? Ich muss etwas frische Luft schnappen, außerdem könnten wir was essen. Ich lade Sie ein, ja?“

„Signora, wenn Sie so einen wie mich überhaupt mitnehmen mögen? Freut mich! Ich bin auch nicht so steif wie der Commissario.“

„Ja, ja, das zeigt Ihre Kleidung bereits“, antwortete sie mit einem heiteren Lachen. Nachdem sie ihr Makeup aufgefrischt hatte, stand sie mit knallroten Lippen vor ihm. Auf der Straße hakte sie sich bei ihm unter. Würde Silvio erwarten, dass sie ihn über Angelo ausforschte?

„Kennen Sie das Café Romano, in der Nähe der Piazza Mignanelli? Da gehen wir jetzt hin.“

„Signora, ganz zu ihren Diensten und gerne an ihrer Seite“, raspelte Silvio Süßholz.

„Sie sind ja ein ganz Gewiefter! Wenn nicht ich Sie eingeladen hätte, würde ich sagen, dass Sie es drauf anlegen.“ Beide lachten.

Sie hoffte, dass Silvio das Café nicht kannte. Ob es ihr gelang, ihn so zu überraschen, vielleicht sogar zu fesseln, dass auch ihre Verführungskünste griffen? Sie konnte jede Unterstützung brauchen, die sie ihrem Ziel näherbrachte.

Das Café war Teil des Albergo d'Inghilterra. Sie kamen in der Seitengasse mit den romantischen Tischen unter großen Sonnenschirmen an. Von hier ließ sich das Innere noch nicht ausmachen. Tische mit weißen Tulpen und brennenden Teelichtern eingedeckt, jeder vor einem Schaufenster ausgerichtet. Man konnte wählen, ob Mode, Schmuck oder die Kombination einem am meisten gefiel und danach den Tisch aussuchen. Sie nahmen gegenüber dem Schmuckfenster Platz.

„Eine gute Wahl, Signora“, feixte Silvio, „da kann der Herr der Schöpfung direkt das passende Geschenk für die Dame aussuchen, nicht?“

‚Lies besser die Speisekarte, zuzzurellone‘, dachte sie.

„Das Ambiente ist zu außergewöhnlich, um es auf Derartiges zu reduzieren, Silvio. Lassen Sie uns etwas bestellen, ich sterbe vor Hunger."

Die Auswahl war üppig, jedes Gericht mit einem Bild versehen. Dekorationen als Fest fürs Auge.

Während des Essens forschte Silvana beiläufig Silvios Privatleben aus. Mamma, die Damen, sein Chef Angelo ...

„Wollen wir reingehen, Silvio? Dort können wir ungestört arbeiten. Ich habe uns ein lauschiges Plätzchen reservieren lassen."

‚Na, das wird ja immer besser! Noch nicht lange bekannt, schon wird's heimelig', schienen seine Augen zu verraten.

Die angrenzenden Räumlichkeiten waren in hellem Beige gehalten, eine Gewölbedecke mit indirektem Licht, dorische Säulen. Silvana führte ihn in einen kleinen, abgetrennten Raum, den sie als ihre grüne Bibliothek bezeichnete. Über Eck vier schwarze Regale, voll mit Büchern. Dazwischen ein großer Renaissancespiegel. Rechts und links davon kleine Tische, rotbauchige Lampen mit schwarzen Lampions darauf. Eine grüne Sitzgruppe füllte die Mitte aus. Die Wände in lindgrün. Ein schmaler Schreibtisch an einer Wand. Sie platzierte ihn dahinter und setzte sich selbst gegenüber auf eine kleine Couch. Angetan, aber nicht übermäßig beeindruckt, berichtete Silvio ihr von seinen Recherchen.

„Nach einigem hin- und her habe ich mit dem Redakteur der Scarlatti gesprochen. Ein erster Artikel ist bereits in der Endredaktion. Darin ist die Rede von Krankheits- und Todesfällen, die seitens des Konzerns überaus schnell ‚abgearbeitet' wurden. Stellungnahmen der Betroffenen hat sie wohl keine erhalten. Wie es scheint, hat die Gewerkschaft auch ihre Finger drin, aber an deren lokalen Chef ist Signora Scarlatti nicht herangekommen."

Silvana gab sich abwechselnd interessiert und erotisiert, dieses Spiel beherrschte sie gut. Es verunsicherte ihn zusehends. „Sie haben Signora Scarlatti kennengelernt. Sie ist jung und hübsch? Erzählen Sie mal."

„Und nicht gerade zimperlich. Den Colonello hat sie

richtig abgebürstet, als ich dabei war.“ Er pausierte, als dachte er intensiv darüber nach.

„Wie das? Nun lassen Sie sich nicht alles aus der Nase ziehen“, wurde Silvana ungeduldig.

„Dottor Sforza hat eben nicht kooperiert, sondern sie platt auflaufen lassen. Das fand sie echt daneben und hat ihm das auch mitten ins Gesicht gesagt. Hat mir gefallen.“ Er griente.

Silvana nahm Fahrt auf. Sie war aufgestanden, stand dicht hinter ihm. Leicht vornübergebeugt, schmeichelte sie ihm mit ihrer Stimme. „Für die romantischen Augenblicke des Lebens hat der Colonello wenig übrig“, ihre Hand fuhr seinen Arm entlang, „im Gegensatz zu Ihnen, Silvio!“

„Ich, ja, öhm ... eigentlich, Signora. – Also, wo war ich jetzt?“

„Ganz bei uns, Silvio.“ Ihre Hand streifte wie zufällig durch sein wuscheliges Haar. „Sie wollten mir etwas zu den romantischen Momenten im Leben erzählen.“

Zwar konnte sie nicht in sein Gesicht sehen, doch sie hörte, wie er schwer zu atmen begann, wie er ihr unwiderstehliches Chanel No. 5 einsog und sich räusperte. Ein verführerischer Duft, besonders über ihre Haut. Die Kopfnote mit Anklängen an wachsige Rosenblätter und Orangenschalen, die Herznote um Jasmin, Rose und Maiglöckchen angereichert. Zwischen ihr und dem Schreibtisch eingeklemmt rang er um Fassung, kämpfte erbärmlich mit seiner Erregung, konnte ihr nicht entkommen! Sie ließ ihm keine Zeit zur Initiative. Bevor er aufstehen und sie küssen konnte, ließ sie ihn vom Haken, setzte sich wieder auf die Couch und rief den Kellner, um Chinotto zu bestellen.

„Wie verstehen Sie sich denn mit Claudia Traviani? Sie ist ja auch eine attraktive Kollegin. Dazu jung, Staatsanwältin, ledig.“

Ob er bemerkte, worauf das hier hinauslaufen konnte?

„Ja, Signora, schon. Doch ich habe wenig mit ihr zu tun, da fragen Sie besser den Colonello.“

„Der hat also mehr mit ihr?“

Silvios Gesichtsausdruck veränderte sich. Hatte sie überreizt? Ihre Lust an diesem Spiel war noch nicht vergangen.

„Signora, Loyalität ist eine feine Sache. Aber man muss sie sich verdienen, immer wieder neu. Wir widmen uns besser weiter dem Fall.“

Zu ihrem Bedauern fand der kleine Assistente den Weg zurück zu einem formalen Ton. Das Knistern zwischen ihnen schien mit einem Mal verflogen. Silvana setzte eine kalt missbilligende Miene auf.

Silvio referierte in gebotener Kürze seine Ermittlungen. Ornella Scarlatti habe ein Klima der Angst verspürt. Es sehe danach aus, dass die Betroffenen in einem Ring des Schweigens gefangen waren, gleich dem Gesetz der Omertà. Obwohl in der Region die „AddioPizzo“-Bewegung sehr aktiv sei, bedeute das keine generelle Offenheit. Gleich, ob Gewerkschaft, Verwaltung oder Angehörige – die Verschwiegenheit lasse jede Recherche ins Leere laufen. Der nächste Artikel werde sich mit dem Vatikan und seinen möglichen Verbindungen über Kardinal Leggerezza, dem örtlichen Bischof, befassen, liege aber noch nicht vor. Zudem zweifle die Redaktion, ob sie den Artikel bringen solle, auch weil die Journalistin abgetaucht sei. Man befürchte, ihr zu schaden.

„Aber das würde den dunklen Mächten gerade passen. Ganz im Gegenteil, wir müssen sie aufscheuchen, die müssen unter Druck kommen, damit sie Fehler machen“, antwortete Silvana. „Wir werden diese Signora Rossi vorladen, die Ornella Scarlatti ausfindig gemacht hat. Ich habe sie und ihre Familie überprüft. Und siehe da: Der Name ihres Sohnes Corrado steht auf der Personalliste des Werks. Dort hat er eine leitende Position.“

„Corrado Rossi? Das ist doch der Gewerkschaftsboss, an den Signora Scarlatti nicht herankam“, versetzte Silvio. „Und der ist ein großes Tier bei Zana? Das stinkt, wenn Sie mich fragen.“

Silvana nickte ihm anerkennend zu. „Dann ist da noch die obskure Umweltorganisation ‚Lega ambienterra', die Signora Scarlatti aufgespürt hat. Aber die Lega ist auch über die verstorbene Kollegin del Ponte aktenkundig, weil sie den Antrag auf die Betriebstilllegung bei Zana gestellt hat. Können Sie da mögliche Zusammenhänge herausfinden?"

„Das kann ich, Frau Staatsanwältin." Silvio stand vom Schreibtisch auf und setzte sich neben sie auf die Couch.

Sie lachte in sich hinein. Sein Feuer war längst noch nicht erloschen, flammte wieder auf.

„Signora, darf ich uns noch etwas bestellen? Diesmal lade ich Sie ein!"

Sie triumphierte! „Nachher wollen Sie mich noch verführen, hier im Separee?", lachte sie.

„Warum nicht, Signora? Nennen Sie es die Gunst der Stunde, den Mut des Verwegenen oder ganz einfach den ewigen Jagdinstinkt." Er war aufgestanden und beugte sich gerade so über die Armlehne, dass sie ihn hätte küssen können. Stattdessen legte sie zwei Finger auf seinen Mund und bedeutete ihm mit einer Geste, wo sein Platz war.

„Ihr hattet einen ertragreichen Arbeitstag im Romano, habe ich gehört?", begrüßte Angelo Silvana.

„Dann weißt du ja sicher schon alles?"

„Nein, wohl aber, dass Silvio dich nicht verführen konnte, obschon die Situation danach verlangte." Angelo zog ein verkniffenes Lächeln.

„Die Situation vielleicht. Mich aber nicht."

Silvana verstand es, einen Mann in allen seinen Begierden zu mobilisieren und ihn dann doch vor die Wand fahren zu lassen. Diese Art der weiblichen Manipulation bewirkte bei Angelo stets eine Kombination aus Ohnmacht und Wut. Gut, dass er ihr nicht wirklich erlegen war. Es würde ihm schwerlich bekommen. Heute konnte er ohnehin gelassener ihr gegenüber sein. Das Wissen um ihre Fähigkeiten und die Kühle, mit der sie ihm hier gegenübertrat, hatten etwas Befreiendes.

„Silvio überprüft die Spuren von Lecce in den Vatikan“, informierte Angelo sie betont sachlich.

„Wie schön“, gab sie schnippisch zurück.

Erwartete sie, er müsse ihr den Hof machen? Da weitermachen, wo sie Silvio zurechtgewiesen hatte?

„Bevor wir uns deinen Überlegungen zu den anderen Personen widmen, sollten wir der Anregung des Kollegen Fleischhauer aus New York folgen und versuchen, eine Kontotheorie zu entwickeln. Die Unterlagen geben dafür vielleicht schon etwas her. Wenn uns das gelänge, könnten wir gezielter mit den Personen weitermachen. Was meinst du?“

„Allora, va bene!“

„Nach meinen bisherigen Überlegungen, die allesamt auf Fleischhauers Materialien und meinen Gesprächen mit ihm beruhen, ergibt sich ein kleines Gerüst. Die Fixpunkte sind: Blacknight in New York, die SAM-Bank in Zürich, der Vatikan oder besser das Istituto per le Opere di Religione, sprich die Vatikanbank. Die Ermittlungen der SEC, also Securities and Exchange Commission, gehen derzeit von zwei Großkomplexen aus, von denen uns aber nur einer interessieren wird.

Die Amerikaner ermitteln wegen möglicher Insidergeschäfte des Vorstandes von Blacknight. Das Insolvenzverfahren nach Chapter 11 ist beantragt, aber möglicherweise wird Chapter 7 zum Zuge kommen, das ist noch nicht raus. Dann wäre Blacknight am Ende, weil nur noch abgewickelt würde. Dafür sprechen auch die Anklagen gegen den Vorstand, die gerade vorbereitet werden. Warum ist das interessant für uns? Sollte ersichtlich werden, dass von den Deals auch Personen in Europa, etwa bei uns, profitiert haben, dann reicht der Arm der SEC bis nach Rom oder sonst wohin.

Jetzt weiter. Die SEC hat recherchiert und gesichert, wie die Ströme über die SAM in Zürich nach New York liefen. Zu bestimmten Emissionstagen sind verstärkt ETFs, also Exchange Traded Funds bedient worden. Die Schlüsselinformationen wurden vorab ausgewählten Käufern mitgeteilt. Das ermöglichte privilegierte Käufe, war also eine gewöhnliche Marktmanipulation. Denn die später ordernden Käufer können die lukrativen Optionen nicht mehr ausüben, da diese schon geschlossen, sprich ausverkauft sind. Das klappt auch andersherum, wenn man Positionen verkaufen möchte. Damit lässt sich unauffällig jede Menge Kohle machen. Das Portfolio muss nur gut genug durchmischt sein. Und hier lag wohl der Fehler bei Blacknight. Manchmal ist man ja über die Dummheit der Leute schier erschrocken. Selbst in der feinen Managementwelt gibt es das. Kaum zu glauben. Denn auch die SAM hatte keine großen Vorkehrungen getroffen, um ihre eigentlichen Geschäfte zu tarnen. Etwas Privatkundengeschäft, wenig Einlagen, Laufkundschaft eh keine. Dafür aber zu wiederkehrenden Terminen hohe Transfers."

Silvana stand auf. „Mach ruhig weiter, ich höre zu." Sie begann, mit ihren Stöckelschuhen im Zimmer auf- und ab zu gehen. Ihr mochte es beim Denken helfen und neue Erkenntnisse bringen – seiner Konzentration half es nicht.

„Zu unterschiedlichen Zeiten werden diverse Beträge über die SAM geleitet, die dann wiederum über Blacknight in den Finanzmarkt geschleust werden und umgekehrt. Bislang steht noch nicht fest, wem die Gelder gehören – nur von wem sie kommen. Es gibt da eine Reihe von Stiftungen, einen Orden und einen Kunst- und Restaurierungsverein: ‚Santa Casa di Lordo', ‚Fondo Serafino', Kardinal Roger Spielmann. Der Orden ist ‚Santa Sapienza' und der Kunstverein ‚Reticolo dell'arti'. Es gilt nun, herauszufinden, was die einzelnen Beteiligten so treiben und wie sie mit ihren Geldern wirtschaften. So finden wir vielleicht auch mögliche Motive heraus."

Das Klacken ihrer Absätze auf dem Parkett strapazierte Angelos Nerven. Das Geräusch hörte sich nach einem permanenten Widerspruch an. Endlich blieb Silvana stehen.

„Klingt plausibel, Angelo. Gute Detailarbeit. Man könnte versuchen, auch die Zana-Gruppe mit ins Spiel zu bringen. Immerhin scheinen die ja mit der Kirche verbandelt zu sein. Was liegt da näher als ‚una mano lava l'altra'?"

„E tutte e due lavano il viso", ergänzte Angelo, „und beide waschen das Gesicht. Hast du schon mal an eine kleine Zeichnung dazu gedacht?"

Angelo reichte ihr einen Zettel. Sie skizzierte eine Verbindung der Institutionen, die Geld über die Bank fließen ließen, bezog Zana mit ein und stellte den Bezug zu Blacknight her. Sie schob die Skizze zu Angelo rüber.

„A, B und C sind die Stiftungen, dann der Orden und der Kunstverein. Die schleusen ihr Geld über die Schweizer Bank, wo auch Zana sein Geld bunkert. Die Bank arbeitet damit über Blacknight und doppelt so den Erfolg: Erstens können Gelder in die eine Richtung gewaschen werden, zweitens kommt neben sauberem Kapital auch noch ein Gewinn obendrauf. Doppelt gewonnen. Fantastisch!" Sie wurde geradezu euphorisch. „Das ist ein erster handfester Ansatz. Damit lässt sich arbeiten. Respekt, mein Lieber. Ganze Arbeit!"

Sie stand auf und umarmte ihn freudestrahlend. Mit einem Mal fühlte sie sich weich für ihn an, zärtlich fast. Wie sie ihn anschmachtete, bewunderte, an ihm hing wie eine Klette! Sie küsste ihn. Intensiv. Er ließ es geschehen.

Es klopfte. Ohne Weiteres trat Claudia Traviani ein. Angelo wurde es augenblicklich heiß und kalt zugleich. Claudias Gesicht war steinern.

„Ihr habt euch gerade gut unterhalten?" Ihr Ton eisig, messerscharf.

„Ach, Claudia", tat Silvana erstaunt. Sie verblüffte Angelo mit ihrer umstandslosen Art, eine peinliche Situation spielerisch in Selbstverständlichkeit aufzulösen.

„Wir haben uns in der Tat gerade über einen gewissen Ermittlungserfolg gefreut. Kommt ja nicht alle Tage vor. Was gibt's Neues bei dir?"

Allein der Wechsel in der Klangfarbe der Sätze und die gelöste Dreistigkeit, das Geschehen als nichts abzutun, wären Angelo nie eingefallen.

„Nichts. Alles okay", gab Claudia zurück. Ihr Tonfall signalisierte: Es war gar nichts okay. Im Gegenteil. Das Apodiktische in ihrer Stimme sprang Angelo nahezu an.

Wieder ignorierte Silvana die Signale. Stattdessen setzte sie eins drauf.

„Wie schade, dann kannst du dich gar nicht mitfreuen." Dabei lächelte sie Claudia herausfordernd an.

„Ihr braucht gar nicht so scheinheilig tun. Glaubt ihr vielleicht, ich sehe nicht, was hier los ist?", sagte Claudia in kämpferischem Ton und drückte dies mit jedem Zoll ihres Körpers aus. Der zierliche Körper wirkte bis zum Anschlag gespannt. Wäre sie ein Richter, jeder Angeklagte würde ohne Zögern alles gestehen, nur um ein mildes Urteil zu erwirken.

„Pah, was du immer sehen willst", gab Silvana beiläufig zurück. „Deine Fantasie war immer schon größer als dein Denkvermögen." Das war schneidend, wie der Biss eines Zackenbarschs.

Angelo hätte Claudia spätestens in diesem Moment beispringen müssen, doch er verharrte in Sprachlosigkeit.

„Dann könnt ihr euch ab jetzt auch direkt bei Angelos Assistente zu Neuigkeiten erkundigen." Sie drehte um und schloss die Tür mit einem Knall.

Angelo stieg wallende Hitze ins Gesicht. Wie feige von ihm, wie armselig, sich so saft- und kraftlos von Silvana benutzen zu lassen! Aber Silvanas Anziehungskraft packte ihn immer aufs Neue wie ein Schraubstock, aus dem sich zu winden es Zeit brauchte. Und Claudia? Sie war fort, verraten und im Innersten verletzt. Von ihm! Wut stieg in ihm auf, er begegnete Silvanas Blick. Sie lächelte spöttisch, nur ihre Augen blitzten triumphierend.

Es klopfte an der Tür. „Commissario Sforza? Ein Telegramm für Sie."

Angelo sah den Boten ungläubig an. Ein Telegramm? Wer in aller Welt schickte heutzutage noch Telegramme?

„Von Piero Scarlatti, Ornellas Bruder", las er laut vor und überflog das Schreiben, dankbar für die Ablenkung von der peinlichen Situation. „Er hat sie überzeugt, sich dir anzuvertrauen. Allerdings besteht sie nach wie vor auf der Veröffentlichung ihrer Artikel. Sie hat ihre Redaktion angerufen ... etwas unvorsichtig, oder nicht? Jetzt plant die ‚Voce' mit ihr als Autorin eine ganze Artikelserie. Titel: ‚Geld – Macht – Glauben'. Der erste Aufmacher: ‚Unterschlagung, Vertuschung und Geldwäsche unter den Dächern der Kirche'.

„Wow", sagte Silvana, „die traut sich aber was! Gefällt mir. Es ist längst mal Zeit, dass die Öffentlichkeit etwas über die Arbeiten der Heiligen erfährt."

„Du vergisst dabei ihr Risiko."

„Ja, schon klar, Angelo, ist aber eben auch ungeheuer tough."

„Mit Risiken anderer gehst du nicht eben zimperlich um."

Silvana ignorierte den Einwand.

„Meinst du, sie kann die richtigen Leute aufscheuchen?"

Er hielt inne, die Lust, mit ihr zu sprechen, hatte ihn verlassen. Wut gärte in ihm, er hätte sie gern für ihr unprofessionelles Verhalten zurechtgewiesen. Aber er schluckte seinen Ärger hinunter, wohl wissend, dass er zunächst bei sich selbst aufräumen musste. Er durfte sich hier nicht verzetteln, während bei Claudia seine eigentliche Aufgabe wartete.

„Ich denke schon", sagte er wie zu sich selbst. „Sie wurde erst vor kurzem als erste Journalistin überhaupt im Vatikan akkreditiert. Sowas sorgt in bestimmten Kreisen für böses Blut. Besonders, weil der alte Papst sie persönlich gefördert hat. Ein Sakrileg sozusagen."

„Mensch Angelo, die muss ich dringend kennenlernen", forderte Silvana ihn enthusiastisch auf.

„Noch nicht." Er zog seinen Mantel an. „Im Augenblick scheint sie an einem sicheren Ort. Aber nach Erscheinen des Artikels kann sich das ändern. Spätestens dann müssen wir eingreifen. Solange solltest du noch die Füße stillhalten."

Silvana antwortete nicht. War das nun seiner Aufforderung geschuldet? Oder enttäuschte es sie nur, dass er sich nach der kalten Dusche von Claudia zurückzog? Vermutlich lag es daran, dass sie ihm diesmal nicht ihren Willen aufzwingen konnte. Keine beglückende Aussicht.

KAPITEL 17

Religion frästs ihre Macht aus dem Stein der Angst

Monsignore Leonardo Veltri betrachtete mit Wehmut sein Refugium. Die kleine Bibliothek mit ihrer umlaufenden Galerie, die von außen nicht erkennbare Wendeltreppe, die Atlasgestalten, die den Eingang zu diesem Reich der Gedanken und Schriften bewachten. Hier hatte er nach der regula benedicti studiert, seinem Tag geistige Struktur gegeben. Dies würde er aufgeben müssen. Seine Tage würde er hier nicht mehr allzu oft verbringen können.

Kardinalstaatssekretär Caffarelli-Borghese arbeitete, nett formuliert, an seiner Ablösung. Sie konnten einander nicht nur nicht leiden, ja sie hegten eine heilige Abscheu gegeneinander, wie ihm schien. Jetzt glaubte Caffarelli, erstmals ein kanonisches Schwert gegen ihn in der Hand zu halten. Doch er würde keinesfalls kampflos aufgeben.

Veltri schwante, was die eigentliche Zielsetzung Caffarellis war und warum er ihm im Wege stand. Es lief auf das Konklave hinaus. Veltri als einer von wenigen, die viel über die Kurie wussten, dem alten Papst gegenüber loyal und Reformbestrebungen als durchaus mit der Tradition vereinbar hielten, wurde im Vorfeld des Konklave von unterschiedlichen Gruppen als Gesprächspartner gerne gesehen, ja gesucht. Er galt vielen als der ‚gute Hirte' im großen Haifischbecken kirchenpolitischer Selbstsucht, bemüht um jeden Einzelnen. Die Vorstellung gefiel Veltri, wenn sie auch nicht ganz zutraf. Mitunter musste auch er zu den Waffen der Intrige greifen, wollte er gegen Caffarelli bestehen, musste sensible Informationen, die ihm unter dem Mantel der Verschwiegenheit anvertraut waren, zum eigenen Vorteil nutzen. Selbst wenn sie von Mutter Agnes, der Priorin des Klosters Mater Ecclesiae persönlich kamen.

Pünktlich und unbemerkt vom Kerkermeister Caffarelli

hatte Schwester Joana Kardinal O'Leary zum Bronzetor geleitet, wo Veltri ihn erwartete und sich als Bruder Leonardo vorstellte. Während die Afrikanerin kehrt machte, begaben sich die beiden Männer über die Treppe zum Damasushof. An dieser Stelle im rückwärtigen Teil des Apostolischen Palastes war während sede vacante alles geschlossen, Blendläden vor allen Fenstern. Die Amtsgeschäfte des Heiligen Stuhls ruhten. Hierher verirrte sich in dieser Zeit keiner, und das Governatorato lag weit entfernt. Veltri kramte in seiner Soutane. Mit einem Schlüssel in der Hand verschwand er hinter einem Vorsprung und öffnete eine kleine Tür.

„Es gibt viele Geheimtüren im Vatikan", raunte er O'Leary zu. „Diese hier führt in die Privatbibliothek Seiner Heiligkeit. Gut, für alle Fälle gerüstet zu sein."

Sie passierten eine schmale Treppe und eine weitere Tür, die hinter einer Regalwand verborgen lag.

„Bruder Leonardo", sagte O'Leary, „ich danke Euch, dass Ihr mir Eure Zeit schenkt. Und das unter denkbar konspirativen Umständen. Ich würde mich begleitet fühlen auf meinem steinigen Weg, wenn Ihr mir Beichte abnehmen würdet. Auch an diesem ungewöhnlichen Ort."

Veltri nickte. „Gerne, Bruder James. Mir wäre aber ein Beichtgespräch lieber. Das ist in dieser Umgebung zweifellos passender."

O'Leary ließ die Rosenkranzkette durch seine Hände gleiten, küsste kurz das Kreuz Jesu.

„Viele Brüder glauben, ich habe mich schuldig gemacht im Missbrauch. Und in der Tat, so ist es. Aber meine Schuld ist eine geteilte. Von Amts wegen ist sie niederen Umstands. Persönlich von einer höheren Art."

Dieser Mann, der Veltri gegenübersaß, strahlte die ganze Verzweiflung eines vor Gott gescheiterten Lebens aus. Ein Leben im Widerspruch zu sich selbst und zu Gott. Seine milchig-blauen Augen sahen trübe zu ihm herüber, der weiße Teint fahl, das irische Rot der Haare blass.

„Meine dienstlichen Verfehlungen wiegen schwer. Ich

unterließ es in Washington, meine Brüder unter Kontrolle zu halten, obgleich ich wusste, dass einige besonderer Fürsorge benötigten. Ihr Umgang mit den Zöglingen, eine einzige Ausschweifung. Ermahnungen und Aufforderungen zum Bußgebet halfen wenig. Selbst einen Bußgürtel habe ich mal angeordnet. Doch abgelenkt von eigener Bindung an meinen Cedric, war ich zu lasch. Hart und mit wenig Empathie ging ich gegen zivile Bedienstete vor, wenn sie unsere Befindlichkeiten zu stören drohten. Dabei wollten die meisten nur helfen, die Unsäglichkeiten beenden."

„Wir alle sind Suchende, nicht nur im Geiste", sagte Veltri. „Wir alle suchen Bindungen, die uns aus der Leere helfen, unsere Bedürfnisse besänftigen."

In trostloser Beschämung nickte O'Leary, während er auf den Rosenkranz starrte.

„Meine persönliche Verfehlung geht indes tiefer. Sie schneidet mir die Seele entzwei. Mein Gefallen an den vielen Jungen, die in unserer Obhut waren, kristallisierte sich in Cedric. Er war ein bukolisches Gedicht, eine pastorale Musik. Doch nun ist er tot. Ich habe ihn nicht beschützt."

Tränen liefen über sein Gesicht, der Ausdruck tiefer Trauer schien ihn zu erschüttern.

„Wie hättet Ihr ihn denn beschützen können?"

„Die unselige Versetzung nahm mir die Möglichkeiten vor Ort." Er knetete seine Hände in ein Stofftaschentuch. „Wäre meine Überstellung nach Argentinien nicht so Hals über Kopf erfolgt. Vielleicht hätte unsere Liebe ihn gerettet."

„Eure Liebe?"

„Ja! Unsere Liebe. Darum geht meine persönliche Verfehlung so tief. Das Durchwirken von väterlicher Liebe und Fürsorge wie derjenigen innerlichster Liebesfreude am Geliebten."

„Bruder James", sagte Veltri behutsam, „Ihr verwechselt da Eure persönlich-menschlichen Pflichten gegenüber Schutzbefohlenen mit der von mir erwähnten Besänftigung

Eurer Bedürfnisse. Soweit der Maßstab für Euer Verhalten das Recht der Gesellschaft ist, seid Ihr schuldig vor dem Gesetz. Soweit aber der Maßstab Gott ist, habt Ihr Euch noch gröber versündigt, indem Ihr die Liebe vor Gott als Instrument für Eure Lasterhaftigkeit missbrauchtet. Euer Verhalten ist also in doppelter Weise gotteslästerlich."

„Aber was im Namen der Liebe getan wird, ist nicht Frevel gegen Gott! Das solltet Ihr wissen."

„Im Namen der Liebe Gottes. Nicht aber im Namen unserer Liebe untereinander, ihrer Selbstbezogenheit und schon gar nicht gegenüber Kindern."

Aschfahl blickte O'Leary ihn an. Tränen füllten seine Augen, liefen die Wangen herab. Ein innerer Krampf schien sich nach einem Stoßseufzer zu lösen.

„Dann habe ich mich und Gott in der all der Zeit belogen."

Dieser Satz hatte wie ein Damoklesschwert über ihm geschwebt. Jetzt fiel es auf ihn herunter. Veltri sah die Betroffenheit seines Herzens in seinen Augen.

„Was macht uns stark?", fragte Veltri und gab sogleich die Antwort: „Stärke wächst, wenn wir uns angenommen und gebraucht fühlen. Eintreten können für andere, für unseren Glauben. Das Lutherwort ‚ich kann nicht anders' steht genau dafür. Aber es müssen das rechte Tun und Glauben sein. Wenn Ihr Euer Herz prüft, werdet Ihr feststellen, was ich meine."

O'Leary saß zusammengesunken vor den Trümmern seines Lebens und vor Gott.

„Da ich Euch nicht die Beichte abgenommen habe, brauche ich Euch auch nicht loszusprechen. Es wäre mir auch nicht möglich gewesen."

Mit stockender Stimme antwortete O'Leary. „Dann habe ich Gott schon vor langer Zeit verloren. Gott sollte immer mein Stock, mein Stab im finsteren Tal sein. Doch die Finsternis habe ich selbst herbeigebracht. Gott als meinen Talisman, den man einst arglos bei sich trägt, genommen, ihn im eigensüchtigen Gewebe meiner Verstrickungen verloren. Aus meiner falschen Liebe heraus glaubte ich ein Anrecht auf Gott selbst zu haben. So habe ich Gott in mir nur verwaltet, statt den Glauben an ihn zu leben. So hat auch Gott mich verloren, da ich ihm in Selbstsucht mein Herz verschloss."

Veltri nickte schweigend.

O'Leary fasste sich. „Also wird der Kardinalstaatssekretär mich vernichten. Meinen kanonischen Status hat er gerade suspendiert. Ich bin mithin schutzlos. Die Rücküberstellung nach Washington erfolgt in Kürze."

Auch für Veltri brauchte es keine große Fantasie, sich vorzustellen, was bei der Rückkehr O'Learys passieren würde. Die Welle der Empörung war nach dem Tod Cedrics immer noch nicht zur Ruhe gekommen, etliche Brüder standen unter Verdacht. Es gab Mahnwachen vor der Bistumskirche, Protestzüge durch die Diözese, Planwagen mit als Priestern verkleideten Puppen, die gehängt waren, Menschen, die ihren Unrat vor die Tür der Bistumsverwaltung kippten, Beschimpfungen der Mitarbeiter, Filme auf Youtube, endlose Shitstorms in allen sozialen Netzwerken, es nahm einfach kein Ende. Das würde die Hölle sein.

„Wir können einander dennoch helfen", sagte Veltri jetzt. O'Leary sah ihn mit verzweifelter Hoffnung an. „Auch ich bin Bruder Caffarelli ein Dorn im Auge. Auch mich möchte er loswerden. Also: Wir haben ‚sede vacante'. Da ist vieles möglich. Das Konklave steht noch nicht fest, die laufenden Geschäfte müssen aber gestaltet werden. Der Camerlengo ist derzeit der zuständige Vorgesetzte Caffarellis. Wenn schon nicht unser Bruder Kardinalstaatssekretär es entscheiden könnte oder wollte, der Camerlengo könnte es. – Also: Wir bieten ihm an, zusammen in die Diözese Buenos Aires zu wechseln. Dazu soll er Euch zum Erzbischof dort machen, ich übernehme die Apostolische Nuntiatur ebenda. Beide Posten sind derzeit vakant. Er ist uns los, wir haben einen neuen und in Eurem Fall unbelasteten Wirkungskreis. Und Argentinien liefert nicht an die USA aus. Was meint Ihr?"

O'Leary sah ihn mit traurigen Augen an, sagte aber nichts.

„Soll Eure Antwort heißen, auch dort ist verbrannte Erde für Euch?"

„In gewisser Weise", antwortete er resigniert.

„Dann, fürchte ich, ist mein wohlfeiler Plan beim Teufel. Und Euch nicht mehr zu helfen, weder in dieser noch in einer anderen Welt, lieber Bruder."

Es grauste Veltri, annehmen zu müssen, dass Bruder James auch in Argentinien seinen Bedürfnissen erlegen schien.

Dies wäre der geschicktere Schachzug gewesen. Aber noch war es Zeit für einen Plan B. Dabei musste er allerdings auf Risiko spielen: „Wie es scheint, kann ich Euch nicht helfen. Aber wenn Ihr wollt, könntet Ihr mir helfen!"

Veltri wusste nicht, ob er nun überreizen würde. Aber Wagnisse und Risiken gehörten zum Leben. O'Leary sah ihn ungläubig an.

„Wie könnte ich Euch helfen?"

„Ganz einfach: Der Kardinalstaatssekretär hält ein geheimes Schreiben gegen mich bereit. Ihr wisst es wahrscheinlich nicht: Kardinal Leggerezza, der Bischof von Lecce in Apulien, ist zudem auch Leiter der Amministrazione del Patrimonio della Sede Apostolica. Ihm will Caffarelli schaden, wohl um die gesamte Finanzsituation im Vatikan neu, heißt nach seinem Gusto zu gestalten. Da kam es ihm recht, dass Daten der A.P.S.A. vom Schreibtisch Seiner Heiligkeit gestohlen wurden, die manipulierte Berichte enthalten. Den Diebstahl hat Caffarelli nicht nur in Auftrag gegeben, sondern auch dazu benutzt, mich zu diskreditieren. Er will mir ein kanonisches Verfahren wegen Amtsmissbrauchs, Verletzung von Dienstgeheimnissen et cetera anhängen. Angeblich gibt es dafür einen digitalen Fingerabdruck meiner Leute, die mir in einem anderen Fall geholfen haben. Das ist aber alles konstruiert. Ich weiß von Seiner Heiligkeit, dass dessen Kammerdiener Frascone der Täter ist. Und mir ist bekannt, dass Ihr als Mittel zum Zweck dafür eingesetzt wurdet, Frascone gefügig zu machen."

O'Learys Augen glänzten inzwischen wieder. Der Schreck und die Trauer schienen verflogen. Drückte sich gar Hoffnung in ihnen aus? „Bruder Leonardo, meine Hochachtung. An Ihnen ist ein Sherlock Holmes verloren gegangen. Was genau kann ich für Euch tun?"

Veltri zog ein Papier aus einer Innentasche und reichte es O'Leary. „Unterschreibt mir diese eidesstattliche Versicherung, in der Ihr zugebt, im Auftrag des Kardinalstaatssekretärs gehandelt zu haben, als Ihr Frascone zu der Tat auffordertet. Das wäre gewissermaßen meine Lebensversicherung."

O'Leary überflog das Schreiben und unterzeichnete mit zitternden Händen. „Ein gutes Gefühl! Aber wie wollt Ihr Druck auf Caffarelli ausüben, ohne zugleich Euren Trumpf preiszugeben?"

Veltri nahm das Schreiben an sich und machte eine lange Pause, bevor er antwortete, darauf bedacht, nicht zu viel preiszugeben. „Gestern hat der ‚Corriere della Sera' über umfangreiche staatsanwaltliche Ermittlungen gegen die Zana-Gruppe in Apulien und mögliche Verbindungen zur Organisierten Kriminalität berichtet. Es wird auch über weitreichende Verstrickungen bis nach Rom spekuliert. Sogar die EU-Kommission soll in Sachen Beihilfe ermitteln. Wer würde schon annehmen, unser geschätzter Bruder Leggerezza wäre eine weitere Figur auf Caffarellis Schachbrett? Die List gehört zu den schwierigsten Zügen."

Zurück vom Treffen mit O'Leary versuchte Veltri, wie schon seit geraumer Zeit, Ornella zu erreichen. Doch ohne Erfolg. Bis vor kurzem noch hatte er ihr Nachrichten rund um die Verstrickungen des Vatikans und Leggerezza zukommen lassen. Nun blieb sie verschollen. Er war ihr Mentor, hatte den Auftrag von Seiner Heiligkeit, ihr beizustehen! Der Papst hatte ihn ermahnt, seine Mittel mit Bedacht zu wählen. Sollte er sich an die Staatsanwaltschaft wenden? Dort wurde gegen Zana ermittelt. Ob man auch wusste, warum Ornella nicht zu erreichen war? Der Schritt aus dem Inneren des Vatikans heraus blieb delikat und durfte keinesfalls bekannt werden. Auch eine Ermittlung im Vatikan selbst schien ausgeschlossen.

Er wälzte den Gedanken hin und her, fand aber keine bessere Lösung und beschloss, erst einmal zu klären, mit wem er es zu tun bekommen würde. Wenige Mausklicks später las er den Namen der leitenden Staatsanwältin und dankte dem Herrn für diese Fügung. Sie war es tatsächlich: Silvana Orsini, die Enkelin seiner Schwester Gracia. Seit vielen Jahren hatte er sie nicht gesehen. Nach ihrer Firmung war er in den Vatikan eingetreten, erst kamen noch Karten, dann waren ihre Eltern gestorben und sie zum Studium ins Ausland gegangen. Schließlich hatten sie sich ganz aus den Augen verloren. Aber Blut war eben dicker als Wasser. Kurzerhand meldete er sich bei ihr an.

Als seine Großnichte ihm nach den vielen Jahren seit ihrer letzten Begegnung gegenüberstand, traten Veltri Tränen in die Augen.

„Ich hatte schon länger vor, nach dir zu forschen", begrüßte Silvana ihn und schloss ihn in die Arme. „Seit damals ist viel Zeit vergangen. Umso schöner, dass du mich jetzt gefunden hast", lachte sie.

„Das fügt sich gut", antwortete er und betrachtete sie. Wie sehr sie ihrer Großmutter glich! „Gottes Wege sind unerforschlich und führen doch oft zum Ziel."

Er trat ans Fenster und blickte in die Ferne. „Indes ist mein Besuch bei dir nicht nur privater Natur. Wie ich der Presse entnehme, ermittelst du gegen Zana. Eine junge Journalistin, der ich verpflichtet bin, recherchiert ebenfalls in dieser Sache. Ihr Name ist Ornella Scarlatti."

Silvana ergriff seinen Arm und zog ihn herum. „Du kennst sie? Bitte, erzähle mehr."

Veltri berichtete, was sich seit seinem ersten Treffen mit Ornella ereignet hatte. „Signora Scarlatti ist der Schlüssel zum Vatikan", schloss er, „über sie führt der Weg hinein und hinaus. Was sie veröffentlicht, ist nicht mehr so schnell aus der Welt zu schaffen, weil es glaubwürdig ist. Und genau darin liegt die Gefahr."

Er ließ sich in der kleinen Sitzgruppe gegenüber Silvanas Schreibtisch nieder. Sein letzter Satz hing noch in der Luft, als ihm ein besorgniserregender Gedanke kam. „Habe am Ende ich sie in diese Gefahr gebracht?", fragte er in den Raum.

Silvana setzte sich neben ihn. „Nein, Leonardo, du hast getan, was deine Aufgabe war. Unsere Aufgabe ist es, Signorina Scarlatti zu beschützen. Daran arbeiten wir. Wir haben seit kurzem Kontakt. Aber eine Rückkehr in den Vatikan ist derzeit ausgeschlossen. Dennoch können wir darauf setzen, dass weitere Artikel den Druck innen wie außen erhöhen. Das dürfte uns nützen."

Wahrscheinlich hatte sie Recht. Das Rad der Zeit dreht sich nicht aus sich selbst heraus, dachte Veltri, es wird von außen bewegt. Die einen bringt es nach oben, die anderen zugleich nach unten. Ohnmächtig bewegt sind beide. Und genauso ohnmächtig fallen die oben auch wieder hinunter, wenn die Zeit abgelaufen ist.

‚Unterschlagung, Vertuschung und Geldwäsche unter den Dächern der Kirche.' Als er den Auftaktartikel in der ‚Voce' las, musste Leonardo Veltri schmunzeln. Die Lunte war gelegt. Ornella Scarlatti hatte es sich nicht nehmen lassen, als

Verfasserin zu erscheinen. Sie schlug einen weiten Bogen von Apulien über Rom bis nach New York und zurück in den Vatikan. Die Verbindung reichte von Konten der Diözese bei der Vatikanbank zurück zu großzügigen Spenden der Zana-Gruppe an die Diözese, in deren Mittelpunkt der Erzbischof von Lecce stand. Allerdings brachte sie neben den Überlegungen zu den Todes- und Krankheitsfällen in Apulien auch noch den von Veltri sehnlichst erhofften Strang: die möglichen Beziehungen von Zana zu SAM in Zürich, der A.P.S.A. mit SAM und vielleicht beider mit Blacknight. Die Leser konnten sich auf weitere Schlussfolgerungen freuen. So wie er.

KAPITEL 18

Reise ans Ende der Wahrheit

Den Check-in abgeschlossen, die Bordkarte in der Umhängetasche, gönnte Ornella sich einen Caffè. Noch etwas Zeit, bis der Flug aufgerufen würde. Zeit, ihre Aufregung zu besänftigen, vielleicht auch ihre Angst zu beruhigen. Furcht, Vorfreude, Lust auf Abenteuer und Panik machten ihre Unruhe aus. Ob es zu unvorsichtig gewesen war, das Versteck zu verlassen? Ganz ohne Begleitung, ohne Netz und doppelten Boden? An ihrer Wut, eingesperrt zu sein, wäre sie erstickt, nicht richtig arbeiten zu können, verschlimmerte das Ganze noch. Sie war Freiheit, Aktivität gewohnt. Festgehalten zu sein, sich nicht bewegen zu können, ertrug sie nicht einen Tag länger.

Die Menschen um sie herum, Geräusche, Stimmen, Sätze, Gefühle, das Leben atmen. Familien mit Kindern, junge Rucksacktouristen, eine Seniorengruppe, der ein Guide vorausging, dabei eine Karte hochhielt und sich immer wieder vergewisserte, dass alle aus der Gruppe mitkamen. Endlich sanken Ornellas Aufregung und Anspannung auf ein erträgliches Maß. Ihr fiel Piero ein. Sie musste ihm Bescheid geben. Das Handy lag im Koffer. Neue Sicherheitsbestimmung am Flughafen Mailand. Blieb nur ein öffentliches Telefon.

„Du sollt mich doch nicht anrufen!“, ärgerte sich Piero. „Und was ist das für eine Nummer, was für Lärm?“

„Es ging nicht anders, ich habe es nicht mehr ausgehalten. Schreiben kann ich auch nicht. Ich treffe in New York einen Kontakt. Bemüh dich erst gar nicht, ich bin schon unterwegs. Melde mich, wenn ich zurück bin.“ Sie hängte ein.

Ornellas Flug wurde angekündigt, sie begab sich in den Sicherheitsbereich. Ein Mann fiel ihr auf. Hagere Statur, Mitte vierzig, Jeans, Polohemd, Rucksack, Basecap. Den hatte sie bereits am Coffee Store gesehen, sich aber nicht für ihn interessiert. Schien er sich für sie zu interessieren?

Sah er ihr nach? Schaute er noch jemanden an? Da lehnte ein junger Kerl an einem leeren Informationsstand. Jetzt kramte der mit der Basecap ein Handy hervor und arbeitete angestrengt darauf herum. Zwischendurch maß er Ornella verstohlen aus dem Augenwinkel. Der Junge fummelte inzwischen auch an seinem Handy. ‚Geben die sich untereinander Anweisungen? Bekommen sie welche von außen?' Panikgefühle. ‚Verdammt, beide starren mich zugleich an. Noch immer keiner von der Fluglinie am Transit. Hin und her. Der Sicherheitsbereich geschlossen. Keiner rein, keiner raus.' Sie wusste, sie mussten zum Flugzeug geshuttelt werden. Tausend Möglichkeiten, sie loszuwerden.

Die Crew kam, prüfte die Bordkarten, die Ausweise. „Geht es Ihnen gut Signorina, Sie sind so blass?", fragte eine vom Team.

„Danke, schon in Ordnung. Ich dachte, Handys seien verboten an Bord?"

„Nein, sie müssen allerdings eingeschaltet sein, damit sie geprüft werden können. Früher war es gerade umgekehrt." Die junge Frau lachte.

Falsche Info, falscher Verdacht, innerer Lärm um nichts. Im Bus saßen die beiden Verdächtigen ihr gegenüber – und interessierten sich überhaupt nicht für sie.

New York! Endlich hatte sie ihre Selbstständigkeit wieder, atmete befreit auf und genoss den Anflug über die Stadt. Die Artikelserie war angestoßen, jetzt war es Zeit für ein paar Tage Urlaub, frischen Wind atmen. Ihren Kontakt würde sie erst danach treffen.

So checkte sie im Algonquin ein. Bereits die Fassade begeisterte sie. Im Vintage-Stil, hatte sie etwas von Klassizismus und Jugendstil zugleich. Die Front hellbeleuchtet, auf beiden Seiten über den Fenstern große grüne Markisen mit dem ‚A‘ als Logo. Ein Portier öffnete ihr die Tür und übernahm das Gepäck. Ob es den Algonquin Round Table, dem einst Literaten, Journalisten und Schauspieler angehörten, immer noch gab? Dorothy Parker-Rothschild hatte ihn zusammen mit Robert E. Sherwood und Robert Benchley hier ins Leben gerufen und damit die Upper West Side zu einem bedeutenden Treffpunkt der Kultur gemacht. Und die Hauskatze? Sie war ein Markenzeichen des Hotels und bewegte sich frei. Es gab sie! Sie hieß Mathilda, eine bildhübsche Perserdame, schildpatt. Man konnte sie im Foyer antreffen oder sie vom ersten Stock aus das Kommen und Gehen beobachten sehen. Jedes Jahr zu ihrem Geburtstag gab es eine Party mit den Gästen des Hauses. Der Gedanke zauberte Ornella ein Lächeln ins Gesicht. Sie war entspannt und fühlte sich glücklich.

Selbstvergessen genoss sie die nächsten Tage. Die Spaziergänge durch die Parks, die Museumsbesuche, die Schifffahrt auf dem Hudson. Obwohl das Wetter nicht das beste war, hatte sie ihr Programm absolviert, SoHo durchforstet, Brooklyn und Harlem erkundet und sich abends immer wieder am Charme ihres Hotels erfreut. Doch jetzt würde die Arbeit sie wieder einholen – Dick Fleischhauer kam zum Lunch.

„Miss Scarlatti, es freut mich, Sie kennenzulernen. Dazu noch in solch einer Umgebung. Ich muss gestehen, bevor Sie den Vorschlag mit dem Algonquin machten, weder von diesem Hotel noch von seiner besonderen Geschichte gewusst zu haben. Vielleicht hilft dieser Spirit ja, um uns einen weiteren Schritt voran zu bewegen? Jedenfalls genieße ich Ihre Gesellschaft und das Ambiente.“

Gentlemanlike dachte Ornella. Unerwartet manierlich.

„Mister Fleischhauer, vielen Dank für die Höflichkeiten. Lassen Sie uns zur Sache kommen. Meinen Auftaktartikel haben Sie gelesen. Ein zweiter ist in Vorbereitung. Um den vervollständigen zu können, brauche ich noch einige Informationen, wie sich die Dinge hier abgespielt haben: Fakten, Kausalitäten. Ich hoffe, mit meinem Artikel die Hintermänner aus der Reserve zu locken. Das hat meine Redaktion mit Signora Orsini und Commissario Sforza von den Ermittlungsbehörden in Rom so besprochen."

Fleischhauer nickte. „Die Überlegungen zu der entwickelten Kontotheorie scheinen mir plausibel, die haben Sie in ihrem Artikel ja nur grob angedeutet. Sollten Miss Orsini und Mister Sforza befürworten, dass Sie diese veröffentlichen, dann würde ich zur Vorsicht raten. Sie verstehen?"

„Sie meinen, sonst könnten noch unbekannte Personen in der Versenkung verschwinden?"

„Ja, das auch. Aber mehr noch gäben sie alle ermittlungstaktischen Gestaltungsmöglichkeiten aus der Hand. Ich würde dafür plädieren, zweigleiseig zu fahren: Scheuchen sie die Beteiligten auf, damit sie Fehler machen. Stellen Sie mögliche Zusammenhänge überzogen da, verdächtigen Sie ganz einfach. Dann fügen Sie die Informationen, die noch von mir kommen, in Ihre Kausalbezüge. Mister Sforza ist insoweit informiert."

Er zog die Brauen hoch, drei akkurate Falten bildeten sich auf seiner Stirn. „Wenn Sie sich die Stiftungen vornehmen, wird Ihnen bei einer davon wahrscheinlich der Name Bruno Scarlatti begegnen."

Ornella erstarrte. Ihr fielen Pieros Worte ein: Vater war kein Heiliger. Sie durchfuhr es heiß-kalt.

„Ich sehe, damit können Sie etwas anfangen, Miss."

„Um welche Stiftung handelt es sich?", fragte sie.

„Der Kontotheorie zufolge gehört sie zur Abteilung ‚C', also derjenigen für Kunst- und Restaurierungen. Wir haben umfangreiche Korrespondenzen zwischen Mister Scarlatti und einem Kunden von Blacknight sichergestellt. Da werden Bilder, Bücher und weitere Kunstgegenstände genannt, die vor 1945 hierher in die USA überführt worden sind, um sie vor den Nazis zu sichern. Durchweg Gegenstände, die im Eigentum des Vatikans oder einzelner seiner Repräsentanten gewesen sein könnten. Die Kunstwerke sind noch heute im Bestand des Blacknight-Kunden. Wir können nicht sagen, ob zu Recht. Die Eigentumsverhältnisse sind schwer zu prüfen.“

„Und wo ist der Bezug zu unseren Ermittlungen?“

„Ganz einfach, Miss Scarlatti. Bruno Scarlatti ist ihr Vater. Er hat die Gegenstände damals über Kontakte zur Mafia und zur CIA außer Landes gebracht, wahrscheinlich ohne Wissen der Eigentümer. Denn es gab danach nie eine Recherche. Wohl werden bis heute Gelder an den Kunden gezahlt, die aus dem Umfeld unseres Falles kommen. Von diesen Geldern ist immer ein zehnprozentiger Betrag auf ein Konto im Vatikan geflossen, von dem wir vermuten, Ihr Herr Vater hat es einst angelegt.“

Ornella wurde schwindlig. Vater ein Kunstschmuggler, ein Verbündeter der Mafia? Zu wessen Nutzen sollte er das getan haben?

„Das Konto bei der Vatikanbank lautet auf den verstorbenen Kardinal Roger Spielmann. Inzwischen wird es verwaltet durch einen Kardinal Leggerezza. Allerdings können wir noch nicht sagen, welche Transaktionen darüber laufen. Was wir aber wissen, ist, dass mehrere Unterkonten bestehen. Vielleicht hat sich für Sie ja schon ein beträchtliches Vermögen angesammelt? Und jetzt, wo Sie direkt vor Ort sind ...“

Worauf wollte Fleischhauer hinaus? Konsterniert versuchte Ornella, etwas aus seiner Miene herauszulesen. Wenn es sich bei Leggerezza um eine der Schlüsselfiguren handelte, war er dann Drahtzieher oder Handlanger? Die Mafia stand in der Kontinuität dieser Bezüge, Leggerezza leitete die A.P.S.A., manipulierte Berichte. Und er war etwa in einem Alter mit Veltri.

„Geht es Ihnen gut, Miss? Sie sind etwas blass.“ Fleischhauer öffnete eine Flasche Wasser. „Haben Sie Verwandte oder Bekannte in den Staaten?“

Sie schüttelte den Kopf. Das hier nahm so persönliche Dimensionen für sie an, es würde kaum abzusehen sein, ob sie nicht selbst in den Strudel gerissen werden würde.

„Meines Erachtens ist es für Sie hier sicherer als drüben in Italien. Selbst wenn Sie sich versteckt halten. Je mehr sich die Sache alleine durch ihre Artikel zuspitzt ... Es wäre auch leichter für alle anderen, wenn keiner weiß, wo Sie jetzt sind."

Fragend sah Ornella ihn an. Sie fühlte sich einsam und verlassen. Gefühle, die ihr sonst fremd waren.

„Ich besorge Ihnen eine sichere Bleibe. Einverstanden?"

Nachdem Dick Fleischhauer gegangen war, befielen sie panische Ängste. Was der Einstieg in ihren journalistischen Aufstieg hätte werden sollen, ihre Akkreditierung, der päpstliche Auftrag, die Story, würde das ihr unaufhaltsamer Abstieg in dunkle Familiengeheimnisse werden, die sie und Piero vielleicht das Leben kosten konnten? Gedanken hämmerten auf sie ein. Wer war Papa? Was hatte er für ein Netz gesponnen? Wer war darin involviert? Sie erinnerte sich an das Gespräch mit Piero. Da hatte er von dunklen Geschäften gesprochen. Er hatte auch angedeutet, irgendwo sei Geld vorhanden, von dem die Familie ein Stück weit lebte, ihre Ausbildung am Ende durch Mafia-Geld bezahlt? Die Unterstützung durch Piero nur Tarnung? Damit wollte sie sich in den letzten Jahren nie auseinandersetzen, holte sie das nun ein? Welchen Anknüpfungspunkt gab es?

Fast erleichtert nahm Ornella die Nachricht auf, dass sie nun eine andere Unterkunft beziehen würde. Denn seit der Begegnung mit Dick Fleischhauer kämpfte sie mit Stimmungsschwankungen. Der Genuss des Hotels, die Parks, ihre Ruhe, nichts konnte sie mehr erfreuen. Zu oft musste sie an ihre möglichen familiären Verstrickungen denken.

Es war ein klarer, heller Tag. Die Polizisten fuhren mit ihr über die Brooklyn Bridge. Der Blick auf Brooklyn, der einer Sightseeing Tour. Abzweig Cadman Plaza. Auf die Old Fulton, vorbei an der Anchorage Plaza, rechts das Grimaldi's, ein Pizza-Tempel in einem weißen doppelstöckigen Haus aus dem neunzehnten Jahrhundert, fast schon unter der Brücke. Dann eine Wende in die Furman Street und kurz darauf links in eine Gasse, so eng, dass sie schon das Schrappen der Außenspiegel hörte, noch bevor es eingetreten war. Doughty Street. Sie sah die Katastrophe kommen. Nummer 17, Ecke Elisabeth Place, ein alter, roter Backsteinbau, grüne Gitter im Untergeschoss, Industriearchitektur aus den Zwanzigern. Sieben Geschosse, verlassen. Die Beamten parkten den Chevy Volt neben dem Gebäude, einer entfernte das Bügelschloss am verdreckten Eingang.

Muffiger, abgestandener Geruch schlug ihnen entgegen. Die Cops schwiegen. Sie brachten Ornella in den ersten Stock. Im hinteren Bereich der Etage war offensichtlich eine Art Wohnung vorgesehen. Drei Zimmer, ein altes Sofa, eine provisorische Dusche mit zerrissenem Vorhang, Putzmittel in einem Eimer, ein Kühlschrank aus den Fünfzigern. Einer der Cops schaltete den Strom ein. Mit einem lauten Poltern setzte der Motor des Frigos ein. Die Beamten gaben ihr einen Schlüssel und erklärten dazu, das Türschloss funktioniere. Kontakt einmal pro Tag per Mobiltelefon oder im Notfall. Damit überließen sie Ornella dem Gebäude und ihrer Stimmung.

Die Stille lastete auf den Schultern, ihre Fußspuren im Staub auf dem Boden. Eine Landkarte der Verzweiflung. Eben noch im Paradies, nun im letzten Hinterhof einer Metropole. Ihr Herz sank wie ein Sack Steine in den Schmutz.

Sie schleppte es hinter sich her. Durch die blinden Scheiben kein Blick nach draußen. Die Küchenecke so verdreckt, dass ihr vor Ekel schlecht wurde. Sie öffnete den Kühlschrank. Voller Grünspan, ausgelaufene Flüssigkeiten, Essensreste. Speiübel. Badezimmer. Keine Klobrille, alles beschmiert. Mit voller Wucht trat sie vor die Badezimmertür, dass sie aus den Angeln brach. „Drecksloch, Scheißkerl", schrie Ornella gegen die kahlen Wände. Sie bekam einen Heulkrampf.

Es dauerte Minuten, bis sie es schaffte, sich zu sammeln. Dies war nicht das Garden's Inn, Lecce war Welten entfernt. Aber sie war noch immer Ornella Scarlatti, Journalistin bei der ‚Voce', und kein Kind mehr. Sie ließ das Wasser laufen, bis es klar wurde, wusch ihr Gesicht und versuchte, sich abzulenken. Make-up erneuern, etwas anderes anziehen. Eine Erkundung der Umgebung. Alte Hafen- und Industrieanlagen, stillgelegt. Baufällige, mit Brettern notdürftig gesicherte Wohnhäuser. Umgefallene Metallmülltonnen, Unrat auf der Straße. Dazwischen Totgrundstücke, überwuchert. Abgerissene Gestalten musterten sie. Einkaufswagen mit Plastikbeuteln, hochgetürmt. Zwei dicke Frauen mit schreienden Kindern auf den Armen drängten sich an ihr vorbei. Schweißgeruch. Vor einem heruntergekommenen Haus wehten Vorhänge aus dem Fenster, Rapmusik dröhnte, Jugendliche, die sich mit Messern gegenseitig imponierten. Mulmiges Gefühl, als sie die passierte. Riefen ihr Unflätiges hinterher, brüllten, lachten. Ein paar Ecken weiter die breite Old Fulton, belebt. Erste Gebäude mit frischer Farbe, sauber. Der Pizza-Laden. Nur junges Volk. Endlich begegnete ihr urbanes Leben. Alte Back- und Sandsteinhäuser aus dem 19. Jahrhundert, gut in Schuss, kleine Lebensmittelläden, Waren in Auslagen vor dem Fenster. Leute unterhielten sich vor den Geschäften. Ein gut sortierter Schuhladen tauchte auf. Etwas, womit sich ihr Herz gern besänftigen ließ. Sie stöberte lange, kaufte aber nichts. Direkt daneben eine schick gestaltete Buchhandlung. Auch hier nur stöbern.

Ein paar Ecken weiter ein prächtiger Seitenanblick auf die Brooklyn Bridge. Davor das River Café.

Mittlerweile dunkelte es. Die Brücke tauchte in künstliches Licht. Sie betrat das Café. Kaum Gäste, sie setzte sich an einen Tisch mit Sicht auf die Brücke und das gegenüberliegende, glitzernde Manhatten. Selbst das neue World Trade Center war angestrahlt. Für einen Moment vergaß sie ihren Frust und gab sich entspannt dem Blick hin. Als das Essen kam, hob sich ihre Stimmung nochmals. Zugegeben, New American Cuisine, was sollte einem das schon sagen? Doch die Kreationen schauten hübsch aus und schmeckten. Wein machte ihren Kopf schwer. Der Kellner erklärte ihr den Heimweg, empfahl ein Taxi.

Ornellas Verhältnisse verbesserten sich in den nächsten Tagen leicht. Die New Yorker Polizei kooperierte mit den italienischen Kollegen, Staatsanwältin Orsini konnte Zeugenschutz für sie durchsetzen, die Kollegen vor Ort betreuten sie ein wenig. Ein Technikerteam kümmerte sich um sicheres Internet und Telefon, ein Paar Möbel wurden angeliefert, ein Putzdienst machte sauber. Fehlten nur noch neue Fenster.

Lebensmittel kamen von Toni ins Haus. Er hatte einen Laden in der Old Fulton, neben dem Eagle-Warehouse Store. Ein kleines Geschäft mit dem Sammelsurium italienischer Lebens- und Kochkunst. Toni war Native-American, sprach aber noch verhältnismäßig gut Italienisch. In der Ferne schätzt man das daheim Selbstverständliche, dachte Ornella, da ist die Sprache sicher das Vertrauteste. New York war vielleicht die ‚italienischste‘ Stadt der Staaten, doch wen kannte sie hier schon? Und die Mafia war hier auf heimischem Boden. Das hieß auch: wenig italienische Kontakte! Im Grunde blutete ihr das Herz daran, aber ihr Leben war wichtiger.

Wie lange würde der Aufenthalt hier dauern? Es ließ sich nicht abschätzen. Deshalb musste sie dringend herausfinden, wo die nächste Wäscherei lag. Google zeigte zwei im Nordosten und eine im Südwesten, Atlantic Avenue, Cobble Hill. Nordosten viel zu weit, also Südwesten. Sie machte eine Busroute ausfindig. Mit einem schwarzen Sack voller Wäsche saß sie eingepfercht zwischen den engen Sitzen, beim Herausziehen riss er, Unterwäsche fiel heraus, sie hätte einen Anfall kriegen können, fluchte laut auf Italienisch. Passagiere guckten blöde, keiner half ihr. Dann die Wäscherei, es dauerte Stunden, bis alles gewaschen, gebügelt, verpackt war. Sie begann diese Stadt zu hassen.

Commissario Sforza hatte ihr als einer der Ersten geschrieben. Ihn beruhigte ihr Aufenthalt im fernen Exil, damit sei die Sorge um ihre Sicherheit erst mal ausgestanden. Des Weiteren fragte er an, ob sich Ornella vorstellen könne, als Zeugin der Anklage auszusagen. Sie versprach, es sich zu überlegen. Mit der Anfrage von Sforza kehrten auch die bedrückenden Hinweise Fleischhauers zurück, die sie in den vergangenen Tagen verdrängt hatte. Derzeit ausgeschlossen, Kontakt mit Piero aufzunehmen. Ihre innere Unruhe hatte sie wieder fest im Griff.

Während der nächsten Tage brütete sie über ihrem neuen Artikel. Die Informationsversorgung war gut, das Arbeiten entspannte. Ornella bezog jetzt die Unterlagen von Monsignore Veltri mit ein. Sie konnte so den größeren Bezugsrahmen von Washington über Argentinien bis nach Italien vertiefen. Der Missbrauchskomplex hatte ihr fast den Atem verschlagen. Anfänglich hatte es nur danach ausgesehen, dass O'Leary als zentrale Figur im Fokus stehen würde, jetzt schien er nach einer Zwischenstation in Buenos Aires in Rom zu weilen. Es half nichts – sie musste dorthin, wo es weh tat, an den Ort der Verbrechen. Dick Fleischhauer nahm sie mit nach Washington.

Was Ornella in der Diözese antraf, sprengte ihre schlimmsten Befürchtungen. Eine hoffnungslos überforderte Diözesanleitung, ein aufgelöstes Domkapitel, verwahrlosende Liegenschaften, die Kircheneingänge mit Brettervorbauten verengt, massive Polizeipräsenz, Übertragungswagen von Nachrichtensendern, davor Protestbewegungen, Mahnwachen.

War man hier im Kriegszustand?

Ornella dachte an O'Leary. Wenn der hierher zurück musste, dann stürzte er in einen scheiß Albtraum.

Sie gab sich inkognito als Verwandte einer der betroffenen Familien aus, das erleichterte ihr den Zugang zu Personen und Informationen. Trotzdem überraschte es sie, wie schnell sie dem Justiziar der Diözese gegenübersaß. Auf der Visitenkarte stand: John Reid, Senior Attorney at Law, Steurer & Cie., NY. Ein Mann um die siebzig, beleibt, im klassischen Oxford-Anzug, sehr gepflegt. Mit einem überlegenen Lächeln musterte er sie.

„Nun, Miss, ich denke nicht, dass Sie sind, was Sie vorgeben. Und wir beide wissen, dass Sie sind, was Sie nicht vorgeben. Können wir uns daher direkt ihrem Anliegen widmen? Meine Zeit ist knapp."

Ornella war erstaunt, woran hatte er das erkannt? Oder war es nur gut geraten? Sie entschied, das sei gleichgültig, und stellte ihre Fragen. Mühsam, Detail für Detail, zog sie dem schmerbäuchigen Justiziar aus der Nase, dass nicht nur mehrere Strafverfahren wegen Missbrauchs gegen O'Leary liefen. Die Diözese hatte auch in Rom ein Amtsenthebungsverfahren gegen den Bischof beantragt. Sie nahm sich vor, dieser Information nachzugehen. Dafür musste sie sich der Hilfe Monsignore Veltris versichern.

Nun stand Ornella das schwerste und bewegendste Kapitel ihrer Recherchen bevor: die Begegnungen mit den Eltern der missbrauchten Kinder. Die Diözese bot eine psychologische Betreuung an. In einem größeren Raum warteten Eltern auf ihren Termin. Sie trugen Namensschilder aus Papier auf der Kleidung. Ornella setzte sich zu ihnen, kam mit einer Dame ins Gespräch.

„Schauen Sie nur her Miss! Das ist unser Peter, da war er vierzehn.“ Eine Missis David Bowers hielt ihr Fotos eines Jungen hin, die ihn beim unbeschwerten Spiel mit seinen Freunden zeigte. Fußball, Basketball, eine Geburtstagsparty. Mittelstand. Herzlichkeit, Freundlichkeit, Behütetsein ließen sich in allen Bildern ablesen.

„Er ist ... war so aufgeweckt, so fröhlich.“ Sie legte Ornella aktuelle Fotos vor. Tränen liefen über ihr Gesicht. Bilder eines verhärmten Jugendlichen, der nicht in die Kamera schaute, Augen die keinen Glanz hatten, stumpf blieben. Dem Vater standen Zorn und Verzweiflung ins Gesicht geschrieben. Mit Macht unterdrückte er seine Tränen, sprach betont leise, umfasste Ornellas Hände, was für sie einen sakramentalen Zug hatte, dann gab er ihr eine Mappe mit weiteren Fotos.

„Sehen Sie, Miss!“

Auf dem Umschlag stand ‚Ermittlungsfotos der Staatsanwaltschaft‘, beschlagnahmt im World Wide Web. Ornella blieb das Herz stehen, am liebsten hätte sie die Mappe sofort wieder zugeschlagen. Priester bei obszönen Sexpraktiken, Opfer gefesselt, Hilfsmittel zur Erweiterung der Öffnungen, erigierter Penis im Mund des Opfers, von anderen festgehalten, Lachen der Folterer, bespritzte Gesichter, blutige Rücken mit erigiertem Glied darauf, Oral- und Analpenetration von zwei Patres zugleich. Sie hatte genug, zuviel gesehen, klappte die Mappe zu. Auch ihr kamen die Tränen, der Schock durchwühlte sie. Zerriss ihr Innerstes. Sie musste ihre Akkreditierung zurückgeben. Diese Bilder würde sie kaum mehr loswerden.

Der Mann schob ihr die Mappe wieder hin. „Lesen Sie, Miss.“ Er schlug den hinteren Teil auf.

Ihre Augen schmerzten, sie fühlte sich dem nicht weiter gewachsen. Der Mann pochte mit dem Finger auf einen Absatz, der vor lauter Textmarker grell leuchtete. Es ging um Cedric Steward, den Jungen, der sich das Leben genommen hatte. „Geh‘ heim, häng‘ dich auf! Du bist eine Schande für unsere Gemeinschaft. Verräter.“ Er wird drangsaliert, getreten, zu Boden geworfen, Mitschüler urinieren auf ihn, onanieren ihm ins Gesicht, während er gefesselt an einem Turngerät kauert. Im Klassenzimmer wird er von hinten mit Kot beschmiert, ein Teil der Haare abrasiert.

Ornella klappte die Mappe abermals zu. Stand auf. Toilette. Übergab sich. Zitterte. Ausgelaugt. Zorn, heiliger Zorn. Ging zurück. Offenbar hatten sich die Eltern gestritten. Die Frau weinte. Der Mann ging auf Ornella zu, packte sie an den Schultern, schüttelte sie, brüllte: „Wie kann die Kirche, der Papst damit leben? Unsere Kinder sind zerstört.“

Zu viel, Ornella ergriff die Flucht. Andere Eltern auf dem Flur. Es hatte sich rumgesprochen, dass eine aus Italien da war, die berichten wollte. Wieder Bilder, Männer hielten sie fest, sie sollte hinsehen. Frauen mit tränenerstickter Stimme. „Dafür müssen die Kuttensäcke sterben!“, schrie jemand. Andere stimmten ein: „Alles abschneiden, Giftspritze!“ „Vergasen“, rief einer.

Mit Mühe schaffte Ornella die Verabschiedung. Zurück blieb eine brodelnde Masse. Fast ein wütender Mob. Und doch fragte sie sich, ob nicht der schwarze Mob der schlimmste war. Ihr war schlecht, sie fühlte sich müde und schwach.

Dick Fleischhauer hatte sie gebeten, den Amtrak zurück nach New York zu nehmen. Er würde die nächsten Tage hier zu tun haben. Von der Matthäus-Kirche aus machte sie sich auf zur Rhode Island Avenue, um den Bus Richtung Union Station zu nehmen. Es hatte zu regnen begonnen, die Leute hantierten mit Schirmen an der Wartestelle, zähflüssiger

Verkehr. Als ein Bus in Sicht kam, bewegte sich die Menge, drückt sie nach vorn in den Regen. Der Wind peitschte ihr die Nässe ins Gesicht, riss ihren Regenschirm um, sie fühlte den Stoß kaum, der sie von hinten auf die Fahrbahn drückte. Sie stolperte, versuchte den Schirm wieder aufzuspannen. Rufe drangen an ihr Ohr. Sie drehte sich um, der Bus trompetete mit seiner Hupe, das Horn von Jericho, Angstschreie aus der Menge als Feldgeschrei vor dem Fall, gleißendes Licht, jemand riss an ihrer Jacke, zog sie zurück. Panik ließ sie erstarren. Kreischende Bremsen, sie fiel auf den Gehweg, schlug mit dem Kopf auf.

Ornella konnte keinen klaren Gedanken fassen. Ihr Kopf schmerzte, die Augen brannten. Nachdem sich die Aufregung gelegt und man sie pitschnass in den Bus gebracht hatte, pochte ihr Herz immer noch in heller Aufregung. Die Leute redeten wild durcheinander, sie verstand nichts. Fragen, Kommentare, alles ging an ihr vorbei. Hatte sie ihrem Retter gedankt? Wer war es? Alle bemühten sich um sie. Ein Mann mittleren Alters fragte sie nach ihrem Ziel, bot sich an, sie ein Stück weit zu begleiten.

Als sie die Union Station erreichten, beruhigte sich Ornella langsam. Aber ihr war unsagbar elend. Mit letzter Kraft schleppte sie sich in das prachtvolle Tonnengewölbe der großen Eingangshalle. Durchnässt und zittrig ließ sie sich auf eine der Sitzbänke fallen. Während ihr Begleiter die Karten für den Amtrack am Automaten zog, hasteten Menschen an ihr vorüber, Kinder riefen und spielten. Todeskälte durchfuhr sie. Erst jetzt kam ihr zu Bewusstsein, was passiert war. Jemand musste sie gestoßen haben. Oder war sie doch gestolpert? Ihr Begleiter lächelte, setzte sich zu ihr. Angst kroch herauf. Sie kannte den Mann nicht. Wieso kümmerte der sich um sie, versuchte sie zu beruhigen, machte Konversation? Jemand aus dem Umfeld der Diözese? Ein Scherge des Erzbischofs? Oder sogar des Vatikans?

Assassinen kannten eine lange Tradition. Nicht zu erkennen, professionell, lautlos.

Der Zug kam pünktlich. Der Begleiter verstaute sein Gepäck. Ornella legte ihre Umhängetasche auf den Nebensitz. Als der Zug sich in Bewegung setzte, war der Großraumwagen nicht mal bis zur Hälfte gefüllt. Sie saß noch immer in ihrer Jacke. Die aufsteigende Wärme umhüllte ihre nasse Kleidung. Sie zog so viel davon aus wie möglich und legte die Stücke über die Wärmeluftzufuhr. Zweieinhalb Stunden würden kaum reichen, die Sachen zu trocknen. Der Schaffner kam und entwertete die Tickets. Sollte sie in einen anderen Wagen wechseln? Den Zugbegleiter um Hilfe bitten? Sich den Ausweis des Mannes zeigen lassen? Die Polizei verständigen? Der würde alles empört abstreiten, von einem Unfall sprechen. Sie eine hysterische Zicke, ein wahnhaftes Weib, er ein einfacher Reisender. Mit Mordwerkzeugen im Gepäck. Sie könnte anrufen! Dick, Angelo, Piero? Von ihrem Schicksal berichten? Der Mann lächelte und blickte aus dem Fenster. Die Landschaft rauschte vorüber. Erschöpfung übermannte sie.

Jemand hatte sie vor Gericht geschleppt. „Lügnerin“, schallte es ihr entgegen. Aber sie hatte noch kein Wort gesagt!

„Alles an dir lügt“, drohte die Stimme. „Du bist eine Schande für unsere Gemeinschaft!“, dröhnte es in ihren Ohren.

Aber ich bin doch eine Christin, protestierte sie, ich darf hinein in den Palast! Der Einwand schien ins Leere zu gehen.

„Du jammerst wie einer dieser läppischen Jesuiten! Auf meiner Liste deiner Verfehlungen steht ganz anderes. Dein Vater hat uns gedient. Du aber schickst dich an, uns zu schaden. Legt sie in Ketten, damit sie ihren Frevel büßt.“ Ein schwarzer Engel im vollen Harnisch kam und schlug sie ins Eisen. Da erschien ein anderer mit einer Schriftrolle in Händen und gebot ihm Einhalt.

„Bereinige, was dein Vater hätte tun müssen, und bemühe dich, den Sumpf in meinem Haus trocken zu legen. Dann wird man dich schonen“, drohte die Stimme ein weiteres mal.

„Miss?“ Der Zugbeleiter zupfte sie am Arm. „New York, Grand Central Station“.

Sie war wieder im Leben. Und jetzt? Im Moment konnte sie unmöglich nach Brooklyn in dieses miese Haus fahren. Sie stieg in die U-Bahn Richtung Bowery. Little Italy. Wo war dieser Mann aus dem Zug? Verfolgte er sie? Gemischtes Publikum um sie herum. Keiner, auf den ihre Erinnerung passte. Instinktiv wich sie von der Bahnsteinkante zurück. Ein Unfall in der Metro? Einer von vielen. Selbstmord einer paranoiden jungen Frau. Tragisch! Doch kam immer mal wieder vor. Kein Grund, sich Gedanken zu machen. Von einer Bank aus, mit sicherem Abstand zu den Gleisen, beobachtete sie die Leute. Krampfhaft hielt sie an ihrem Gepäck fest. Idiotisch. Das würde sie auch nicht retten. Der Zug lief ein. Gedränge. Kein Sitzplatz. Stehen im Gang. Türen noch offen.

Da war er! Ihr Begleiter. Also doch! Keine zehn Meter entfernt lief er an der offenen Tür vorüber. Er lächelte ihr zu. Assassinen sind schwer auszumachen. Sehen aus wie du und ich, dachte sie. Kriechen in jede Identität. Sie merkte den Schweiß vom Haaransatz in den Nacken rinnen, sah sich um. Wer würde ihr helfen, stieg der Mann ein und bedrohte sie? Türen geschlossen. Ruckeln. Leute wippten. War er eingestiegen? Bebend blickte sie zu den Wagenübergängen. Bleecker, Broad Way, Lafayette. Sie musste bis zur Canal Street. Ab Prince kein weiterer Halt mehr. Licht aus. Alles dunkel. Wurde sie langsam verrückt? Zweifel. Der Mann in der Metro, Einbildung? Das Licht schaltete sich wieder ein. Sie schaute sich um. Keiner nahm Notiz von ihr.

Ornella ließ sich aus dem Abteil spülen und folgte dem Strom hinauf auf die Canal. Sie starb vor Hunger, musste etwas Italienisches zu essen bekommen. Little Italy ernüchterte sie. Chinatown überwucherte es von Süden her, es schien ihr, als hätten die Italiener ihrem angestammten Viertel lange schon den Rücken zugekehrt. Selbst die Mulberry Street kaum noch italienisch. Eine Abmachung zwischen italienischer und chinesischer Mafia? Die Mafia und die Triaden als Stadtentwickler? Sie brach ab. Die nächste Querung nutzte sie und wich auf die Mott Street aus, endlich etwas italienisches Flair. Die Restaurant-App schlug das Vincent's vor. Ein typisch italienischer Laden, Ambiente wie aus den Fünfzigern, zu Preisen von heute. Über hundert Jahre Familientradition. Sie freute sich und trat ein. Es war viel los. An den Wänden Fotos von de Niro, Scorsese, Liotta, Pesci. Sie fühlte sich zurückversetzt in alte Zeiten. La lingua, la famiglia, la cena, Wärme, Behaglichkeit, Geborgenheit. Der Wein brachte eine Schwere in ihre Beine, sie brauchte ein Taxi.

„Signora, il taxi, per favore." Der Kellner half ihr in den Wagen. Sie gab dem Fahrer die Adresse: Brooklyn, Doughty Street.

Ornella hatte noch mitbekommen, wie sie auf die Brooklyn Bridge aufgefahren waren. Danach war sie eingenickt. Nun stand der Wagen im Dunkeln auf einem Schrottplatz. Der Fahrer weg. Kühle drang durch die geöffnete Fahrertür ins Wageninnere. Ein mäßiger Wind trug Schiffsgeräusche herüber. Ketten klirrten aneinander. Der Platz schien unbewacht. Die sonst unvermeidlichen Hunde gab es dem Anschein nach auch nicht. Beklemmung ergriff Besitz von ihr, vorsichtig stieg sie aus. Das Gelände lag wie tot. Ein Blick hinters Steuer verriet ihr, dass der Fahrer den Wagen nicht in Eile oder kopflos verlassen hatte. Die Wagenschlüssel waren weg, das Lenkrad ließ sich nicht bewegen, eingerastet. Sollte hier irgendetwas mit ihr geschehen? Panikgefühle. Sie fingerte nach ihrem Mobiltelefon. Netzfehler! Ihre Augen suchten den Platz ab. Meterhoch türmten sich alte Autowracks, die Umrisse eines großen Krans deuteten sich an. Ihr Puls befeuerte einen Schweißausbruch nach dem anderen. Keiner würde sie hier finden, zu Tode gepresst in einem der Wracks. Dann kleingehäckselt und eingeschmolzen. Ihre Beine versagten den Dienst. Staksend und unsicher versuchte sie dem Platz eine Orientierung abzugewinnen. Sie stolperte einmal, zweimal, fiel hin, begann aus Schnittwunden an den Händen zu bluten. Alle Versuche, einen Weg im Dunkel auszumachen, schlugen fehl. Schließlich kam sie wieder zum Taxi zurück, ihre Kleidung blutverschmiert. Sie kramte erneut ihr Mobiltelefon hervor. Netzfehler!

„Ihr Schweine, ihr dreckigen Schweine, was wollt ihr?“, schrie sie. Die Nacht lag weiter ruhig um sie herum.

Ornella setzte sich erschöpft auf den Fahrersitz. Im fahlen Licht der Deckenlampe betrachtete sie ihre dreckverschmierten, blutenden Hände. Der erste Schuss zerfetzte die Stille. Dicht hinter ihrem Kopf vorbei durchschlug er das Seitenfenster. Es folgten zwei weitere Schüsse. Endlich konnte sie sich aus ihrer Schockstarre lösen. Mit einem Griff schloss sie die Tür und quetschte sich unter die Armaturentafel. War das sinnvoll? Aussteigen, weglaufen? Sie dachte an das Pastrami. Ihre Henkersmahlzeit im Vincent‘s, war das hier in der Nähe? Der Gedanke blieb stecken, so wie die gefühlten zwanzig weiteren Kugeln, die in einem Hagel auf das Auto niedergingen. Nicht wie eine Salve, sondern wie im Stakkato.

„Miss?“ Jemand zupfte sie am Ärmel. Sie weigerte sich, auch nur irgendetwas wahrzunehmen. Sie war tot! Alles zu einem Ende gekommen. Die sanften Hügel des Latium, einsame Zypressen auf Anhöhen. Das Getreide der Felder stand satt auf dem Halm. Die Nachmittagssonne leicht stechend. Sie fühlte unendliche Zufriedenheit. Piero hatte sie abgeholt, aus dem Vatikan befreit. Sie trug ein Habit.

Die Rettungssanitäter befreiten sie. Die Umgebung hell erleuchtet. Stimmengewirr. Jemand legte ihr eine Manschette zur Pulsmessung an. Andere verbanden ihre Wunden. Sie war dreckig, sie musste sich waschen. Eine Spritze, ohne Nadel bekam sie eine Injektion, man hatte ihr einen Zugang gelegt.

„140 zu 90, sie hat drei Milligramm Doxylamin bekommen und hängt jetzt an der Infusion.“

„Miss?“ Irgendwer öffnete ihre Augen, leuchtet hinein. Blitze, sie bäumte sich auf, fiel aber sofort wieder in sich zusammen.

Der Officer vom NYPD, der sie zu den Umständen vernahm, erklärte ihr, dass die Kollegen sich Sorgen gemacht hätten, weil sie nicht zu erreichen gewesen sei. Dick Fleischhauer habe angegeben, sie sei nachmittags mit dem Zug gestartet, und so habe man sie immer wieder über ihr Mobiltelefon zu orten versucht. Bis spät abends. Sie war nun im Bellevue Hospital Center. Langsam erinnerte sich Ornella an das Vergangene. Ihr erster Impuls war, dem Mann zu bedeuten, sie gefälligst in ihre Unterkunft zu bringen. Aber sie sah auf ihre Verbände, auch an die Infusion war sie noch angeschlossen. Sie erklärte wo sie gewesen war. In Little Italy. Je mehr Fragen der Lieutenant anstieß, desto mehr arbeitete es in ihr.

„Miss, das ist alles sehr ungewöhnlich und ich begreife ihre Besorgnis. Aber, verstehen Sie mich nicht falsch: Dass Sie hier liegen, nur kleine Blessuren haben, sicher auch einen großen Schock, doch insgesamt glimpflich davongekommen sind, führt mich zu der Annahme, dass der Unfall in Washington und der eindeutige Anschlag auf Sie hier in New York zusammenhängen könnten. Und dass diese Entwicklungen ein Warnschuss – wofür – sein könnten? Ihre Recherchen einzustellen? Die Veröffentlichungen zu unterlassen?“

Ihr drehte sich alles im Kopf. Angst kroch über die Bettdecke hoch, umschloss ihren Hals. Mund staubtrocken. Sie krächzte. Der Officer reichte ein Glas Wasser. Ihr war schwindlig. Feinde konnten überall sitzen. Zana, die Diözese, der Vatikan ... und was war eigentlich mit Fleischhauer? Der wusste mehr, als er gesagt hatte. Vielleicht ging es ihm darum, in seinem Sinn potenzielle Täter aufzuscheuchen, und er missbrauchte sie als Köder? Dann wäre seine Vertrauensbereitschaft taktisch gewesen. Kam sie hier zu Tode und der Täter würde gefasst, ließen sich eventuelle Hintermänner identifizieren. Ein weiterer Schritt für die Finanzpolizei. Die Auftraggeber stünden aus zwei Gründen vor Gericht, erstens, weil sie Finanzvorschriften missachtet hatten, zweitens, weil ihnen der Mord an ihr nützte. Ein vorteilhafter Schachzug. Ihr grauste.

Sie fragte: „Was werden Sie unternehmen?“

„Wir müssen zunächst die kriminaltechnische Untersuchung abwarten. Leider stammen die Hülsen der Patronen aus einem gängigen Kaliber, wenn da nicht besondere Auffälligkeiten zu finden sind, wird dieser Weg schwierig. Fingerabdrücke, Schuhabdrücke, besonders der Aufenthaltsort des Schützen. Aber wenn das ein Profi war, was anzunehmen ist, dann finden wir gar nichts.“

„Und warum lebe ich dann noch?“

„Wie gesagt, gehen Sie davon aus: Hinter allem steckt ein Plan. Das Verborgene hinter dem Offensichtlichen zu finden, ist unsere schwierigste Aufgabe. Ich bin hier fertig. Denken Sie daran: ‚It‘s dangerous to be sincere unless you are also stupid.‘ Miss.“

„Gefährlich, aufrichtig zu sein“, dachte sie. Ja, das hatte was. Sicher war sie in vielem zu vertrauenswürdig. Zu schnell und klar geradeaus. Das machte sie berechenbar. Während sie bei ihrem Gegenüber oft nicht hinter die Maske sah, nicht mal eine vermutete. Ob der smarte Mister Fleischhauer auch so eine Maske trug? Sie erinnerte sich an einen Satz Vaters: ‚Das Dichten und Trachten des menschlichen Herzens ist böse von Jugend auf.' Als Kind hatte der Satz für sie keinen Sinn ergeben.

KAPITEL 19

Schwarze Schatten

Angelo und Silvio sahen sich in ihren dunkelsten Ahnungen bestätigt, als sie die Nachricht von den Vorfällen in New York hörten. Ein erstes Telefonat mit Ornella beruhigte sie vorerst: Sie befand sich auf dem Weg der Besserung und ihre Lage hatte sich leicht entspannt, aber die traumatischen Eindrücke würden sie noch länger verfolgen.

„Schutzengel gehabt", sagte Silvio. „Hast du schon mit der Orsini gesprochen?"

Endlich einmal kein Unterton in Silvios Stimme, registrierte Angelo. Er konnte, wenn er wollte. „Ja, Fleischhauer hat sie angerufen, die Kollegen aus New York auch. Momentan weiß keiner, wie wir weitermachen sollen. Signora Scarlatti steht jetzt unter besonderer Bewachung, ihr wird hoffentlich nichts weiter passieren. Allerdings ist auch ihre Rückkehr mit großen Unsicherheiten, vielleicht sogar Gefahren verbunden. Wenn ihr zweiter Artikel erscheint, wird es Unruhe geben. Dann haben wir genug zu tun, um die entscheidenden Hintermänner ausfindig und bestenfalls dingfest zu machen."

Sie hatten sich zum Arbeitsfrühstück bei Angelo getroffen. Eigentlich sollte Claudia auch kommen, aber dringende Dezernatsarbeiten verhinderten dies. Oder war das ein Vorwand gewesen, um Angelo auszuweichen? Er stand vor dem Snookertisch und schob unschlüssig ein paar Kugeln mit der Hand über das Tuch.

Silvio schaute ungewohnt finster drein. „Müssen wir auch hier mit Anschlägen auf Signorina Scarlatti rechnen?"

„Wahrscheinlich", antwortete Angelo.

„Dann scheidet sie als Lockvogel aus", sagte Silvio, „eine Jagd auf die Scarlatti können wir jetzt nicht auch noch gebrauchen."

Angelo trat aus der Küche auf die Terrasse hinaus. Ornella Scarlatti als Lockvogel, war das denkbar? Nach den Anschlägen in Amerika schien das Risiko nicht kalkulierbar. Was, wenn man sie entführte, folterte, tötete? Er riss sich für einen Augenblick von diesem Gedanken los und griff nach den Biscotti auf dem Tisch. „Nur mal theoretisch: Wie könnte das mit Ornella als Lockvogel aussehen?“ Er steckte einen Biscotto in den Mund und begann darauf herumzukauen.

Silvio zuckte die Achseln. „Nimm das Naheliegende: Bau‘ sie offiziell als Zeugin der Anklage auf. Richte einen Nachrichtenblog auf einer verschlüsselten Seite im Netz ein, über die sie mit potentiellen Informanten kommunizieren kann. Nach ihrem nächsten Artikel in der Voce gibt sie dann weitere Statements in unterschiedlichen Zeitungen ab, am besten verstreut über die ganze Republik. Das schafft Verwirrung, weil die Betroffenen nicht wissen, wo man sie suchen oder finden könnte. Das macht sie natürlich wütend und sie kriegen Angst.“

„Und machen Fehler“, ergänzte Angelo und nickte. „Gut, dann versuchen wir es so. Vielleicht locken wir jemand aus der Deckung, der mit Zana oder Leggerezza noch eine Rechnung offen hat.“

„Oder es kommt noch ein Tipp zum Mord an der Richterin“, überlegte Silvio. „Aber wohin mit Ornella? In Rom ist sie nicht sicher.“

Angelo schmunzelte. „Wollte Silvana nicht im Vatikan schnüffeln? Die haben bestimmt ein Plätzchen übrig. Zugleich sollte der Eindruck entstehen, Ornella könnte im Vatikan Zuflucht suchen. Das konzentriert die Angriffsfläche und eröffnet bessere Zugriffsmöglichkeiten. Dabei werden uns die Kollegen von der Gendarmeria Vaticana sicher behilflich sein.“

Angelo traf sich mit Silvana an der Porta Sant'Anna. Sie trug ein gedecktes Kostüm in Erdtönen und Sportschuhe. Er atmete auf, Verführung sah anders aus.

Monsignore Veltri holte sie ab, Silvana stellte ihn als ihren Onkel vor. Wie praktisch, dachte Angelo, Ärger mit Silvana bedeutet dann gleich Ärger mit dem höchsten Gericht. Der Geistliche erkundigte sich zunächst nach dem Verbleib der Journalistin.

„Noch ist Signorina Scarlatti in New York", sagte Angelo. „Wir hatten gehofft, Sie könnten ihr ein sicheres Obdach beschaffen."

Konnte er dieser Familienkonstellation trauen? Er würde es müssen. Veltri machte trotz aller Besorgnis einen heiteren Eindruck, ein Mensch, der mit sich und der Welt versöhnt schien, ganz in seinem Glauben ruhte.

„Wie zeitnah müsste eine Bleibe verfügbar sein?", fragte Veltri.

Angelo sah Silvana fragend an. Mit einer so schnellen Antwort hatten beide nicht gerechnet, eher Widerstand erwartet, Zögern.

„Sagen wir, in einer Woche, Monsignore", antwortete Angelo.

Veltri nickte. „Allerdings würde ich vorschlagen, den Ispettore Generale Gendarmeria Vaticana, Signor Grosso, darüber ins Bild zu setzen. Bei ihm laufen alle Aktivitäten zusammen, die mit weltlichen Untersuchungen verbunden sind, zudem gilt er als Gewährsmann des Kardinalstaatssekretärs. Wir wollen uns da keine zusätzlichen Schwierigkeiten schaffen. Sie verstehen? Die Zeit ist günstig, denn der Kardinal bereitet sich auf das bevorstehende Konklave vor. Er wird sich nicht so viel mit weltlichen Angelegenheiten befassen wollen."

Dieser kleine Mann in Soutane mit Priesterhut gefiel Angelo, seine verschmitzten Züge verrieten Charme und Wärme, das klerikal Belehrende schien ihm fremd. Aus seinem Wesen sprach eine Weltverbundenheit, die Angelo angenehm berührte. Für einen Augenblick blitzte der Gedanke auf, dass Veltri Silvana und ihn auch hätte trauen können. Schnell schob er das Bild beiseite.

„Dürfen wir noch einen Wunsch äußern?"

„Bitte sehr, wenn ich helfen kann, Commissario."

„Unsere Ermittlungsergebnisse aus New York lassen erwarten, dass wir Informationen aus der Vatikanbank brauchen. Signora Scarlatti hat dazu Material zusammengetragen. Mit etwas Glück finden wir hier die letzten fehlenden Puzzleteile, die wir brauchen, um die Verbindung von New York in den Vatikan nachzuweisen."

Leonardo Veltri schmunzelte. „Sie wollen Bruder Leggerezza ans Leder, nicht? Dann werden sie Ihr Netz bis nach Apulien spannen müssen."

„Woher wissen Sie ...?"

Leonardo Veltri fixierte Silvana und ihn mit seinem wachen Blick. Sie standen eng beieinander. Unwillkürlich stieg das Bild von der Trauzeremonie wieder in ihm auf. Fehlte nur, dass Veltri ihnen die Hände zusammenlegte und sie segnete. Endlich sprach er weiter.

„Der Vatikan hat intern weitverzweigte Informationsquellen. Dazu noch jede Menge Gerüchte, wahre und unwahre, wahrscheinliche und unwahrscheinliche. Aber auf eine andere Verbindung sind sie inzwischen sicher auch gestoßen? Die zu Bruder O'Leary?"

Angelo hörte den Namen zum ersten Mal, und auch Silvana schüttelte den Kopf.

„Nun gut, dann will ich schweigen. Ich bemühe mich also, für Signorina Scarlatti etwas Passendes zu finden und melde mich dann bei Ihnen." Er nahm zum Abschied Silvanas Hand, legte seine Linke darauf und hielt seine Großnichte noch für einen Moment fest. Dann wandte er sich an Angelo. „Und wie gesagt: Signor Grosso sollten Sie offiziell um Amtshilfe bitten. Ich bin sicher, er wird sie gerne gewähren. Doch bitte erwähnen Sie unser Gespräch nicht. Der Herr beschütze Euch."

„Sind wir jetzt weiter?", wollte Silvana wissen, als sie und Angelo wieder vor der Porta Sant'Anna standen.

„Zumindest werden wir Ornella unterbringen, mir ist es doch lieber, wenn wir selbst die Hand am Puls behalten. Und diesen Grosso müssen wir erst noch gewinnen. Das ist etwas für dich."

Silvana schubste ihn und griff zugleich nach seiner Hand, um ihn wieder an sich heran zu ziehen. Eng umschlang sie ihn und drückte ihren zierlichen Körper fest an seinen. Ihre Augen strahlten. Ob sie etwas von seinem heimlichen Bild ahnte?

Während der nächsten Tage telefonierte Angelo oft mit Übersee. Ornella war noch im Krankenhaus, aber ihre Entlassung stand bevor. Sie lag auf einer abgeriegelten Station, man wollte kein weiteres Risiko eingehen. Fleischhauer konnte sie besuchen und ihr noch Material übergeben. Mit dem Plan, vorübergehend in Italien unterzutauchen, war sie einverstanden, zumal sich der Artikel in der Voce noch verzögerte und sie sich bei seinem Erscheinen möglicherweise schon wieder auf italienischem Boden befand.

Noch bevor Ornella ihre Ankunft aus New York ankündigte, stand die Unterkunft bereit. Die Accademia Cattolica Cardinale Nicolò Cusano in Brixen, Südtirol. Veltri hatte Ornella dort unter falschem Namen als deutsche Hilfskraft untergebracht. Hinsichtlich der Meldevorschriften ersparte das alle weitergehenden Vorkehrungen.

‚Ausgefuchst, der Bursche', dachte Angelo. Obwohl er nicht ganz so glücklich über das Material war, das Veltri ihr geliefert hatte. Doch vielleicht würden sie mit seiner Hilfe an die Verbindung zur Vatikanbank kommen.

Über das italienische Generalkonsulat in New York hatte Angelo eine verschlüsselte Botschaft mit Dokumenten und Anweisungen für Ornellas Heimreise überbringen lassen. Ihrer neuen Biografie zufolge kam sie aus dem Zisterzienserkloster Herz-Jesu in Düsseldorf. Monsignore Veltri ließ grüßen.

Keine 48 Stunden später öffnete Angelo die Beifahrertür seines Dienstwagens für eine junge Frau im Grace-Kelly-Look: Anita Finsterwalder alias Ornella Scarlatti war soeben mit Kopftuch und Sonnenbrille in Bozen aus dem Flugzeug gestiegen. Er hatte es sich nicht nehmen lassen, sie selbst nach Brixen in ihre neue Unterkunft zu bringen. Sie staunte, als sie dort gebeten wurde, ein Habit anzuziehen.

„Ich habe gerade erst davon geträumt, so etwas zu tragen", sagte sie und lächelte müde, „aber es war kein schöner Traum."

Angelo lachte. „Ich denke, in diesem Outfit haben Sie den direkten Draht nach ganz oben sicher." Er erzähle ihr von dem Blog, dem speziell verschlüsselten Server, der ihr Sicherheit vor Hackern geben sollte, von der neuen Ermittlungsgruppe und der geplanten digitalen Schleppnetzfahndung.

Bereits bei ihrem Eintreffen vor Ort bestand der notwendige Polizeischutz. Die Akademie glich einer Festung. Eine Nachrichtensperre brachte zusätzliche Sicherheit. Erstaunlicherweise schien sich weder in Brixen noch in der weiteren Umgebung jemand für diese Situation zu interessieren. Das beruhigte Angelo zwar nur wenig, aber besser als andersherum.

Kurz darauf brachte die Voce den neuen Artikel. Der Blog war geschaltet. Und es tat sich – nichts! Auch die in anderen Medien gestreuten Hinweise schienen keinen Erfolg zu bringen. Niemand, der aus der Umgebung des Stahlkonzerns Insidertipps verriet, der aus der Diözese etwas zu Finanzierungen ausplauderte, keine Neider, die sich über die Abfindungen für die Familien der Gestorbenen das Maul zerrissen, kein Whistleblower aus dem Vatikan oder der Kirche. Die Tage vergingen, der Blog blieb leer. Die ganze Aktion ein Rohrkrepierer?

Kapitel 20

Spuren

In der Not schärft sich der Verstand', dachte Piero Scarlatti. ‚Und selbst das Beten lernt man wieder'. Er wusste, dass nichts mehr zu verhindern war. Seine Nervosität legte sich nicht. Er wünschte, der Alptraum, der erst noch beginnen würde, läge bereits hinter ihm. Mostra ging süffisant lächelnd an ihm vorbei in sein Büro. Fast hatte es den Anschein, er wisse, was kommen werde. Doch er war nur ein dummer Passagier in diesem Traum. Sollte er doch vor die Hunde gehen.

Piero las Ornellas Artikel in der Voce online. Ein Drama für die Schwarzkittel, das auch Zana nicht verschonen würde. Bereits der Titel war eine böse Provokation: ‚Schwarze Schatten, schwarze Soutanen, schwarze Deals. Wie die italienische Geistlichkeit Geschäfte von Apulien bis New York macht.' Direkt zu Beginn stellte sie die provokante Frage: „Gott liebt die Sünder, nicht die Sünde! Doch könne er diese seine Diener lieben?" Piero feixte. Ornella platzierte Kardinal Leggerezza in den Mittelpunkt. Dabei zitierte sie Quellen aus der Vatikanbank. Demnach verfügte der Kardinal für seine Diözese in Lecce über beträchtliche Summen. Spielte es vielleicht eine Rolle, dass der Stahlkonzern Zana auf Kosten des italienischen Staates und der EU Gelder über vatikanische Konten leitete? Gelder, die in einem Fond landeten, einem Fond, der an der Börse in New York spekulierte? Das triefte vor Sarkasmus, wusste Piero, schließlich war Zana der wichtigste Arbeitgeber der Region. Das sehe nach einem ‚italienischen Geschäft' aus: ein Gefallen für einen Gefallen. Wie anders sei zu erklären, wenn die Region in schöner Regelmäßigkeit ihre Infrastruktur verbessern könne, wo doch die Nachbarregionen nicht mal notwendige Erhaltungsmaßnahmen schafften? Da schienen ein neues Krankenhaus, eine neue Schule, Kunst- und Kulturprojekte wie aus der Zeit gefallen! Eine prosperierende Landschaft, die alle Menschen nährt. Piero biss sich auf die Lippe. Das ging tatsächlich in die Einzelheiten. Mostra und die anderen würden schäumen vor Wut. Oder legte das dämliche Grinsen seines Chefs nahe, dass schon ein Plan zur Abwehr vorlag? Ein Plan, den er nicht kannte? Er las weiter. Im Finanzministerium in Rom sei man froh über so viel Eigeninitiative einer strukturschwachen Region. Man kenne einander: Der Vorstandsvorsitzende von Zana gehe bei der Politik in höchsten Kreisen ein und aus. Man unterstütze einander, im heimischen Markt, weltweit. Dennoch passierte eines Tages das Unglaubliche: Durch eine undichte Stelle kam der Börsenhändler Blacknight ins Straucheln, bisher eine verlässliche Adresse für Insidergeschäfte mit irregulär verdientem Geld. Piero stockte der Atem. Das war es! Sie hatte die Beziehungsstränge ausgegraben, verknüpft, Kausalitäten hergestellt. Er dachte wieder an Mostra. War da ein hämischer Zug in seinem Gesicht gewesen? Der Bericht Ornellas musste ein Fingerzeig für jeden Ermittler sein. Sie zeigte auf, wie die SEC das Bankhaus in der Schweiz, das als Strohmann diente, ausfindig gemacht hatte. Erste Adresse in Zürich, Bahnhofstrasse. Fassade. Intern nur der Investor ‚FDI' als Großkunde. Verzweigungen über religiöse Stiftungen, karitative Werke, vielleicht auch private Vermögen? Der verstorbene Kardinal Roger Spielmann, über dessen Konten Summen flossen, die keine Mitarbeitergehälter waren. Verstorbene bekommen keine Rente. Speisten sich aus solchen Konten schwarze Kassen bei Zana, woraus die Hinterbliebenen der Todesfälle bedient wurden? Musste die Richterin del Ponte deshalb sterben? Bis hierhin konnte Piero zustimmend folgen. Doch der letzte Absatz ließ ihn noch tiefer in menschliche Abgründe schauen. Ornella stellte einen Bezug her zwischen Missbrauchsfällen in Washington und möglichen Verstrickungen des Vatikans. Der beherbergte offensichtlichen einen der Täter. Missbrauch mit nachfolgendem Suizid des Opfers. Der Vatikan als Ort ohne Gewissen. Es folgte die rhetorische Frage: cui bono? Die Sorgenfalten auf seiner Stirn formten tiefe Furchen. Der Artikel schloss mit der Ankündigung, die Verfasserin werde Zeugin der Anklage sein. Piero ging ein Stich durchs Herz. Das war ihr Todesurteil.

Gott sei Dank wusste er Ornella noch in den Staaten in Sicherheit. Er würde jetzt Druck von Mostra bekommen. Es dauerte nicht lange, bis einer seiner Spießgesellen über den Artikel informiert würde. Sollten dazu noch die Demonstrationen der zurückliegenden Zeit wieder aufflammen, dann würde möglicherweise die ganze Region brennen und Zana zu Asche zerfallen.

Ein Pop-up-Fenster erwischte ihn kalt: Mostra ließ gerade die ganze Mannschaft antreten – jetzt sofort! Einer nach dem anderen lief an seiner Tür vorbei durch den Flur: Bruno Testarossa, der fette Verwaltungsmensch, Ugo Spiccio, der Vertreter des ‚Freundeskreises der apulischen Wirtschaft', Corrado Rossi, sogar Kardinal Leggerezza ging grußlos an seiner offenen Tür vorüber. Ein ungutes Gefühl stellte sich bei Piero ein. Warum war er nicht benachrichtigt worden? War es zu spät, sich aus der Affäre zu ziehen? Spontan schloss er den Rechner, hängte seine Tasche um und verließ das Büro. In seinem Rücken hörte er Mostras Stimme, die ihn in den Konferenzraum beorderte.

Die Sitzordnung ließ nur noch einen Platz übrig. Gegenüber Mostra. Zur Rechten wie zu seiner Linken saßen die anderen Vertreter. Zu seiner Überraschung traf kurz kurz nach ihm auch noch Vice Questore Perfino ein. Ein Widerling von einem Poliziotto, aber ein Busenfreund von Mostra. In den Gesichtern der Anwesenden las Piero, dass ihm gleich der Prozess gemacht würde.

Doch nichts dergleichen geschah. Alle schauten auf Perfino, der auf einem Flipchart mit Pfeilen und Kreisen mögliche Bedrohungsszenarien skizzierte. Mostra stand auf und drängte ihn rüde beiseite. Mit einem Krachen stürzte das Flipchart zu Boden.

„Das dauert mir alles zu viel zu lange, dieses ganze Gelabere!“, polterte er los. „Wozu haben wir unseren Senator? Er wird in Rom dafür sorgen, dass weder Umweltministerium noch Justizministerium weitere Untersuchungen anstellen. Basta.“ Unwirsch blickte er in die Runde. „Ich will, dass die Behörden alles zu den Akten legen, und zwar abschließend! Habt Ihr verstanden? Ihr dämlichen Beamtenärsche!“ Mostras Augen lagen dunkel in den Höhlen, die Brauen darüber zusammengezogen, eine Zornesfalte wie ein tiefes Tal, über dem sich ein Sturm zusammenbraut, ähnlich der Landschaft um den Monte Cornacchia in Apulien.

Testarossa wagte sich als erster aus der Deckung. „Aus Sicht der Verwaltung sind die Prüfauflagen für das Werk erfüllt. Weitere Störfälle nicht zu erwarten. Für uns ist der Fall damit erledigt.“

Mostra glühte vor Wut. „Nichts ist hier erledigt, Fettarsch!“ Er ruderte mit seinem massigen Leib durch den Raum, ging zur Tür und orderte zwei seiner Schergen in den Besprechungsraum, hochgewachsen, breitschultrig. Schlägervisagen. Einer trug ein dünnes Seil. Sie zerrten Testarossa auf einen einzelnen, abseits stehenden Stuhl. Piero kannte die Prozedur, die nun folgen würde. Während einer den aschfahlen Verwaltungsmann festhielt, fesselte ihm der andere die Füße, verschnürte sie hinter seinem Rücken mit seinen Händen und, durch einen weiteren Strang um den Hals, mit dem nach hinten überstreckten Kopf. Die perfekte Folter. Grauenvolles Bild. Piero wandte den Blick ab.

Mit unbarmherziger Ruhe erklärte Mostra die Funktion und das unausweichliche Ende des ‚sizilianischen Stuhls‘.

„Nach einer Weile“, sagte er betont gedämpft und klopfte Testarossa auf die Schulter, „kann man nicht mal mehr schreien.“ Auf seinen Wink hin banden die Handlanger den fetten Leib Testarossas los. Wie ein nasser Sack blieb er auf dem Stuhl hängen. Geruch von Ammoniak machte sich im

Raum breit. „Macht das Fenster auf, das Schwein hat sich vollgepisst“, wies Mostra seine Leute an.

Bis auf Spiccio, der das Geschehen grinsend verfolgte, starrten die anderen krampfhaft auf ihre Papiere. Leggerezza hielt sein Kreuz in Händen und betete stumm. Was für eine feige Gesellschaft, dachte Piero.

„Marcello, lass gut sein“, sagte er. „Alle haben verstanden.“

„Was mischst du dich hier ein? Halt bloß dein Maul“, gab Mostra zurück und widmete sich wieder Testarossa, der langsam zu sich kam. „Rom braucht nur einen Regionalkommissar hierher zu schicken, der dreht alles von unten nach oben und wir sind am Arsch. Wenn das geschieht, bist du tot!“ Jetzt schnauzte Mostra Leggerezza an: „Fertig mit der Gebetslitanei, Kardinal?“

„Lassen Sie uns wie gesittete Menschen benehmen“, gab der Geistliche zurück.

„Nein! Wir sind wie die Tiere und reißen einander in Stücke, du dämliche Schwarzkutte! Auch du Himmelskomiker lebst nicht ewig. Dein Herrgott wird nicht verhindern, wenn wir auch dein jämmerliches Leben auspusten. Deine Unfähigkeit hat uns doch erst in diese Lage gebracht! Wo ist denn das Informationsleck entstanden, das zum Kollaps von Blacknight geführt hat? In deinem scheiß Gottesstaat! Wo nur gottlose Kleptokraten arbeiten wie du. Gottlob haben wir unser Liquiditätsproblem in Asien lösen können und sind nicht auf deine Scheißbank angewiesen. Und das ist gut so! Selbst der Idiot von Perfino hat herausbekommen, dass Staatsanwältin Orsini, dieser Ermittlungsdrachen, an der Sache dran ist. Und du kennst das Loch nicht, tu peto? Die wird dir das Wasser im Arsch zum Kochen bringen, wenn sie euch mit der gesamten Armada von AIF und SEC auf den Pelz rückt.“

Mostra atmete schwer durch die Nase. Leggerezza riskierte einen Einwand. „Aber die kann gar nicht bei uns ermitteln. Das darf keiner von denen. Wir sind der Vatikan.“

Einen Augenblick tat Mostra verblüfft, dann prustete er aus vollem Hals. „Dumm, dümmer, bigott! Fetente di merda! Meine Fresse, und sowas ist Kardinal. Was glaubst du denn, macht die gute Frau Staatsanwältin? Die kommt mit einem internationalen Haftbefehl in euren Vatikan spaziert und kooperiert mit der Gendarmeria. Zack, zack, und schon klacken die Armbänder. So einfach geht das!"

Leggerezza schien sich seiner Sache sicher. „Mich schützt meine geistliche Immunität."

„Nichts schützt dich. Wenn dieses Satansweib auftaucht, bist du erledigt. Dann solltest du dein letztes Gebet sprechen. Denn anschließend rechnen wir noch mit dir ab. Egal was passiert, ob du schweigst oder ob du singst wie ein Vögelchen. Der sizilianische Stuhl wartet auf dich, bis du darin verreckst. Es sei denn, du hältst die Lawine noch auf, die auf uns zurollt. Und jetzt hau ab."

Mit einen Blick voll Trotz und Todesverachtung schritt der Kardinal hinaus, die Tür ließ er offen stehen.

„Nun zu dir", herrschte Mostra Piero an. „Perfino!"

Süffisant lächelnd kramte der Polizist eine Zeitung aus seiner Aktentasche und legte sie Piero hin. Die Voce! Perfino blies seinen mächtigen Zinken auf und legte los.

„Die Sachlage sieht wie folgt aus: Wir haben versucht, die Situation bereits im Vorfeld zu entschärfen. Signora Scarlatti hat aber überlebt. Nun ist sie wieder in Italien und ihr letzter Artikel macht ihren Tod mehr als zwingend für alle Beteiligten."

Piero hatte Mühe, die Fassung zu behalten. Ornella war wieder hier! Kalte Angst kroch seinen Rücken herauf. Wer würde zu ihrem Scharfrichter bestellt? Mostras Schergen, die immer noch im Raum standen? Perfino oder dessen Leute? Der Vice Questore fuhr ungerührt fort.

„Denn zum einen ist sie mit Informationen aus New York gefüttert worden, die sie in die Lage versetzen, die Geldströme von Apulien über Rom bis nach New York zu verfolgen. Zum anderen hat diese Ökoschwuchtel, dieser Bertano – er hat die Klage beim Verwaltungsgericht eingereicht – mit ihr gesprochen. Das wissen wir aus den letzten Lebensstunden der Richterin. Es steht also viel auf dem Spiel, meine Herren. Die Zukunft der ganzen Region hängt daran, jetzt alles zu unternehmen, um klare Verhältnisse in unserem Sinne zu schaffen. – Und da kommen Sie ins Spiel, Scarlatti."

Die beiden Gorillas zogen ihn aus dem Sitz und stellten ihn vor den Konferenztisch. Jetzt würden sie ihn aburteilen. Kein Zweifel. Wie konnte er Ornella helfen? Wie konnte er sich selbst helfen? Würde man sie gemeinsam töten? In Säure auflösen und in einen Fluss kippen? Mostra ging von einem zum anderen und tuschelte.

„Ihre Schwester wird sterben", bemerkte Perfino trocken. „Sie verstehen das?"

Eisiges Schweigen. Der Poliziotto kramte in seinen Unterlagen. Alle blickten Piero mit versteinerten Mienen an. Unwillkürlich musste er an die mittelalterliche Inquisition denken. In Italien war sie bei weitem nicht so drastisch ausgeufert wie in Frankreich oder in Spanien. Hexenprozesse hatte es im Mutterland der katholischen Kirche kaum gegeben, was nicht hieß, dass Mord und Totschlag im Namen der Kirche Italien fremd gewesen wären.

„Sie selbst werden das erledigen. Sollten Sie noch Loyalität für sich beanspruchen, dann begreifen Sie diese Tat als Zukunftschance für sich und eventuell Ihr weiteres Wirken in unserer Gruppe und bei Zana."

Piero schlug das Herz in den Hals. Würde das die Chronik seines Todes sein? Er hatte mit vielem gerechnet, nicht aber damit. Ein Auftragsmord! An der eigenen Schwester! Und danach würde man ihn beseitigen. Die Gedanken schossen wie explodierende Feuerwerkskörper durch seinen Kopf.

„Dies ist die Beschlusslage der Gruppe", schaltete sich Corrado Rossi ein. „Sie ist einstimmig gefallen. Sie werden keinen Anwesenden für Ihre Sicht gewinnen, wenn Sie denn überhaupt eine haben. Haben Sie keine, ist der Weg ganz einfach. Sie erfüllen ihre Aufgabe und gehen danach in

Urlaub in die USA. Dort werden Sie von unseren Freunden betreut, Ugo Spiccio hat das schon in die Wege geleitet. Ihre erste Anlaufstelle wird die Familie Vincente in Nolita, New York sein. Dort werden Sie ein kleines Trainingsprogramm bekommen, damit wir Ihre Talente etwas anschärfen und Sie für uns universeller einsetzbar sind. Noch Fragen? Und jetzt hinsetzen."

Also doch eine Lebensversicherung? Ornellas Leben für seins? Die Logik der ehrenwerten Gesellschaft funktionierte genau so. Als Mitglied einer Clanfamilie schuldete man dieser sein Leben, die Herkunftsfamilie existierte in diesem Kontext nicht mehr. Mit dem Aufnahmeritual hatte man sich ohnehin von ihr losgesagt, ihr abgeschworen. Das gehörte zum Codex. Ihn zu befolgen war das oberste Gebot. Einmal Mafia, immer Mafia. Kündigen ging nicht.

Dafür musste man schon sein Leben lassen. Oder Pentito werden ...

Kapitel 21

Credo in Deum, Creatorem coeli et terrae

Saul, Saul, was verfolgst du mich?“ Verworfene Bilder, verworfene Wahrheiten, verworfene Leben. Gehörte sein eigenes dazu? O’Leary fürchtete darum. Er war gestrauchelt. Lag am Boden. Hielt sich die Hände vors Gesicht. Der Bärtige richtet die Lanze gegen Christus, der die Arme über dem Gefallenen ausbreitet, um ihm aufzuhelfen. Aber auch der Gefallene weist den Herrn zurück. Verwirft das Göttliche zugunsten der nackten Erde. Weißes Fleisch. Die Theologie versinkt im Materialismus, im Dreck.

Noch immer hauste Kardinal O’Leary mehr schlecht als recht in seiner Klause bei den Nonnen. Doch auch das würde ihm in Kürze genommen sein. Abermals musste er seinen Koffer packen. Sich bereit machen für die Reise in die Hölle. Immer wieder unterbrach er seine Arbeit und betete im Stillen, den Rosenkranz in Händen. Wofür ihn Gott wohl mehr bestrafen würde, für seine Liebe zu Cedric, die so tragisch endete, seinen Amtsmissbrauch oder die frevlerische Tat hier in Rom? O‘Leary dachte zurück an seine Ankunft im Vatikan, die hochfliegenden Gefühle seiner Rettung, die vielen Möglichkeiten im Zentrum der Macht der Kirche. Als Verwalter des Herrn und im Dienste des Glaubens mitzuarbeiten an der Heilsgeschichte seiner Kirche. Stattdessen machte Caffarelli ihn zum Mitverschwörer einer dunklen Intrige, einer Sünde gegen Gott und Bruder Veltri. Welche Schuld mochte schwerer wiegen? In seine unbändige Trauer mischte sich bei diesen Gedanken Frustration und Wut gegen Caffarelli, der ihn, den Kardinalskollegen, so gedemütigt, entehrt und zu einer Straftat genötigt hatte. Ein Scharren und Quietschen unterbrach ihn. Jemand machte sich an der Luke seiner Zellentür zu schaffen. Bekam er Besuch? Schwester Joana vielleicht? Kaum vorstellbar. Seit er hier versteckt wurde, fand niemand zu ihm. Draußen wurde er gemeinhin nur kurz gegrüßt, viele schnitten ihn auch. Und wer verirrte sich schon in ein Nonnenkloster? Gerade wollte er fragen, wer dort vor seiner Tür stand, als die Geräusche verstummten und ein Brief unter der Tür durchgeschoben wurde. Der Kardinalstaatssekretär wollte ihn sehen. Unverzüglich!

„Lieber Bruder“, winselte O’Leary, während er vor Caffarelli in dessen Büro katzbuckelte, „war ich Euch nicht zu Diensten, klaglos und bereit für die schwere Aufgabe, die Ihr mir übertragen hattet? Eine wahrlich heikle Mission. In einem Land, das mir fremd ist, mit einer Sprache, die ich nicht spreche, und mit Menschen, die ich nicht kenne. Und siehe, jetzt könnt Ihr kanonisch gegen Bruder Veltri vorgehen und ihn elegant aus Eurem Wirkungskreis entfernen.“

„Hört auf mit Eurer Hundsfötterei. Ihr seid ein erbärmlicher Mensch, schlimmer noch, ein schändlicher Kleriker. Es gibt nichts zu verhandeln.“

Stattdessen überreichte Caffarelli ihm einen Brief für das Domkapitel in Washington, gerichtet an den Diözesanverwalter, seinen Interimsnachfolger. Das traf ihn wie einen Stich ins Herz. Caffarellis süffisantes Lächeln machte das Maß übervoll.

„Ich verlasse Eure Räumlichkeiten nicht, ohne dass Ihr mein Ass im Ärmel kennt, Bruder!“, zischte er Caffarelli zornig entgegen. Einen Augenblick lang schien Scipione Borghese irritiert oder verwirrt zu sein. Was den Iren dazu veranlasste, nachzulegen. „Damit könnte ich Euren Aufstieg ins höchste Amt der Kirche zunichtemachen. Daher ersuche ich Euch, in Eurem eigenen Interesse meine Suspendierung aufzuheben und mir eine angemessene Aufgabe in Eurem Umfeld zuzuweisen.“

Caffarellis Augen schienen ihn bis auf seine Seele auszuforschen. Der Kardinalstaatssekretär erhob sich von seinen Platz hinter dem Schreibtisch und bewegte sich scheinbar nachdenkend durch den Raum. Dabei hielt er seine Hände auf dem Rücken verschränkt. Vor den Schwertständern blieb er stehen und strich mit seinem rechten Zeigefinger über die obere Waffe. Mit dem Nagel pochte er auf den Lack der Scheide, ein leises Klacken drang an O'Learys Ohr.

„Darf ich Eurer geistlosen Erpressung etwas auf die Sprünge helfen?", spottete er, während er auf ihn zukam. „Unerwartete Züge sind schwer zu kontern, lieber Bruder. Das Schachspiel kann sehr lehrreich sein."

O'Leary spürte seinen Zorn und die daran gekoppelte Kraft schwinden. Was hatte er sich nur dabei gedacht? Hilflosigkeit überkam ihn.

„Euer Ass wird in dem untauglichen Versuch bestehen, mich mit dem Diebstahl bei Seiner Heiligkeit in Verbindung zu bringen. Die Reihen meiner Truppen sind fest geschlossen. Jeder hat viel zu verlieren. Alle werden schweigen. Bleibt nur Ihr und Bruder Veltri, der weiß, dass ich mit ihm etwas plane. Also versucht diesmal er, Euch zu instrumentalisieren. Doch Ihr seid einfach nicht umsichtig genug. Sicher hat Veltri Euch geraten, den Camerlengo aufzusuchen, um Euch behilflich zu sein. Immerhin verwaltet er ja das Papstamt in sede vacante. Aber den kennt Ihr nicht, auch wissen viele über Euch hier Bescheid. Die Vakanz in Argentinien ist weit. Die Aussicht auf Erfolg gleich null. Selbst Veltri fiele es schwer, den Camerlengo zu überzeugen. Bei so weitreichenden Entscheidungen würde er mich umgehend aufsuchen. Die könnte er inhaltlich nämlich gar nicht stemmen. Und das weiß er."

O'Leary resignierte. Niedertracht und Cleverness waren ein unschlagbares Paar.

Beim Hinausgehen klopfte Caffarelli ihm jovial auf die Schulter. Wieder keimte O'Learys Wut auf. Wie gerne würde er diesem Teufel im Schwarzrock mitten ins Gesicht spucken, ihn an einem Ring durch seinen dicken Zinken in die Manege führen und zusehen, wie alle prusteten und sich auf die Schenkel schlugen ... Der Kardinalstaatssekretär als Lachnummer im Zirkus Seiner Heiligkeit.

Aber vielleicht gab es noch eine andere Möglichkeit. Veltri hatte ihn auf den Gedanken gebracht, selbst eine Intrige gegen Caffarelli zu inszenieren. Sicher, er war nicht eben geübt in solchen Dingen. Trotzdem: Neuerdings traten ja auch Päpste zurück. Was hatte Veltri ihm erzählt? Er hatte von Apulien gesprochen, von Organisierter Kriminalität, Verstrickungen bis nach Rom, Ermittlungen der Staatsanwaltschaft und sogar der EU-Kommission ... Hatte der Monsignore nicht angedeutet, ein Kardinal aus Apulien sei darin verwickelt? Dass Caffarelli auch ihn benutzte? Sein Name fiel O'Leary nicht mehr ein, doch das machte nichts. Böte es sich nicht an, den Staatsanwälten zu beschreiben, wie Caffarelli ihn benutzt hatte, um den Diebstahl bei Seiner Heiligkeit ins Werk zu setzen und zugleich den Verdacht auf Veltri zu lenken, den Vorgänger im Papstamt zu diskreditieren und damit Allianzen fürs Konklave zu schmieden? Was für ein Fressen für die Presse. Das würde Caffarelli den Boden unter den Füßen wegreißen. Dann würde er fallen, endlich tief fallen, wenn die Kurie sich vom neuen Papst abwenden würde. Denn jeder in diesem heiligen Haifischbecken dachte nur daran, nicht selbst gefressen zu werden – und im richtigen Moment zuzuschnappen. Jetzt konnte jeder Papst zum Rücktritt gedrängt werden, nachdem der erste ihn freiwillig vollzogen hatte. Unfreiwillig hielt die Kurie ein scharfes Schwert in Händen.

Mehr als ungewiss war allerdings, ob ihm dafür vor seiner Überstellung nach Washington genug Zeit blieb. Die Rache ist mein, spricht der Herr. Doch manchmal konnte bereits die Vorbereitung dafür ein trostreiches Gefühl sein. Auf dem Rückweg hielt O'Leary nach Schwester Joana Ausschau.

Im gleißenden Sonnenlicht stand Silvana an der Piazza Santa Maria und wartete auf Monsignore Veltri. Sie war seinem Rat gefolgt und hatte Grosso, den Ispettore Generale der Gendarmeria Vaticana, um Amtshilfe gebeten. Ohne diesen offiziellen Zugang zum Vatikan wäre ein Treffen hier zu heikel gewesen. Grosso gewährte ihr Ersuchen ohne lange Umschweife, eine Nachfrage beim Kardinalstaatssekretär, der dem Konklave beiwohnte, schien unnötig.

Ein älterer Mönch mit fahlen, wasserblauen Triefaugen begleitete Veltri; der Monsignore stellte ihn als Kardinal O'Leary vor. Sie gingen wenige Schritte zu einer grünen Insel zwischen der Gendarmeria und dem apostolischen Palast hinüber, die dicht mit Bäumen und Sträuchern bewachsen war. Hier ließen sie sich nieder.

„So mitten im Vatikan?", fragte Silvana belustigt. Ihr gegenüber saß ihr quirliger Onkel, der sie lebendig und mit großer Geste begrüßte, während Kardinal O'Leary einen gequälten, unterkühlten Eindruck machte und sich immer wieder umblickte.

„Silvana, wäre es nicht verdächtiger, sich scheinbar konspirativ zu treffen? Unsere Offenheit wird in den betroffenen Kreisen ganz praktische Unruhe schüren, zumal gerade eine gewisse herrschaftsfreie Zeit eingetreten ist." Veltri klang aufgeräumt und klar, fast ein wenig angriffslustig, fand Silvana. Dennoch verstand sie ihn nicht richtig.

„Ich erkläre es dir, Silvana. Wie in allen Gemeinschaften ist es auch hier. Die Menschen leben von Informationen und ihrem Verhältnis untereinander. Gerüchte sind ein erprobtes Mittel für falsche Fährten. Das weiß jeder. Was man aber nicht kennen kann, ist der Wahrheitsgehalt, der darin verborgen sein mag. Und für jeden, der etwas zu verbergen, gar etwas zu verlieren hat, ist das bedrohlich."

„Wer könnte denn was zu verlieren haben, Leonardo?“

Veltri lachte sie aus verschmitzten Augen an.

„Ich kann dir nur ein paar Teile für euer Puzzle anbieten, das Bild müsst ihr schon selbst zusammensetzen.“

„Und Sie, Kardinal O'Leary? Was könnten sie beitragen? Nach allem, was ich so in Erfahrung gebracht habe, steht ihre Rückkehr nach Washington bevor?“ Veltri übersetzte.

O'Leary nickte deprimiert. Bislang hatte er sich noch nicht geäußert, antwortete jetzt auf Englisch.

Veltri fasste zusammen: „Man muss die Grenzen kennen, die weltlichen wie die himmlischen. Und es wurden viele Grenzen überschritten! – Inde venturus est iudicare vivos et mortuos. Von dort her wird er kommen, zu richten die Lebenden und die Toten. Wir können dem Gericht nicht entgehen.“

O'Leary sah ihr nun direkt in die Augen. Sie spürte seine tiefe Traurigkeit.

Veltri ergänzte: „Doch bevor Bruder O‘Leary geht, möchte er dir noch Informationen übergeben, damit eure Ermittlungen weiter vorankommen. Er bietet dir deshalb an, sich nochmals mit einem von uns zu treffen. Wir lassen dich Ort und Zeitpunkt wissen. Einverstanden?“

Die Begegnung mit den beiden Priestern, der Platz, die Gitter an den Fenstern der Gendarmeria – ob Grosso sie wohl beobachtet hatte? Im Nachhinein wurde Silvana unsicher. Warum nur hatte sie Angelo nicht mitgenommen? Er vermittelte ihr nicht nur Sicherheit. Zu zweit nimmt man mehr auf, kann besser analysieren. Mögliche Fallstricke erkennen. Sie musste sich eingestehen, dass ihre Entscheidung, alleine zu gehen, Angelo zeigen sollte, wie unabhängig sie war, zumal als Frau. Forsch und ungestüm hätte er es genannt. Doch es zeigte nur ihre Arroganz.

KAPITEL 22

Liberate vosmet ex inferis!

Extra omnes", rief der Leiter des Konklave, Kardinal Mauro Marone. Die schwere Türe zur Sixtina mit ihrem großen Rautenmuster und dem weit oben befindlichen Schloss wurde mit einem satten Klacken des Schlüssels von außen verriegelt. Anschließend erfolgte die Siegelung. Kardinal Scipione Caffarelli-Borghese setzte sich auf seinen Platz. Alles war bislang zu seiner Zufriedenheit verlaufen. Die Wahl des Zeremonienmeisters, die geschickte Inszenierung, sich von einflussreichen Kurienmitglieder drängen zu lassen, und die glückliche Fügung, gleich mehrere ältere Teilnehmer der letzten Wahl nun ausgeschieden zu sehen. Vielleicht war ja die göttliche Vorsehung mit ihm? Wenn das Glück den bevorzugte, der vorbereitet war, dann war er es.

Die feierliche Einstimmung auf die geistliche Zeremonie begann mit einem spirituellen Gesang: Veni, Creator Spiritus, mentes tuorum visita, imple superna gratia, quae tu creasti pectora. Per te sciamus da Patrem noscamus atque Filium, te utriusque Spiritum credamus omni tempore. Amen. Dies war die lebendige Bitte um Beistand im Geiste des Herrn, der alle Anwesenden erfüllen möge.

Gemeinsam wurde anschließend versichert, dass derjenige, auf den die Wahl fallen würde, sich als Papst mühe, das munus petrinum des Hirten der Universalkirche in unverbrüchlicher Treue auszuüben sowie unermüdlich die geistlichen und weltlichen Rechte des Heiligen Stuhls wahren und verteidigen werde.

Die 125 wahlberechtigten Brüder teilten sich in sieben Fraktionen auf. Ihre Schnittmengen untereinander waren denkbar klein. Es musste eine charismatische Führungspersönlichkeit gefunden werden, um sie zu einen. Kurz nach Beginn des Konklave hatten sich die Gruppen auf ihre Sprecher verständigt. Caffarelli war gespannt auf die Argumentation und Rhetorik eines jeden einzelnen seiner Brüder, gewiss darin, dass keiner auch nur ansatzweise seinen eigenen Fähigkeiten entsprechen würde. Allerdings hatte die Sache auch einen Haken. Da er der Kandidat seiner Gruppe war, musste er sich nach außen verteidigen lassen. Gleichwohl würde er der Stratege dieses Gefechts bleiben, bis zum finalen Hieb.

Er war nicht umsonst so weit gekommen. In jungen Jahren in die entfernteste Provinz nach Japan gesandt, als einfacher Priester einer fremden und heidnischen Kultur ausgesetzt. Mit Zähigkeit und Verbissenheit hatte er die Sprache gelernt, die Grundzüge dieser so widersprüchlichen Kultur aufgenommen und ihr letztlich einen gewissen Lebensreiz abgerungen, dessen zentrales Element der Krieg war. Von Kamakura aus wurde er ins tiefe Innere dieses Landes geschickt. Ein Sprengel mit wenigen Seelen, denen er das Wort Gottes bringen sollte. Ein Christ, der Shinto hilft, ohne zu missionieren.

Später wurde sein ehrliches Bemühen belohnt, indem die Einheimischen ihn in einen Teil der gelebten Kultur der alten Samurai einführten. Er erkannte schnell, dies war ein Schlüssel für viele Verhaltensweisen auch im modernen Japan: die unendliche Geduld, das extreme Maß an Selbstdisziplin, eine lebenslange Loyalität, und der Krieg als gelebte Lebenswirklichkeit. Allem lagen die Dimensionen von Schlacht und Kampf zugrunde, alles war zugleich Dienst an der Nation. In der modernen Welt wurde aus dieser Sicht die strategische Kunst, die Ressourcen eines Volkes oder auch einer Koalition von Völkern zu steuern und zu nutzen. Ihre Vollkommenheit bestand schließlich darin, den Gegner glauben zu machen, sich auch ohne Niederlage dem fremden Willen zu unterwerfen. Dazu war die nötige Überzeugungskraft gefragt. Im Konklave bedeutete dies, die gegnerischen Fraktionen bei ihren Schwachpunkten zu packen, ihnen Entgegenkommen zu signalisieren, sollten sie sich der eigenen Position anschließen, jedoch im Subtext für den gegenteiligen Fall mit Vernichtung zu drohen.

Die Kardinäle der sieben Gruppen standen in einer kleinen Runde beisammen. Sie diskutierten mit den Adjutanten des Zeremonienmeisters. Üblich war, den Redebeitrag der eigenen Fraktion im Vorfeld auszuhandeln. Kardinal Mauro Marone entschied darüber alleine und abschließend. Langsam kam Bewegung in die Sache. Offensichtlich fühlten sich die kleineren Fraktionen benachteiligt. Es gab ein reges Hin und Her, Brüder wurden hinzugebeten, andere gingen zu ihren Plätzen und schienen resigniert. Wieder andere beteten im Stillen.

Besser konnte es sich im Sinne Caffarellis nicht entwickeln. Je mehr Streit schon im Vorfeld über so marginale Dinge wie Redezeiten einsetzte, desto besser würde seine Gruppe parieren können, denn sie blieb gelassen, sicher auch, weil sie eine der größeren, nicht aber die größte war. In einer Versammlung, in der niemand die Wahrheit sagte, würden sie die Lügen der anderen entlarven.

Der Zeremonienmeister läutete die Glocke. Die erste Fraktion wurde aufgerufen, ihren Kandidaten zu verteidigen. Dazu trat Kardinal Remos vor die Versammlung und schilderte den zukünftigen Weg der Kirche unter der Führung ihres Anwärters. Die zentrale Aussage war, die Weltkirche wieder stärker bei den Menschen zu verankern, ihnen Mitsprache und Gehör zu schenken, sie einzubinden und auf eine positive Entwicklung der Ökumene hinzuwirken.

Es folgte Kardinal Schettino. Seine Gruppe legte den Schwerpunkt auf den interreligiösen Dialog, die Stärkung der Auslandschristen in der Diaspora und den Ausbau humanitärer Hilfsprojekte.

Kardinal Nero vertrat die Gruppe um Caffarelli. Sein Auftritt war mit Spannung erwartet worden. Bereits im Vorfeld hatte es Signale an andere Gruppen gegeben, sich zusammenzuschließen und zunächst die weiteren Konkurrenten auszubooten. Das war eine durchaus nicht ungewöhnliche Vorgehensweise. Da es sich beim Kandidaten von Neros Gruppe aber um Caffarelli handelte, der weniger geliebt als gelitten, mehr gefürchtet als bewundert wurde, schien das Angebot vergiftet. Keine Gruppe wollte sich darauf einlassen. So erwarteten die Kardinäle einen ersten Auftakt, um bereits vorgetragene Positionen aus dem Feld zu schlagen. Doch Neros Auftritt wie seine Ausführungen fielen überraschend kurz aus.

Er sagte: „Wir werden mit der Kraft, die zum Zweiten Vaticanum geführt hat, die Kirche wieder zur alten Stärke führen, sie zum Leuchtturm der alten Welt und der ihr nachfolgenden machen."

Mit der Erklärung von Kardinal Nero hatten die großen Gruppen ihr Werben im ersten Durchgang beendet. Es folgten jetzt die kleineren. Doch anstatt direkt anzuschließen, baten sie den Zeremonienmeister um eine kleine Unterbrechung, um sich kurz besprechen zu können. Caffarelli ließ sich nicht anmerken, dass ihn diese ungewöhnliche Abweichung vom Protokoll überraschte. Da jedoch niemand protestierte, erlaubte Kardinal Mauro Marone eine Pause von einer halben Stunde.

Nero setzte sich neben Caffarelli. „Es wird nicht lange dauern, Eminenz. Unsere Gewährsleute stehen dafür ein."

Caffarelli nickte. Die unterschwellige Besorgnis in der Stimme Neros entging ihm nicht. Bis auf wenige Ausnahmen glichen die Kardinäle selbst einer Herde Schafe, die in jedem Geräusch das Scharren des Wolfs hörten und in Angst und Panik verfielen. Sicher war hier rein gar nichts. Er sah Antonio Leggerezza, der hinter vorgehaltener Hand einem Bruder etwas zuflüsterte und dabei in Caffarellis Richtung deutete.

Nero fuhr fort: „Die sieben Hirten haben inzwischen ein bedeutendes Eigeninteresse, Eurer Eminenz loyal zu sein. Gleich zwei Brüder dürfen sich auf Deutschland freuen, der zukünftige Erzbischof von Köln, der reichsten Diözese weltweit, und der Nuntius in Berlin. Nicht zu vergessen der

Erzbischof von Washington, der sich demnächst um die Erneuerung der dortigen Diözese kümmern und die hässlichen Dinge um unseren ehemaligen Bruder O'Leary bereinigen wird."

Caffarelli schwieg.

Währenddessen erhitzten sich die Gemüter in den Kleingruppen. Es war ebenso vom Ausverkauf katholischer Grundfeste die Rede wie von Beliebigkeit und Sammelsurium, um den Laien-Gremien zu gefallen. Doch es wurden auch gröbere Vorbehalte laut: Die Probleme um die A.P.S.A. gelte es zu lösen, die Skandale um die Vatikanbank ebenso. Die damit verbundenen wirtschaftlichen Schwierigkeiten glichen einer Quadratur des Kreises, der Substanzverlust der römischen Kirche sei vergleichbar mit dem zu Zeiten von Marcinkus. Caffarelli-Borghese registrierte mit Interesse, dass es keine Stimmen zum Skandal in Washington um Bruder O'Leary gab. Fraß hier der Mammon die Moral auf? Seine Mundwinkel, die bislang bedeutungslos herabgezogen waren, zeichneten jetzt ein sardonisches Lächeln. Das speiste sich aus dem Wissen über seine Armut und Barmherzigkeit predigenden Brüder und deren Vorlieben. Das liebe Geld stand dabei obenan. Das würde er als künftiger Papst radikal zurückschneiden, Selbstkasteiung verordnen, Ämter auflösen, die Kurie reformieren und verkleinern, Brüder entlassen und damit entlasten. Von der Bürde ihrer Pflichten. Sonstige Veranlagungen oder Bedürfnisse würde er allemal im Keim ersticken. Diesen ganzen Päderastenstall ausmisten. Ohnehin erschien ihm bei einigen Brüdern, dass sie untereinander eine ausgesprochen verschwörerische Neigung pflegten, ihren perversen Ambitionen im Schutze der Mutter Kirche nachzugehen, vielleicht genau aus diesem Grund in die Schutzgemeinschaft des Priestertums eingetreten zu sein. Er musste seine Gedanken mäßigen, um sich nicht zu verraten. Den guten Hirten vor den anderen spielen, obschon ihm mehr am bösen Wolf gelegen war, der zubiss, wo er nur konnte.

Nach Ablauf der Beratungen fanden sich zwei der kleineren Gruppen auf der Seite Neros wieder, die anderen beiden wollten partout für sich bleiben. Damit hatten sie ihre Entscheidung getroffen. Nach dem Ende des Konklave würden diese in die Welt hinausgehen, in Rom war kein Platz mehr für sie.

Die zweite Runde begann mit der persönlichen Erklärung der Kandidaten und einer Aussprache dazu. Kardinal Remos stellte seinen Kandidaten vor: den Erzbischof von San Salvador, Crisanto Maria de la Torre.

„Liebe Brüder in Christo! Die Kirche hat mit der Enzyklika Populorum progressio Papst Paul VI. die Option der Armen zur Leitlinie allen kirchlichen Handelns erhoben. Unsere Erfahrungen in Lateinamerika und anderswo auf der Welt, wo die Herrschenden den Armen nicht die Luft zu atmen gönnten, sie ausbeuteten und schließlich dem Tod preisgaben, sind ermutigend. Übertragen auf Europa und die restliche Welt heißt das: Hören wir auf die Bedürfnisse der Menschen in ihrem täglichen Leben, stehen wir ihnen bei und unterstützen wir sie bei der Erringung von Teilhabe, gerade von armen Bevölkerungsschichten, die nicht das Notwendigste zum Leben erwirtschaften können, weil auch in den reichen Ländern inzwischen Zweit- und Drittjobs nötig sind, um die Familie zu ernähren. Werden wir wieder zu einer Kirche des Fischers, der am See Genezareth seinen Jüngern Fisch im Überfluss schenkt. Lasst uns den theologischen Narzissmus überwinden! Die Armen haben uns vieles zu lehren. Es ist nötig, dass wir uns von ihnen evangelisieren lassen! Evangelii gaudium."

Neben großer Zustimmung machte auch ein Raunen die Runde. Offensichtlich war vielen nicht sehr daran gelegen, Mitsprache einzuräumen oder gar dem Armutsideal der Franziskaner zu huldigen. Sollte die Kirche etwa ihren

Reichtum herschenken? Zum Schluss würde sie auf allen Lobpreis Gottes verzichten und ihre Schätze verkaufen, um das Geld den Armen zu geben, sagte einer. Lautstarke Empörung schwoll an. Zunehmend drehte sich die Auseinandersetzung um Geld.

„Jesus hat nie einen Geldbeutel besessen und seine Jünger aufgerufen, sich dessen zu entledigen", rief einer. „Die Armut ist eine grundchristliche Pflicht. Lest nur Lukas 10, 4 oder Matthäus 10, 9."

„Die Frage ist nicht, ob Jesus arm war oder nicht", schallte es von einem anderen zurück, „die Frage ist, ob unsere Kirche arm sein soll. Und da sage ich: Nein!"

Caffarelli dachte an das Gleichnis vom Nadelöhr und schmunzelte zufrieden in sich hinein. Ihm selbst lag nichts an Geld und Reichtum. Beide betrachtete er als Mittel zum Zweck. Dennoch konnten sie hilfreich sein auf dem Weg zur Macht.

„Und was ist mit all den Skandalen rund um die Vatikanbank, die A.P.S.A., und so mancher Diözese?", fragte jemand. Zustimmendes Gemurmel, doch die Frage blieb vorerst unbeantwortet.

Kardinal Marone forderte Schettino auf, seinen Kandidaten vorzustellen. Romano Chigi war der einzige Bischof unter allen Wahlkandidaten. Er trat bescheiden und weniger missionarisch auf als sein Vorgänger.

„Liebe Brüder in Christo! Meine Vorstellung sei nur kurz und direkt ausgerichtet an den Herausforderungen unserer Zeit. Wir erleben seit längerem eine Teilung des Glaubens und der Religion in einen öffentlichen und einen privaten Bereich. Der öffentliche steht für die großen Feste der Christenheit, der katholischen Kirche. An ihren Zeremonien nehmen immer noch viele Menschen und Vertreter des Staates teil. Doch der überwiegende Teil christlichen Lebens spielt sich in der Zeit dazwischen ab. Jeden Tag und jede Nacht. Die Menschen ziehen sich ins Private zurück, durchströmen nicht mehr das Alltägliche mit dem Charme ihres Glaubens. Es ist fast so, als hielten sie sich bedeckt. Bedeckt vor dem Anbranden fremder Kulturen und Religionen, die ihren eigenen Platz in unserer Mitte beanspruchen. Denen wir uns nicht verweigern können. So fordere ich alle auf, mit mir gemeinsam dafür einzutreten, sowohl den interreligiösen Dialog als auch den interkulturellen Dialog zu vertiefen, den Menschen anderen Glaubens und anderer Herkunft eine Heimat anzubieten. Zugleich müssen wir daran arbeiten, das praktische und gelebte Christsein wieder in unser tägliches Sein und Handeln nach außen erkennbar zu pflegen. Daraus erwächst unsere christliche Stärke, die notwendig ist, auch zukünftig Hilfsprojekte in Ländern anzugehen, die überwiegend nichtchristlichen Glaubens sind, um zu zeigen: Deus est caritas! Und wir Christen helfen vor Ort. Auch mit dem materiellen Vermögen der Kirche, das für die Bedrängten auszugeben mehr Gottesehre ausmacht, als es auf unseren Konten zu horten. Deshalb werde ich das Istituto per le Opere di Religione ersatzlos auflösen und die freien Gelder in eine Stiftung einbringen, die ausschließlich humanitären Zwecken dienen wird. Darüber hinaus wird es keine Geldgeschäfte mehr geben. Die Amministrazione del Patrimonio della Sede Apostolica wird ebenfalls aufgelöst und die Verwaltung des Heiligen Stuhls in die genannte Stiftung mit überführt. Von da an sind unsere Anstrengungen nicht mehr auf eine ‚Weiße Liste' gerichtet, weil es dazu keinen Bedarf mehr gibt. Ebenso wie kein Missbrauch mehr möglich sein wird. Eine solche Verfehlung und einen solchen Skandal, wie es ihn um Bruder Leggerezza gegeben hat, wird ausgeschlossen. Der Geldbeutel ist von unserem Gürtel abgeschnitten."

Marone brauchte die Aussprache gar nicht erst eröffnen, sie war schon im Gange. „Wird damit nicht alles noch schlimmer?", hieß es. Vom Ausverkauf der Kirche, einem Almosenleben war die Rede. „Während die Moslems ihre Moscheen auf heiligem Boden bauen und dabei noch vom Staat unterstützt werden!", riefen mehrere. Die Stimmung heizte sich auf. „Interreligiöser Dialog? Wo in allen diesen Ländern unsere Brüder und Schwestern gemeuchelt werden? Seid ihr noch bei Trost?“ Einige Brüder waren aufgestanden und sprachen mit anderen an deren Platz.

Caffarelli betrachtete die Szene mit Vergnügen. Eine Verschwörung der Lügner ist aufrichtiger, dachte er. In einem Raum, in dem niemand die Wahrheit sagt, wo jeder über seinen Standpunkt täuscht, bleibt das Wort Gottes als Quelle auf der Strecke. Aus seiner Zeit im fernen Japan wusste er: In einem Land, in dem alle lächeln, alle höflich sind, jedoch keiner die Wahrheit ausspricht, musste man die Lügen der anderen übersetzen. Hier waren sowohl die guten Vorsätze als auch die Empörung darüber geheuchelt. Denn nur, wenn alles so blieb wie heute, würde die Kurie und ihre Entourage genug für sich scheffeln, um weiter im Überfluss schwelgen zu können. Das brüderliche Miteinander drohte im Chaos zu versinken. Eine Koordination der Diskussion schien kaum mehr möglich. Es wurden Stimmen laut, die um das Auskommen ihrer Abteilungen und Mitarbeiter fürchteten. Andere sahen die Diözesen schon im Armutsstrudel versinken.

Währenddessen führte Nero Verhandlungen mit den zwei abtrünnigen Fraktionen. Caffarelli gab ihm unauffällig ein Zeichen. Nero ging zu Marone und schließlich gelang es, die aufwühlte Menge zu beruhigen. Die Brüder kehrten an ihre Plätze zurück. Marone rief Nero auf. Caffarelli betrat seine Bühne.

Konzentriert wartete er, bis auch letztes Gemurmel verstummte. Sein Blick fixierte die Anwesenden, als wollte er jeden einzelnen warnen. Seine Hände hielt er vor der Brust, sie verdeckten das Kreuz Christi. Während die unteren sechs Finger gefaltet waren, spitzen sich die Zeigefinger nach vorn aufeinander zu, gestützt von den sich nach oben berührenden Daumen.

„Verehrte Mitbrüder! So vieles was hier gesagt wurde ist richtig. Wie stünde ich an, dies je zu bezweifeln? Kann es noch Wichtigeres geben, als ein Leben der Kirche im Sinne von Deus caritas est? Nein! Kann es etwas Wichtigeres geben, als die Kirche von innen her zu kräftigen und dabei auf den starken Glauben ihrer Schafe zu vertrauen? Und müssen wir nicht unsere Brüder anderen Glaubens aufklären?“

Mit einer rhetorischen Pause versicherte Caffarelli sich der weiteren Aufmerksamkeit seines Publikums. Langsam begann er die Runde abzuschreiten. „Denken wir einen Moment an das berühmte ‚Colloquium Heptaplomeres‘ des Jean Bodin. Hier sprechen ein Katholik, ein Calvinist, ein Lutheraner, ein Mohamedaner, ein Jude und ein Synkretist sowie ein Vertreter einer Naturreligion. Bodins Fazit: Der Herrscher bleibt auf seinem Staatsgebiet unangefochten, auch wenn seine Untertanen verschiedenen Bekenntnissen angehören. Was für eine Aufgeklärtheit!“, ironisierte er im Tonfall, um dann drohend fortzufahren: „Und doch stellt sie sich als dumme Arroganz heraus, wenn der Staat von innen her bedroht ist, der Feind sich schon in ihm eingerichtet hat, mit Gerichten sein Recht erstreitet. Es ist bereits ein Krieg im Gange, der uns langsam unterhöhlt, die Gesellschaft aufweicht und von innen zerfrisst“, zischte er und hackte mit einer Handkante Äste von imaginären Bäumen ab. Die Geste wirkte, er sah, dass sich einige Brüder unwillkürlich an den Hals fassten. „Dieses Fremde aus fernen Ländern nähren wir wie die Schlange am Busen, die uns aussaugen wird. Der Humus dafür ist die Privatisierung des Glaubens und die Toleranz des eigenen Rechts. Wenn wir dann noch ohne die christliche Mission anderen Glauben in diesen Ländern unterstützen, offenbaren wir ihnen sogar in ihrem Land die eigene Schwäche. Was für eine bessere Einladung gibt es, dann bei uns einzufallen und unser eigenes Recht gegen uns zu kehren?“, erhob er drohend seine Stimme. „Meine Brüder, ich rufe Euch auf: Kehrt um! Macht die darniederliegende, siechende Mutter Kirche wieder stark. Tretet an, den Glauben in die Welt zu tragen und ihn daheim mit harter Hand zu verteidigen!“ Caffarelli steigerte seinen Ton zu Posaunen-Crescendo. „Deshalb widerspreche ich meinen

Mitbewerbern deutlich: Nicht die unsägliche, falsch verstandene Hilfe in fremden Ländern zu unseren Lasten und unserem Vermögen ist es, was die Stunde gebietet, sondern die Mission im Sinne von Matthäus 28, 19: Darum gehet hin und machet zu Jüngern alle Völker! Dazu braucht es einen starken Staat, eine starke Gesellschaft und einen starken Glauben. Wir müssen uns in unserem Siechen und Ausbluten verbünden mit Gleichgesinnten, das Kapital sammeln und die Rüstungen stählen, damit wir die Bastionen unserer Feinde schleifen können. Mildtätigkeit hat da ihren Platz, wo sie im christlichen Glauben angenommen und mit Buße vergolten wird. Nirgendwo anders. Es herrscht Krieg, seid gerüstet Brüder!"

Das war eine fulminante Brandrede, Caffarelli war sich dessen bewusst. Viele sehnten sich insgeheim nach einem Führer, der die Schafe mit fester und sicherer Hand durch die Wirrnisse der Zeit führen konnte, sie schützte und ihnen ihr erträgliches Auskommen bewahrte. Auch das wusste er. Er ahnte, eine entscheidende Schlacht geschlagen zu haben. Das Publikum verharrte in Stille. Das gab ihm Recht. Und er hatte sein Pulver noch nicht ganz verschossen.

Kapitel 23

Credo in Spiritum Sanctum et sanctam Ecclesiam catholicam

Kardinal Marone ermunterte das Konklave zur Aussprache über den Kandidaten Caffarelli. „Stat crux dum volvitur orbis. Das Kreuz steht fest, während die Welt sich dreht. Den Wahlspruch der Kartäuser kennen wir und doch wollen wir ihr spirituelles Schweigen hier nicht befolgen."

Caffarelli-Borghese hatte sich wieder gesetzt. Er wusste nicht auszumachen, was überwog, die Betroffenheit über seine Rede oder die hämische Feindschaft in den Blicken mancher, die nun hofften, ihn ausbooten zu können. Aber er sah auch Verlegenheit in einigen Gesichtern. Das wärmte sein Herz. Eine scheinheilige Brut, dachte Caffarelli, denn hier wohnten die wahren Dämonen. Nach außen getreue Diener des Herrn, nach innen Raffzwerge und Lüstlinge, schamlose Despoten, die er aus dem Amt drängen oder in Provinzen versetzen würde, wo Seuchen, Not, Krieg und Tod herrschten.

„Wir wollen keinen zweiten Borgia Papst", sagte endlich einer. Andere stimmten zu. „Der Sturm nach der Regensburger Rede ist uns noch geläufig, wir können keinen Religionskrieg wünschen, Brüder", sagte der nächste. „Aber der kommende Papst muss auch wieder mit starker Hand regieren", trat der erste für ihn ein, „das schwächelnde Auftreten nach außen wie innen muss ein Ende haben. Wir müssen uns in Stärke erneuern. Ich stimme Bruder Cafarelli zu!"

Weitere folgten. Die Gegner gaben sich noch nicht geschlagen. „Brüder: Deus est caritas! Caritas in veritate", befand einer aus der Gruppe Romeros. Salbungsvoll fuhr er fort. „Wir haben als erstes die Pflicht, an alle anderen Menschen zu denken und uns für deren Not und Leid unters Joch zu begeben. Was nützt die Taube als Gabe des Heiligen Geistes, wenn wir nicht mildtätig sind? Überall um uns herum ist Not, sie zu lindern ist unsere erste Aufgabe. Dazu sollen alle Projekte dienen, auch wenn sie die Kirche Geld und Vermögen kosten. Ruft der Vater uns beim Namen, werden wir nichts mitnehmen. Wohl können wir von ihm Absolution erhalten für unser Wirken in der tätigen Nächstenliebe."

Caffarelli sandte ein versöhnliches Lächeln in die Runde, während er sich ausmalte, wie der Herr Kardinal sich in der Armenküche der Caritas abspeisen ließ, zwischen denen, die mit schmutziger Kleidung ihr Leben in einer Plastiktüte bei sich trugen. Indessen nicht wenige der Bediensteten der Kurienkardinäle ihre Herrschaften mit weißen Handschuhen bedienen mussten.

Ein Anhänger Romano Chigis ergänzte unter mäßigem Beifall: „Wie sonst wohl, liebe Brüder, würden wir in den lateinamerikanischen Ländern zu einem derart hohen Beitritt von Christen kommen, wenn nicht durch unsere praktische Arbeit mit den Notleidenden vor Ort, mit Hilfe zur Gesundheit, zur Bildung, zum Einkommen, Schutz vor Verfolgung?" Der Redner hielt kurz inne, fixierte die Brüder und ihre Gesichter. „Da liegt unsere Zukunft, in der Öffnung und dem franziskanischen Ideal. Nicht im schnöden Mammon mit seiner hässlichen Fratze, die uns Bruder Caffarelli schönreden will." Nochmals pausierte er kurz, um mit grollender Stimme abzuschließen: „Damit macht er sich zum Totengräber der Mitmenschlichkeit und Solidarität unter allen Gläubigen."

Du hast es gerade nötig, dachte Caffarelli. Ein Erzschleimer vor dem Herrn, der sein Fähnchen nach dem Wind hängt und jedem nachrennt, der mit ihm über ein neues Amt plaudert. Alle hefteten ihren Blick jetzt auf ihn. Du musst deinen Feind kennen. Wenn du sein Haus betrittst, verstecke dein Schwert hinter einem Lächeln, ging ihm eine japanische Weisheit durch den Sinn. „Meine Brüder, Ihr habt meine Worte gehört, urteilt selbst. Lasst uns wählen", sagte Caffarelli betont sanft und mit einer rhetorischen Maske, die keine Deutung zuließ.

Marone übernahm die Wahlleitung. Alle Kardinäle saßen an ihren Plätzen, die roten Birette vor sich. „Scrutinium!", rief Marone. Die Helfer des Zeremonienmeisters machten sich daran, den Wahlberechtigen die Stimmzettel auszuhändigen. Danach setzten sich die Wahlhelfer wieder neben den Zeremonienmeister. Vor ihnen standen drei silberfarbene Urnen, je mit einem Teller abgedeckt. Die Kardinäle wurden aufgerufen. Mit den Worten: „Eligo in Summum Pontificem" legte einer nach dem anderen seinen Stimmzettel auf den Teller, hob diesen dann an und ließ das Papier in die Urne gleiten, um diese anschließend wieder mit dem Teller zu verschließen. Die Auszählung erfolgte mit der Übertragung in eine Liste und einer Kennzeichnung der gezählten Zettel, die in die zweite Urne kamen. Die dritte, kleinere diente der Vorbereitung zur Verbrennung der Stimmzettel. Ein chemischer Zusatz erzeugte die Farbe des Rauchs.

Nach einigen Minuten ergriff Marone wieder das Wort. „Die Wahl ist ungültig", stellte er mit tonloser Stimme fest. „Es fehlt ein Zettel."

Caffarelli trat das Bild der Papstwahl Urbans VIII. vor Augen, das als Wandteppich in seinem Arbeitszimmer hing. Damals hatte auch ein Zettel gefehlt. Das war seitdem nicht mehr vorgekommen. Marone fuhr fort: „Daher wird keiner der abgegebenen Stimmzettel ausgewertet, alle müssen vernichtet werden."

Gemurmel setzte ein. Gab es einen Boykotteur? Scipione Caffarelli-Borghese blickte interessiert in die Runde. Dessen Motiv läge auf der Hand: Verunsicherung schüren, zeigen, dass sich Widerstand formieren ließe.

„Wir wollen den göttlichen Moment der Besinnung nutzen", bemerkte einer in die Runde, „um die vorgetragenen Argumente nochmals zu bedenken." Mehrere Brüder stimmten zu.

Marone beriet sich mit seinen Helfern. „Das sieht das

förmliche Verfahren nicht vor“, sagte er schließlich. „Da wir aber auch im Einklang mit dem Heiligen Geist wählen wollen, um den zukünftigen Stellvertreter Gottes auf Erden und für unsere Mutter Kirche mit seinem Segen zu erhalten, bin ich ausnahmsweise einverstanden, die Diskussion nochmals zu eröffnen. Allerdings begrenze ich die Zeit auf maximal eine Stunde. Jeder, der etwas beitragen möchte, das noch nicht verhandelt wurde, ist eingeladen, dies zu tun. Doch jeder möge sich auch prüfen, ob sein Beitrag Wesentliches zur Entscheidungsfindung beträgt, und ihn knapp halten.“

Zudem verfügte Marone eine kleine Pause, um den menschlichen Bedürfnissen Raum zu geben.

Caffarelli verfolgte, wie die Fraktionen um Remos und Schettino offensichtlich daran arbeiteten, sich auf einen Kandidaten zu einigen. „Sie versuchen, in unserem Lager zu wildern“, raunte Nero ihm zu.

„Sind unsere Leute fest?“

„Ja, Eminenz, verlassen Sie sich darauf.“

Marone läutete die Glocke. Alle versammelten sich an ihren Plätzen. Kardinal Ramos meldete sich zu Wort.

„Bruder Schettino und ich möchten im Namen unserer Gruppen bekannt geben, dass wir uns auf Bruder Crisanto Maria de la Torre als alleinigen Kandidaten geeinigt haben.“

„Sonst noch Änderungen?“, fragte Marone leicht genervt.

Erzbischof de la Torre trat vor die Versammlung.

„Brüder in Christo, Amen! Ich will versuchen, mit aller Deutlichkeit und in der gebotenen Kürze darzulegen, warum ihr Bruder Scipio Caffarelli-Borghese nicht wählen solltet.“

Der Kardinalstaatssekretär rührte sich nicht, wenngleich er beeindruckt war. Eine derart direkte Kampfansage hatte er nicht erwartet. „Ungewöhnlich und clever“, hörte er Nero neben sich wispern.

„Ihr seht in Bruder Caffarelli einen guten Arbeiter im Weinberg des Herrn“, fuhr de la Torre fort, „als Leiter des Staatssekretariats ist sein großartiges Wirken weit über den

Vatikan hinaus, ja in weiten Teilen der kirchlichen Welt bekannt. Als Verwaltungsbeamter ist ihm höchstes Ansehen erwachsen. Aber als Vermittler zwischen der Kirche und ihren Gläubigen, als Seelsorger ohne pastorale Erfahrung, ist er gänzlich ungeeignet."

Schnell brandete Beifall auf.

„Unter allen Brüdern hier herrscht Einigkeit in Fragen der zukünftigen Außenwirkung der Kirche, des auf die Gläubigen Zugehens, der Hinwendung zum Menschen auf der Straße. Das wird ein steiniger Weg, angesichts der Verluste, die wir aus der Vergangenheit tragen müssen. Gewiss ist unser lieber Bruder Scipione ein guter Christ, ein besonders beschlagener Theologe und ein noch brillanterer Rhetoriker. Aber: Er ist kein praktischer Seelsorger, der in die Herzen der Menschen schaut, von ihnen ergriffen wird und diese Ergriffenheit zurückgeben kann. Die Not, das Elend eines Slums kennt er nicht. Das Sterben eines Kindes in seinen Armen hat er nicht erlebt. Und ebenso nicht das Glück der Eltern, deren erkranktes Kind wieder gesundet. Den damit verbundenen tiefen Glauben kann man nur dort oder wo auch immer die Not der Menschen ist, erfahren. Und immer muss man bei ihnen sein. Nicht die fernen Kanoniker im Allerheiligsten des Vatikans sind den Menschen nah, sondern nur der Seelsorger vor Ort. Die Kirche hat gute Führungskräfte, unter ihrer Leitung und Verwaltung lässt sich vieles gestalten. Aber die Menschen können wir damit nicht gewinnen. Dafür müssen wir vor Ort sein und ihr Leid teilen, ihre Not mildern und mit unseren Mitteln, den Mitteln der Kirche, das Leben für diese erträglicher machen. Lasst uns den Geist des Zweiten Vaticanums neu beleben: gaudet mater ecclesia – es freut sich die Mutter Kirche und mit ihr die Menschen, die allen, gerade auch denen fremden Glaubens, freiheitlich gegenübertritt und die Rechte des bürgerlichen Staates respektiert. Das wird uns stärken, liebe Brüder."

Caffarelli hielt den Atem an – konnte die Stimmung noch kippen? Wenn jetzt tosender Beifall aufbrandete, die Brüder sich davon mitreißen ließen, dann war die Wahl verloren, er würde seinen Weg wie bisher weitergehen und auf die nächste Chance warten müssen, die in Anbetracht seines Alters kaum eintreten würde. Es dauerte einen Moment, bis Beifall erklang, Brüder einander Zustimmung versicherten. Zum ersten Mal spürte Caffarelli, dass ihm die Situation entgleiten könnte. Oder fühlte er gar Angst? Er musste sich ihr stellen, sie besiegen, seine Unsicherheit verbergen! Jetzt durfte nicht auch noch stehende Zustimmung unter den Brüdern bekundet werden, dann wäre seine Niederlage unabweislich. Er hörte sich selbst predigen, unabweisliche Situationen brauchten entschlossenes Handeln. Doch nun schien er wie gelähmt. Er hätte aufstehen, die Brüder zur Ordnung rufen wollen, stattdessen war er an seinem Platz festgebunden, musste tatenlos seine bevorstehende Niederlage hinnehmen, dem formalen Verfahren gehorchen. Seine innere Stimme mahnte ihn, Zorn und Angst zu mäßigen, nicht dem Beispiel Fürst Asanos zu folgen, der seine Gefolgsleute zu Ronin machte, weil er die Fassung gegenüber dem korrupten Hofbeamten Kira verloren hatte. Mittlerweile ebbte der Applaus ab, es standen nur wenige Brüder, Zustimmungsbekundungen für de la Torre gab es keine mehr. Caffarelli entspannte sich, dachte mit einem verborgenen Lächeln an Asano und atmete tief durch. Die Brüder waren standhaft! Jede Modernisierung war eine weitere Anbiederung an den Zeitgeist, viele von ihnen unterstützten also doch eine Rückbesinnung auf das Tridentinum: Weg mit der Ökumene, Einheit als to kathalon, Durchsetzung der kirchlichen Moral- und Wertvorstellung und die vermehrte Teilhabe am Geld der Gesellschaft. Ein starker Staat brauchte wenig Nächstenliebe, er hatte mit seinen Feinden genug zu tun.

„Was hat Bruder Caffarelli-Borghese darauf zu erwidern?“, forderte Kardinal Marone ihn zu einer Duplik auf.

„Brüder!“ Caffarelli befreite sich aus seinen emotionalen Fesseln der Angst und des Zorns, stand auf, breitete die Arme aus und barg beide hinter einem sanften Oberlehrerton.

„Erinnert Euch des Anfangs! Was bestimmte die Grundlage des Staates Israel? Der Vertrag mit Gott! Das Einwilligen in diesen göttlichen Pakt war von Anbeginn an sanktioniert: pacta sunt servanda! Vertragsuntreue würde Gott rächen. In Mose 4 rettet der Zelot Pinhas das Volk vor der Rache des Herrn. Der Bund kann bestehen bleiben. Er wird zum Wahrheitsbrunnen, aus dem das Volk schöpft, den es aber auch gegen andere Götter und Mächte verteidigen muss. Der Bund ist das neue Wahrheitsparadigma für Gottes Volk. Es ist also die Politik, die der Religion den Weg bereitet. Doch dann erwächst hieraus die theologische Dimension, die alles beherrschen soll. Für Gott ist alles eins, das Ganze mehr als die Summe seiner Teile. Gott ist in uns, und wir in der Gesellschaft in ihm. Das zu beherzigen, zu verteidigen wie in Mose 5, müssen wir uns immer gegenwärtig sein. Unsere Feinde können wir nur besiegen, indem wir die irdischen Gewalten von Staat und Kirche verschmelzen, sie zu einem Instrument in unserer Hand und im Namen Gottes machen! Dann werden wir zum Soldaten Gottes gegen die Wiederkehr des Antichristen, der schon so lange versucht, uns niederzuringen: die Vatikanbank mit ihren Skandalen, die Verwaltung des Heiligen Stuhls mit ihren Verstrickungen, die Gier und die Missgunst untereinander oder die zügellose Fleischeslust, die unsäglichen Dreck über unsere Diözesen gespült hat. Allem gebieten wir Einhalt in Stärke! Denn unsere Heilige Mutter Kirche wird von innen und außen bedroht. Darum müssen wir uns von innen reinigen und wachsen, um allen Feinden zu begegnen.“ Caffarelli hatte seine Form wiedergefunden, ein befriedigendes Gefühl von Souveränität durchlief ihn.

Kardinal Leggerezza stand auf. „Ihr sollt kein Mal um eines Toten willen an eurem Leibe zeichnen noch Buchstaben an euch ritzen; ich bin der Herr. 3. Mose 19, 28.“

Offenbar hatte er die Genesis zitiert. Alle schauten ihn verwirrt an. Marone wusste im ersten Moment mit dieser Störung nicht umzugehen. „Bruder Caffarelli trägt Horiyoshi Horimono!“ versuchte Leggerezza zu erklären, „das ist selbst in Japan verpönt und verboten!“

Geflüster setzte ein. Offenbar wusste keiner mit dem Begriff etwas anzufangen noch ihn auf das Zitat aus der Bibel zu beziehen. Die Blicke der Brüder wechselten zwischen Leggerezza und Caffarelli hin und her.

Caffarelli schmunzelte in sich hinein. Äußerlich zeigte er weder eine Erwartung noch ein Erstaunen.

„Meine Brüder. Es stimmt, ich war in jungen Jahren in diesem fernen Land, in dieser fernen Kultur.“

„Gehört Ihr am Ende noch einer dieser heidnischen Organisationen an, Bruder?“, wurde in den Raum gefragt.

„Was für ein Sakrileg!“, rief einer. „Wer soll Euch jetzt noch wählen?“ Zustimmendes Gemurmel überall.

Caffarelli fühlte seine Souveränität schwinden. Er musste dem hier unmittelbar Einhalt gebieten, sonst gab es Tote – wenigstens im Geiste! Er versuchte, an seinen Faden anzuknüpfen. Fest blickte er in die empörten Gesichter seiner Brüder. „Richtig ist auch, ich spreche die Sprache ein wenig, habe vieles über alte Traditionen und Werte gelernt, Tempel besucht, Rituale erfahren und ...“

„Und seid diesen Ritualen erlegen“, rief der Nachbar Leggerezzas, „bis über beide Arme tätowiert!“

Caffarelli sah ungläubig zu diesem Denunzianten hinüber. Innerlich kochte er. Äußerlich hielt er sich weiter in der Gewalt. Leggerezza griente ihn verstohlen an.

„Das müssen wir untersuchen, Brüder! Schon im Namen der Heiligen Mutter Kirche ist festzustellen, was an den Vorwürfen gegen Bruder Caffarelli dran ist. Denn selbstverständlich kann nur ein reiner Kandidat zur Wahl angenommen werden.“

Du Schlange, dachte Caffarelli. Winde dich nur, auch deine Zeit wird kommen.

Marone schien seine Fassung wiedererlangt zu haben und mischte sich nun ein. „Bruder Caffarelli, das sind ernste Vorwürfe. Könnt Ihr diese aus der Welt schaffen? Eine peinliche Visitation möchte ich Euch ersparen."

Der drehte sich zum Zeremonientisch um, ging nahe auf Marone zu und zischte ihm ins Gesicht: „Wie kommt Ihr dazu, mich aufgrund eines wilden, offenbar konspirativen Vorwurfs mit derartigen Untersuchungsmethoden zu konfrontieren? Und das hier im Konklave, wo die kanonische Grundlage nicht gilt?"

Währenddessen schwoll das Gemurmel hinter ihm an, die Schakale unter seinen Gegnern witterten fette Beute.

Die Gruppe um Schettino forderte, den Weihbischof von Tokio einzubestellen, der gerade zu Besuch im Vatikan weile.

„Nein!", rief Marone mit harter Stimme in die Versammlung. Der Geräuschpegel ebbte etwas ab. Caffarelli stand noch am Zeremonientisch und zeigte sich überrascht, erfasste aber unmittelbar die Chance, die Marone ihm unausgesprochen bot. Soweit kanonische Maßnahmen im Konklave nicht zugelassen waren und Marone keiner wilden Untersuchung stattgab, könnte er seine Züge strategisch ausrichten. Marone fuhr fort: „Meine Vollmachten als Vorsitzender dieser Versammlung erlauben mir, unter außergewöhnlichen Umständen mehr Raum für Erklärungen und Diskussionen einzuräumen. Ansonsten gibt es nur zwei Möglichkeiten. Das Konklave wird ordentlich mittels einer Wahl zu Ende geführt, oder ich stelle sein Scheitern fest, was dessen Aufhebung nach sich zieht. Ich schlage daher vor, wir geben Bruder Caffarelli Gelegenheit, sich zu erklären und unsere Vorstellung von ihm weiter zu erhellen. Sollte das gelingen, sehe ich keinen Grund, die Wahl nicht wie vorgesehen durchzuführen."

Allgemeines Gemurmel, aber kein Widerspruch. Caffarelli stand noch bei Marone am Zeremonientisch. Auf dessen Wink hin trat er wieder vor die Versammlung.

„Brüder! Lasst mich meine Erfahrungen zur Mission in Japan knapp fassen. Bis heute leben kaum mehr als eine halbe Million katholischer Christen in Japan. Wer Sitten, das Denken und Fühlen, auch die shintoistischen Bräuche kennt, dem fällt es leichter, die Mission zu betreiben. So war es meine Aufgabe, ganz so wie die der frühen Missionare, mich dem Land anzuverwandeln. Nicht aber“, er hob beschwörend die rechte Hand mit dem Zeigefinger nach oben, „Gruppen wie den Yakuza, die immer noch zum Bestandteil der Gesellschaft gehören. Ihre dunklen Kulte sind in weiten Teilen verpönt, manches vom Gesetz verboten. Hier finden sich die von Bruder Leggerezza erwähnten Hiromono, auch Bildhauereien genannt. Mein Bezugspunkt in Japan lag im Hause der Yoritomos, die eng mit der Diözese Kamakura verbunden sind, Christen zumal, und ihrem Land wie auch unserer Kirche seit der Meji-Zeit gedient haben. Dort verbrachte ich meine japanische Lehrzeit, die wie jeder sehen mag, keine Veränderungen mit sich gebracht hat.“ Damit streifte er seine Ärmel hoch.

Ein schwaches Raunen durchlief die Reihen. War das schon der Moment des Triumphs? Caffarelli schritt an Leggerezza vorüber und bedachte ihn mit einem durchdringenden Blick. Nach dem Spiel sehen wir uns wieder, Bruder, dachte er, nach dem Spiel. Dann kommen Bauer und König in dieselbe Schachtel.

„Dort, in der entferntesten Diaspora, habe ich gelernt, was für unsere Mutter Kirche das Entscheidende ist. Sich zu behaupten in einer Welt von Feinden, die überall über uns herfallen, unsere Brüder und Schwestern abschlachten, die Terror und Vernichtung bringen wollen, ganz so, wie wir es im Nahen Osten täglich erleben und vielleicht auch bald auf unserem heiligen, römischen Boden. Urteilt selbst, Brüder! Doch lasst Euch gesagt sein, nichts ist wie es scheint, indessen alles ist bewegt im Krieg!“

Es gab keine Wortmeldungen. Die Brüder hatten verstanden: Wer nicht für Caffarelli stimmen sollte, dem würde er zum vernichtenden Feind werden. Da de la Torre weder Kardinal war, demzufolge auch keine Kurienerfahrung haben konnte, noch die wichtigen Männer dort kannte, würde er, der alte Kardinalstaatssekretär, auch der neue sein. Jeder seiner Gegner konnte mithin vieles, sogar alles verlieren. Rettet euch und seid mit ihm.

Scipione Caffarelli-Borghese hörte den Zeremonienmeister und seine Adjutanten die Stimmen auszählen. Sein Name klang kraftvoll von den Wänden der Sixtina wider. Die wenigen de la Torres, was machten die schon aus? Himmlisches Feuer begann in ihm zu lodern. Bald würde er den Stuhl Petri einnehmen, einer der ganz Großen werden – Welt nimm dich in acht! Kein Herrscher in Brokat und Seide, sondern einer im Harnisch und mit Flammenschwert!

Es gab Beifall, betretene Gesichter, aber auch ‚Vivat'-Rufe. Marone fragte: „Welchen Namen werdet Ihr Euch geben?"

Scipione Caffarelli-Borghese wandte sich um und reckte die Arme gegen die Decke der Sixtina, als wolle er sie durchstoßen und sich gleich mit dem Himmel verbinden.

„Damasus III werde ich mich ab heute nennen. – Seid gewiss: ich bin bei Euch, bis ans Ende meiner Tage." Da war sie, seine Drohung. Nicht jeder hatte sie vernommen, wie ihm schien. Matthäus 28, 20 trug eigentlich den Charakter einer frohen Botschaft ... Später würde so mancher beim Nachlesen feststellen: Damasus I war ein ebenso brutaler wie gerissener Kirchenfürst auf dem Apostolischen Stuhl gewesen. Eine Vorausweisung kam den Aufmerksamen in den Sinn. –

Weißer Rauch.

KAPITEL 24

Die Kammer der Tränen

vieni fuori! [Komm heraus]

Unter dem anhaltenden Applaus des Konklave begleitete der Zeremonienmeister Damasus III zur ‚camera lacrimatoria'.

Unvermittelt blieb Damasus vor der Tür stehen. Welche Erkenntnis würde ihm bevorstehen? In seinem Kopf prallten die Bilder der vergangenen Jahre aufeinander: die Wahl seines ungeliebten Vorgängers, die Kämpfe um die Macht, die Indiskretionen, Diskreditierungen, die Schlachten um Vorherrschaften, Blut, Schweiß und Tränen. Was würde ihn erwarten? Würde er ein guter Hirte sein? Wie schrieb doch Carlos Castaneda: ‚Der Tod ist unser ewiger Begleiter. Er ist immer zur Linken, eine Armeslänge entfernt. Wende dich zu deiner Linken und frage deinen Tod um Rat. Ungeheuer viel Belangloses fällt von dir ab, wenn dein Tod dir ein Zeichen gibt.' Er fühlte sich tief berührt davon.

Die Tür zur Kammer war nun geöffnet. Er hatte den Raum – wie oft schon gesehen? Doch im Hier und Jetzt schien er ein Durchgang in eine andere Welt. Das gegenüberliegende kleine Fenster ließ einen Lichtstrahl in die Kammer fallen. Sie war schmal, mit niedriger Gewölbedecke in nacktem Weiß, nur wenige Teile alter Fresken zierten die kahlen Wände. Der Boden aus roten Steinen spiegelte. Ein großes Kreuz stand in der Nähe der Treppe, die zu einem Nachbarzimmer führte. Hinter ihm schloss der Zeremonienmeister die Tür mit einem vernehmlichen Klacken des Schlosses.

Damasus fühlte sich benommen, wie im Nebel. Er setzte sich auf die rote Couch an der Wand zum Fenster. Mit Wehmut betrachtete er den Lichtstrahl. Staubflocken tanzten auf ihm. Sein Begleiter machte sich an den Paramenten zu schaffen. Weiße Soutanen, Rochett und Mozetta hingen in dreifacher Größe auf einem Kleidergestell. Darunter die passenden Schuhe in Kartons. Damasus bedeutete seinem Bruder, ihn alleine zu lassen. Langsam und mit Mühe erhob er sich. Die drei Schritte zu den Kleidern kamen ihm vor wie das Überschreiten des Jordan. Er musste sich reinigen. Ihm blieb keine Wahl. Würde er die Kirche reformieren wollen, musste auch er sich ändern. Die Vorurteile gegen andere, die geistigen Stigmata, die soziale Engstirnigkeit, Herrschaft und Heil. Ein Schauer durchlief ihn. Er sank auf die Knie und betete. Doch aufbrausende Unruhe über die Fehler des Lebens durchkreuzte sein Gebet. Würde er seiner Politischen Theologie die Spitze abbrechen können? Die Kategorien von Freund und Feind versöhnen? Petrus hatte mit seinem Schwert bei der Gefangennahme Jesu einem Diener des Hohen Priesters ein Ohr abgeschlagen. Das war für Alkuin wie Bernhard von Clairveau der Ausgangspunkt für alles Politische in der Theologie. Auch wenn die Ausführung in weltliche Hände gelegt werden sollte. Es war das Durchregieren der geistigen in die materielle Welt. Doch sein Schwert musste fortan dem Leben dienen, kenshin sakabato, das umgekehrte Katana. Dieses Schwert würde einhegen, nicht mehr vom Blute seiner Feinde leben, sondern das Leben im Angesicht der Feinde feiern. Der Donner von Taiko-Trommeln hallte in seinem Inneren wider. Zeit, aufzustehen. Damasus rief nach seinem Ankleidehelfer.

Der Papst betrat in einer einfachen weißen Soutane mit hellem Zingulum und dem weißen Pileolus die cathedra petri. Die Stille des Petersdoms ließ ihn zur Ruhe kommen. In der Basilika konnte er zum ersten Mal die Kraft im Gebet finden. Tu es Petrus et super hanc petram aedificabo ecclesiam meam et tibi dabo claves regni caelorum. – Du bist Petrus und auf diesem Felsen werde ich meine Kirche bauen, und Dir werde ich die Schlüssel zum Himmelreich geben.

Noch fühlte er die Bürde nicht. Aber er würde die Fülle seines Amtes und die Kraft seines Lebens den Menschen schenken. Bis hierher war er nun gekommen und sein Plan hatte funktioniert. Er dankte Gott für die Vorsehung und seine hellwache Vernunft.

Die Verkündigung auf der seconda loggia berauschte ihn. Sein Name wurde genannt, die Menschen jubelten ihm zu, skandierten habemus papam, sangen, waren fröhlich, ausgelassen. Der Hirtenstab in seiner Hand fühlte sich kraftvoll an. Er dankte der Menge, dankte allen. Plötzlich durchfuhr in ein Stich in der Brust. Der Stab stützte ihn. Noch sah er in die Menge, noch winkte seine Rechte den Menschen auf dem Platz zu. Doch die Kraft schien ihn zu verlassen. Bevor er sich zu gehen entschloss, knickte er ein. Ein Bild von Hausierern, Flickschustern, Quacksalbern, die Streichhölzer, Rattengift und Salben verkaufen und anderes Zeug dieser Art, Schwindler, Wegelagerer, Diebe und Übeltäter, stand ihm vor Augen. Er besann sich. Wo hatte er das schon mal gesehen? Die Menge war aufgeschreckt, alles Getümmel verstummt. Jetzt wandte er sich ihr nochmals zu und wieder jubelten viele. „Mach‘ den Zug deines Feindes zunichte, bevor er ihn ausführen kann“, dachte er. Aus der Menge heraus forschte ein Augenpaar ihn aus. Es gehörte O’Leary. Zweifel keimten in Damasus auf. Würde sich der missbrauchte und verratene O’Leary mit dem inzwischen diskreditierten Leggerezza auf den letzten Metern verbünden können? Der Feind meines Feindes ist mein Freund. Nicht jedem Papst war eine lange Amtszeit beschieden gewesen, manche an einem Stück Gebäck erstickt oder nach dem Tee nicht mehr aufgewacht.

Damasus schaute zu seiner Linken. Noch erblickte er dort den Hirtenstab. Aber er wusste, der Rat würde von dieser Seite kommen.

Kapitel 25

Caravaggio und die Bekehrung des Paulus

Damasus umklammerte den Brieföffner in seiner Rechten. Die Faust zeigte nur noch die Farbe von Wachs. Ansatzlos hieb er die Klinge in die Schreibunterlage. Sie drang tief in das Holz des Schreibtisches ein. Sein Gesicht war erstarrt von kalter Wut. Er würde seine Widersacher zur Strecke bringen, alle! Alle diese speichelleckerischen Hunde, die sich mit ihren Köpfen jetzt an seinen Füßen rieben. Es lag nahe, wer zuerst dran glauben müsste.

Doch nicht immer mussten Feinde sterben. Manchmal schien es geschickter, sie einzubinden, ihnen einen Vorteil zu bieten, um sie im Gegenzug weiter benutzen zu können. Damasus dachte an Caravaggios Paulus. Oft hatte er ihn in der Sammlung Odeschalchi bei der Jagdgesellschaft bewundern können. Der Überlieferung nach soll Prälat Tiberio Cesari von Santa Maria del Popolo in Rom dermaßen empört gewesen sein, dass er Michelangelo Merisi zur Rede stellte:

– ‚Warum hast du das Pferd in die Mitte und den heiligen Paulus auf die Erde platziert?‘

– ‚Darum!‘

– ‚Soll dieses Pferd Gott sein?‘

– ‚Nein, aber es steht im Lichte Gottes!‘

Was für eine furchtlose Antwort eines gottlosen Totschlägers. Damasus schürzte die Lippen. Das Opake war in beiden Fällen das eigentlich Interessante. Beim Maler seine dunklen Neigungen, ihm auch Quelle der Inspiration. In der Allegorie das Dunkle des Menschen generell. Seine Unfähigkeit, das Schicksal in die eigene Hand nehmen zu können, repräsentiert unsere Verstrickungen, unsere Getriebenheit. Das macht den blank glänzenden Rücken des Pferdes erst zum göttlichen Sinnbild. Der Trugschluss des freien Willens, Entscheidungen über Gut und Böse treffen zu können.

Das hatte der Wittenberger Mönch schon richtig erkannt. Wir müssen zum Glauben pädagogisiert werden. Und das Theologische machte die Allegorie frostig: Nicht wir reiten das Tier, sondern werden zum gerittenen Tier. Das kann seinen Retter nicht abweisen, kann keine Vorlieben ausdrücken. Es geht willig zu dem, der es ruft, Gott oder Satan. Wir sind besessen! O'Leary, der von seinen sexuellen Begierden Besessene, Leggerezza, der von Macht und Geld Besessene. Je höher einer steigt, desto tiefer reichen seine Wurzeln ins Böse. – Und genau darum ging es jetzt. Als Papst würde er Leggerezza zu seiner Speerspitze machen. Missliebige Brüder entfernen, Geld für die Politische Theologie umleiten, die Jagdgesellschaft mit dem Staat verschmelzen. Und Leggerezza selbst das Interesse an einem Bund mit O'Leary nehmen! Dafür würde er ihn zu seinem Fährtenhund machen. Der musste einen hohen Preis dafür zahlen, am Leben zu bleiben. Aber die Aussicht, als Gejagter auf die Seite des Jägers zu wechseln, bedeutete praktische Politik.

Die Staatsanwältin Orsini. Politische Justiz. Was für eine gewiefte Person, dachte Damasus. Sie hatte doch tatsächlich einigen Brüdern das Hirn vernebelt, um sich Zutritt zum Vatikan zu verschaffen und Informationen abzugreifen. Er kannte sie aus der Ferne. Aus den Schilderungen Marcello Mostras. – Damit die Welt im Gleichgewicht blieb, durfte kein Frevel ungesühnt bleiben. Damasus musste vorsichtig sein und würde sein Schwert hinter einem Lächeln verbergen.

Das Konzil von Trient hatte erklärt, die Einheit des Evangeliums mit der Offenbarung Gottes in der Heiligen Schrift zeige sich auch und gerade in den ungeschriebenen Traditionen. Entgegen der Häresie der Trennung beider. Die Reinheit des Evangeliums in der Weitergabe von Hand zu Hand, – Tat und Dogma in einer Hand, bewahrt in beständiger Folge den Zwang des Heiligen Geistes durch die katholische Kirche.

In seinem ersten Diktat als Papst packte Damasus den

Stier bei den Hörnern: In Zukunft gab es ein Finanzministerium und Leggerezza würde es leiten, ebenso wie das Staatssekretariat. Damit konnte Damasus auf eine substanzielle Hausmacht gegenüber der Kurie bauen. Dort galt es, einige Umbesetzungen vorzunehmen. Seine Gegner aus dem Konklave mussten weichen. Dafür konnte er Brüder aus dem Süden Italiens berufen, die einen Spiegel zu den apulischen Verhältnissen bilden würden. Das ließ die päpstliche Schatulle füllen. Mit dem zu erwartenden Geldfluss würde er seine Getreuen ausstatten, um das to kathalon weiter in die Welt zu tragen, das Schiff der Kirche auf Kurs zu bringen und die Mission in der Welt zu rüsten. Krieg zu führen kostete immer Geld. Es würde hier im Land beginnen. Die alten Eliten warteten nur darauf, der Schwarze Adel witterte bereits die neuen Verhältnisse. – Das Glück bevorzugte den, der vorbereitet war.

Der Abendhimmel über Rom ließ Silvana frösteln. Ein dunkler Blaustich tauchte die Umgebung in ein schauriges Halbdunkel. Dienstschluss. Gerne wäre sie in ein Café oder eine Bar gegangen, aber im weiten Umfeld des Ministero del Agricoltura e delle Forreste fand sich nichts. Die Beleuchtung des Ministeriums schaltete sich ein, sie empfand es als ein grässliches Zwielicht. Eine Nachricht auf ihrem Handy lenkte sie ab. Monsignore O'Leary bat um ein dringendes Gespräch. ‚Das geht aber schnell', dachte sie beim Blick auf die Mitteilung. Sie erinnerte ihre letzten Eindrücke von ihm: tiefe Traurigkeit und die mitschwingende Gewissheit über das drohende Ende eines Lebens ins Freiheit.

Er bot ihr an, einen Wagen zu schicken. Minuten später hielt auf der gegenüberliegenden Straßenseite ein dunkler Lancia Delta.

„Signora Procuratrice?", fragte der Fahrer, nachdem er

ausgestiegen war. „Prego!“ Er öffnete ihr die Tür und half beim Einsteigen.

„Wohin fahren wir?“

„Signora, ich soll Sie zum Palazzo Odeschalchi, Piazza dei Santi Apostoli, bringen. Dort wird Sie Pater O’Leary in Empfang nehmen.“

In ihr keimte Freude auf. Vergessen der lange Arbeitstag, die launischen Kollegen, die ungemütlichen Möbel. Der Fahrer lächelte sie freundlich an, er fuhr zügig und nicht zu schnell. Für einen Augenblick fielen ihr die Augen zu. Ein wohliges Gefühl durchzog ihren Körper. Nun würde sie nochmals entscheidende Informationen erhalten. Gedankenreise. Schmutzige Geschäfte der Vatikanbank, Signor Cipri vor Gericht mit allen Kontounterlagen, Kurienkardinäle an seiner Seite, Leggerezza mit Geldkoffern in der Hand, Mostra verhaftet, Angelo, der in New York Finanzmanager von Blacknight festnahm.

Sie schreckte auf. Angelo! Keiner wusste über ihr spontanes Treffen Bescheid. Sie begann wieder leicht zu frösteln. Sollte sie jemanden benachrichtigen? Nur zur Vorsicht? Aus dem Augenwinkel blickte sie auf den Fahrer. Mit römischer Kunstfertigkeit durchpflügte er den Verkehr. Ihre Angst verflog. Sie traf den Geistlichen, was sollte ihr schon passieren? Außerdem domestizierte sie regelmäßig ihre männliche Umgebung. Nein, sie würde ihren Erfolg schon einfahren und erst dann damit auftrumpfen. Claudias Arbeit in den Schatten stellen und Angelo beeindrucken mit ihrer Kaltblütigkeit, ihrer Chuzpe, ihrer Intelligenz. Da konnte sie die bella figura machen, die es ihr ermöglichte, ihn wieder für sich einzunehmen, ihn Claudia endgültig auszuspannen. Ein selbstgefälliges Lächeln formte ihre Lippen. Und sie würde eine Scharte auswetzen: Angelos Lamentieren, ihr Beziehungsdreieck behindere die Ermittlungen, wäre nicht nur vom Tisch, sondern in ein fulminantes Ergebnis umgemünzt. Von ihr!

Der Fahrer parkte in zweiter Reihe. Wieder bemühte er sich um sie, reichte die Hand zum Aussteigen.

„Jetzt hätte ich doch gerne noch Ihren Namen gewusst“, lächelte Silvana.

„Pierluigi Frascone, Signora. Gerne zu Ihren Diensten“, sagte er und drückte ihr die schwere Portaltür auf. Mit einem satten Klacken fiel sie hinter ihr ins Schloss. Das Haus machte einen verwaisten Eindruck, die Läden zur Straße geschlossen. Das Geräusch ihrer Pumps hallte durch das weitläufige, dämmrige Treppenhaus.

„Guten Abend, Signora, hier entlang bitte.“ Die Stimme kam aus dem Nichts und erschrak sie fast zu Tode. Für einen Moment verlor sie die Fassung.

„Monsignore O'Leary“, brockte sie heraus. Sie fasste sich.

„Warum so ein konspirativer Ort? Ich hoffe, Sie übergeben mir keine Tonnen von Unterlagen, ich bin ja sozusagen zu Fuß.“

O'Learys Gesicht ließ keine Reaktion erkennen, zu sehr deckte das Dunkel der Eingangshalle seine Züge ab. Er führte sie die große Treppe hinauf. Sie betraten einen kleineren, von Wandlampen erhellten Raum im ersten Stock. Ein großer Kamin mit Säulen und einem davor liegenden Sphinx beherrschten das Zimmer. Tücher verhüllten Bilder an der Wand sowie einige Möbel. Schwere Teppiche, eine Sitzecke und dicke Portieren an den Fenstern zu einem Innenhof ergänzten den Raumeindruck. Dort stand ein älterer Mann, der sie anlächelte.

„Signora, willkommen. Bitte nehmen Sie Platz. Senator Andrea Calvesi.“

Das wird ja immer besser, dachte Silvana. Blitzschnell kalkulierte sie ihren Sprung auf der Karriereleiter. Oberstaatsanwältin, Präsidentin der Justizbehörde, Justizministerin! Dann würde ihr Angelo endgültig erliegen. Hätte was! Sie konzentrierte sich. Der Senator, schlank, hochgewachsen, dichtes, kurzes, weißes Haar, kurzgetrimmter heller

Bart, randlose Brille, Kleidung Ermenegildo Zegna, schätzte sie.

„Sie verstehen, dass ich überrascht bin. Aber das werden Sie bestimmt aufklären“, gab sie sich betont geschmeidig. Calvesi versprühte einen charismatischen Charme. Unwillkürlich rückte sie ihr Kostüm zurecht, bevor sie sich setzte, und schlug die Beine mit einer erotischen Geste eng übereinander.

„Ein waschechter Senator bei einer konspirativen Sitzung mit einem Geistlichen und einer Staatsanwältin in einem der ältesten Palazzi Roms, das kommt auch nicht alle Tage vor“, stimmte sie einen unverfänglichen Plauderton an.

„Da haben Sie Recht, Signora. Allerdings hat unser Treffen auch einen dezidierten Grund, und der wird Ihre mögliche Erwartungshaltung konterkarieren. Signora, zunächst einmal haben wir keine neuen Erkenntnisse für Sie. Als Senator aus der Region ist mir jedoch sehr daran gelegen, die gesellschaftliche und wirtschaftliche Entwicklung dort zu sichern und zu fördern.“

Silvana holte tief Luft. Worauf sollte das hinauslaufen?

„Klären Sie mich auf, Senator! Am besten beginnen Sie damit, mir Ihr Verhältnis zu Monsignore O‘Leary zu verdeutlichen, bevor Sie darlegen, welche Interessen Sie im Ermittlungskomplex Gruppo Zana vertreten. Ansonsten bin ich gewillt, das hier als Behinderung einer staatsanwaltlichen Ermittlung zu betrachten und entsprechend publik zu machen.“

Calvesi musterte sie mit kühlem Blick. Aller Charme schien aus ihm gewichen, die Professionalität des Politikers stand ihm nun ins Gesicht geschrieben.

„Monsignore O’Leary ist gewissermaßen auf einer Durchgangsstation im Vatikan. Der Kardinalstaatsekretär bat mich vor geraumer Zeit, mich seiner außerhalb der Vatikanstadt anzunehmen. Wir hatten dann bei einer schönen Veranstaltung vor den Toren Roms das erste Mal Gelegenheit, uns näher kennenzulernen, und jetzt eben hier, um ein paar Klärungen hinsichtlich Ihrer Ermittlungen vornehmen zu können."

„Klärungen, sagen Sie? Da bin ich aber gespannt."

„Signora Procuratrice, mir sind die Verhältnisse Apuliens bestens bekannt. Ich selbst bin Mitglied des Umweltausschusses. Und sicher weiß ich über die unglückseligen Entwicklungen beim Stahlkonzern Zana Bescheid. Ich kann Ihnen allerdings versichern, die Behörden haben vorbildlich gearbeitet und weit über das sonst bekannte Maß hinaus kooperiert. Inzwischen sind neben neuen technischen Standards auch betriebliche Beauftragte benannt, die sich um die nötige Überwachung kümmern. Die Region hat in den letzten Jahren vergleichsweise gut aufgeholt, das Pro-Kopf-Einkommen ist deutlich gestiegen, die Menschen können sich besser bewegen im Leben. Das ist der Lokomotive Zana zu verdanken. Wir freuen uns daran. Die Steuern sprudeln für die Verhältnisse des Südens gut. Selbst die Kirche berichtet von größeren Zuwendungen in und aus der Diözese."

„Senator, bitte keine politischen Lobreden, ich stehe nicht der Cassa del sud vor", antwortete Silvana sarkastisch.

„Signora, um es rundheraus zu sagen: Ihre Ermittlungen sind überflüssig. Sie sind von der Zeit überholt worden, und den Tod ihrer Kollegin müssen Sie schon selbst aufklären, da können wir Ihnen sicher nicht behilflich sein."

Silvana hatte genug von seinen rhetorischen Manövern.

„Wollen Sie mich zum Narren halten? Sie beide? Anstatt mir Informationen zu geben, die mir zustehen, wollen Sie mich überreden, meine Dienstpflichten zu ignorieren? Das meinen Sie also mit Klärungen! Noch ist die Justiz unabhängig, auch in diesem Land."

„Da haben Sie Recht, Signora, trotz aller Zweifel, die es dazu anzubringen gilt", hörte sie eine Stimme hinter sich. Sie wandte sich zur Tür um. Dort stand ein älterer Geistlicher im Kardinalsornat.

„Darf ich vorstellen, Kardinal Leggerezza", erklärte Calvesi. Der Geistliche begrüßte Silvana und nahm neben dem Senator Platz. Sie mühte sich, ihre Überraschung professionell zu überspielen, zumal sich darin ein Verdacht mischte. Wollte man sie hier nicht nur beeinflussen? Ihr Blick fiel auf O'Leary. Die Kirchenmänner hatten sich nur mit einem angedeuteten Nicken begrüßt. Der Ire, obschon im selben Rang, nur in einfacher Priesterkleidung. Wurde hier etwas vorbereitet? Ein Anflug von Angst rüttelte an ihren Nerven.

„Signora, als Politiker muss man stets versuchen, das Unmögliche möglich zu machen, das ist unser Geschäft", sagte Calvesi in verbindlichem Ton.

Das klang nach einer Beruhigungspille, die bei ihr aber keine Wirkung entfalten würde.

„Meine Dame, meine Herren", erhob sich Calvesi zur Verabschiedung. Er beugte sich kurz zu ihr hin und flüsterte: „Wenn Sie wider besseres Wissen weiter ermitteln wollen, kann ich Ihnen auch nicht helfen." Ohne ihre Reaktion abzuwarten, verließ er den Raum.

„Signora, sparen wir uns die üblichen Floskeln, meine Zeit ist begrenzt", setzte Leggerezza das Gespräch fort. Dieser dicke Mann ihr gegenüber, leicht prustend, mit gerötetem Gesicht, schien ihr jetzt weit weniger beängstigend. Dennoch spürte ihr Herz weiter eine Beklemmung.

„Sie vergeuden Ihre Kräfte, sollten Sie glauben, mit Ihren Untersuchungen auch nur einen Stein umdrehen zu können."

„Was bestärkt Sie in dieser Annahme, Eminenz? Ist Ihr Glaube so leichtfüßig, wie Ihr Name es nahelegt, braucht es nicht viel, ihn zu erschüttern", antwortete sie bestimmt.

„Was erlauben Sie sich, Sie ungebührliche Person?" Leggerezza blähte sich auf und reckte einen kurzen, wulstigen Zeigefinger. „Kümmern Sie sich besser um die Reinigung des Schmutzes, den Ihre eigenen Kreise hinterlassen, bevor Sie die Kirche und ihre Vertreter angreifen."

„Was wird das hier? Eine inquisitorische Befragung?"

Trockenheit machte sich in ihrem Mund breit. Sie nahm

kaum wahr, dass O'Leary aus ihrem Blickfeld verschwand.

„Sie glauben, Bescheid zu wissen?", erregte sich Leggerezza weiter. „Wissen gehört Gott allein, dem Menschen jedoch nur seine unzureichende Wahrnehmung und seine noch unzureichenderen Fähigkeiten."

Silvana erfasste plötzlich eine innere Unruhe, die panische Züge annahm. Mit äußerster Disziplin versuchte sie, ihre Souveränität aufrechtzuerhalten.

„Eminenz, offensichtlich sind Sie der Ansicht, dass kanonisches Recht oder ihr Amt Sie vor weltlicher Gewalt schützen. Da liegen Sie aber falsch. Die Ermittlungen auch gegen Sie laufen bereits." Ihr Puls raste, sie bekam Schweißausbrüche. Wo war eigentlich O'Leary? Warum hielt der sich aus alledem raus?

Schwer stemmte sich Leggerezza aus dem anderen kleinen Sofa und stellte sich so nah vor sie, dass sie auf ihrem nach hinten rutschen musste, um nicht von ihm erdrückt zu werden. Silvana sah in sein schweißnasses Gesicht. Er umfasste sein großes Kreuz auf der Brust und sagte in bedrohlichem Ton: „Das Blut Jesu Christi reinigt uns von aller Schuld. Verstehen Sie?"

Dann konnte einen ja nichts mehr erschüttern. „Wie Sie meinen, meine Herren. Pädophilie, Geldwäsche, Mord und ein paar Kleinigkeiten, da kommt ganz schön was zusammen." Ihre Stimme zitterte, sie griff nach ihrer Tasche. „Ich habe schon ganz andere Kaliber zur Strecke gebracht. Und immer waren es diejenigen, die von sich selbst glaubten, unantastbar zu sein."

Immer noch stand der Fettwanst direkt vor ihr, war sie gezwungen, zu ihm aufzuschauen. Sie richtete sich auf, wollte sich an ihm vorbeidrängen, als sich eine Kette über ihren Kopf und um ihren Hals legte. Ruckartig wurde sie rückwärts gerissen. Ihre Tasche glitt aus den Händen, sie rutschte aus den Pumps, fiel gegen die Lehne, das Sofa kippte. Jemand schleifte sie nach hinten. Silvana strampelte mit den Beinen, ruderte hilflos mit den Armen, versuchte ihren

Widersacher zu greifen. Langsam schwoll ihr Kopf, die Luft blieb weg. Totale Panik. Versuchte sich zu drehen, Schlinge noch fester. Gleich würde sie platzen. Kehlkopf aus dem Hals. Ihre Hände griffen weiter um sich, Stoff, sie packte zu. Ihre Nägel krallten sich fest. Der Angreifer versuchte sie abzuschütteln. Die Schlinge ließ einen Moment nach. Sie bekam wieder Luft. Atmete. Richtete sich etwas auf und verlor den Griff. Augenblicklich schnürte die Schlinge wieder zu. Sie sah ihre Nägel vor sich, abgewetzt, abgebrochen. Hätte sich gewünscht, sie makellos lackiert über den nackten Oberkörper Angelos fahren zu können. Die Kraft seiner entspannten Muskeln fühlen zu können, ihre erotische Ausstrahlung auf ihn zu übertragen. Stellte sich vor, er umschließe sie. Verschmelzen. Ihr Hunger danach war unstillbar.

Jetzt lief ein warmes Rinnsal ihren Hals entlang, erreichte ihr Dekolleté, verlor sich in der Kleidung. Ihre Hände plötzlich rot. Blut. Sie bäumte sich auf, wandte sich unter großem Schmerz. Der Hals pochte unermüdlich, ihr Herz raste um sein Leben, die Zeit verging. Angelo, du bist so weit. Klarheit zog in ihr auf. Das Zimmer verwüstet. Der Kardinal nicht mehr auszumachen. Ihre innere Stimme hatte sie gewarnt. Doch ihr Ehrgeiz, ihre Sucht nach Anerkennung, nach Triumph, schlicht ihre Selbstsucht, hinderten ihr Leben, weiterzuleben. Angelo! Wo bist du? Die Kräfte ließen nach, ihr Willen verabschiedete sich. Sterben, nur noch sterben, ein Ende der Qual. Sie schloss die Augen. Dankte Gott für ein Leben, das ihr eine große Liebe schenkte, wenn auch eine unglückliche. Bat um Verzeihung für ihre Unmäßigkeit, eitle Selbstbezogenheit. Ein Stolpern riss ihre Augen wieder auf. Der Angreifer, gefallen, sie lag auf ihm. Er rührte sich nicht.

Sie fasste die Kette, Perlen prasselten zu Boden, ein zerrissener Rosenkranz. Das Aufstehen fiel ihr schwer. Benommenheit, Schwindel fühlte sie. Alles verschwommen. Ihre Hände blutverschmiert. Sie hustete sich die Seele aus dem

Leib. Keuchte, der Puls schlug weiter in den Hals. Adrenalin bis zum Anschlag. Konnte immer noch nicht richtig sehen. Sie drehte sich um. Wankte, sah ihre Tasche, die kleine Flasche Wasser. Fiel auf die Knie, zitternde Hände, letzte Kraft für den Verschluss. Kühle rauschte durch ihre Kehle. Sie kramte in all dem Chaos ihren Make-up-Spiegel hervor. Wie sie aussah! Unmöglich konnte sie so auf die Straße. Sie musste Angelo anrufen! Wo war ihr Handy? Hektisch durchwühlte sie den verstreuten Inhalt ihrer Handtasche, dann hielt sie inne, versuchte, sich zu konzentrieren. Dort beim Sofa hatte sie gestanden! Sie erinnerte sich. Dann der Angriff. Angriff? Mordversuch! Tränen. Weinkrampf. Erneut der Versuch, sich zu konzentrieren. Irgendwo lag das verdammte Ding vielleicht noch. Da. Erleichterung. In einer Kaminecke. Das war die Rettung! Sie kniete sich hin, griff danach, richtete sich auf, entsperrte das Display, Wahlwiederholung. Kam endlich zu Atem.

Dann der Schlag wie aus heiterem Himmel. Kühl, hart, sie spuckte ihr Herz aus. Fühlte, wie ihr Körper schwebte. So leicht.

Kapitel 26

Auf See und vor Gericht: Die Hand Gottes

Claudia konzentrierte sich auf ihren leeren Bildschirm und versuchte, Silvio so wenig Beachtung wie möglich zu schenken. „Warum kommt Ihr damit zu mir?", fragte sie nach einer gedehnten Pause. „Silvana hat doch alle Fäden in der Hand." Ihre Stimme bebte, obwohl sie sich alle Mühe gab, gleichgültig zu klingen.

„Signora Traviani! Wir haben das intern diskutiert."

„Intern?", fuhr sie Silvio ruppig dazwischen. Er schlug seinen jovialen Plauderton an, der Claudia immer wieder auf die Nerven ging.

„Ja, Signora. Der Colonello und ich haben uns Gedanken gemacht, wie wir die Ermittlungen beschleunigen könnten. Wir sollten uns aufteilen: Ein Team nimmt sich Blacknight vor, das andere Zana. Anschließend können wir dann kombinieren, das ist besser, als jetzt doppelt alles nebeneinanderher zu machen."

Claudia knallte ihren Laptop zu, dass Silvio zusammenzuckte.

„Und warum ist der Colonello jetzt nicht anwesend? Oder Kollegin Orsini? Die haben wohl Besseres zu tun, während Sie mich hier beschäftigen?"

Silvios laxer Umgang mit der Arbeit regte sie auf. Entscheidungen hinter ihrem Rücken zu treffen und sie dann vor vollendete Tatsachen zu stellen. Die Männer missachteten ihre Dienstvorgesetzte. Beide sollten eine Abreibung bekommen.

Claudia bemerkte seine Unsicherheit. Es reizte sie, ihn auch stellvertretend für Angelo in die Zange zu nehmen. Silvio reichte ihr sein Tablet mit einer Protokollnotiz zu seinen Überlegungen. Sie überflog die Zeilen. Ihre Gedanken folgten dunklen Gefühlen. Schmiedeten die drei ein Komplott gegen sie? Oder instrumentalisierten die beiden den Assistente nur gegen sie? Ihre Eifersucht nahm monströse Züge an. Zu oft hatte sie sich schon geärgert, Silvana mit in die Ermittlungen hinein genommen zu haben. Bei Licht betrachtet musste sie sich allerdings eingestehen, zu jenem Zeitpunkt Angelo gegenüber noch nicht so gefühlt zu haben wie heute. Sie empfand Wut auf ihre eigenen Gefühle.

„Nein Signora“, sagte Silvio mit einer gewissen Bedrückung im Ton, „wirklich, da liegen Sie falsch. Der Colonello ist nach seinem Ausflug in den Norden wieder daheim. Wo Signora Orsini ist, kann ich nicht sagen.“

Claudias Eifersucht galoppierte. Wahrscheinlich bei ihm! ‚Während der mich hier hinhält.‘ Mit kriegerischem Ausdruck griff sie zum Telefon. Noch bevor Angelo auch nur einen Ton herausgebracht hatte, nahm sie ihn sich vor.

„Das habt ihr euch ja fein ausgedacht, raffiniert! Aber da spiele ich nicht mit. Hörst du? Ihr verbringt die Zeit in trauter Eintracht, vergnügt euch was weiß ich wo und wie, während Sperandello und ich für euch die Kernerarbeit machen, damit ihr Händchen halten könnt. Aber so läuft das nicht. Verstanden?“

Silvio zeigte mit der rechten Hand auf sich selbst, stellte sie anschließend senkrecht und legte die linke darüber. Dann stand er auf.

„Wo wollen Sie hin? Ich bin noch nicht fertig mit Ihnen!“, herrschte sie ihn an.

„Bitte lass uns nicht streiten“, versuchte Angelo sie am anderen Ende der Leitung zu beschwichtigen. „Ich mache mir ernsthaft Sorgen um Silvana.“

„Wieso? Bist du nicht gleich mit ihr verabredet?“, fuhr sie dazwischen.

„Claudia, bitte! Seit mehreren Stunden kann ich sie nicht erreichen. Keiner weiß, wo sie ist.“

„Klar, mir sagt ja keiner etwas“, fuhr sie ihm abermals über den Mund.

Angelo ließ sich nicht irritieren. „Zuhause ist sie anscheinend auch nicht. Bitte sag Silvio, er soll auf dem Heimweg bei ihr vorbeischauen." Er holte tief Luft. „Und eins noch, Claudia: Deine Eifersucht ist völlig unangebracht. Silvana und mich verbindet Dienstliches, mehr nicht. Anders als bei uns beiden, dachte ich bislang." Damit hängte er ein.

In ihre Wut und Empörung mischten sich Zweifel. Sie erteilte Silvio den Auftrag Angelos und entließ ihn ohne eine Antwort auf seine Fragen.

Nachdem Silvio fort war, überließ sich Claudia ihren Gefühlen. Es dauerte eine Weile, bis ihre Tränen die Anspannung, Wut und Enttäuschung weggespült hatten. Es blieb die Angst. Was, wenn Silvana wirklich etwas passiert wäre? Nur durch ihr Zögern die Hilfe zu spät käme? Soweit konnte Rivalität nicht gehen.

Der Himmel über Rom tauchte die Stadt in ein eigentümlich grau-rotes Licht. Dunkle Vorboten? Angst vollbringt das Befürchtete, dachte sie. Ihr Körper spannte sich wie ein Bogen. Licht an, Akten auf den Tisch, Prozessverläufe simulieren. Sie konnte sich nicht konzentrieren. Die Zeit kroch dahin. Ihr war grauenvoll zumute. Sie öffnete das Fenster. Kalter Wind drückte ins Büro. Schnell begann sie zu frösteln und schloss das Fenster wieder. Zurück an die Akten. Die Prozesse waren komplex. Mord, Geiselnahme, Tote, Verletzte. Wieder sah sie auf die Uhr, aufs Handy. Würde doch endlich die erlösende Botschaft kommen. Welche? Sie schloss die Augen. Fühlte, wie die Angst ihren Rücken hinabperlte. Sie checkte die E-Mails. Nichts. Doch, doch, da war was. Nicht von Silvio. Dick Fleischhauer von der SEC, den Angelo in New York getroffen hatte. Was wollte der von ihr? Sie überflog die Zeilen. Auch er hatte versucht, Silvana zu erreichen, auch ohne Erfolg. Ob die Kanzlei Steurer & Cie. und besonders ein gewisser Josh Bugs einschlägig bekannt seien? Woher zum Teufel sollte sie das wissen? War sie vielleicht Silvanas Urlaubsvertretung?

Nein, sie war ungerecht. Sie wusste es. Konnte aber nicht anders, ihr Innerstes kehrte sich nach außen. Ein dumpfer Knall. Claudia fuhr mit einem Aufschrei zusammen. Eine Taube war vor das Fenster geflogen. Das Tier lag tot auf dem Sims. Das Läuten des Telefons zwang sie, ihren Schrecken zu unterdrücken. Sie zögerte, abzunehmen. Es klingelte beständig. Der Raum als Resonanzboden. Ihre Gedanken klebten auf der Zunge eines Gecko. Die Nummer war unterdrückt. Endlich nahm sie ab. Angelo. Nein, es gab noch nichts Neues. Nein, Silvio hatte sich auch noch nicht gemeldet. Sie drängte ihn, aufzulegen.

Mittlerweile war es dunkel. Das abendliche Rom in künstliches Licht getaucht. Irgendwo läuteten Kirchenglocken. Sie stellte den Fensterflügel an. Der unvermeidliche Straßenlärm drang in den Raum. Für einen Augenblick rollte sie mit Angelo unbeschwert auf der Vespa durch Rom, hin vielleicht zum Pantheon oder in den Borghese Park.

Eine SMS. Endlich.

Vor Schreck ließ sie fast das Handy fallen.

Silvio hatte Angelo bereits verständigt, die Kollegen von der KTU auch. Sie packte ihre Sachen. Mit Macht taumelten ihre Gefühle durch den Körper. Scham. Gewissensnot. Schuld. Längst hatte sie unterwegs sein wollen und saß doch noch wie gefesselt am Schreibtisch. Ihre Gedanken erstickten unter der Endgültigkeit der Nachricht.

Bei ihrem Eintreffen sah sie ein Großaufgebot der Carabinieri. Die Häuser in blaues Licht getaucht, dazu das rhythmische Flackern der Signalleuchten. Sie zeigte ihren Ausweis und wurde eingelassen. Silvana lag in einem Zimmer im ersten Stock am Fenster mit Blick zum Innenhof des Palazzo Odeschalchi. Angelo stand mit versteinertem Gesicht am Kamin. Er bewegte sich nicht, als ihre Blicke sich trafen.

Silvio sprach mit den Kollegen von der Spurensicherung. Das Zimmer machte einen ziemlich verwüsteten Eindruck. Silvana musste die ganze Kraft ihres zierlichen Körpers aufgeboten haben, um sich zu wehren. Claudia fühlte Ziegelsteine in ihren Taschen, die sie schwer und unbeweglich machten, hinabzogen wie einst Roberto Calvi unter der Brücke der schwarzen Mönche. Sie musste sich setzen. Tränen liefen über ihr Gesicht. Kein Trost, nur Verlust. Sie hätte sich Angelos Umarmung gewünscht. Der schien so erstarrt wie der Sphinx neben ihm. Wohin sollte sie sich wenden? An Angelos Brust flüchten, kauern unter seinem Schutz. Augen verschließen.

Stattdessen wäre es an ihr gewesen, Angelo Trost zu spenden. Sie wusste, er liebte sie und sie liebte ihn. Sie wusste auch, Silvana und er hatten was auch immer miteinander geteilt. Mindestens eine schwierige Ermittlung, die alle an ihre Grenzen brachte und die viel Zeit einforderte, von jedem. Verluste können ambivalent sein. War sie in Gedanken schuldig geworden an Silvana? Ja, so wie jede Frau, die ihre Liebe verteidigt. Und doch war sie menschlich schwach und missgünstig gewesen. Hatte beiden das Offensichtliche nachgesagt. Das Offensichtliche? Aus dem getrübten Urteil der verletzten Gefühle. Angst befiel sie wieder. Diesmal jene, Angelo könne sie ablehnen. Zurückweisen. Scham. Sie müsste Größe zeigen, ihren Kleinmut überwinden, die Liebe siegen lassen. Doch sie wandte sich Silvio zu.

„Kein schöner Anblick“, sagte er, als sie auf ihn zuging, die Hände in weißen Handschuhen.

„Erste Erkenntnisse?“, fragte sie mechanisch.

„Ja, man hat offenbar zunächst versucht, sie zu erdrosseln. Das zeigen Striemen und Druckpunkte am Hals. Dennoch ist das höchstwahrscheinlich nicht die Todesursache.“

Claudia strengte es an, ihm zuzuhören. Die Leiche war noch abgedeckt. Silvio kniete nieder und hob das Laken. Der entsetzliche Anblick von Silvanas weit aufgerissenen Augen, aus denen die Todesangst sie jetzt noch ansprang, der geöffnete Mund, der nach Hilfe rief, ein verdrehter, halb auf dem Rücken liegender Körper, überall leichte Blutspuren. Die Ziegelsteine verwandelten sich in Stahlbeton. Sie bemerkte, wie Angelo den Raum verließ. Silvio drehte den Kopf der Leiche zur Seite.

„Es gab noch stumpfe Gewalt auf ihren Hinterkopf. Der Rechtsmediziner meint, das könnte den Ausschlag gegeben haben."

Claudia wandte ihr Gesicht ab.

„Weiteres nach der Obduktion", ergänzte Silvio.

„Und sonst?"

„Das Übliche, Signora. Fingerabdrücke, Faserspuren, im Raum, aber auch unter den Nägeln der Toten. Da müssen wir die Auswertung abwarten. Was allerdings noch mindestens so unklar ist, warum Silvana überhaupt hier war."

Claudia nickte. „Wie habt Ihr sie gefunden?"

„Wir konnten etwa eine halbe Stunde vor ihrem Auffinden endlich ihr Handy orten. Anscheinend ist es nicht mehr in Ordnung. Die Signale waren nur schwach und immer wieder unterbrochen. Vielleicht hat es bei dem Kampf was abgekriegt."

„Der Täter?", fragte sie angestrengt. Im gleichen Moment stieß sie mit dem Fuß an etwas, das durch den Raum rollte. Silvio ging dem Geräusch nach.

„Was ist das hier?" Er hielt dem Kollegen von der KTU eine blank polierte Perle aus einem Edelholz unter die Nase.

„Keine Ahnung".

„Gibt es davon vielleicht noch mehrere, die Ihr Schlaumeier übersehen habt?" Betreten begann der Kollege, den Boden abzusuchen.

Claudia musste endlich hier raus. Sie gab Silvio ein Zeichen.

Im Treppenhaus nahe der Haustür trafen sie auf Angelo, der durch die Bleiverglasung im Eingangsbereich nach draußen starrte. Silvio hielt ihm die Perle hin.

Nach einem weiteren Moment der Stille nickte Angelo.

„Die gehört zu einem Rosenkranz, den man an einer Soutane trägt." Ohne ein weiteres Wort ließ er die beiden stehen, ging hinaus und verschwand im römischen Verkehr.

Kapitel 27

Man fischt umsonst, wenn der Angelhaken keinen Köder hat

[Invan si pesca se l'amo non ha l'esca]

Es erschütterte Claudia, wie beiläufig Silvanas Tod in der Öffentlichkeit abgehandelt wurde, mochte ihre Freundin von früher auch zu einer unliebsamen Konkurrentin geworden sein. Zwar gaben einige Politiker ihre Kommentare ab, vergossen manche Sprecher aus der Wirtschaft auch Krokodilstränen für die forsche Anklägerin. Aber eine nennenswerte Reaktion blieb aus. Kein Polizeipräsident schaltete sich ein, der Justizminister auf Dienstreise, selbst die Zeitungen berichteten nur spärlich darüber.

Es musste etwas geschehen. Und wenn jetzt niemand den Stier bei den Hörnern packte, dann musste sie, Staatsanwältin Claudia Traviani, die aktive Rolle als Ermittlerin übernehmen. Auf Angelo und Silvio würde sie zählen können. Sie trafen sich noch am selben Abend.

„Angelo, wie weit sind wir?"

Er gab Claudia eine dicke Mappe mit Unterlagen und erklärte, während sie darin blätterte: „Die Auswertung der kriminaltechnischen Untersuchung hat in Verbindung mit erkennungsdienstlichen Hinweisen einen konkreten Verdacht ergeben: Kardinal O'Leary. Seine Fingerabdrücke, die wir von den Argentiniern bekommen haben".

„Argentinien?", unterbrach sie ihn.

„Richtig, wir konnten zurückverfolgen, welche Route der Kardinal aus den USA genommen hatte. Das Schiff, mit dem er in Ostia anlegte, kam aus Argentinien. Dort ist es bei den Zollbehörden seit einigen Jahren Routine, von jedem Ausländer bei der Einreise Fingerabdrücke zu nehmen."

Claudia staunte. „Und da kommen wir so einfach dran?"

Zum ersten Mal seit Silvanas Tod zeigte Angelo ihr endlich wieder sein charmant verlegenes Lächeln. „Unser Geheimdienst in Argentinien hat tiefe Wurzeln, die reichen bis in die Zeit des Peronismus zurück. Damals konnten die Kollegen einen wichtigen Beitrag zur Entführung Adolf Eichmanns durch den Mossad 1960 leisten. Seit damals funktionieren unsere Kontakte."

Der Stolz in seiner Stimme war nicht zu überhören. „Unserem Dienst war mithin frühzeitig bekannt, dass O'Leary von den Amerikanern wegen Kindesmissbrauchs gesucht wurde. Aber wir haben davon erst auf Nachfrage erfahren. Und das auch nur mit entsprechenden Nachdruck. Im Anschluss konnten wir alles anhand der Zolldaten aus Ostia und Argentinien abgleichen. Wir wussten also, dass der Kardinal noch nicht lange im Vatikan weilte, und dass Silvana zuletzt mit ihm und Monsignore Veltri Kontakt hatte. Das geht aus ihrem Terminplaner hervor. So ließ sich ein Lagebild erstellen. Was uns fehlt, ist das Motiv."

„Wissen wir, wo O'Leary jetzt ist?"

„Wir haben eine entsprechende Fahndung rausgegeben, bislang aber noch nichts gehört. Er sollte noch in Italien sein."

„Dann nutzen wir die Gunst der Stunde, Angelo. Ich beantrage einen Haftbefehl wegen dringenden Tatverdachts. Den soll Silvio vollstrecken. Du fliegst bitte nach Lecce, um den Bruder von Signorina Scarlatti davon zu überzeugen, für uns als Kronzeuge auszusagen. Wahrscheinlich hat er mehr als einmal Beihilfe zur Geldwäsche geleistet, außerdem ist seine Schwester jetzt wirklich zur Zielscheibe geworden und braucht dringend Schützenhilfe."

Bevor Angelo aufbrach, fasste Claudia sich ein Herz, stand auf und zog ihn an sich. „Es tut mir wirklich sehr leid, Angelo. Magst du mir verzeihen?"

Angelo zeigte keine Regung.

„Nun sei doch nicht so steif. Hast du gehört, was ich gesagt habe?"

Angelo befreite sich aus ihrer Umarmung.

„Lass‘ uns etwas Abstand halten, Claudia, bitte.“

„Ist das jetzt die Retourkutsche, ja?“

Angelo öffnete die Tür zum Flur. „Wir reden, wenn ich aus Lecce wieder da bin.“

Wut, Schmerz und Angst durchwühlten sie, als er ging. Stellte sich Silvana noch im Tod zwischen sie? Regierte sie immer noch über seine Gefühle? Wieso hörte er nicht auf sein Herz?

Nichts bewegte sich mehr, nur die Vespas schlängelten sich durch den reglosen Feierabendstau. Anders als Angelo benutzte Silvio immer den Dienstwagen. Darin steckte er jetzt fest und versuchte ohne Erfolg, Claudia zu erreichen. Immerzu besetzt! Genervt drückte Silvio auf die Hupe. Andere stimmten zu einem Konzert schräger Töne mit ein. Mindestens so schräg wie seine Fahrt in den Vatikan, die nur kostbare Zeit verschlungen hatte. O'Leary war weg, rapido, ohne Vorwarnung. Grosso hatte die Anweisung von höchster Stelle erhalten, ab in den Vatikanflieger und Schluss. Destination Washington. Alles, was Silvio noch erfahren konnte, war die Flugnummer – mehr Amtshilfe war nicht drin. Stronzo! So schnell wie möglich musste nun ein internationaler Haftbefehl her. Aber so etwas dauerte, das wusste auch Silvio. Bei Claudia war immer noch besetzt.

Er überlegte. Die Flugnummer! Er rief in der Zentrale an und ließ sich mit dem Flughafen in DC verbinden. Langwierige Identitätsprüfung. Endlich sollte jemand Auskunft geben können. Er gab die Flugnummer an. Zum wievielten Mal? Nur die Ruhe.

„Wieso gibt es den nicht? Ist nie angekommen? Wie kann das ...? Hier ist der Flug aber um 0800 ab und avisiert war er bei Ihnen um 1600. Umgeleitet? Was heißt das? Er war falsch zugebucht? Mein Gott, Mann, nun sagen Sie schon.

Ja, ich notiere. LGA CV 003 1700. Und was heißt das? La Guardia, New York. Können Sie mich verbinden? Danke.“ War natürlich ne blöde Frage. Ging nicht! Also wieder über die Zentrale.

Silvio sah auf die Uhr, eine Stunde hatte diese Prozedur gedauert und der Stau zog sich immer noch wie ein Lindwurm durch die Straßen. Sein Magen knurrte, hoffentlich gab es heute Abend bei Mamma eine schöne Carbonara mit viel geräuchertem Speck, er fühlte den Geschmack schon auf der Zunge.

Das Gespräch mit dem Flughafen La Guardia fiel kurz und wie erwartet aus. Weil ausländische Kleinflugzeuge Washington nur mit besonderer Genehmigung anfliegen durften, der Flug, wenn auch mit einer offiziellen Maschine des Vatikans, privat deklariert war, musste er ausweichen nach New York. Das FBI hatte da wohl auch mitgemischt. Und war jetzt an dem guten Kardinal dran. Der würde direkt einfahren! Er war bereits dem Haftrichter vorgeführt worden, wie die Nachfrage bei den Kollegen in New York ergab. Die Gerechtigkeit würde da ihren Lauf nehmen, wo die Verbrechen begonnen hatten. Gut so, fand Silvio. Allerdings würde Staatsanwältin Traviani das sicher nicht ganz so beurteilen. Denn mit dem Abgang O’Learys entfiel auch ein Druckmittel gegenüber dem Vatikan in Sachen Zana und Geldwäsche über die Vatikanbank.

Endlich hörte er das Freizeichen. Claudia meldete sich.

„Schlechte Nachrichten, Signora.“

KAPITEL 28

Der dunkle Raum

Piero Scarlatti haderte mit seiner Entscheidung. Colonello Sforza hatte ihn mehr überredet denn überzeugt, als Kronzeuge aufzutreten, und dabei immer wieder Momente gezeigt, in denen seine Gedanken anderswo als in ihrem Gespräch gebunden schienen. Sicher, Ornella ging es gut, versteckt und beschützt im Norden, doch was würde sein, wenn beide in Rom Unterschlupf finden müssten? Die Argumente Sforzas glichen öden Monokulturen für die Futterindustrie, nicht der belebenden Vielfalt italienischer Gartenarchitektur. Gerade diese Vielfalt ermöglichte verschlungene, manchmal fast geheime Wege zum Ziel. Schließlich überzeugte ihn nur die baldige Nähe zu Ornella, die er beiden zusicherte.

„Ich nehme Sie noch heute mit nach Rom, zu Staatsanwältin Traviani“, sagte Sforza, „Sie hat die Ermittlungen übernommen.“

Und was war aus der gefürchteten Staatsanwältin Orsini geworden, die schon mit dem Colonello in Lecce aufgetaucht war und die Mostra gerne Satansweib nannte? Hatte der Capo sie beseitigen lassen? Vielleicht lag da der Grund für Sforzas Beklommenheit, ansprechen wollte er ihn darauf nicht. Er selbst musste seine unterdrückte Angst im Zaun halten, Gefühle, die er seit Kindertagen verloren wähnte. Die Reise kurz, die Anspannung groß, kein weiteres Gespräch. Es begleiteten sie zwei Carabinieri, die zwischendurch miteinander tuschelten.

Staatsanwältin Traviani schien überrascht, als die beiden ihr Büro betraten. Offenbar hatte sie nicht mit einer so schnellen Einigung gerechnet. Ihr Erstaunen über die Unterlagen, die Piero mitgebracht hatte, wich nach einer ersten Einschätzung schnell der Freude: Seine Materialsammlung belegte genau die entscheidenden Transaktionen zwischen

Zana und dem Vatikan, zwischen Mostra und Leggerezza. Mal drehte es sich dabei um Koffer voller Bargeld, die der Kardinal in seiner persönlichen Limousine in den Vatikan geschleust und dann über die Vatikanbank abgearbeitet hatte, mal um kurzfristige Überweisungen auf spezielle Konten. Und immer ging es darum, zu verschleiern. War das Geld gewaschen, etwa über die Rückflüsse von Blacknight, dann gelangten Zahlungen an diverse Konten außerhalb des Vatikans. Piero hatte sich sogar E-Mail Korrespondenzen von Mostra selbst gesichert. Er dachte nicht ohne Schadenfreude an seinen alten Boss, der wegen des plötzlichen Verschwindens seines früheren Vertrauten wahrscheinlich explodiert war. Vor Gericht würde er ihm ohne Reue in die Augen sehen. Dennoch lief ihm bei diesem Gedanken ein Schauer über den Rücken. Er war nicht stolz auf die Art und Weise, wie er hinter Mostras Rücken Korrespondenzen dokumentiert, Daten kopiert und hinausgeschmuggelt hatte. Lange Zeit hatte er volles Vertrauen genossen – und es in dem Moment wie eine Ratte ausgenutzt, als das Schiff zu sinken begann. Aber welche Wahl war ihm geblieben? Nun saß er Staatsanwältin Traviani gegenüber, während sein altes Leben unwiderruflich hinter ihm lag.

„Brisantes Material", freute sie sich. „Und es passt gut zu dem, das wir recherchiert haben."

„Signora, was können wir nun für meine Schwester tun?"

„Colonello Sforza wird sie beide in eine sichere Bleibe hier in der Stadt bringen. Wir werden Ihre Schwester als Zeugin vor Gericht hören. Ihnen kommt dann die Aussage als Kronzeuge zu."

Ein Richter hatte das Blatt, das vor ihm lag, bereits unterzeichnet. Piero setzte seine Unterschrift daneben und verkniff sich, weiter nach Ornella zu fragen. Je weniger er wusste, umso weniger bedeutete er eine Gefahr für Ornella, falls ihm doch etwas passierte. Sie schien in der Obhut dieser Leute gut aufgehoben, beide vermittelten ihm ein Gefühl der Sicherheit. Eine Sorge weniger für den Moment.

„Holt sie euch, diese Schwarzkutte – und die anderen auch“, sagte Claudia, als sie Angelo und Silvio den Haftbefehl für Leggerezza, Mostra und Rossi übergab. Ihre Stimme zitterte leicht, zu angestrengt versuchte sie, ihr Festigkeit zu verleihen. Angelo strahlte Zuversicht und jene Professionalität aus, die Sicherheit suggerieren sollte. Das wollte Silvio wohl auch demonstrieren, so wie er dastand, mit den Händen in den Taschen seiner verwaschenen Jeans, dem Shirt unter der Anzugjacke und einem lockeren Schal um den Hals. Der ewige Stenz, lachte sie in sich hinein, was ihre Anspannung etwas löste. Silvio war mit den Haftbefehlen bereits aus dem Raum, als sie Angelos Hand ergriff und ihm zuflüsterte: „Bitte passt auf euch auf!“

Die beiden benutzten den Eingang an der Piazza del Sant'Ufficio neben der Capella Santa Monica. Ein wenig gebräuchlicher Zugang, den ihnen Grosso selbst öffnete. Er wusste zudem, wo im Vatikan sich Leggerezza gerade aufhielt. „Kapelle des Heiligen Sebastian im Petersdom. Kommen Sie.“ Durch einen kleinen Seiteneingang betraten sie Sankt Peter. Das übliche Gewusel von Touristen streifte durch die Kirche. Grosso hatte zwei Männer zur Beobachtung postiert. Unbemerkt näherten die drei sich dem betenden Leggerezza.

„Entschuldigen Sie, Eminenz“, sagte Angelo nicht ohne Genugtuung, „wir müssen Sie auffordern, uns zu begleiten.“

Der kniende Kardinal fuhr wie vom Blitz getroffen herum, Angelo zeigte ihm den Haftbefehl.

„Im Sinne aller Beteiligten wollen wir öffentliche Aufmerksamkeit vermeiden, lassen Sie uns einfach ungezwungen nach draußen gehen.“

Ein angedeutetes Nicken signalisierte, dass er mitgehen würde. Verschiedene Gruppen von Besuchern strömten zwischen den vier Pfeilern am Altar hindurch. Sprachengewirr, Erklärungen, Fragen, Rufe. Unvermittelt gab Leggerezza Angelo einen Stoß, so dass er gegen eine dieser Gruppen taumelte. Während Grosso versuchte, Angelo zu halten, verlor Silvio den Kardinal im Durcheinander aus den Augen.

„Wo ist der hin?“ Angelo schwankte zwischen Überraschung und Ratlosigkeit. Nach einem Moment der Besinnung sagte Grosso: „Veronicapfeiler!“

Grosso eilte voran, mitten durch die Menge der Besucher. An einem der Pfeiler war ein unscheinbarer Eingang angebracht, den Grosso mit einem Schlüssel öffnete.

„Fabbrica di San Pietro“, keuchte er, während er mit Bedacht die steile Wendeltreppe aufstieg. „Halten Sie sich an dem Seil hier und passen Sie auf!“

Ohne Geländer und in engem Tritt ging es aufwärts. Nur das herabhängende Seil bot gewissen Halt. Mit der Zeit wurde es beschwerlicher, selbst Silvio hechelte. Endlich schienen sie angekommen. Eine Tür. ‚Petrus Eni.‘

„Petrus ist hier“, erklärte Grosso. „Das ist die ‚Stanza di Michelangelo‘, circa 40 Meter hoch und ohne Fenster. Also auch ohne Entkommen.“

„Woher wissen Sie, dass der Kardinal dort drinnen ist?“, fragte Silvio.

„Ich weiß es nicht, aber es ist wahrscheinlich. Meine Leute stehen an allen Ausgängen. Haben Sie mein Walkie Talkie gehört? Sehen Sie.“

Grosso kramte einen altertümlichen Schlüssel hervor und drehte ihn knarzend im Schloss. Die Tür blieb verschlossen.

„Machen Sie schon“, stöhnte Silvio, „ich krieg hier sonst nen Koller.“

Grosso versuchte, die Türe aufzudrücken. Es bewegte sich nichts. Auch ein Rums mit der Schulter brachte keinen Fortschritt. Bewegungsraum gab es kaum. Alle drei standen hintereinander wie die Hühner auf der Leiter.

Angelo drängte sich an beiden unter laustarkem Protest vorbei. Sie gerieten ins Taumeln, suchten am Seil Halt. Mit einem beherzten Tritt brachte er das Holz zum Bersten, weiteres Nachtreten ließ die Tür komplett zusammenbrechen. In dem kleinen, nicht mehr als vier Quadratmeter großen Raum hockte der verängstigte Kardinal im hintersten Eck, den Rosenkranz in Händen, betend. Silvio kettete Leggerezza mit einer Handschelle an sich fest. Grosso beorderte seine Leute zum Veronicapfeiler, um die vier abzuschotten, ohne Aufsehen zu erregen.

„Auf unwürdige Weise die heiligen Hallen verlassen, aber die Form gewahrt“, überlegte Angelo beim Einsteigen ins Auto.

Wer verhaftete schon einen Kardinal? Angelo wusste, dies konnte eine vertrackte Angelegenheit werden. Nicht nur aufgrund der Amtswürden Leggerezzas. Grosso musste in Begleitung von Claudia Traviani dem Staatssekretariat anzeigen, dass Leggerezza in Untersuchungshaft genommen worden war. Der Richter hatte zügig verfügt, ihn nicht gegen Auflagen freizulassen.

Bohrte man nur ein wenig tiefer, kristallisierten sich noch unerhörtere Dinge heraus. Der Mann, der als Geldwäscher einsaß, dieser Mann sollte zukünftig das Staatssekretariat führen! So stand es in der Personalverfügung Damasus‘. Angelo schüttelte den Kopf über so viel – ja was? Dummheit? Oder eher Kalkül? Das Sekretariat äußerte sich bestürzt und betroffen. Von einem förmlichen Überstellungsersuchen durch die vatikanische Justiz wurde abgesehen. Der Schaden hätte sich nur noch vergrößern können. Gerade jetzt in den ersten Wochen der Amtszeit Damasus‘. So war ihnen jener Mann ins Netz gegangen, der Dreh- und Angelpunkt für alle Geldoperationen gewesen sein musste. Welch Glücksfall, dachte Angelo.

Kapitel 29

Rückzugsgefechte

Angelo und Silvio bereiteten einen kleinen Schachzug vor, um auch die beiden anderen, Marcello Mostra und Corrado Rossi, den Gewerkschafter, festzusetzen. Nachdem Silvana so unsanft mit dem schnaubenden Kollegen Perfino aneinandergeraten war, hatte sie ihn intern überprüfen lassen: Die Zahlungseingänge auf seinem Konto lagen weit über seinen Beamtenbezügen. Damit wurden Rechnungen für die Ausbildung seiner Kinder beglichen, das Häuschen abbezahlt und Rückstellungen für später gebildet. Nichts Bedeutendes, aber ausreichend, ihn umzudrehen.

„Da ist er ja, der Pfeifendeckel", raunte Silvio, als Angelo mit ihm das Dienstgebäude in Lecce betrat. Perfino schlurfte über den Gang Richtung Toilette. „Wie praktisch, da haben wir ihn gleich wieder sauber zurück", setzte Silvio eins drauf, aber Angelo stieg nicht darauf ein.

Ebenso langsam und schlurfend kam Perfino zurück in den Flur. Zwei Beamte, die in der Nähe gewartet hatten, buckelten jetzt vor ihm, jovial klopfte er dem einen auf die Schulter und nickte anerkennend. Dessen Gesicht heiterte sich auf, er gelangte gar in einen aufrechten Gang zurück. Der andere wurde von Perfino mit einem tadelnden Gesichtsausdruck bedacht, Esse und Blasebalg in seinem Gesicht begannen zu pumpen und zu schnaufen, was den kleinen Beamten noch kleiner werden ließ. Er entfernte sich schnell und mit gesenktem Kopf. Perfino warf ihm einen prüfenden Blick hinterher, wobei er Angelo und Silvio entdeckte, die in einer Ecke des Flurs standen. Immer wieder liefen Leute an ihnen vorbei, flüchtig grüßten sie den Vice Questore und beeilten sich, an ihm vorbeizukommen.

„Hat einen guten Fokus, der Mann", scherzte Silvio. „Oder meinst du, er hat uns vergessen?"

„Der erinnert sich gleich wieder, pass auf."

Tatsächlich hielt Perfino inne, entließ einen weiteren Untertan mit einem Wink und wandte sich den beiden römischen Polizisten zu. „Meine Herrn Kollegen, ich grüße Sie! Kann ich behilflich sein? Sie wollen zu mir?“ So anbiedernd war er kaum wiederzuerkennen.

„In der Tat, Vice Questore, Sie können uns einen großen Dienst erweisen“, schmeichelte Angelo zurück. „Wir würden uns gerne ihrer Hilfe versichern.“

Perfino watschelte ihnen voraus zu seinem Büro, zeigte sich lammfromm und bekundete sein Mitgefühl mit Staatsanwältin Orsini, die er trotz der bedauerlichen Umstände außerordentlich geschätzt habe. „Was genau kann ich denn für Sie tun, meine Herren?“

„Nun“, begann Angelo ohne den leisesten Anflug von Ironie in der Stimme, „für jemanden von Ihrem Format dürfte es wohl reine Routine bedeuten. Wir haben hier zwei Haftbefehle, bei deren Vollstreckung Sie uns bitte unterstützen.“

Silvio, dem es schwer fiel, das Kichern zu unterdrücken, reichte Perfino die beiden Papiere. Der Vice Questore erblasste, als er sie las, blieb aber stumm.

„Mein Kollege und ich sind ja nicht von hier“, fuhr Angelo fort, „vielleicht kennen Sie die Herren Mostra und Rossi persönlich?“

Gehetzt blickte Perfino von den Papieren hoch. „Was?“

„Das wäre von unschätzbarem Vorteil für uns.“

„Oh ja!“ presste Perfino hervor und nickte eifrig.

Angelo konnte sich nicht erinnern, je einen schlechteren Schauspieler gesehen zu haben.

„Sie sichern bitte mit Ihren Leuten in Zivil das Zana-Gelände ab und verschaffen uns Zugriff auf Marcello Mostra und Corrado Rossi. Und wenn alles gut läuft – wer weiß? Vielleicht bleiben Ihnen sogar Ihre Pensionsansprüche zum Teil erhalten?“

Perfino schluckte hörbar. Die Esse war erloschen. Einige Sekunden verstrichen.

Dann fragte er heiser: „Etwa jetzt sofort?“

„Jetzt sofort“, lächelte Angelo. „Unverzüglich. Und bitte bewahren Sie Haltung, immerhin sind Sie Vice Questore.“

In Zeitlupe griff Perfino zum Telefon. „Signor Mostra bitte, es ist dringend. Na, dann holen Sie ihn eben aus der Sitzung. Das ist mir egal. Auch wenn Sie ihre Stelle dafür riskieren, jawohl. Seien Sie nicht blöd, genau das wird Ihnen passieren, wenn Sie mir den Chef nicht an den Apparat holen. – Fetente di merda, verdammtes Arschloch“, sagte er zu Angelo und Silvio gewandt, während er die Sprechmuschel bedeckt hielt. – „Wir können es auch anders machen. Erklären Sie ihrem Chef halt, warum die Stilllegungsverfügung für das Werk auf dem Weg ist. – Es bewegt sich etwas“, flüsterte er beiden zu. „Si, si, Capo, Lo so molto bene. Leider nicht. Der Nachfolger von Richterin del Ponte hat so entschieden. Wir müssen das dringend besprechen. Es wäre auch von Vorteil, wenn Signor Rossi anwesend sein könnte. In einer halben Stunde? Va bene.“

Noch während die Sekretärin Corrado Rossi ankündigte, marschierte der Gewerkschaftsboss an ihr vorbei in Mostras Büro. Wie ein Tiger im Käfig lief der Capo hin und her.

„Ich verstehe das nicht.“ Mostra stampfte in seinem Büro umher, die Hände in den Hosentaschen. „Da sind wir das Problem mit der del Ponte auf so elegante Weise losgeworden, jetzt das! Ich verstehe das nicht!“

„Ich schon, Capo.“

„Verdammt, dann raus damit, lass‘ mich an deinem Wissen teilhaben.“

„Ist doch ganz einfach: Nach dem letzten Mal ist Piero plötzlich abgetaucht, seine Schwester ist weg, unauffindbar. Selbst meine besten Leute konnten sie nicht orten, weder in den Staaten noch hier. Aber ich wette, die ist wieder da, und im Geheimen bereiten die Behörden den nächsten Schlag gegen uns vor. Marcello, die haben einen Insider! Und wer käme da wohl in Frage?“

Mostra lachte bitter. Er hatte es geahnt, gefühlt, aber es nicht glauben wollen. Die Sekretärin meldete sich.

„Signor Mostra, am Tor steht Vice Questore Perfino mit zwei weiteren Herren. Möchten Sie die empfangen?“

„Perfino, diese Ratte!“, grollte Mostra.

„Wir haben keine Zeit mehr, Capo. Wir müssen die Kurve kriegen“, mahnte Rossi. Beide verschwanden durch einen Nebenausgang aus Mostras Büro.

An der Tür des Vorstandsbüros kam den dreien die Sekretärin entgegen. Sie entschuldigte Signor Mostra, der aufgrund dringender Geschäfte leider verhindert sei.

„Davon möchten wir uns lieber selbst überzeugen“, sagte Angelo, „nachher sitzt Signor Mostra in seinem Büro und erwartet uns.“

„Tut mir leid, das darf ich nicht!“, entgegnete die Sekretärin.

„Doch, dürfen Sie.“ Angelo hielt ihr den Haftbefehl vor die Nase. Widerstrebend öffnete sie die schwere, ledergepolsterte Tür zu Mostras Büro.

„Bestellten Sie bitte auch Signor Corrado Rossi hierher“, forderte Silvio sie auf und sah sich dabei nach dem neuen Kollegenfreund Perfino um, der sich auffällig im Hintergrund hielt.

„Ich darf mich dann jetzt verabschieden, meine Herren, Sie sind am Ziel ihrer Bemühungen. Meine Leute sind offensichtlich nicht mehr vonnöten und ich kann Ihnen hier nicht mehr weiter helfen.“ Damit schickte Perfino sich an, den Rückwärtsgang einzulegen.

„Ganz im Gegenteil, Signor Perfino“, antwortete Angelo. „Sie können gleich mal die Verhaftung von Signor Rossi übernehmen. Wenn er denn erscheint.“

Perfino machte eine gequälte Miene.

Die Sekretärin teilte mit, Rossi sei nicht im Betrieb.

Perfino schien das für eine gute Nachricht zu halten. „Dann gibt es jetzt wirklich nichts weiter für mich zu tun, meine Herren."

„Vice Questore", sagte Angelo lang und gedehnt. Perfino ließ die Hand von der Klinke sinken. „Glauben Sie bitte nicht, wir könnten auf ihre Mitwirkung verzichten. Andernfalls würde ich Sie daran erinnern wollen, dass Sie sich ab morgen gewisse Leistungen, sagen wir etwa für die Ausbildung der Kinder oder auch anderes, nicht mehr leisten können."

Perfino verharrte in Schockstarre.

„Soll ich noch deutlicher werden?", dröhnte Angelo jetzt mit vollem Organ, was er nur selten tat. Perfino zuckte zusammen, schüttelte den Kopf und funkte seine Leute an. „Wie sieht es bei euch aus?"

Das Walkie Talkie knarzte. „Zwei Wagen verlassen gerade das Gelände."

„Zwei Wagen?" Perfino begann zu schnaufen. „Was für welche?"

„Murcielago und S-Klasse", dröhnte es aus dem Funkgerät.

„Aufhalten, Ihr Tölpel!" Perfino war glutrot und außer sich. Das war nicht gespielt.

Angelo hatte Lust, Perfino zu ohrfeigen, doch sie mussten handeln.

„Luftüberwachung und GPS-Ortung für zwei flüchtige Fahrzeuge einleiten", rief Silvio in sein Mobiltelefon, während sie durchs Treppenhaus hinaus auf den Hof rannten.

„Ich hab' da so eine Idee", schnaubte Perfino und klemmte sich hinters Steuer des Fiat Uno. „Was ist los? Kommen Sie."

Angelo blickte Silvio an, beiden ging offenbar dasselbe durch den Kopf. Wenn sie damit irgendwann in Lecce ankamen, würden Mostra und Rossi bereits die Nachspeise in einem Hotel in Marrakesch bestellen. Ein Witz, die italienische Infrastruktur!

Perfino drehte ein ums andere Mal den Zündschlüssel, der Anlasser lärmte kurz, die Maschine begann zu rumoren und beendete mit einer Fehlzündung ihren Dienst. Schweißtropfen bildeten sich auf der Stirn des Poliziotto und begannen über seine Wangen hinab auf den Hemdkragen zu laufen. Angelo sah demonstrativ auf die Uhr, sein Blick bedeutete Perfino, endlich zu fahren oder zu sterben.

„Sollten wir ein Überbrückungskabel anfordern?“ Silvio konnte selbst nicht über seinen Scherz lachen.

Angelo war außer sich: „Vielleicht versuchen Sie auch, den beiden einen Vorsprung zu verschaffen? Dann können Sie sich schon mal ausmalen, wie es sein wird, Ihren Kindern zu erklären, dass sie ihre Ausbildung nicht länger zahlen können?“

Perfino blähte die Nase, als könne er damit dem Motor Leben einhauchen. Ein unsanfter Ruck schüttelte sie durch. Zwei Polizisten aus Perfinos Truppe schoben den Fiat an, bis er nach einigem Räuspern und Rütteln mit quietschenden Reifen vom Betriebsgelände holperte.

Nach einer geschlagenen halben Stunde erreichten sie endlich die Stadt. Via Umberto, Vollbremsung, bei Rot in die Piazza Castromediano. Durch den Vico dei Fidele, links und rechts schrappten die Außenspiegel an Hauswänden, Torbögen. Eine Baustelle an der Piazza Sant'Oronzo versperrte den Weg, Perfino bog ab, Silvio fiel hinten von einer auf die andere Seite, Gegenrichtung Via Salvatore Trinchese, rein in die Via Templari, einmal um den Block Richtung Via degli Ammirati und weiter in die Via Guglielmo Paladini. Tische und Stühle von Straßencafés flogen auseinander, Angelo klammerte sich am Griff über der Tür fest, Silvio stöhnte, draußen Schreie, Flüche, flüchtende Touristen. Eier landeten auf den Seitenscheiben.

Perfino lachte: „Das zum Respekt vor der Polizei."

Via Marco Basseo, Via Morelli. In der Via Carracciolo kam das Auto krachend an einem Poller zum Stehen, Silvio knallte an die vordere Kopfstütze. Nicht angeschnallt, klar. Chiesa del Carmine. Perfino stürzte aus dem Auto, Angelo kämpfte mit der Klappmechanik des Beifahrersitzes, um Silvio zu befreien, während Perfino schon in einen Innenhof rannte. Sie mühten sich, ihn nicht zu verlieren.

Mostra auf hundertachtzig. Er schrie unablässig in die Freisprechanlage: „Mach' den Scheißflieger fertig, wenn das Ding je zu was nütze war, dann jetzt!"

Der Mechaniker behielt die Ruhe. Erklärte dickfellig, das ginge nicht, der Service sei noch nicht fertig, außerdem kein Pilot verfügbar.

„Ist mir scheißegal, dann fliegst du das Ding eben. Mach' bloß die Maschine fertig oder ich schmeiß dich raus, capisce?"

Legte nach. „Ich kenn deine Verhältnisse, deine Frau, deine Schulden bei den Buchmachern, also leg los."

Der Mann schien unbeeindruckt. Mostra konnte den Verstand verlieren. Er schrie die wildesten Verwünschungen ins Auto. Die Reifen wimmerten um die Kurven, gerade wurde er geblitzt. Stationär, keine Verfolgungsgefahr. Wischte sich andauernd die Hände ab, rutschte am Lenkrad. Jetzt musste er voll in die Eisen, Straßensperre! Von weitem Blaulicht. Überall Einbahnstraßen, so eng, da konnte er gegen die Richtung nicht hinein, ohne kleben zu bleiben. Fieberhaft lief die Straßenkarte durch sein Hirn. ‚Wo, verdammt, kann ich durch?' Sah die Uniformierten palavern. Die Polizeiwagen standen in größerem Abstand und großem Winkel. Müsste zu schaffen sein. Ihm fiel ein: Nach der Sperre machte die Straße einen Bogen, da konnte er an ein paar Stellen abbiegen. Er raunzte vorsichtshalber nochmals den Mechaniker an. Angeblich bewegte sich was. Mostra trat das Pedal bis zum Blech runter, der Benz bäumte sich auf, knallte auf die Sperre zu, Viertelmeile in elf Sekunden. ‚Die knack ich jetzt', dachte er, während sein Puls durch die Schädeldecke platzte. Die Augen drückten aus den Höhlen, die Welt wurde undeutlich. Bekam er in den elf Sekunden einen Herzinfarkt, einen Schlaganfall? ‚Egal, die mach ich platt!'

Angelo und Silvio hetzten hinter Perfino her. Sie erreichten ihn, keuchten. „Was sollen wir hier?", fragte Sforza. „Kommen Sie!", japste Perfino, zeigte ihnen die Einfahrt zu einer Tiefgarage. „Normalerweise wäre das nicht zu finden", schnaufte er immer noch. Ein paar Tricks und das Rolltor öffnete sich. Ein kleiner Raum, vielleicht zwanzig Quadrat. Der Murcielago. Dahinter eine Tür. In der Kirche darüber hörte man Schritte. Das Portal schlug zu. Perfino bekam die Tür nicht auf. Silvio rannte zurück zum Auto, das vor der Kirche stand. Angelo kam hinterher. Beide sahen Rossi, der eine Vespa anschob. Noch lagen gut 200 Meter zwischen ihnen. Silvio spurtete. Perfino erreichte sie schnaufend, bedeutete Angelo, einzusteigen. Startete den Wagen. Der klemmte am Poller fest. Reifen qualmten.

Das Schreien der Maschine war unüberhörbar, die Polzisten gingen in Deckung, ein ohrenbetäubender Knall, Glas, Trümmerteile. Fahrzeuge Schrott. Mostra hatte keine Zeit zur Freude, der Benz stampfte wie eine Dampfmaschine, es röhrte und schleifte, der Wagen baunzte bei jeder Bodenwelle, wenn die Karre nur bis Nardò durchhielt.

„Tower ohne Flugplan, keine Genehmigung zum Start." Mostra sah die Angsthasenvisage des Mechanikers vor sich.

„Bist du bescheuert Mann?", schnauzte er zurück. „Fahr'

die Maschine raus, ich komm‘ direkt zum Runway.“ Er hörte, wie die Piper startet. Endlich!

Silvio hatte Rossi erreicht. Sprang ihm von hinten ins Kreuz. Der schrie auf und fiel über die Vespa. Rappelte sich auf, zog ein Messer. Brüllte Unverständliches in südländischem Akzent. ‚Warum zieht Silvio nicht seine Waffe‘, dachte Angelo. Der Wagen war jetzt auch dran, Angelo stieg aus, forderte Rossi auf, sich zu ergeben, drohte, zu schießen. Rossi reagierte nicht, fuchtelte weiter mit dem monströsen Messer herum. War der Pfadfinder? Die Männer rangen miteinander. Silvio wich aus, konnte Rossi das Messer aus der Hand treten. Drehte sich um die eigene Achse und traf ihn mit einem weiteren Tritt ins Gesicht. Rossi am Boden. Silvio kniete auf ihm, legte die Handschellen an. Schach und Matt. Perfino neben ihnen.

Sein Walkie Talkie plärrte. Der Benz war Richtung Nardò unterwegs. Straßensperre durchbrochen. Sie waren an ihm dran, aber der hängte sie immer wieder ab. Sie wollten ihn fahren lassen und erst vor der Rennstrecke zuschlagen. Sonst war da nichts. „Merda! Und was ist mit dem Privatflugplatz kurz vorher?“, schrie Perfino ins Walkie. Keine Antwort. Er konnte explodieren, so wie er aussah.

Freie Bahn. Mostra gab richtig Gas. Er fühlte sich feuerrot. Wahrscheinlich leuchtete er im Dunkeln. Scheiße! Sirenen, wieder die Bullen. Diesmal mit drei Alfa Giulia. Es war nicht mehr weit. Kurz vor Nardò bog Mostra zum kleinen Flugplatz ab. Die Meute hetzte den Padrone. Ein Heli kam dazu, setzte sich über ihn. Schach. Schüsse fielen. Der nachfolgende Wagen überschlug sich. Blech zischte über Asphalt. Funkensprühen. Glas brach, Stücke rutschten wie

Pucks übers Eis. Der Benz erreichte das Fluggelände. Durchbrach die Schranke. Weitere Schüsse fielen. Der Tower stritt sich mit dem Heli, das hörte Mostra über sein Handy. Auch Privatflugplätze haben eine Flugverbotszone. Die Beteiligten schrien sich an. Zuständigkeitsblabla. Der Mechaniker versuchte unbeirrt, das Go für den Start zu bekommen. Der Benz zog schnurgerade auf die laufende Piper Seneca zu, kam direkt dahinter zum Stehen. Mostra griff seinen Aktenkoffer, sprang zum Mechaniker ins Cockpit und brüllte: „Los, Mann!" Der Heli flog Richtung Piper. Die rollte schon. Er blockierte die Startbahn. Die Piper beschleunigte. 500 Meter. „Hau den Arsch weg da", schrie Mostra. Der Pilot des Heli schien entschlossen, hielt ihn tief. Die Piper musste früher und deutlich steiler hoch. Gleich trafen die Maschinen aufeinander. „Wir sind tot", brüllte Mostra. Die Piper schaffte es nicht, musste ausweichen. Der Heli drehte sich, streifte das rechte Triebwerk. Die Piper knickte ein. Trudelte. Fahrwerk wieder raus. Mostra betete: „Vater unser ..." Versuch einer Landung. Der Heli stand inzwischen. Schachmatt. Das Flugzeug streifte mit der rechten Tragfläche den Boden, Fahrwerk klappte ein, kreiselte. Triebwerk riss ab, Explosion. Die Maschine brannte, ‚Amen' war Mostras letztes Wort.

Kapitel 30

Mühlen Gottes

Staatsanwältin Claudia Traviani sah die Sala del Tevere im Palazzo dei Tribunali bis zum letzten Platz gefüllt. Sie vertrat die Anklage. Ein Blick ins Publikum zeigte ihr, dass viel Sachverstand anwesend zu sein schien, zumindest theologischer. Priesterliche Kleidung dominierte. Hohes Durchschnittsalter. Aber hier würde es ausschließlich um Juristisches gehen, noch nicht mal um Gerechtigkeit. Die Angeklagten, Kardinal Leggerezza und Corrado Rossi, gaben ein ungleiches Paar in gleicher Sache ab. Die Verteidigung des Kardinals wurde vom Büro Steurer & Cie. in Rom übernommen. Rossi dagegen wurde von einem Anwalt der Gewerkschaft vertreten. Claudia ging die Anklageschrift nochmals durch, sie würde gleich vortragen.

Die Richter betraten den Raum und nahmen in der Richterbank Platz. Claudia vernahm ein Raunen, das durch den Raum wogte und wohl dem Vorsitzenden galt. Das Publikum schien überrascht und entsetzt zugleich. Ein junger Mann, noch keine Dreißig, wie sollte der ein solches Verfahren führen? Seine Beisitzer kaum älter. Doch Claudia wusste, dass diese Kammer sich von Theologie und Kirche nicht beeinflussen lassen würde, woran sicher auch das Kreuz über der Richterbank nichts änderte. Bis auf zwei Vertreter der ‚Voce' ließ sich niemand von der Presse sehen. Berichterstattungen über Berlusconi erreichten größere Aufmerksamkeit. Erst hatte ein Gericht die Strafe wegen Steuerhinterziehung von vier auf drei Jahre reduziert. Dann ordnete ein Richter zweiundzwanzig Tage Sozialdienst im Seniorenheim für ihn an. Und die konnte er noch frühzeitig beenden. Ein Mann, der viermal Ministerpräsident war, dreimal Präsident des G-8 Gipfels, ein 80-Jähriger. Machte der Staat sich da lächerlich? Das Lächerliche war eher, dass Italien Berlusconi nun als Wahlkämpfer, als Frontmann der

Forza, wieder zurück hatte. Frei nach dem Sprichwort: Alles muss sich ändern, damit sich nichts ändert und alles beim Alten bleibt. Es grauste Claudia.

Der Vorsitzende eröffnete die Verhandlung und gab einen kurzen Überblick über das zu erwartende Verfahren. Die Angeklagten mussten sich vorstellen, Persönliches, beruflicher Werdegang, letzte Tätigkeit, aktuelles Einkommen.

„Kardinal Leggerezza, Rom, leitender Kurialbeamter, Vorsitzender der A.P.S.A., Mitglied im Kontrollrat des IOR, Erzbischof von Lecce, Apulien. Aktuelles Einkommen circa 12.000 Euro, netto."

„Sie sind steuerbefreit", ergänzte der Vorsitzende.

„Ja."

Eine Welle der Empörung erfasste den Gerichtssaal. Pfiffe wechselten sich mit Zwischenrufen ab. „Halsabschneider!" – „Gottes Kleptokrat!" – „Habgier ist Todsünde!" Der Vorsitzende drohte mit Saalausschluss.

„Corrado Rossi, Lecce, Apulien. Leitender Gewerkschaftssekretär, Werksleiter bei der Firma Zana, Stahlwerk Lecce. 4.135 Euro brutto. Ledig."

Claudia spürte Nervosität aufsteigen. Die Erwartung des Publikums, die Blicke der Angeklagten, die Herausforderung des Verfahrens vor einer großen Strafkammer, der wirtschaftliche Hintergrund und auch die Theologie bereiteten ihr ein mulmiges Bauchgefühl. Sie musste es sich eingestehen: Angst begann sie zu beherrschen. Würde sie alles im Griff haben? Den Anwälten standhalten? Das Gericht überzeugen? Sicher, auch die Zulassung der Anklage musste begründet werden, überzeugen. Das hatte sie geschafft, doch standen ihr nun die Prozessgegner direkt gegenüber, konnten sie persönlich angehen, Fehler ausnutzen, sie dem Gericht als inkompetent erscheinen lassen. Noch nie war sie alleine für ein derartiges Verfahren verantwortlich gewesen! Jetzt also die Verfahrenseröffnung, schon das ein kleiner Etappensieg. Auch für Silvana, die eigentlich an dieser Stelle hätte stehen sollen.

Dieser Gedanke wuchs zu einem zornigen Monster in ihrem Kopf heran. Scheiterte Claudia, würde Silvana noch im Tod triumphieren, da sie den Prozess ganz sicher gewonnen hätte! Die Angst breitete sich aus, richtete sich in ihr ein. Sie griff zum Wasserkrug, füllte ihr Glas, versuchte souverän zu wirken, das Versteichen der Zeit als ihr ureigenes Taktikkalkül aussehen zu lassen, Gedanken zu ordnen, Argumentationszüge zurechtzulegen.

Der Vorsitzende gab ihr einen Wink. Sie erhob sich und verlas die Anklage: „Den Angeklagten wird vorgeworfen, gemeinschaftlich, bewusst und damit vorsätzlich das Vermögen des Staates geschädigt zu haben. Die Überschreitung der Strafbarkeitsschwelle als tatbestandliches Objektivkriterium ist erfüllt. Ein sich darauf erstreckender Vorsatz unerheblich.“ Sie nannte die relevanten Gesetzestexte und fuhr fort: „Der Angeklagte Leggerezza wird dazu als Täter, der Angeklagte Rossi als Beihelfer behandelt. Ergänzend kommt unter anderem der Straftatbestand der Geldwäsche in Betracht. Beide Angeklagten in Mittäterschaft.“

Der Fluss des Vortrags und dessen Fachlichkeit gaben ihr Sicherheit. In die Vorbereitung war viel Zeit geflossen, Zeit, die sie nun in juristischer Argumentation zusammenfasste. Die Angeklagten zeigten keine Reaktion auf ihre Ausführungen.

Der Kardinal wurde von John Reid, einem gesetzten älteren Herrn, vertreten. Claudia war gewarnt: Ihre Zeugin Ornella Scarlatti war ihm in Washington begegnet. Ein schlauer Fuchs, dem auch Kleinigkeiten nicht entgingen. Leggerezza selbst trug einfache Priesterkleidung, nichts deutete auf den Status eines Kurialbeamten hin. Rossi hingegen machte einen halbseidenen Eindruck auf sie, feiner Anzug, protziger Schmuck, aber tadelloser Haarschnitt, glatt rasiert, durchaus gepflegt. Trotzdem schauderte es sie, ihr Typ wäre das nicht. Sie schweifte ab.

„Schließlich der internationale Bezug“, fuhr sie fort, „das Steuerabkommen des Staates Italien mit dem Vatikan, respektive dem Heiligen Stuhl als eigenständigem Völker- und Staatsrechtssubjekt vom 20. November 2013. Jenseits der Pauschalen sind Umsatzsteuer, Kapitalertragssteuer, sowie Regionalsteuern hinterzogen worden. Über Bargeldtransfers in die Vatikanbank, die Weiterleitung an eine Fondgesellschaft namens Blacknight in London mit diversen Konten auf Guernsey, wurde ein Offshore-Laundry-Rolling-System geschaffen, dass es ermöglichte, Geld sowohl seitens der A.P.S.A. für persönliche Zwecke des Angeklagten Leggerezza abzuzweigen als auch Steuerverkürzungen und Bilanzfälschungen in der A.P.S.A. wie auch beim Stahlwerk Zana in Lecce durchzuführen. Betreut wurden diese Vorgänge von der Privatbank Swiss-Asset-Management (SAM) in Zürich, deren Verantwortliche bereits über die amerikanische Aufsichtsbehörde einem Strafverfahren zugeführt wurden. Insgesamt handelt es sich um eine Summe von vierzig Millionen Euro Steuerschaden zulasten der Republik Italien, die beide gemeinschaftlich zu tragen haben. Die Angeklagten haben ein System der Geldwäsche betrieben, das einerseits Verluste des Konzerns ausglich, andererseits die Kassen der Diözese bediente und zugleich den teilweise aufwändigen Lebensstil beider finanzierte. Angesichts der Höhe des Schadens, des mafiösen Ineinanderwirkens von Strukturen des Konzerns mit denen des Vatikan, wird die Anklage eine Freiheitsstrafe von zehn Jahren für jeden Beteiligten fordern."

Claudia legte die Anklageschrift vor sich auf den Tisch und setzte sich. John Reid machte ein Pokerface. Sie wusste bereits: Seine Strategie würde auf Entlastung setzen, nicht auf Demontage der Anklage.

Anders hingegen bei Rossi. Sein Anwalt war mehrfach ausgetauscht worden, die Gewerkschaft versuchte offenbar, Rossi loszuwerden. Es schien auch, als sei der Kollege nicht ausreichend vorbereitet. Immer wieder beriet er sich mit Rossi, wälzte die Akten, man sah förmlich die Sorgen als Denkblasen aus seinem Kopf steigen. Ein Bild, das Claudia ein amüsiertes Lächeln auf die Lippen schickte, ihre Angst besänftigte. Der Vorsitzende schaute dem Treiben geduldig zu, ohne einzugreifen, auch die Beisitzer machten keine Anstalten. Das Publikum tuschelte. Endlich kam der Vertreter der Verteidigung zum Richtertisch und begann mit gedämpfter Stimme auf den jungen Vorsitzenden einzureden.

„Herr Anwalt", unterbrach ihn der Richter, so dass Claudia ihn gut hören konnte, „wir sitzen einem Schwurgericht vor. Folglich feilschen wir nicht wie auf einem Basar. Ihnen ist die Strafprozessordnung bekannt. Danach liegt kein Verfahrenseinwand vor, der es rechtfertigen würde, ihrem Antrag stattzugeben. Eine Vertagung ist hiermit abgelehnt."

Der Anwalt stritt mit Rossi in der Bank. Der Verteidiger Rossis plädierte schließlich entnervt auf ‚nicht schuldig'. Rossi war offenbar nicht wohl in seiner Haut.

„Soweit es keine weiteren Anträge gibt, treten wir nun in die Beweisaufnahme ein", bestimmte der Vorsitzende.

Claudias Angst kroch langsam wie eine Kröte aus ihrem Bauch. Nun durfte sie keinen Fehler machen. Sie legte mehrere Beweisstücke vor, die sich auf die Zahlungsströme, die Form der Verschleierung und das Beziehungsgeflecht der Beteiligten bezogen. Absichern konnte sie dies mit Hilfe der eidesstattlichen Aussage Dick Fleischhauers, die schriftlich vorlag. Darin stand, dass das Handelshaus Blacknight über Jahre erfolgreich schmutziges Geld für den Vatikan und die Zana-Gruppe gewaschen hatte. Die Verteidigung verzichtete auf Einwände.

Als ersten Zeugen rief Claudia Monsignore Leonardo Veltri auf. Jetzt regte sich Widerstand. Beide Anwälte protestierten und stellten den Antrag, Veltri nicht als Zeugen zuzulassen.

Der Vorsitzende erstaunte sich darüber: „Wie möchten die Herren das begründen?"

„Mit der Stellung des Monsignore im Vatikan und seiner Verwicklung in die Vorgänge. Eigentlich ist er Teil der Machenschaften", erklärte John Reid.

Der Vorsitzende schüttelte den Kopf. „Ich kann nun nicht sagen, wie Sie Prozesse bei Ihnen in den Staaten führen. Hier ist es aber so: Der Zeuge war benannt, steht auf der Liste, im Rahmen der Ermittlungen ist keine zwingende Notwendigkeit aufgetaucht, die ihn in ein anderes Licht gestellt hätte. Außerdem gibt es nach Ladung der Zeugen Ausschlussfristen. Einwände lagen bisher nicht vor. Die Kammer weist Ihren Antrag hiermit zurück."

Brüskiert nahmen die Anwälte wieder ihre Plätze ein. Claudia rief Veltri erneut auf.

SIMUL IUSTUS ET PECCATOR (Zugleich Gerechter und Sünder)

Zweifel lasteten wie das Kreuz Christi auf Leonardo Veltri, als er den überfüllten Gerichtssaal betrat. Würde er der Kirche gerecht werden, wenn er hier aussagte? Sein Auftrag war ein kircheninterner gewesen, nie dazu bestimmt, an die Öffentlichkeit zu kommen! Verriete er seinen Eid als Priester, jeden Schaden von der Heiligen Mutter Kirche abzuwenden, ihr in jeder erdenklichen Weise nütze zu sein? Verriete er Gott, wenn er hier vor einem weltlichen Gericht aussagte, einen Bruder auslieferte, Scham und Schande über seine Kirche ausbreitete? Ihm wurde kalt, als sein Blick dem Antonio Leggerezzas begegnete. Die sonst so brennenden Gedanken in seinem Inneren begannen zu erstarren. Nein!, rief er sich zur Ordnung. Es war schlicht falsch, so zu denken! Sie hatten Silvana auf dem Gewissen, hatten sie hinterhältig ermordet! Noch war nichts öffentlich geworden, nichts bewiesen, aber Gerüchten zufolge führte die Spur zu den Männern dort auf der Anklagebank. Er musste es tun. Ohnehin implizierte sein Auftrag von Beginn an diese Möglichkeit hier. Seine Heiligkeit hatte dies schmerzhaft in dem Satz zum Ausdruck gebracht: ‚Bitte geben Sie Acht auf unsere Mutter Kirche, dass sie den Schaden wird verkraften können.‘ Also hatte er kein Recht, seine Besorgnis über seine Ermittlungen, über seine Aussage zu stellen. Er war bereit und betrat den Zeugenstand.

„Monsignore Veltri“, begann Staatsanwältin Traviani, „würden Sie dem Gericht bitte erläutern, auf welche Weise Sie mit den Vorgängen bekannt wurden?“

Er räusperte sich. „Nach dem Rücktritt Seiner Heiligkeit und dem Eintritt der Sedisvakanz bat Seine Heiligkeit mich, internen Unstimmigkeiten nachzugehen, die auf ungewöhnliche Buchführungen in der A.P.S.A. hinwiesen. Deren Leiter war Bruder Leggerezza. Dabei habe ich meine Untersuchungen ausgehend von der A.P.S.A. einerseits auf den bischöflichen Stuhl in Lecce konzentriert und andererseits auf die möglichen technischen Interventionen, über die wir verfügen konnten.“

Veltri sah, wie sich Reid und Leggerezza besprachen, während Rossi in seiner Bank feixte.

„Bitte fahren Sie fort“, forderte die junge Staatsanwältin ihn auf.

„Seine Heiligkeit legte Wert darauf, seinem Nachfolger die Möglichkeit zu eröffnen, Personen aus dem Verkehr zu ziehen und alte Sachverhalte zu bereinigen. Deshalb erhielt ich eine päpstliche Permissio mit weitreichenden Vollmachten.“

„Eine Kopie liegt dem Gericht vor, Euer Ehren“, ergänzte Signora Traviani.

„Damit war es möglich, die Interna des bischöflichen Stuhls zu betrachten und entsprechendes Material zu dokumentieren. Das bezog sich im Wesentlichen auf zwei Bereiche. Erstens auf eine geheime Buchführung, die darüber Auskunft gibt, welche Kontobeziehungen zwischen der Diözese, dem Vatikan, dem Konzern Zana und dem Fondo di Investimento bestehen. Daraus werden die Ströme der Gelder und die abgeschöpften Gewinne ersichtlich, alles vorbei am Staat. Zweitens die Protokolle einer Gruppe namens ‚Comunita Propria Protezione‘, die offenbar als Verteidigungsbündnis gegen Interessen von außen geschaffen wurde. Damit sollten die Geschäfte von Mafia, Konzern, Gewerkschaft, Diözese und Vatikan im Dienste der Gruppe beschützt werden. Auch dazu liegt eine Kopie vor."

Mit seiner Aussage legten sich Veltris Zweifel, er gewann an Klarheit.

„Haben wir es hier neben einer mafiösen auch noch mit einer staatsgefährdenden Struktur zu tun?", fragte die Staatsanwältin.

„Das kann ich nicht beurteilen, Signora. Ich kann Ihnen die Sachlage nur aus meinem Erleben schildern." Ein Blick auf Leggerezza verriet ihm, dass er sich seinem Schicksal ergeben würde. Eingefallen saß er in der Bank, die Hände zum Gebet gefaltet, einen Rosenkranz zwischen den Fingern. Der Vorsitzende forderte ihn mit einer Handbewegung auf, seine Aussage fortzusetzen.

„Die Erkenntnisse meiner Recherchen habe ich dem Heiligen Vater zugeleitet, aus dessen Arbeitsbereich sie später entwendet wurden."

„Wer hatte Zugang zu den Gemächern des Papstes?", wollte der Vorsitzende wissen.

„Das kann ich nur allgemein beantworten. Grundsätzlich die engsten Vertrauten, unter anderem sein Kammerdiener, der Kardinalstaatssekretär, die Haushälterin."

„Sie gehörten nicht zu diesem Kreis, Monsignore?", fragte der Vorsitzende nach.

„Nein, die Exklusivität an dieser Stelle wäre meinem Auftrag abträglich gewesen."

Mit einem ungläubigen Gesichtsausdruck mischte sich nun John Reid ein. Die Falten auf seiner Stirn schienen sich auf eine unübersichtliche Ansammlung von Ungereimtheiten zu konzentrieren. „Welches Motiv sollte mein Mandant gehabt haben, sich in eine derartige Verstrickung zu begeben, Monsignore?"

„Liegt das nicht auf der Hand?", gab Veltri zurück.

‚Du cleverer Hund', dachte Veltri, er ahnte, worauf das hinauslaufen sollte: Hinter der Frage nach dem Motiv Leggerezzas steckte letztlich diejenige nach dem Motiv für die Börsenmanipulation und den Crash von Blacknight. Wie sollte er diese Klippe umschiffen?

„Erleuchten Sie uns", forderte Reid ihn auf.

„Soweit es meine Unterlagen ausweisen, ist Bruder Leggerezza durch diese Einbindung an nicht unerhebliche Beträge auch für seine Diözese gekommen, die dort in diverse Projekte geflossen sind."

„Das heißt also", unterbrach ihn Reid, „das Geld landete zumindest nicht in seiner Privatschatulle, sondern diente dem Gemeindeleben."

„Das ist richtig", bestätigte Veltri. „In der Diözese gibt es ein Netz verschiedener Interessen, die zugleich auch Sponsoren der Region sind, wenn Sie so wollen. Dazu gehört eben auch der Bischofsstuhl."

„Das führt mich zur nächsten Frage, Monsignore", hakte Reid nach. „Wenn wir davon ausgehen dürfen, dass diese Verstrickung für die Diözese einen bedeutenden Mehrwert geschaffen hat, was für ein Motiv könnte dann vorgelegen haben, das alles durch einen Crash bei Blacknight zu gefährden? Keines sicherlich. Ist es an dieser Stelle nicht eher so, dass Sie selbst, Monsignore Leonardo Veltri, ein Interesse an dem Crash hatten? Zumindest sind Sie uns ein paar Erklärungen dazu schuldig!" Er wandte sich ans Publikum, als säße dort eine Jury. „Denn aus dem Bericht des Beamten von der SEC, Dick Fleischhauer, geht hervor, dass der Angriff auf Blacknight bis zu einem Server aus dem Vatikan zurückverfolgt werden konnte, der mit Ihrem Namen in Verbindung steht." Reid hatte sich bei den letzten Worten umgedreht und zeigte nun theatralisch mit dem Finger auf ihn. Veltri bedankte sich im Stillen bei Gott für die eigene Vorausschau. Aber es blieb wenig Zeit zum Überlegen, er musste schnell einen Ausweg finden, um Reid nicht in die Falle zu gehen. Würde es ihm weiterhelfen, dass er das Geheimnis von Caffarelli und Senator Calvesi kannte? Beide ebenso ausgefuchste wie hinterlistige Schachspieler. Mit jedem ihrer Züge konnte sowohl ein Hinterhalt als auch eine falsche Fährte verbunden sein. In einem aber war Veltri sicher: Als seinerzeit die unglückselige Lega ambienterra mit ihrem Kopf, dem Schauspieler Claudio Bertano, aus dem Haus in Lecce, das immer noch der Kirche gehörte und in das später Calvesi einzog, vertrieben wurde, war dies mit dem Wohlwollen Caffarellis geschehen – nicht Leggerezzas. Die alten Dokumente auf den Computern der Diözese schienen glaubwürdig. Der Zweck dieses ‚Geschäftes' hatte offensichtlich darin bestanden, zum einen die unliebsame Umweltorganisation kaltzustellen, zum anderen darin, Calvesi an den Kardinalstaatssekretär zu binden. Politische Informanten sind ein teures Gut. In diesem Fall liefen viele Infos zu den Transfers auch bei Caffarelli ein, der nur noch die Weichen zu stellen brauchte, um sich selbst in Position für das höchste Amt auf Gottes Erde zu bringen. Calvesi konnte im Gegenzug auf Unterstützung der Kirche für eine zweite Karriere in Rom hoffen. Wahrscheinlich als Staatspräsident, das wäre nach der ersten ein schöner Aufstieg, und die Herren könnten sich gut ergänzen. Da traf es sich auch, dass beide in der Jagdgesellschaft ihre Interessen ohne Öffentlichkeit austauschen konnten.

Er, Leonardo Veltri, wusste vieles. Doch rettete ihn dieses Wissen nun?

„Leider muss ich Sie enttäuschen, Herr Verteidiger. Selbstverständlich steht der Zentralserver für den Vatikan unter meiner Verantwortung und ist mit meinen Sicherheitsdaten hinterlegt. Dennoch ist es abwegig, mich oder meine Leute mit dem Vorfall um Blacknight in Verbindung zu bringen. Zunächst gäbe es kein Motiv dazu. Meine Einbindung in die päpstliche Untersuchung erfolgte erst nach Beginn der Sedisvakanz, ihre Auswirkungen, gerade auch kanonisch, bereiteten nur dem Nachfolger die Dinge auf. Ihm wäre es überlassen, ob und wie er darauf reagieren würde. Zudem erfuhr ich überhaupt erst mit dem Rücktritt des Papstes von diesen Vorgängen, da hieße es, den Zeitpunkt des Crashs in New York zu beleuchten.“ Viel mehr hatte er nicht im Köcher.

Staatsanwältin Traviani half ihm weiter. Sie verlas die Einvernahme Fleischhauers: Danach suchte der Börsenvorstand im Januar den Kontakt zu Fleischhauer. Blacknight hatte Insolvenz angekündigt, weil kurz zuvor fast das gesamte Kapital der Gesellschaft nach einem Hackerangriff verlorengegangen war. In diesem Zusammenhang waren die Behörden auf die IP im Vatikan gestoßen. Der Zeitpunkt lag weit vor der Erteilung des Auftrags an Veltri. Der dankte nochmals seinem Schöpfer, als der Vorsitzende ihn entließ.

Ornella Scarlatti wurde jetzt von Staatsanwältin Traviani als nächste Zeugin aufgerufen. Als sie im Zeugenstand Platz genommen hatte, fiel ihr Blick zuerst auf Kardinal Leggerezza, der in sich versunken und mit gefalteten Händen in der Bank saß. Das war auch ihr Verdienst, wie stolz wäre Papa auf sie gewesen! Ihr Blick wanderte nach links. Sie überlief ein kalter Schauer. Dort saß er, der wahrscheinlich ihren Tod befohlen und sie bis aufs Blut gejagt hatte! Aber konnte man diesem Rossi irgendetwas beweisen? Wenn es einen Ausweg gab, diese Mafiosi fanden ihn mit Sicherheit. Die Anschläge auf ihr Leben hatten nicht auf italienischem Boden stattgefunden, es gab kaum Indizien. Kam er frei, erwartete sie ein Leben in Angst. Würde sie vielleicht ihre Stelle bei der ‚Voce‘ verlieren. Bei anderen Zeitungen brauchte sie dann erst gar nicht vorstellig zu werden. Keiner würde eine Kollegin aufnehmen, die auf der Abschussliste der Mafia stand. Aus eisblauen Augen blickte er sie kalt an, als wollte er sie im nächsten Moment vor einen fahrenden Zug stoßen. Sie hatte seine Mutter kennengelernt. Ob sie wusste, was gerade geschah? Ornella schreckte aus ihren Gedanken hoch. Diese Stimme, dieses Gesicht: „Ich denke nicht, dass Sie sind, was Sie vorgeben. Und wir beide wissen, dass Sie sind, was Sie nicht vorgeben.“ John Reid,

Senior Partner von Steurer & Cie. Er hatte soeben einen Antrag gestellt, sie, Ornella Scarlatti, Enthüllungsjournalistin der ‚Voce', wegen Befangenheit abzulehnen.

„Die Zeugin ist gänzlich ungeeignet, ihre Meinung ist bereits vorgefasst, was sich unschwer in ihren einschlägigen Artikeln der ‚Voce' nachlesen lässt. Darin konstruiert sie sich ihre eigene Wahrheit, ohne auch nur den geringsten Beweis, nichts als Hörensagen und Gerüchte."

Ornella sah Rossi bereits mit einem triumphierenden Lachen aus dem Gerichtssaal stolzieren, einen italienischen Sportwagen besteigen und mit qualmenden Reifen abrauschen. Während sie in ihrer Verzweiflung nach einem Stück Sicherheit für sich suchen würde, das die Justiz ihr nicht bieten konnte, da sie nicht Teil des Prozesses geworden war.

Der Vorsitzende sah zu Staatsanwältin Traviani, die schon einen Gegenantrag ankündigte, dies auf ein Zeichen des Richters aber zurückstellte. Der Vorsitzende beriet sich kurz mit seinen Kollegen, ohne den Saal zu verlassen.

„Die Kammer weist den Antrag der Verteidigung zurück", erklärte der Vorsitzende. „Begründung: Der Herr Verteidiger ist es wahrscheinlich aus den USA gewöhnt, dass der Richter oder die Kammer nur als Schiedsrichter fungiert und darauf angewiesen ist, dass beide Parteien die Beweislage vollständig erschließen. Das ist im italienischen Recht deutlich anders. Hier muss die Kammer notfalls auch eigene Beweiserhebungen anordnen, um die Beweislage ausreichend zu erfassen und abschließend zu würdigen. Das nennt sich bei uns Amtsermittlungsgrundsatz. Aus diesem Grund ist die Zeugin zwingend zur Einvernahme zu hören, die Beurteilung ihrer Einlassung erst danach vorzunehmen. Des Weiteren kann sich auch kein Hindernis daraus ergeben, dass Signorina Scarlatti die Schwester des ebenfalls als Zeugen geladenen Piero Scarlatti ist. Beide Zeugen werden unter Eid aussagen, so dass dem Wahrheitserfordernis zunächst ausreichend Rechnung getragen ist. Oder hat die Verteidigung weitere Einwände, die das Gericht hören müsste?"

Orenlla fiel ein Stein von der Brust. Alles wieder offen. Rossi grinste verkniffen zu ihr herüber.

„Ja, Euer Ehren. Wir beantragen in diesem Fall die Einvernahme unseres Kollegen Josh Bugs aus New York, er kennt sehr genau das Strafverfahren Blacknight wegen Börsenvergehen gegen Bernd Spethmann, den Vertreter der SAM-Bank in Zürich. Mister Bugs kann Auskunft dazu geben, wie die Zeugin den Gang der Ereignisse manipulativ für ihre Zwecke beeinflusst hat. Ziel war es, die Umstände zu verschleiern, unter denen der Vater der Geschwister Scarlatti undurchsichtige Geschäfte mit dem Vatikan während des Faschismus gemacht hat. Im Wesentlichen ging es dabei um Kunstgegenstände."

Ein Paukenschlag. Die Staatsanwältin Traviani regungslos, Ornella konsterniert. Wurde sie hier vorgeführt, Opfer fadenscheiniger juristischer Winkelzüge? Oder wurde sie Opfer der Vergangenheit ihrer Familie, jener dunklen Zeiten, von denen Piero gesprochen hatte?

Die Kammer zog sich für einige Minuten zur Beratung zurück.

Der Vorsitzende verkündete kurz darauf den Beschluss: „Nach entsprechender Erörterung kommt die Kammer zu dem Schluss, dem Antrag nicht stattzugeben. Zunächst muss sich erweisen, ob über die Zeugeneinvernahme insgesamt eine Notwendigkeit für die Ladung dieses bislang noch unbekannten Zeugen besteht. Dazu sollten vorerst die hiesigen Mittel ausgeschöpft werden."

Ornella zweifelte, ob das ausreichte, die Skepsis bei Staatsanwältin Traviani zu beseitigen. Sie hatte während der Verhandlungspause kein Wort mit ihr gewechselt, selbst Blickkontakt hatte sie gemieden. Ornellas Verunsicherung war im Gegenzug gewachsen. Wie würde das Gericht ihre Glaubwürdigkeit bewerten? Neben Piero kam ihrer Aussage die Hauptbeweiskraft zu. Nur ein kleines Problem mit der Glaubwürdigkeit, und alles wäre beim Teufel, Rossi der lachende Gewinner. Sie konnte den Gedanken nicht weiterverfolgen, Staatsanwältin Traviani forderte sie auf, ihre Aussage zu machen.

Ornella zitterte vor Unsicherheit. Sie war nicht mehr die forsche Enthüllungsjournalistin auf der Pressekonferenz des IOR, nur noch ein kleines Mädchen, das die Welt nicht mehr verstand. Sie unterbrach sich bereits zu den Angaben ihrer Person immer wieder selbst, musste sich korrigieren, ihre Ausführungen umständlich zu Ende führen. Hatte sie das ihre Reputation gekostet? Notfalls würde sie sich von allen Umständen, die ihren Vater betrafen, öffentlich distanzieren müssen, auch wenn es ihr schwerfiele. Vielleicht konnte Piero noch helfen? Signora Traviani nickte ihr zu.

Ornella schilderte zunächst die Entwicklung der Ereignisse seit ihrer Akkreditierung im Vatikan. Beginnend mit der persönlichen Einführung durch den alten Papst, seinen Wunsch nach Recherchen zur A.P.S.A., ihre Reisen nach Apulien, dann die Anschläge in den USA und ihre Rückkehr nach Italien samt Zeugenschutz.

Der Vorsitzende fragte nach: „Habe ich das richtig verstanden, dass es sozusagen einen informellen Auftrag Seiner Heiligkeit gab, den internen Sumpf zu sondieren?"

„Ja. Darüber hinaus war Seiner Heiligkeit auch daran gelegen, zu klären, inwieweit das Staatssekretariat von den Vorgängen wusste. Allerdings konnte ich da nichts erhärten. Es hatte jedoch den Anschein, dass Seine Eminenz, Kardinal Caffarelli-Borghese, eigene Interessen verfolgte. Da ich keinen Zugang zu den entsprechenden Unterlagen bekam, konnte ich nicht weiter recherchieren. Eindeutig fest steht allerdings, dass die von mir gesichteten Unterlagen, die dem Gericht vorliegen, die Geldströme von Apulien in den Vatikan und in die USA belegen."

Der Richter erkundigte sich jetzt nach den Zusammenhängen um Bruno Scarlatti.

„Ehrlich gesagt ich war erstaunt, als Mister Fleischhauer mir diese Umstände eröffnete. Später fragte ich Monsignore Veltri danach und er deutete an, diese Vorgänge seien im

Interesse des Vatikan gewesen. Sie müssten ihn dann dazu einvernehmen.“

Veltri trat erneut in den Zeugenstand, er lächelte ihr wohlwollend zu und ergänzte ihre Aussage.

„Die vorgetragenen Zusammenhänge mit der A.P.S.A. und den technischen Funktionen sind zutreffend und komplett geschildert. Was nun die Einführung von Signorina Scarlatti im Vatikan anbelangt, so war es der ausdrückliche Wunsch des emeritierten Heiligen Vaters, dass sie sich der undurchsichtigen Machenschaften rund um die A.P.S.A. und die Vatikanbank annehme und alles schonungslos veröffentliche. Denn mit dem Antrag auf Beitritt zur sogenannten ‚Weißen Liste‘ musste der Vatikan volle Transparenz geben. Da kam die Akkreditierung der Signorina zum passenden Zeitpunkt. Ich selbst wurde dazu bestellt, ihr Türen zu öffnen.

Nun zum Hinweis der Verteidigung, Signorina Scarlatti habe den Gang der Ereignisse manipulativ zugunsten des Andenkens ihres Vaters genutzt: Das ist falsch. Bruno Scarlattis Geschäfte waren ihr zu keinem Zeitpunkt bekannt. Er hatte im Auftrag des seinerzeitigen Papstes über ein geheimes apostolisches Schreiben, das ich besitze, die Aufgabe, während des Faschismus Kunstgegenstände aus Immobilien, die nicht der Souveränität des Vatikan unterstanden, zu sichern und außer Landes zu bringen. Aus diversen innervatikanischen Gründen dauert dieser Verbleib außer Haus in einigen Fällen weiter an, so dass auch finanzielle Mittel dafür aufgebracht werden müssen.“

Er blickte zu John Reid hinüber. „Sollten noch diskretere Auskünfte erforderlich sein, wenden Sie sich bitte direkt an Seine Heiligkeit.“

Ornella hätte dem Monsignore um den Hals fallen mögen. Sie beide wurden entlassen, und mit einem Mal erschien es ihr, als hätte ihr Mentor das Blatt entscheidend für sie gewendet. Staatsanwältin Traviani rief Piero als Kronzeugen auf. Als er Ornella in der Tür des Saals begegnete, drückte er ihr kurz die Hände und flüsterte ihr ins Ohr: „Alles wird gut, du wirst sehen!“

Entgegen Pieros Erwartung wirkte Ornella ungewohnt aufgewühlt und verunsichert. Was war vorgefallen? Gab es unerwartete Aussagen? Würde die Staatsanwältin Unbekanntes von ihm wissen wollen? Doch sie blieb bei der abgesprochen Linie. Nachdem sie Piero zu den Geldtransfers und den handelnden Personen befragt hatte, kündige Piero eine Erklärung an. Man hätte eine Stecknadel fallen hören können.

Der Vorsitzende zeigte sich erstaunt: „Darf ich fragen, Signor Scarlatti, weshalb Sie erst jetzt mit offenbar neuen Erkenntnissen aufwarten wollen, wo doch im Vorfeld alle Zeit der Welt dazu gewesen wäre?“

„Verstehen Sie bitte meine Lage, nicht umsonst waren meine Schwester und ich im Zeugenschutz. Wäre etwas durchgesickert, der Rest lässt sich denken.“ Piero machte eine Pause und blinzelte hinüber zur Staatsanwältin. Dann fuhr er fort. „Ich bin im Besitz von Dokumenten, Aufzeichnungen und Beobachtungen, die beweisen, dass die beiden Angeklagten sich mit Signor Mostra, früher Leiter des Zana-Konzerns und mein Chef, abgesprochen haben, um die Richterin Chiara del Ponte zu beseitigen.“

Piero sah Staatsanwältin Traviani zur Anklagebank schauen. Ratlosigkeit und Verwunderung herrschten dort. Leggerezza regte sich nicht. Rossi hingegen tuschelte hektisch mit seinem Verteidiger, der in seine Akte kritzelte. Keine Partei stellte Anträge.

Signora Traviani fragte nach, welche Beweise das seien und wie er daran gekommen sei. Die Richter erhielten einen USB-Stick und begutachteten den digitalen Inhalt auf einem Laptop. Anschließend unterbrach der Vorsitzende die Sitzung abermals.

Piero war erleichtert, als das Gericht eine Erweiterung

der Anklage zuließ. Staatsanwältin Traviani erklärte, im Lichte der neuen Beweise stehe nun auch der Tatvorwurf des Mordes zur Verhandlung. Dem stimmte die Kammer zu. Jetzt gab John Reid bekannt, Kardinal Leggerezza habe ihn von der weiteren Vertretung entbunden. In einer handschriftlichen Erklärung teilte der Priester mit, keine weitere Verteidigung zu wünschen. Er wollte sich von nun an nicht mehr äußern. Schach und Matt. Piero fühlte leise Schadenfreude aufsteigen, als er den Gerichtssaal verließ.

So dämlich konnte nur einer dieser Himmelskomiker reagieren! Corrado Rossi begriff sofort seine Chance. Er würde die Situation nun zu seinen Gunsten drehen und dem Pfaffen allen Dreck aufladen. Wer war er denn schon? Höchstens ein Handlanger!

„Ein Handlanger?“, fragte die Staatsanwältin. „Ein gut bezahlter, würde ich sagen. Sie geben hier an, über 4.000 Euro brutto zu verdienen, fahren aber einen Lamborghini, tragen teuren Schmuck zu Schau und sind nicht zu feige, ihre privaten Freizügigkeiten zu erklären. Wo bitte kommt das Geld dafür her?“

Mädchen, Mädchen, dachte Rossi, fast noch ein Kind, genau wie dieser kleine Richter ... Die zwei Bambini wollten es anscheinend mit allen gleichzeitig aufnehmen. Unfassbar! In ihrem Alter hatte Corrado schon mehr als einem das Maul gestopft. Aber er bremste seine Gedanken und wog seine Worte. „Für gute Arbeit im Unternehmen gab es eine schwarze Kasse, die prall gefüllt war. In seiner Großzügigkeit ließ mich Signor Mostra oft daran teilhaben. Ich verkehrte mit dem Chef und bekam seine finanzielle Anerkennung, das ließ mich auch vor meinen Leuten besser aussehen.“

Um wieviel Geld es da denn gehe, fragte der Richter nach. Wie ein Star in einer Talkshow rechnete Rossi halblaut vor und kam auf zehntausend Euro pro Monat. Bei einigen Leuten klappte die Kinnlade runter.

„Haben Sie noch weitere anerkennenswerte Dienste für Ihren Chef oder sonstwen geleistet?“, fragte Signora Traviani.

„Könnte man so sagen. Ich bin jemand in der Stadt. Viele Geschäftsleute suchen meinen Rat. Die örtliche Wirtschaft floriert ja dank des Konzerns. Aber einige Geschäfte konnten durchaus noch optimiert werden. Ich habe dann gerne geholfen und Kontakte vermittelt.“

Im Saal wurde es unruhig, die Leute begannen zu tuschelten. Einer stand auf und rief: „Du Schwein hast uns erpresst! Wer sich AddioPizzo anschloss, hatte bald kein Geschäft mehr!“

Der Vorsitzende machte keine Anstalten, Einhalt zu gebieten. Ein älterer Mann mühte sich hoch und sagte: „Meinen Tabakladen hast du ruiniert mit den Schutzgeldern, ich bin pleite. Und du fährst dreimal im Jahr mit deinem scheiß Lambo an die Amalfitana, du Drecksau.“

Lachhaft, diese Neidhammel und Angsthasen warfen sich doch von selbst vor ihm in den Staub.

Dem Richter war es genug, er winkte die putzige Staatsanwältin zu sich und besprach sich mit ihr. Dem Verteidiger, dessen Namen Rossi sich nicht gemerkt hatte, stand der kalte Schweiß auf der Stirn. „Wenn du das hier versaust, dann gnade dir Gott!“, raunte Rossi ihm zu. Die Traviani setzte sich wieder und sprach ihn an: „Wir können die Anklage nochmals um die Vorwürfe von Schutzgelderpressung erweitern. Es sei denn, Sie haben uns etwas Substanzielles anzubieten. Überlegen Sie es sich.“

War es nicht zum Totlachen, wie sie sich abstrampelten, um ihn zu packen? Aber er war unangreifbar, er strotzte vor unbändiger Kraft, er würde sich mit seinem Wissen zu einem umgekehrten Kronzeugen machen, der alle anderen anschwärzen und sich selbst reinwaschen konnte. Teilweise jedenfalls.

Er bequemte sich: „Die Signori Leggerezza und Mostra haben mir den Auftrag erteilt, mich um das Problem der Richterin zu kümmern. Da ich Signora del Ponte überwachen ließ, kannte ich ihre Gewohnheiten ziemlich genau. Mindestens einmal im Monat fuhr sie nach Rom in ein kleines Hotel zum – na, sie wissen schon.“ Seine Geste schien dem Publikum zu obszön. Bigotte Saubande.

„Ich wusste also Bescheid, aber die Signori wollten eine finale Lösung. Einschüchterung und Erpressung kamen nicht in Frage, unsere ... üblichen Mittel zur Motivation zeigten nicht den gewünschten Erfolg. Signor Leggerezza drang immer wieder darauf, die Signora zu beseitigen. Letztlich sogar, bevor ihre Frist abgelaufen war.“

„Ist das wahr?“, redete ihm die kleine Staatsanwältin dazwischen und sah Leggerezza dabei an, als würde sie Corrado nicht glauben. Ein Pfaffe, der kaltblütig einen Mord befiehlt? Hatte es alles gegeben. Das Mädchen kam ihnen nicht dahinter. Sie würden ihm die Handlangergeschichte am Ende abkaufen. Welche Beweise konnten sie schon haben, außer einem Blatt Papier mit ein paar Zahlen darauf? In diesen Dingen war er gewissenhaft. Aber ob seine Aussage allein reichen würde, Leggerezza hinter Gitter zu schicken?

Sündige tapfer, glaube tiefer!

Leggerezza hatte bei den Ausführungen Rossis an die Tat Bruder O'Learys zurückgedacht, die auch seine Tat war. Aus Angst, wohl auch mit dem Mut der Verzweiflung, sein Schicksal doch noch beeinflussen zu können, hatte O'Leary Staatsanwältin Orsini getötet, er selbst hatte nicht eingegriffen. Letztlich war der Tod von ihrer Hand umsonst gewesen, denn er half keinem von beiden weiter. O'Leary sah inzwischen seinem Schicksal in US-Haft entgegen, er selbst würde hier zur Rechenschaft gezogen. Das Geschehen um den Mord an der Orsini bliebe sein Geheimnis, dessen Schuld er vor Gott abzutragen hatte. Sündige tapfer, glaube tiefer!

Dieses Lutherwort erinnerte ihn, dass es letztlich kein Leben ohne Schuld gab. Auch wenn die seine sehr schwer wog. Allerdings wollte er sich keinesfalls auch noch den Mord an der del Ponte aufhalsen lassen. Das ging zu weit. Er erhob sich mit dem gesamten Gewicht seines Lebens auf den Schultern, sprach so leise, dass der Gerichtsdiener ihm ein Mikro reichen musste.

„Es stimmt im Wesentlichen. Leider. Aber es ging mir ausdrücklich nie um die Beschädigung eines Menschen, schon gar nicht um seinen Tod. Das weiß auch Corrado Rossi. Doch etwas anderes gehört noch zu der Geschichte, und daran wird sein persönliches Interesse deutlich. Corrado Rossi bezieht wesentlich mehr Geld, als er hier zugegeben hat. Es gab per Vereinbarung, die nicht in den Büchern verzeichnet ist, eine Zusatzrente ab dem 55. Lebensjahr. Auch wenn er noch ‚arbeiten' sollte. Diese ist nicht unerheblich, es handelt sich wohl um eine Größenordnung wie die aus der schwarzen Kasse. Diese Zuwendung, man kann sie auch Schweigegeld nennen, wäre verloren gewesen, hätte Zana geschlossen. Darum auch der Druck auf die Lega ambienterra. Über diese Sorgen sprach Rossi mit seiner Mutter, die bei mir die Beichte ablegte und mich auch sonst über ihren so erfolgreichen Sohn informierte. Arme Signora Rossi. Nach dem Tod der Richterin teilte mir Signor Mostra mit, dass Rossi für seine Dienste eine runde Summe überwiesen wurde. Die wird sich bestimmt auf seinem Konto nachweisen lassen."

„Beweise es, du dämliche Kuttensau!", blaffte Rossi ihn wütend an. Der Vorsitzende drohte mit Ausschluss aus der Sitzung.

„Das können wir", antwortete die junge Staatsanwältin. „Wir wären ohnehin noch zu den Zahlungen auf ihren Konten gekommen, Signor Rossi. Der einmalige Betrag, den Sie direkt am nächsten Tag abgehoben und dazu die Bank angewiesen haben, die Unterlage zu vernichten, hätte uns besonders interessiert. Nun kennen wir den Grund. Diese

Aussage des Angeklagten Leggerezza vervollständigt unsere Beweiskette zu ihren Lasten, Signor Rossi.“
Der Vorsitzende erklärte: „Soweit keine weiteren Anträge mehr zu erwarten sind, schließt die Kammer die Beweisaufnahme und entlässt die Zeugen. Zur Urteilsfindung zieht die Kammer sich nun zurück.“

Die Justizbediensteten machten sich daran, die Angeklagten zurück in ihre Zellen zu bringen. Leggerezza wurde bereits durch die Tür geführt. Claudia Traviani packte ihre Sachen.

Kapitel 31

All'ultimo sangue

[Bis aufs Messer]

Aus dem Augenwinkel nimmt sie eine Bewegung wahr. Rossi überwindet behände die Absperrung vor seiner Bank. Ihr stockt der Atem. „Der will mich!“, schießt ein Gedanke durch ihren Kopf. Die Bediensteten unterhalten sich, die Richter schließen eben die Tür hinter sich. Einer reißt einen Witz, Lachen erschallt. Rossis Anwalt sitzt zur Salzsäule erstarrt, ebenso wie sie. Corrado scheint das alles im Blick zu haben. Er steht vor ihr, zerrt sie aus ihrem Stuhl, sie stößt einen erstickten Schrei aus. Papiere fallen aus ihren Händen, gleiten über den Tisch, rutschen auf den Boden. Corrado sieht sie an, packt sie am Hals und rammt ihr einen Stift in die Halsschlagader. Sie ist stocksteif, kann sich nicht rühren, hört wie er sagt: „Hab ich dich, du Miststück!“ Blut rinnt ihren Hals hinab, er hat sich hinter sie gedreht, hält sie fest, hält sie wach, wahrscheinlich braucht er ihre Mitarbeit, um sie danach zu töten! Panik erfasst sie, schüttelt ihren Körper wie Espenlaub.

„Na, wie fühlt sich das an, du Schlampe?“, hört sie ihn mit vollkommen entspannter Stimme sagen. Ihre Gedanken rufen nach Angelo, flehen. Sie hat sich ihm doch noch gar nicht richtig erklärt. Denkt an Silvana, Scham für ihre Eifersucht, Angst vor dem Tod. Rossi zieht eine feine Drahtschlinge aus seiner Hose hervor, lässt einen Moment von ihr ab, sie versucht, sich zu drehen, zu rufen, keine Stimme, die Schlinge liegt bereits um den Hals. Schnürt zu. Das Blut rinselt weiter über den Hals. Könnte schreien. Niemand hört sie. Die Bediensteten lachen noch über einen weiteren Witz, oder ist es derselbe von vorhin? Gleich wird sie ohnmächtig, sinkt hin, die Schlinge wird sie töten. Hätte gerne Kinder gehabt, auf Angelos Terrasse, sonntagsmorgens alle beim Frühstück, Kinder bringen Leben. Leben, das nicht mehr ihres ist. Langsam dringt der Schmerz in ihr Bewusstsein. Höllisch. Doch noch schlimmer ist die Erstarrung. Sie vernimmt die Stimmen der Bediensteten, Aufruhr, kaum zu erkennen, dass sie näherkämen. „Aus dem Weg oder sie stirbt“, hört sie Rossi die Bediensteten anschreien. Leute umringen beide, sie kann nicht erkennen wer, die Schlinge zieht ihr den Hals nach hinten, Blick zur Decke. Sieht das Kreuz. Ob sich Gott um ihre verirrte Seele kümmern würde? Mit grober Gewalt bahnt Rossi beiden einen Weg durch die Menge, drückt sie aus ihrer Starre in die Bewegung. „Weg da!“ Rossi stößt ihr den Stift tiefer in den Hals. Sie schreit gellend auf. Langsam schaffen beide es, zur großen Treppe zu gelangen. Die Richter im Amtszimmer. Jemand gibt Anweisungen, sie versteht nichts. Denkt wieder an Angelo. Wünscht ihn inständig herbei. Die Haussirene ertönt. Irgendwer hat das Notfallprogramm gestartet. Rollgitter, Türen verschlossen, Evakuierungen. Rossi drängt sie die Treppen hinunter. Sie stolpert, fällt hin, er greift sie, der Schmerz löscht ihr das Bewusstsein. Claudia kommt wieder zu sich, war nicht lange weg. Sie befinden sich im Foyer. „Wenn du leben willst, mach mit“, raunt Rossi ihr zu. Aus seiner Stimme springt sie abgrundtiefer Hass an. Bluse und Robe blutgetränkt. Rossi zieht sie quer durchs Foyer. Keine Bediensteten, keine Polizisten, keine Hilfe. Rossi schimpft, er will eine Waffe. Ärgert sich, dass er keinen der Bediensteten zu fassen kriegt. Niemand in Sicht. Sie stehen mittlerweile vor der Tür. Abgesperrt. Gitter unten. Sirenengeheul. Rossi schiebt sie Richtung Toilette. Sie wehrt sich nicht ein Jota, kann nicht mehr. Tür dicht. Rauf wieder in den ersten. Auch dicht. Ihr versagen die Beine, sie knickt ein. Er schleppt sie weiter in den zweiten. Zieht an ihr, drückt, lockert die Schlinge, sein heißer Atem in ihrem Nacken. Stinkt. Niemand in Sicht. Er öffnet die Tür zur Toilette. Gibt ihr einen Tritt, sie fliegt gegen einen Heizkörper, vor Schmerzen schießen ihr die Tränen in die Augen, waschen ihr Make-up herunter. Er lässt von ihr ab. Sie versteht das hier nicht. Wieso greift keiner ein? Trotz Alarm. Alle müssen Bescheid wissen. Oder hat Rossi noch mehr Macht, als sie dachte? Alles im Griff, alle bestochen, sogar hier in Rom? Ihr wird kalt, sie beginnt zu zittern. Das Adrenalin. Sie haben die Damentoilette erwischt. Rossi stellt sich in eine offene Kabine, uriniert in die Schüssel. Ist ihr egal. Ihr Kopf ist heiß, der Körper kalt, Schwindel erfasst sie. Sie kann nicht hassen, nicht schreien, nicht leben, muss sterben. Er kommt wieder und zieht sie hoch, bindet sie mit der Schlinge um ihren Hals an ein Heizungsrohr. Macht sich am Fenster zu schaffen. Ist nicht verschlossen. Keine Gitter. Rossi klatscht in die Hände. Womit man Menschen doch glücklich machen kann, denkt sie.

Angelo versucht fieberhaft, Claudia zu bekommen. Der Prozess müsste längst zu Ende sein. Dann die Meldung über die interne Leitung: Geiselnahme im Palazzo dei Tribunali! Staatsanwältin Traviani! Silvio hat es auch gesehen. Angelo hört, wie er die Sondereinsatzkräfte anfordert. Mehrere Wagen der Carabieniri sind gleich vor Ort. Sie auch. Angelo fährt nicht selbst, er fühlt Angst. Menschen in Ausnahmesituationen begehen oft die dümmsten Fehler und gerade davor graust es ihn. Kopfkino. Er denkt an Silvana. Die Angst schnürt ihm das Herz ab. Ihr Tod muss eine Höllenqual gewesen sein. Tränen laufen über sein Gesicht. Silvio fährt, als sei der Leibhaftige hinter ihnen her. Wut steigt in Angelo auf. Er muss aufpassen, diesen Rossi nicht gleich über den Haufen zu schießen, wenn er ihn sieht. Am besten, er lässt die Waffe erstmal im Holster. Vielleicht reicht es ja auch, ihm die Fresse zu polieren. Was, wenn er Claudia aus dem Fenster stößt, ihr das Genick bricht, sie erdrosselt? Die Reifen quietschen jämmerlich, Fußgänger springen zur Seite. Er ist nicht angeschnallt. Scheiß drauf! Endlich sind sie da. Weiträumig alles abgesperrt. Das SEK trifft ein. Männer in schwarzen Uniformen, schwarze Gesichtshauben, Helme, Handschuhe, nichts an ihnen ist zu erkennen. Sie sichern das Gebäude. Walkies plärren.

Rossi überlegt. Die Situation spitzt sich zu. Die fahren das volle Programm auf. Er könnte die Staatsanwältin mit auf den Weg durchs Fenster nehmen. Aber halten würde er sie nicht können, könnte sich selbst nicht mal halten, die Schlampe. Also ist sie im Weg. Aber ohne sie verliert er sein Druckmittel. Zurück durchs Gebäude geht auch nicht, inzwischen werden alle Flure dicht sein. Sie würden ihn einkesseln, einfach abwarten, ihn aushungern. Die Lage wird zunehmend aussichtsloser. Für einen zähen Kampf um das Leben der Traviani hat er weder Zeit noch Ressourcen. Ihm kann jetzt nur noch ein Trick, eine falsche Fährte helfen.

Angelo sieht den Einsatzleiter an: „Hier greifen wir ihn uns.“ Vor ihnen liegt ein Geschossplan, den der Hausmeister herbeischaffen konnte. Der Einsatzleiter ist skeptisch. Gibt zu bedenken, dass sie nicht einschätzen können, in welchem Zustand Signora Traviani ist. Könnte sein, Rossi dreht durch, wenn er hört, dass sie sich nähern. Sinn mache das Ganze ohnehin nur, wenn von außen und innen zugleich zugegriffen werden könne. Angelo ist nervös, fühlt Schweiß in seinen Händen. Sieht sich nach einem Handwaschbecken um. Keines da. Nicht mal das. So eine Scheiße, brüllen die Gedanken in seinem Kopf.

Rossi hat einen Plan, das Geschoss wird umgebaut, könnte helfen. Draußen sieht alles verdächtig ruhig aus. Sicher ist alles abgesperrt, überall Scharfschützen. Die meinen auch, jeder Täter ist ein dämlicher Tropf. Mal sehen, wie sie das hier finden. Er schließt das Fenster. Sieht auf die ohnmächtig an der Heizung hängende Staatsanwältin. Rossi schlägt ihr mit der flachen Hand ins Gesicht, sie wird nicht richtig wach. Er sammelt kaltes Wasser in seinen Händen, kippt ihr mehrmals einen Schwall ins Gesicht. Langsam kommt sie zu sich. Wimmert. Er vergewissert sich, dass sie nicht im nächsten Moment wieder wegsackt, sieht nicht so aus. Kurzer Blick auf den Flur. Alles ruhig. Glas klirrt, springt auf die Fliesen im Raum und über den Sims vor dem Fenster, bricht erneut auf dem Pflaster. Jetzt löst er die Fessel, wuchtet die Traviani hoch, bindet ihr provisorisch die Arme auf den Rücken. Langsam schiebt er nun den Körper Richtung Fenster. Erneutes Klirren, er drückt Claudia durch das zerbrochene Fenster, sie liegt kopfüber nach unten, droht zu fallen. Rossi verlässt fluchtartig den Raum.

„Wir haben sie, sie ist im Südostflügel, zweiter Stock." Angelo stürmt aus dem Lageraum, nimmt zwei Stufen auf einmal, rutscht immer wieder, sein Herz schlägt in den Hals. Hinter ihm eine kleine Armada von Kollegen, die Schritte hallen wie dumpfes Hufgetrampel durch die Stille. Angekommen. Welcher Raum? Alles im Dunkel, kein Licht. Silvio schaltet seine Nitecore ein, 1000 ANSI Lumen, taghell. Alle Türen überprüfen, der Hausmeister hat die Schlüssel. Mein Gott, was dauert das! Claudia! Immer wieder ruft er ihren Namen. Keine Antwort. Sprechfunk halt von den Wänden wider, schlecht zu verstehen. Nächste Tür. Die ist offen, klar, Toilette. Angelo stürzt zum Fenster, der Einsatzleiter hält ihn zurück. Erst sollen die Sanitäter ran. Langsam wird Claudia geborgen. Seine Nerven sind zum Zerreißen gespannt. Jetzt liegt sie auf der Bahre. Ist blutverschmiert. Atmet nicht. „Der Druck sackt weg, kein Puls", hört er. Die Reanimation wird vorbereitet. Tubus, Ambubeutel. Einer packt einen Defibrillator aus. Sie werden rausgeschickt.

Rossi hat die Bautür passiert, alle Büros hier verschlossen. Darf keinen Krach machen. Doch er hat Glück. Der Flügel ist durch ein totes Stück Flur geteilt, keine Bürozugänge, dafür aber ein Fenster zur Straßenseite. Er klettert hinaus auf das Gerüst. Die Plane schlägt heftig im Wind. Verkehrsgeräusche dringen herauf. Keine Sirenen, keine Carabinieri? Lässt sich kaum feststellen, die Plane ist wirklich undurchsichtig. Jetzt muss er nur noch runterkommen! Vorsichtig geht er die schmalen Bohlen entlang. Sucht eine Leiter. Da fällt ihm plötzlich auf: Nicht alle Büros sind leer! Oder doch?

Silvio steht abgehetzt und schmutzig vor Angelo. Erklärt ihm, das ganze Gebäude sei gesichert, bis auf den Südostflügel. Bauarbeiten. Genau dahin ist Rossi unterwegs, frische Spuren im Baudreck, können nur von ihm sein, auf der Baustelle wird heute nicht gearbeitet. Der Einsatzleiter hat alles mitbekommen, veranlasst Maßnahmen. Angelo kann sich nicht entscheiden. Geht er mit? Bleibt er bei Claudia? Wenn sie aufwacht und er ist nicht da? Was denkt sie? „Hör auf mit dem Quatsch", sagt Silvio, „ich weiß genau, was du denkst. Komm mit jetzt, hier kannst du nichts tun, nachher ist noch genug Zeit für Claudia." Das löst seine Entscheidungsblockade nicht auf. Ich liebe Dich! Das macht es ihm etwas leichter, sich zu konzentrieren, ein Versprechen auf die Zukunft. Sie werden eine haben! Rossi nicht. Erst als Silvio ihn mitschleift, zerstreut sich Angelos Angst.

Langsam drückt sich Verzweiflung in sein Herz. Corrado sieht, dass er ohne großes Risiko nicht von dem Baugerüst runter kommt. Er müsste springen. Geschätzte vier Meter. Ihm wird mulmig, das halten seine Knochen nicht aus. Was nützt ihm der waghalsige Sprung, um anschließend auf der Straße zusammengekehrt zu werden? Nein, es muss anders gehen. Die Büros sind menschenleer, Licht brennt, Kopierer laufen, Monitore flackern. Doch ohne Leute keine weitere Geisel möglich, damit sitzt er in der Falle. Rein geht also auch nicht. Fieberhaft sucht er nach einem Ausweg.

Angelo deutet auf das Fenster im Südostflügel. Silvio klettert raus auf das Gerüst, sieht die Spuren Rossis, gibt Angelo ein Zeichen. Er geht den Flur weiter. Hier sind die Bürotüren offen, Angelo tastet sich konzentriert von Raum zu Raum. Er hat ihn. Dort draußen auf einem Sims. Langsam nähert er sich. Hoffentlich kommt Silvio jetzt nicht um die Ecke, darf nicht sofort schießen. Wahrscheinlich hat Rossi keine Waffe. Und wenn doch?

„Hände hoch!“, hört er jetzt. Das kommt von Silvio. Wo ist der? Gerade um die Ecke gebogen. Rossi erschrickt, verliert das Gleichgewicht, kippt nach vorne, die Plane hält ihn auf. Silvio richtet die Waffe auf ihn. Rossi schwankt zurück auf die Bohle. Angelo sichert Silvio ab. Rossi sieht ihn nicht. Auf dem Gerüst beginnt ein wüstes Geschrei. Rossi will nicht nachgeben. Silvio, nein!, denkt Angelo, rennt zum Fenster, zielt auf Rossi. Der tritt Silvio die Waffe aus der Hand, als er zu den Handschellen greifen will. Immer diese blöden Machofehler, Waffe mit einer Hand, wozu ist wohl der Kollege da?

Die beiden ringen auf dem schmalen Brett, unmöglich auf Rossi zu zielen, geht garantiert daneben. Er hört den Einsatzleiter seine Männer zum Gerüst beordern. Gibt ihm seine Waffe. Mit zwei Kollegen halten sie Angelo zurück. Er macht sich trotzdem los, kann aber nicht gleich eingreifen, zu unsicher ist der schmale Tritt, sie könnten alle drei durch die Plane drücken und auf dem Pflaster landen. Silvio stößt Rossi endlich zurück, Angelo kann seinen rechten Arm fassen, ihn mit Gewalt nach hinten drehen. Rossi heult auf, tritt ihm schmerzhaft auf den Fuß, bekommt dann aber einen klassischen Uppercut von Silvio. Matt. Rossi sinkt tonlos auf die Bohle. Die Kollegen holen sie rein. Angelo zittert. Silvio ziemlich ramponiert. Claudia!

Angelo rennt die Treppen nach unten, da gibt es einen Sanitätsraum, da wird man sie hingebracht haben. Hält inne. Oder ist sie ...? Nein! Aber sie war bewusstlos, die Sanis mussten sie reanimieren. Nein, nein, das kann nicht sein, es kann nicht.

Kapitel 32

Lebenslinien

Für einen Moment kehrte Stille in alle Aufregung und Hektik. Nur ein Wort, ein Schritt zu viel und das Leben brach unter einem weg. Einfach so, ohne Vorwarnung, ohne Erklärung. Angelo zögerte, die letzte Treppe hinunter zu gehen. Er versuchte, sich zu beruhigen, die Furien in seinem Inneren zu besänftigen, schloss die Augen und konzentrierte sich auf seine Mitte. Die geistige Mitte, die emotionale Mitte, das Bedürfnis – nach Claudia.

Silvana hatte ihm den Kopf verdreht, ihn ganz für sich eingenommen, an die Befriedigung wilder Sehnsüchte appelliert, ihn inspiriert, berauscht. Claudia verhieß all das auch. Nur auf eine stille, fast heimliche Art und Weise.

„Was stehst du hier rum?“ Silvio kam an ihm vorbei und zog ihn mit die letzte Treppe hinunter. „Nun geh‘ schon rein.“

„Wie geht es Signora Traviani?“, fragte Angelo einen der Bediensteten.

„Wir haben ihr ein leichtes Sedativum verabreicht, sie ist sehr schwach, aber es sieht böser aus, als es ist. Die äußerlichen Verletzungen werden schnell verheilen. Der Rettungswagen ist unterwegs.“

Er war allein mit ihr, setzte er sich neben sie und strich ihr übers Gesicht. Tränen platzten heraus. Sie spülten alles Unglückselige mit Silvana hinweg und machten den Weg frei für das Tatsächliche. Was, wenn er in dem Chaos hier Claudia auch noch verloren hätte? Mit festem Griff hielt er ihre Hand und küsste sie zart auf die Stirn. Welche Verantwortung tragen wir im Augenblick des Schicksals? Brannte uns dieser Moment eine Schuld ein, die sich nicht mehr löschen ließ? Claudia war gerettet. Ein Gefühl von Dankbarkeit stellte sich ein. Dankbarkeit gegenüber dem Leben, der Liebe, dem Schicksal. Nichts war selbstverständlich, vieles ein großes Geschenk. Nicht selten sind wir achtlos damit.

Er würde die Zeit genießen. Mit ihr bei Chinotto am Snookertisch knifflige Fälle lösen, auf der Terrasse frühstücken, den milden Zauber jeden Anfangs spüren, Pläne schmieden, gemeinsam bei Silvios Mamma zu Abend essen und mühsam ihren Fragen nach einer Familiengründung ausweichen. Claudia würde Ordnung in sein Leben bringen, Ungeschliffenes abschleifen und vielleicht, ja, vielleicht würde er ja Papa werden. Vielleicht.

Der Brief mit dem skulpturierten Hoheitszeichen des Heiligen Stuhls lag vor ihr. Ornella strich mit dem Finger über die Formen des Wappens. Es fühlte sich lebendig an. Fast war sie versucht, den Brief nicht zu öffnen, ihn als museales Stück zu betrachten. Vielleicht wäre genau das das Beste. So ließ sich die Form bewahren, ohne die Information zur Kenntnis nehmen zu müssen.

Sie ging in die Küche, brühte sich einen Tee. Die vergangenen Tage waren chaotisch und randvoll mit Terminen gewesen. Interviews, Artikel, Kolumnen, Presse-Clubs. Und immer wieder die eine Frage: Würde sie weiter aus dem Vatikan berichten können? Lag die Antwort jetzt auf ihrem Schreibtisch? Die innere Anspannung war noch nicht gewichen. Würden sie und Piero in Zukunft unbehelligt bleiben? Neue Identitäten waren ihnen angeboten worden. Doch wozu?

Von ferne klang Glockengeläut zu ihr herüber. Die entscheidende Stunde? Vor der Kirche lagerten die Schafe und drinnen warteten die Wölfe. Daran hatte auch dieses Gericht nichts ändern können. Sie fasste allen Mut zusammen und erbrach das päpstliche Siegel auf der Rückseite. ‚Pro Ecclesia et Pontifice‘ stand in dem roten Wachs geschrieben. Sie überflog die Förmlichkeiten. Betreff: Ihre Akkreditierung. Also doch! War ja klar. Damasus III sah in ihr einen Maulwurf, einen Nestbeschmutzer, der zudem von seinem ungeliebten Vorgänger auf den Schild gehoben worden war. Sie überflog das Schreiben, bereit, es zu entsorgen. Ein Kapitel abzuschließen. Doch dann stolperte sie über den vorletzten Satz. Dort lud Seine Heiligkeit sie ein, weiter aktiv am Geschehen teilzunehmen und bedankte sich auch im Namen der Kurie. Sie las von vorne. Damasus bekräftigte ihre Akkreditierung nicht nur, sondern er stellte ihr in Aussicht, selbst kritische Berichte im ‚Osservatore' veröffentlichen zu dürfen. Sie war baff. Kein Rausschmiss, sogar noch eine ‚Beförderung'? Das fiel schwer zu glauben.

Ihr Tee war mittlerweile kalt, wieder hörte sie das entfernte Glockenläuten. Ein Dankschreiben dieses Papstes für die kritische Berichterstattung und die Aufdeckung der Machenschaften rum um die A.P.S.A. und das IOR? Genau so war es. Verbunden mit der weiteren Ermunterung zu Kritik und Widerspruch. Hatte sie sich in ihrer Einschätzung des alten Kardinals und jetzigen Papstes Scipio Caffarelli-Borghese geirrt? Oder verwandelte die Kammer der Tränen einen Menschen? Wurde aus einem kriegerischen Wolf, der seine Feinde unerbittlich vor sich hertrieb, ein Schaf unter anderen?

Waren die Warnungen Monsignore Veltris, sie möge dem Kardinalstaatssekretär nicht zu nahe kommen, jetzt gegenstandslos? Sie hätte Veltri gerne fragen wollen. Doch Seine Heiligkeit hatte ihn nach Washington auf die vormalige Stelle O'Learys befördert. Weit weg vom Schuss sozusagen. Sicher, man konnte mailen oder telefonieren. Doch ein Gespräch von Angesicht zu Angesicht, das erschloss mehr, als Worte aussagen konnten.

Sie fühlte sich allein. Dottor Sforza, Silvio Sperandello, Claudia Traviani, Bezüge aufgehoben, Verbindungen zu Visitenkarten zusammengeschrumpft. Zwei verurteilte Täter. Ein Sieg der Gerechtigkeit? Oder nur die unbeholfene Gestaltung irdischer Justiz? Gottes Mühlen?

Ihr Mailprogramm meldete sich. Ein Rechercheauftrag. Monti dei Paschi, Siena. In der Kunstsammlung der Bank, die neben Skulpturen und Bildern vom 14. bis zum 19. Jahrhundert auch wertvolle Handschriften besaß, tauchten neuerdings Schriftstücke auf, die auf Bestände der Bank in den USA hinwiesen, Kurator ein gewisser Bruno Scarlatti ...

ENDE

Personen

Bertano, Claudio, Schauspieler, Umweltaktivist, Gründer der ‚Lega ambienterra'
Bugs, Josh, Anwalt bei Steurer & Cie, New York
Caffarelli-Borghese, Scipione, Kardinalstaatssekretär
Calvesi, Andrea, römischer Senator
Chigi, Romano, Bischof
Cipri, Umberto, Präsident der Vatikanbank / IOR
del Ponte, Chiara, Verwaltungsrichterin in Lecce
Fleischhauer, Dick, Ermittlungsbeamter der SEC, Washington D.C.
Frascone, Pierluigi, Kammerdiener des Papstes
Grosso, Domenico, Leiter der Polizeibehörde des Vatikan
Leggerezza, Antonio, Kurienkardinal, Bischof in Lecce
Marone, Mauro, Kurienkardinal, Zeremonienmeister des Konklave
Mostra, Marcello, Chef des Stahlkonzerns Zana, Lecce
Nero, Kardinal im Konklave
O'Leary, James, Kardinal, Washington D.C.
Orsini, Silvana, Staatsanwältin aus Mailand, Schwerpunktstaatsanwaltschaft für Finanzmarktmanipulation und Organisiserte Kriminalität im Bank- und Börsenwesen
Remos, Kardinal im Konklave
Rossi, Corrado, Gewerkschafter im Stahlwerk Zana, Lecce
Rossi, Signora, Corrado Rossis Mutter
SAM-Bank, Swiss-Asset-Mangement Bank, Zürich
Scarlatti, Ornella, Journalistin, recherchiert zum Komplex Zana
Scarlatti, Piero, Ornellas Bruder, Berater von Marcello Mostra
Schettino, Kardinal im Konklave
Sforza, Angelo, Colonello der römischen Carabinieri

Seprandello, Silvio, Capitano, Mitarbeiter Sforzas,
Spethmann, Bernd, Manager bei der SAM-Bank
Spiccio, Ugo, Vorsitzender des ‚Freundeskreises der apulischen Wirtschaft'
Steward, Cedric, Missbrauchsopfer
Storti, Carlo, Netzwerk „AddioPizzo", Lecce
Storti, Franco, Buchhändler, Lecce
Testarossa, Bruno, Verwaltungsbeamter in Lecce
Torre, de la, Crisanto Maria, Erzbischof von El Salvador
Traviani, Claudia, römische Staatsanwältin
Veltri, Leonardo, Monsignore, Vertrauter des Papstes

Glossar

Adesso mi incazzo! Fatti i gli affair tuo! (Jetzt bin ich angepisst! – Misch dich bloß nicht ein!)
Amen, amen, ich sage euch. (Joh. 10, 1)
A.P.S.A. Amministrazione del Patrimonio della Sede Apostolica (Güterverwaltung des Apostolischen Stuhls im Vatikan)
Autorità di Infomazione Finanziaria [AIF] (Finanzinformations-behörde)
Avete visto la partita di calcio Lazio contro AS Roma? Ah si, ma l'ultimo calcio angelo era evidentemente esagerato! No, ma avremmo voluto una punizione! Era diverso! (Habt ihr das Spiel Lazio gegen AS Rom gesehen? Ah ja, der letzte Eckstoß war übertrieben! Nein, aber wir wollten gerne einen Strafstoß! Das war doch etwas anders!)
Bellum omnium contra omnes (Krieg aller gegen alle)
Beppe Grillo ('i Grillini'). Italienische Partei, Gründer der ‚Bewegung fünf Sterne'
Camera lacrimatoria (Kammer der Tränen – Ein Nebenraum in der Sixtina, in dem sich der neu gewählte Papst umkleidet und geistig auf sein Amt einstimmt.)
Capofamiglia (Familienoberhaupt / Chef)
Che facciamo adesso?Aspettiamo. (Was machen wir jetzt? Wir warten.)
Chi stà con L'asino impara a ragliare. (Schlechter Umgang verdirbt den Charakter)
Chiudiamo la porta al pizzo! (Schließen wir die Tür zum Schutzgeld!)
CIC (Codex Iuris Canonici) Gesetzbuch des Kirchenrechts der römisch-katholischen Kirche
Comunità Propria Protezione (Schutzgemeinschaft)
Credo in Deum – Creatorem coeli et terrae (Ich glaube

an Gott, den Schöpfer des Himmels und der Erde. Apostolisches Glaubensbekenntnis)

Credo in Spiritum Sanctum et Sanctam ecclesiam catholicam (Ich glaube an den Heiligen Geist und die Heilige katholische Kirche – Teil des Apostolischen Glaubensbekenntnisses)

Cui bono? (Wem nützt es?)

Cum ego in hanc excelsissimam sedem dignitatis atque honris ascendissem. (Dem Rang und der Würde nach erhaben und ausgezeichnet zu sein.)

Das Hohelied Salomos (Hld. 5)

Date do honorem eo ipso pax ibi est (Gebt Gott die Ehre, dort ist von selbst Frieden)

De lege lata (von Gesetzes wegen)

Deus caritas est. Caritas in veritate. (Gott ist Liebe. Joh. 1, 4,8. Die Liebe in der Wahrheit – beides Enzykliken von Benedikt XVI.)

E adesso, sparisci! (Und jetzt verpiss dich.)

Economia collaborazione (organisierte Wirtschaftskriminalität der Mafia als Verflechtung sauberer Aktivitäten mit schmutzigen)

Eligio in Summum Pontificem (Ich wähle zum Papst)

Eminenza, scusi, non parla nulla d'italiano, nessuna frase? (Eminenz, bitte, aber sprechen sie kein bisschen Italienisch, keinen Satz?)

Eminenza, scusi. Posso aiutarla? Parlo un poco d'inglese. (Eminenz, bitte, kann ich helfen? Ich spreche etwas Englisch.)

E tu zuccone? Che cosa fai ancora qui? Va e chiedere aiuto al tuo padrone, avanti! (Und du Dummkopf? Was machst du hier noch? Geh und bitte deinen Chef um Hilfe, aber fix.)

Evangelii gaudium (Freude des Evangeliums – Apostolisches Schreiben Papst Franziskus aus 2013. Siehe dazu: https://w2.vatican.va/content/francesco/de/apost_exhortations/documents/papa-francesco_esortazione-ap_20131124_evangelii-gaudium.html

Extra omnes („aus allen“ – hier: Alle nicht zum Konklave Zugelassenen müssen die Sixtina verlassen)

Faceva vomitare! (Es war zum Kotzen)

Fetente di merda! (Stinkende Scheiße! / Verdammtes Arschloch)

Figli di puttana (Hurensöhne)

Fondo di investimento srl (FDI-Investitionsfond-GmbH)

Gaudet Mater Ecclesia (Es freut sich die Mutter Kirche – Eröffnungsworte Johannes XXIII zum Zweiten Vaticanum 1962)

Gloria in excelsis Deo et in terra pax hominibus bonae volutatis. Laudate Dominum de caelis, laudate eum in excelsis. (Ehre sei Got in den Höhen und Friede auf Erden unter den Menschen, an denen Gott Wohlgefallen hat.)

Guardia di Finanza (Uniformierte Polizei des Finanzministeriums und des Zolls)

„Here, Sir, look and remind who's asking you for a favour. Otherwise that will be your personal Remembrance Day! For the rest of your life.“ (Mein Herr, sehen Sie her und erinnern Sie sich, wer Sie um einen Gefallen bittet. Andernfalls ist das Ihr persönlicher Volkstrauertag. Und das für den Rest Ihres Lebens.)

Horiyoshi Horimono (traditionelle japanische Ganzkörper-Tätowierungen)

Istituto per le Opere di Religione [IOR] (Institut für die religiösen Werke – kurz: die Vatikanbank)

La lingua, la famiglia, la cena (Die Sprache, die Familie, das Abendessen)

Lega ambienterra (Umweltschutzorganisation)

Liberate vosmet ex inferis (Rettet euch aus der Hölle)

Mafia, Maxiprozesse ([Maxiprocessi] Mammutprozesse in den 1980er Jahren in Italien, die ein mafiöses Netzwerk zerstörten. Siehe zum Einstieg: https://de.wikipedia.org/wiki/Maxi-Prozess); John Dickie – Omertà: Die ganze Geschichte der Mafia. Camorra, Cosa Nostra, 'Ndrangheta, S. Fischer, 2. A. 2015
Motu proprio (Apostolisches Schreiben ohne Einbeziehung anderer Würdenträger direkt vom Papst)
Munus petrinum (Petrusamt)
Non modo sed etiam. (Sowohl als auch.)
Non olet! (Stinkt nicht!) s. a.: Kaiser Vespasian's Latrinensteuer („pecunia non olet – Geld stinkt nicht")
Ordini di battaglia italiana (italienische Schlachtordnungen)
NYPD (New York Police Department)
Pacta sunt servanda (Verträge sind einzuhalten)
Padrone (Arbeitgeber / Chef)
Per l'amor di Dio! Siamo tutti stronzi! (Um Gottes willen! Wir sind alle Scheißkerle!)
Pentito (reumütiger Beschuldigter, der mit der Justiz zusammenarbeitet)
Poliziotto (Polizist – auch: Spitzel, Schnüffler)
Populorum progressio (Fortschritt der Völker – Enzyklika Paul VI)
Pro ecclesia et pontifice (Für Kirche und Papst)
Regular benedicti (Regel des heiligen Benedikt von Nursia)
Samurai (Kriegeradel des alten, feudalen Japan. Auch Bushi genannt. Herrenlose Bushi wurden zu sogenannten Ronin. Samurai bedeutete „Diener / Beschützer") [Wolfgang Schwentker: Die Samurai, Beck Verlag, München, 3. A. 2008]
Sacra Corona Unita (SCU) (Apulischer Zweig der Mafia)
Santa Sede – Sede Vacante. Tutta l'Italia non gestia – non governata. (Heiliger Stuhl – Sedisvakanz. Ganz Italien wird nicht verwaltet – nicht regiert.)
„Scendere, prego!" (Aussteigen, bitte!)
Scrutinium (Abstimmung bei einer kanonischen Wahl mit

geheimer Stimmabgabe im Konklave)
„Scusi eminenza, mi dispiace per l'accidente" (Verzeihen Sie, Eminenz, es tut mir leid für den Unglücksfall.)
Securities and Exchange Commission [SEC] (US-Börsenaufsichtsbehörde (Washington D.C.) für die Kontrolle des Wertpapierhandels in den Vereinigten Staaten zuständig.
Sede vacante (Vakanz des Heiligen Stuhls nach Tod oder Rücktritt des Papstes)
Sempre i tedeschi! (Immer die Deutschen!)
Shinto (Shintoismus – Weg der Götter. Religion in Japan. Ergänzt über den Buddhismus.)
Si, si, capo, Lo so molto bene. – Va bene. (Ja, ja, Chef, ich weiß es genau. – Also gut.)
Sola scriptura, sola fide, solus Christus (Allein durch die Schrift, allein durch den Glauben, allein durch Christus – reformatorische [protestantische] Rechtfertigungslehre)
Stronzo! (Scheißkerl!)
That`s a tall order, how you behave. (Unmöglich, wie sie sich verhalten).
To Kathalon (das Ganze – gemeint ist die Ausschließlichkeit der katholischen Kirche als Oberhaupt aller Christen nach römischem Ritus)
Tu cariño es una promesa (deine Zuneigung ist ein Versprechen)
Tu peto (du Furz)
Un intero popolo che paga il pizzo è un popolo senza dignità. (Ein ganzes Volk, das Schutzgeld zahlt, ist ein Volk ohne Würde.)
Una mano lava l'altra – e tutte due lavano il viso (Eine Hand wäscht die andere – und beide waschen das Gesicht)
Un passo avanti (Einen Schritt voraus)
Vecchia Zitella ('spätes Mädchen', Alte Jungfer)
Veni, Creator Spiritus, mentes tuorum visita, imple superna gratia, quae tu creasti pecora. Per te sciamus da Patrem noscamus atque Filium, te utrisque Spiritum cre-

damus omni tempore. (Komm, Gott Schöpfer, Heiliger Geist, besuch das Herz der Menschen dein, mit Gnaden sie füll, denn du weißt, dass sie deine Geschöpfe sein. Lehr uns den Vater kennen wohl, dazu Jesus Christ, seinen Sohn, dass wir des Glaubens werden voll, dich, beider Geist, zu versteh'n. Lateinischer Hymnus in der Übersetzung von Martin Luther. [Quelle wikipedia])
Zuzzurellone (Kindskopf)

Bibelstellen nach Lutherbibel, Elberfeld 1905

Der Autor

Ingo-Maria Langen studierte Philosophie, Politikwissenschaft, Pädagogik und Soziologie an der Universität Münster und arbeitete dort als Lehrbeauftragter. Es folgten Veröffentlichungen zu außenpolitischen und außenwirtschaftlichen Themen sowie zu Stoffen der philosophischen Antike. Forschungsschwerpunkte waren u.a. das politische System Deutschlands und Italiens, die politische Kultur und die Organisierte Kriminalität Italiens mit ihren Verbindungen in den Vatikan.

www.via-conci.de/

DEUS IUDEX MEUS – Nur Gott ist mein Richter

Ralf Seeger, Autobiografie, chiliverlag 2014

ISBN 978-3-943292-17-6, 316 Seiten, 16,90 Euro

Ralf Seeger, Kampfsportlegende im Free Fight, Kickboxen und Boxen, Bergsteiger, passionierter Tierschützer, Personenschützer, Schauspieler u. v. m., ist uns allen bekannt aus TV-Serien wie „Helden für Tiere“ (VOX), „Harte Hunde“ und aus weiteren Formaten.

In dieser Autobiografie erzählt er seine bewegte Geschichte: von einer schwierigen Kindheit und Jugend, dem Abgleiten in Gewalt und Kriminalität und von seinem langen Kampf um eine Rückkehr in ein Leben in Freiheit. Mit dieser packenden Autobiografie lässt Ralf Seeger tiefe Einblicke in seine Vergangenheit und seine Persönlichkeit zu. In sieben umfangreichen Kapiteln nimmt er den Leser mit auf seine Entwicklung vom Heimkind zum zweifachen Weltmeister im Free Fight sowie auf weitere wichtige Stationen in seinem Leben.

Mit einem Nachtrag von Andrea Gerecke.

Hans-Jörg Kühne, **Kodex Rosebud**, Roman
chiliverlag 2016, ISBN 978-394-3-292-40-4
324 Seiten, EURO 10,90

Berlin 1955: Der suspendierte Hauptkommissar Harald Kröger streift nachts durch die Stadt auf der Suche nach dem spurlos verschwundenen Baulöwen Franz Wedding. Armut, Spießigkeit und die Auswüchse des neuen Wirtschafts-wunders bestimmen das Leben. Orgien, Drogenmissbrauch und eiskalte Auftragsmorde lassen die Schatten der jüngsten Vergangenheit zum neuen Albtraum werden, als Privatermittler Harry selbst ins Visier einer brutalen Killermaschinerie gerät.

„Kodex Rosebud“ entführt die Leserinnen und Leser in die vermeintlich unbeschwerte Zeit des wirtschaftlichen Wiederaufchwungs nach dem Ende der Nazi-Herrschaft. Unter der bunten Oberfläche brodelt es, denn die „Alten Kameraden“ stellen die Elite des neuen Staates.

Ein gelungener Spagat zwischen recherchierter Historie, guter Unterhaltung und spannendem Crime. Das Ganze mit dem „kühnen“ Tüpfel Humor.

Herbert Schoppmann, **ERROR SIX in India**, Roman
chiliverlag 2016, ISBN 973-3-943292-47-3
256 Seiten, 14,90

ERROR SIX ist so weit vom Mainstream entfernt wie Südafrika von Zentralwestfalen. Dabei sind die Altmeister der Band schräg genug, dass es zum Massenerfolg reichen müsste. Womöglich sollten sie einfach öfter auftreten, damit die Welt von ihnen erfährt. Lohmann, Pröbsting, Robert und der Lange beschließen: Wenn schon, dann einmal richtig! Raus aus Westkirchen und NRW und für den Gig ihres Lebens einmal nach Indien! Sie machen Nägel mit Köpfen und informieren ihre Ehefrauen erst, als alles in trockenen Tüchern ist. Bereits bei der Landung in Indien kommen erste Zweifel an ihrer Unternehmung auf.

Ein fantastisches Lesevergnügen für alle, die in der Kunst das Wahre suchen, gespickt mit viel Information über ein starkes Land im Aufbruch. Kulturclash at its best!